Gramma Feltrinelli

Terézia Mora

LA METÀ DELLA VITA

Traduzione di Daria Biagi

Titolo originale dell'opera
MUNA ODER DIE HÄLFTE DES LEBENS

Traduzione dal tedesco di
DARIA BIAGI

Prima edizione in "Feltrinelli Gramma" novembre 2024

Stampa Grafica Veneta S.p.A. di Trebaseleghe - PD

ISBN 979-1256240128

FSC
www.fsc.org
MISTO
Carta | A sostegno della gestione forestale responsabile
FSC® C021883

GRAFICA VENETA
GV CARBON NEUTRAL

Questo libro è stampato da Grafica Veneta S.p.A.
con un processo di stampa e rilegatura certificato 100% carbon neutral
in accordo con PAS 2060 BSI

Questa traduzione è stata pubblicata con il sostegno del Goethe-Institut
e del programma Litrix.de

GOETHE INSTITUT

Litrix.de
GERMAN LITERATURE ONLINE

La metà della vita

La versione femminile

1.
Diciotto

Dopo che ebbero portato via mia madre a sirene spiegate andai in cortile dove tenevo la bicicletta, e la gomma era di nuovo a terra. Maledetti stronzi! Il cortile rimbombò.

Una signorina non urla così! E che linguaggio!

La vecchia signora Mäder. Fino a poco prima ero ancora tesoro. Che succede, tesoro? La tua mamma, poverina? È terribile, tesoro, che è successo?!

Mia madre ha resistito una settimana esatta dal mio diciottesimo compleanno e poi ha esagerato con le pillole e con l'alcol, questo è successo.

Non capisco niente se strilla così, aveva brontolato la centralinista, poi però aveva mandato l'ambulanza all'indirizzo giusto. Meno di un minuto dopo c'era anche la polizia. Non mi permisero di andare anch'io con l'ambulanza, mi interrogarono a casa, la porta rimase aperta tutto il tempo. La signora Mäder non si azzardò a entrare, rimase ferma sul pianerottolo, l'essenziale le sarà arrivato anche così. Il tipo di alcolico non è così importante, vino rosso, le pillole sono importanti, che tipo di pillole. Quelle se le portarono via, a me invece mi lasciarono lì anche se andavano pure loro in ospedale. La polizia non è mica un servizio taxi. Avevo i capelli zuppi di sudore e calzoncini da ginnastica troppo corti, non ce la facevo a cambiarmi, le mani mi tremavano tantissimo, ma a parte questo avevo preso troppo sul serio le parole della centralinista, di darmi una calmata che sennò non ero d'aiuto. Ero pronta ad andare in ospedale con la bici ma poi ecco che la ruota era di nuovo a terra, come sempre quando l'appoggiavo alla ringhiera del sottoscala, avevo persino controllato che non ci fossero per terra chiodi o schegge di vetro che non si vedevano, ma niente. Qualcuno del palazzo che non voleva mettessi la bici lì continuava a bucarmi la gomma, sempre variando, una volta davanti, una volta dietro, stronzi che non siete altro! E lei non mi faccia la predica, signora Mäder, parlo come mi pare!

Mia madre forse muore, gridai a tutto il cortile, e voi mi bucate la gomma? Ma che vi venga un accidente!

La signora Mäder continuava a disapprovare il mio comportamento, no, questi non sono modi. Gli altri si ritrassero. Fino a un attimo prima erano ancora affacciati a porte e finestre, soccorsi e polizia, è una vasca di zinco, quella?, ma ora era di nuovo tutto sbarrato. Trascinai via la bici dal cortile dritta dal meccanico, dove già mi conoscevano e dove Ehrke, l'ex pilota, mi avrebbe detto, per domani, proprio perché sei tu. Ma cazzo era domenica, l'officina era chiusa. La lasciai lì appoggiata e basta. Ehrke l'avrebbe riconosciuta, se non la rubavano prima.

I miei genitori avevano vissuto felici e contenti per otto anni, poi mio padre si era ammalato di cancro ed era morto nel giro di pochi mesi.

Finché entrambi erano stati giovani e in salute parlavano delle cose importanti solo tra loro, e per me la loro stanza era tabù anche la domenica mattina. Io e la signora Helfer (si chiamava davvero così, la vicina "aiutante") preparavamo la zuppa delle feste, quella che si fa di solito per i matrimoni, e poi le cotolette, lo stesso ogni domenica, e quando era pronto in tavola la signora Helfer mi diceva di cambiarmi e di pettinarmi per farmi bella, e solo allora ricomparivano anche i miei, a loro volta vestiti bene e splendidamente avvolti dall'odore di profumo, dopobarba e sigarette.

Mio padre era un fumatore incallito e si prese un cancro ai polmoni, una roba da manuale. Diagnosi a gennaio, ad aprile era morto. Negli ultimi giorni, quando gli era ormai chiaro che non sarebbe sopravvissuto, voleva che mi sdraiassi nel letto accanto a lui e finché riuscì a parlare mi sussurrò nelle orecchie storie di soldati, di pistole e di comandi. Mio padre era piuttosto anziano, ai tempi dell'assalto finale aveva già quattordici anni. Mia madre allora non era ancora nata. La fiaba che gli piaceva di più era quella di Occhietto, Duocchietti, Treocchietti. Mi turbava molto. "Tu, coi tuoi due occhietti, sei una persona come tutte le altre, non sei una di noi." A me, che avevo a mia volta due occhi, quella fiaba non faceva che causare incubi. Con le storie militaresche invece mi addormentavo subito. Quando mi svegliavo mi ritrovavo ogni volta nel mio letto. Doveva essere stata la mamma a spostarmi, anche se, quand'ero sveglia, diceva che non ce la faceva più a portarmi in braccio perché pesavo troppo. Una mattina, dopo che mi ero svegliata come al solito in camera mia, mi disse che lui era morto durante la notte.

Lo vuoi rivedere?

No.

No di certo. Più avanti, una volta, chiesi quando era morto *esattamente*. Se prima o dopo che lei mi aveva spostata.

Dopo, disse lei. Era rimasta un po' seduta lì con lui e poi era andata a dormire anche lei. E solo dopo.

Nessuna delle due pianse, se non quando fu di nuovo notte e mia madre venne a stendersi accanto a me. Disse che non riusciva più a stare nel letto matrimoniale, dove in realtà dormiva da sola già da settimane. Così in casa nostra ci furono un letto di morte, un letto matrimoniale vuoto e un lettino, nel quale io e mia madre ci coricavamo insieme riuscendo a fatica a dormire.

A differenza della loro camera da letto e delle cose che in mano ai bambini possono rompersi o sporcarsi – i libri e i manoscritti di lui, i gioielli e i cosmetici di lei – l'alcolismo di mia madre non era un tabù. Con me ne parlavano come si parla di una malattia normalissima. Nella famiglia di mia madre erano quasi tutti alcolisti, e quand'è così è dura non diventarlo. Nonno, padre, madre, fratello. Solo sua sorella maggiore Angela no. Lei in compenso è una maniaca dell'ordine e odia tutto ciò che è arte, o vita (mia madre). Mio padre aveva sposato mia madre sapendo che era alcolizzata. Non faceva nulla per cambiarla, si limitava a prendersene cura. Ogni sera lui beveva dai due ai tre bicchieri di vino rosso dalla bottiglia del giorno. Quando lei rimase incinta il vino sparì, non era giusto che facesse del male al bambino, questo lo capiva anche da sola. E infatti non me ne fece. Giusto al momento del parto buttò giù un paio di cognac per far partire finalmente il travaglio.

Dopo il parto la madre di mia madre non era più riuscita a trattenere la pipì e anche ad altre donne che mia madre conosceva si era lacerato il pavimento pelvico, perciò lei faceva esercizi per tenerlo in allenamento. L'allenamento del pavimento pelvico è la misura di prevenzione di base per la salute di una donna. La cura giornaliera della propria bellezza è facoltativa, a meno che una non faccia l'attrice, in quel caso è obbligatoria. Mia madre si massaggiava il corpo ogni mattina e ogni sera. C'era un programma lungo e uno breve. Quello lungo durava tra l'ora e mezza e le due ore e mezza, ma comprendeva tutto, anche capelli (da trattare) e peli (da eliminare). Il programma breve durava quaranta minuti e si concentrava sul massaggio del viso e del corpo, in particolare del décolleté, delle cosce e dei glutei; i polpacci se la cavano anche da soli, ma dalle ginocchia in su bisogna occuparsene. Agli addominali, soprattutto se si è partorito, si può riservare un massaggio a pizzicotti; il seno si tonifica massaggiandolo con una spazzola. Inoltre bisogna tirare verso l'interno la pelle delle braccia, fa rinvispire i seni. Va fatto per cento volte, ma se sono cinquecento male non fa.

Tua madre è diventata attrice per poter dire: Il corpo è il mio strumento di lavoro e devo trattarlo con cura, non posso lasciarmi andare come le altre donne che hanno turni di lavoro e famiglia, commentava lucida la zia Angela. In famiglia siamo donne floride di natura, vale a dire che siamo grassocce di natura, tua madre ha solo fatto di tutto per andare contro la sua natura – ma l'alcol gonfia, anche se non mangi.

Vino rosso, cognac e liquori erano i preferiti di mia madre, d'inverno il vin brûlé. Dopo la morte di mio padre beveva tutto quanto da sola. C'era un programma breve e uno lungo. Al lavoro si concentrava per rimanere più o meno sobria, ma non appena calava il sipario beveva il primo bicchiere di vino ancora in teatro, poi il resto della bottiglia a casa, questo era il programma breve. All'inizio versava nel lavandino la parte di mio padre, più avanti non ebbe più cuore di tollerare un simile spreco. Al programma lungo si dedicava solo nei giorni in cui non andava in scena. Il programma lungo aveva una dimensione allegra, sociale, che le permetteva anche di starsene in giro. Si era comprata una fiaschetta al negozio di antiquariato, ci rideva su, poi però si arrabbiò perché la chiusura non era ermetica. Avrebbe dovuto riportarla in negozio e sbatterla in faccia alla commessa, ma non ne ebbe il coraggio.

Le donne nei negozi mi fanno paura. Tutte le donne di tutti i negozi, le commesse. Perché devono esserci commesse dappertutto? Perché solo dal ferramenta i commessi sono maschi? Con loro mi intendo molto meglio.

Il programma lungo alternativo, ovvero la versione casalinga, durava di norma due giorni. Mia madre rimaneva in camera da letto, si ubriacava, ascoltava tutti i dischi fino all'ultimo e ballava finché riusciva a ballare. Ballava sulle canzonette come sulle sinfonie. Io preferivo questo programma sia a quello breve sia a quello lungo fuori casa, perché le dava maggior sollievo. Un sollievo tutto compresso. Dopo stava meglio per settimane. Ballava benissimo, persino quando era così sbronza che ormai barcollava e basta.

Mia madre non aveva buoni amici o buone amiche. Aveva colleghi, conoscenti, rivali e ammiratori. Delle donne non si fidava e gli uomini li apprezzava esclusivamente per quello che sapevano fare. Si occupava molto del suo aspetto ma quello degli uomini non le interessava, né riuscivano a impressionarla cariche, titoli o patrimoni. Esclusivamente il genio.

Di un uomo mi interessa esclusivamente il suo genio.

In questo senso ammirava alcuni registi (mentre ne detestava altri), alcuni scrittori e artisti di altri settori, nonché il suo parrucchiere. È un parrucchiere geniale, a Berlino sarebbe una star. E altrove una star di fama mondiale.

Io ammiro la sua arte, diceva al parrucchiere in tutta serietà.

La moglie del parrucchiere era estetista. Aveva sopracciglia scure, marcate. No, non voglio disegnarmi le sopracciglia, diceva mia madre. Lo fanno a teatro, sai, a seconda di quello che serve. All'estetista non piaceva quella finta bionda smorfiosa che mia madre dava l'impressione di essere, ma trovarono un argomento dietro cui nascondere l'antipatia: i pettegolezzi sul teatro. A forza di spettegolare mia madre si comprò la benevolenza dell'estetista invidiosa. Voglio dire, è pur sempre lì che traffica con la mia faccia. Sarebbe meglio andare da un'altra parte, ma è difficile. È difficile dire: Vado dal marito, il parrucchiere, ma da sua moglie che ha il negozio lì accanto no.

Finché mio padre era vivo, i miei avevano spesso ospiti, gli universitari amici di lui e i teatranti amici di lei venivano per un bicchiere di vino e qualche sigaretta; io dormivo nella stanza accanto o non dormivo affatto, il fumo penetrava in camera mia anche attraverso la porta chiusa, e mi piaceva. Dopo la morte di mio padre, gli amici continuarono a venire per un po' a consolare mia madre, e in effetti poco a poco tutti ripresero a essere più allegri, finché i vicini non iniziarono a lamentarsi per il fumo e i rumori molesti. Tirando in ballo la necessaria quiete notturna del popolo lavoratore, e me. Una minorenne da tutelare. Ci fu addirittura un colloquio con un'assistente sociale. Avevo indosso un golfino a maglia con dei fiorellini. Te lo ha fatto la mamma? Sì. (No.) Che a scuola fossi molto brava e non avessi mai problemi con gli altri fu menzionato più volte con parole di lode. Ma mia madre ebbe paura dei vicini e degli assistenti sociali, e non ci furono più serate a casa nostra.

Vieni qui, diceva mia madre. Fatti abbracciare. Mi sei rimasta solo tu.

La tua pelle. Questa pelle delicata di bambina.

I tuoi capelli dorati, così luminosi.

Il profumo che sprigionano se ti annuso la testa.

Il profumo del tuo collo, della tua nuca.

Il tuo odore sta cambiando. Sa di sudore di adolescente. L'odore delle tue ghiandole sta cambiando. Mi fa pensare a mia madre. Mia madre profumava sempre di latte e di farina. Di latte crudo e farina cruda, non di torta. I tuoi capelli profumano di farina, il tuo collo di latte. Ti sta crescendo il seno. Anche la pancia. No, ancora non è troppo grossa. Stai solo diventando una donna florida, come tutte in famiglia. Diventi una bella bionda, una Marilyn Monroe, mica c'è niente di male. Come donna a un certo punto ti devi comunque decidere: capra o vacca. Le capre pensano che i ruoli migliori vadano alle vacche, le vacche pensano che i ruoli migliori vadano alle capre, tutte invidiano tutte. Il naso mi sta diventando rosso, accidenti. Mi sta venendo un naso da avvinazzata. Bisogna che faccia qualcosa per queste occhiaie, altrimenti posso pure tenermi le bustine del tè sulle palpebre e uscire di casa così, nessuno noterebbe la differenza. Sto invecchiando, piccola mia. La mia linea del mento inizia a cedere. Devi massaggiarti le cosce, il sedere, la pancia, il seno, senza dimenticare però il collo e la linea del mento. Io ho trascurato il collo e la linea del mento, come ho potuto essere così sciocca, ormai c'è poco da rimediare. Non mi è mai piaciuto massaggiarmi il collo, sembra di strozzarsi. È la tiroide, questa. Prendere gli ormoni tiroidei come coadiuvanti per la dieta è pericolosissimo, soprattutto in combinazione con l'alcol. Anch'io ho smesso di prenderli. Il mio fegato è da buttare. Tutte le mattine mi guardo negli occhi col terrore di vedere che il bianco è già diventato giallo. C'è di buono che, in quanto alcolista, puoi ricevere un fegato nuovo; se hai un cancro no. È ingiusta, come cosa, ma da un punto di vista medico non avrebbe senso dare un fegato nuovo a un malato di cancro. Fatti abbracciare. Se non avessi te. Lui non c'è più a occuparsi di noi, dobbiamo occuparci l'una dell'altra. Io devo occuparmi di te, perché tu sei ancora una bambina. Non posso morire, giovane e bella, finché tu sei una bambina. Non prenderlo come un rimprovero. Il mondo è una merda, la gente è stronza, tuo padre ci proteggeva tutt'e due, adesso devo farlo io.

Finché ero piccola piangevo con lei, la consolavo e mi preoccupavo. Più tardi cominciai a evitarla. Come evitavo più o meno tutto il resto. Avevo più libertà rispetto alla maggior parte delle quindicenni, il che era un bene fuori dalla scuola e un male dentro la scuola, e non poteva essere altrimenti. Nessuno mi impediva di vagabondare per la città come mi pareva, anche di sera. Una volta l'insegnante che abitava nella nostra strada mi chiese spiegazioni. Perché una ragazza che va ancora a scuola dovrebbe andarsene in giro quando fa buio? Per fortuna ero da sola. Se mi avesse vista con un ragazzo mi avrebbe accusata davanti a tutta la classe, come già aveva fatto con altre, di essere praticamente una puttana. Avrei potuto rispondere che non ero in giro ma che andavo o tornavo da uno spettacolo/dalle prove di mia madre, ormai siamo solo in due, chi dovrebbe accompagnarmi? Magari era persino la verità, ero spesso a teatro, sebbene anche lì l'atmosfera si fosse fatta strana da quando mia madre aveva cominciato a diventare paranoica. O forse era vero che ce l'avevano con lei. Probabilmente perché era diventata distratta e inaffidabile. Imprecava e si lamentava delle condizioni, delle disumane, umilianti condizioni del lavoro a teatro, ma naturalmente non avrebbe potuto neanche immaginarsi una vita diversa. È come un matrimonio sbagliato, te lo dico io. E ti dico un'altra cosa, aggiungeva, chinandosi più vicino con aria confidenziale, tanto che le sentivo addosso l'odore del vino: Che loro ti fottano, non si può evitare. L'importante è che cerchi di fotterli sempre anche tu, come fanno loro con te.

(Mamma. Questa è la cosa più disgustosa che tu mi abbia mai detto.)

Devo ammettere che alla fine era diventata un po' pesante anche per me.

Me lo sentivo che il Capodanno prima del mio diciottesimo compleanno avrei fatto meglio a festeggiarlo da qualche altra parte o a non festeggiarlo proprio; d'altro canto, per quanto potevo ricordare, avevo sempre passato a teatro la sera della vigilia, e chissà che quella volta non sarebbe stata l'ultima.

Lo spettacolo era un po' stupido, come sempre a Capodanno, facevano gare di improvvisazione a squadre e cabaret musicali, tutti erano su di giri, c'era di continuo qualcuno che chiedeva se erano arrivati altri würstel (no, ne avevano sempre troppo pochi), da bere in compenso ce n'era in abbondanza. Come ogni anno i vecchi colleghi di mia madre mi riempivano di complimenti per la mia radiosa bellezza. I più giovani, da quando non ero più una bambina, per sicurezza mi evitavano.

Grazie, dicevo io con aria affabile come avevo imparato da mia madre, senza essere timida né mettermi sulla difensiva, e continuavo a girovagare per l'edificio finché a forza di imbattermi in coppiette che facevano qualcosa, e che conoscevo o forse no, non iniziavo a sentirmi troppo a disagio. Mia madre non si vedeva da nessuna parte. Prima di beccare anche lei in un angolo con qualcuno che conoscevo o forse no, decisi di fermarmi al bar del primo piano. Al bar di sicuro sarebbe comparsa, prima o poi.

Il foyer era gremito. Coppie che ballavano, altre che semplicemente stavano insieme e ridevano, e poi quelle obbligatoriamente in coda al bar: una coda che serpeggiava e si dimenava come lanciando richiami erotici. Avrei fatto meglio ad andarmene. Anche perché dove sta scritto che si deve aspettare mezzanotte? D'altra parte mancava poco. Finora mia madre era sempre riuscita a trovarmi per darmi il bacio di mezzanotte. E infatti eccola:

Be', che stai facendo? Fai la guardia all'angolo?

Perché stavo con la schiena contro le assi della parete in legno. Chiaramente mia madre non era più lucida da un pezzo.

Che è quella faccia da funerale?

Ti stavo cercando.

Vai a casa, se non ti diverti. Non c'è bisogno di stare qui a deprimere gli altri con quel muso.

Si fece strada verso di me e verso il bancone, ovviamente superando la gente in coda. Quanto la odiai in quel momento. Non potresti morire? Qui, con classe, a teatro? Precipitare dal loggione, dalla graticcia?

L'anno 1988 si concluse con il fermo proposito di lasciare appena possibile quella donna e quella città, per non rivederle mai più.

Con l'anno nuovo, in realtà, per un po' mia madre tornò di nuovo in sé. Gennaio trascorse senza incidenti, e già ai primi di febbraio cominciò a prepararsi, tutta emozionata, per il mio compleanno a inizio marzo.

Con ben tre settimane di ritardo sei arrivata! Il primo marzo anziché l'otto febbraio!

Lo so.

Pesci anziché acquario!

...(Lo so.)

E quant'eri grossa!

Alla fine le riuscì comunque di farmi una sorpresa. Mi fece arrivare dei fiori con un fattorino e scrivere biglietti dai vecchi colleghi che mi conoscevano da quando ero piccola, e mi regalò, impacchettate con cura, cose che erano appartenute a lei e a mio padre:

Una cartellina di pelle spessa con un blocco per gli appunti ormai ingiallito, da cui mancava qualche foglio. In uno degli occhielli portapenne c'era una stilografica di mio padre. Le aveva fatto mettere un pennino nuovo e comprato una nuova boccetta d'inchiostro.

La piccola incudine da orefice in ottone trovata al mercato delle pulci, che lei aveva regalato a lui come fermacarte.

Una sottoveste azzurra con pizzi neri, sua, e calze a rete nuove (per ora non puoi indossarle da nessuna parte, ma col tempo ci sarà occasione).

Una vecchia borsetta con la cerniera che non funzionava più bene, ma che si poteva ancora usare come portagioie per il medaglione con la foto di lei e mio padre da giovani e per un anello d'ambra con intarsi simili a un giardino delle meraviglie, ricordo di una tournée a Mosca.

E a coronamento di tutto ciò: la sua vestaglia a kimono di vera seta, che desideravo da quando sono in grado di pensare. Mi esortò a portare queste cose sempre con me, ovunque volessi andare. Ero davvero contenta. Così tante cose, e così preziose!

Diciott'anni si compiono una volta sola.

Per un'intera settimana fui davvero felice, riconoscente e fiduciosa. Le regalai il fiore appassito che qualcuno mi aveva messo in mano alla Giornata internazionale della donna, lei mi regalò il suo e ci mettemmo a ridere. Questo il mercoledì. Domenica la trovai.

Lasciai la bicicletta appoggiata all'officina di Ehrke e mi misi in marcia verso l'ospedale, la nostra città non è poi così grande. All'ingresso passai sotto il naso del portiere, ma una volta in reparto non mi lasciarono proseguire. Non è cosa per te, tanto non puoi fare nulla, chiama domani che si saprà qualcosa in più.

Sulla via del ritorno cominciava già a fare buio, e anche freddo. Lungo il fiume l'aria era persino più gelida, e tuttavia preferii passare di lì. Anche guardare l'acqua da un ponte può essere d'aiuto, se non hai intenzione di buttarti di sotto. Quante volte c'ero andata quando ero arrabbiata con lei!

Oh, queste occhiate! Ma parlare no, eh? Sì, sono di nuovo sbronza! Lo vedi da te! Che piango, invece, non lo vedi! O non gliene frega niente. Per loro una può anche schiantare, non gliene frega niente!

Prima si metteva a piagnucolare – Niente, niente! –, poi a singhiozzare e alla fine iniziava a dare strattoni alla finestra che, come al solito, era bloccata. Durante una ristrutturazione fatta male il telaio era stato inondato di vernice e chiuso ancora umido, oppure si era gonfiato il legno, non lo so, fatto sta che da tempi immemori quella finestra sulla strada non si apriva più. E meno male! Al secondo piano! Poteva bastare, o magari no.

Merda, merda! Non funziona niente! Niente! Vado sul tetto, cazzo!

E vacci, dicevo, e andavo via. Veloce svoltavo l'angolo, ci mancava solo che dovessi alzare gli occhi e vederla davvero in piedi sul tetto.

Andavo al fiume e guardavo giù, via dalla città, là dove non si possono incrociare gli occhi di nessuno. Un fiumiciattolo basso, con l'acqua che arriva ai polpacci, al massimo alle cosce, si riescono a vedere i sassi sul fondo, calmo calmo che quasi non si sente. Il ponte quanto sarà alto? Anche quello potrebbe bastare, o magari no. Ma io non mi ci butterei, e lei nemmeno. O sì, invece? No, non lo farebbe. Restavo lì finché il freddo diventava così pungente che non resistevo più, allora tornavo a casa. Lei mi aspettava in cucina. Si scusava per essersi attaccata alla finestra in quel modo, e più ancora per aver tirato fuori la storia del tetto. Era responsabile per me, finché ero ancora minorenne.

E invece poi l'ha fatto, più o meno. O è successo per sbaglio. Chi poteva saperlo? Forse neanche lei.

A inizio marzo c'era ancora odore d'inverno, io portavo un orrendo piumino corto, mi sentivo gelare la testa, il collo, le gambe, i piedi. Le suole delle mie scarpe da ginnastica cinesi erano ormai spesse appena un millimetro. Le poche persone per strada camminavano veloci lungo la riva, col collo sprofondato nelle spalle. I più erano già a casa, com'è giusto che sia la domenica sera. Avrei dovuto mettermi a correre. Detesto correre. Fallo lo stesso.

Mi strappai via dalla ringhiera per darmi slancio, o piuttosto per barcollare nel primo passo incerto che avrebbe dovuto diventare qualcosa di simile a una corsa, tipo quegli ubriachi che riescono ancora a ballare su una sinfonia: e in quel momento mi sfrecciò accanto, così veloce e così vicino da farmi quasi inghiottire il mio stesso respiro, mentre mi bloccavo terrorizzata per evitare la collisione con lui. Ero ancora ferma sul ponte mentre lui proseguiva sotto, lungo la riva, su una bicicletta con un fanale posteriore che lampeggiava in un modo per cui lo avrei riconosciuto ovunque: l'uomo di cui ero innamorata da ormai sei mesi. Ebbi l'istinto di abbassarmi, ché non mi vedesse conciata in quel modo, ma non avevo neanche finito di pensarlo che lui già era scomparso nell'oscurità.

2.
Gli uomini

Corsi giù dal ponte, all'improvviso faceva un gran caldo, la giacca di acetato sformata si sollevava, mi frusciava nelle orecchie; sentivo appena le suole cinesi che sbattevano forte sul selciato e anche il dolore ai piedi era un fastidio distante. Corsi a casa, mi liberai di tutta quella roba orrenda che mi impicciava, mi lavai le ascelle, mi spazzolai i capelli, non bastava, pazienza, mi infilai in fretta i pantaloni di velluto nero, un maglione a collo alto e il cappotto di lana nero di mia madre, e corsi di nuovo fuori.

Dove poteva essere diretto di domenica sera? Le possibilità non erano poi tante. All'inaugurazione di una mostra direi di no. Due cinema e un teatro. Sempre che non andasse a casa di qualcuno. Ma lui non andava mai da nessuno. Non da quando lo tenevo d'occhio. Lo spettacolo a teatro era appena iniziato, per il cinema c'era ancora un quarto d'ora. Andare lì sarebbe stato più logico, ma a quale dei due? Non era neanche detto che fosse di fretta, più piano lui non guidava mai. Optai per la soluzione meno probabile e mi diressi verso il teatro, dopotutto era la mia seconda casa.

Non passai dalle casse ma direttamente dal retro, il

portiere mi fece giusto un cenno. Lo spettacolo era già cominciato. Mi inoltrai di soppiatto per corridoi segreti, su e giù per le scale, finché non sbucai vicino ai bagni delle donne al pianoterra. Salii anche le scale che portavano alla seconda balconata dove di solito si intrufolavano gli studenti, lo sapevano tutti e chiudevano un occhio. Ma adesso c'era un'addetta di sala che non conoscevo e che, dettaglio molto più importante, non conosceva me.

Le dissi sottovoce chi ero. Chi era mia madre. Che guardavamo sempre gli spettacoli da lì. Anzi, che qualche volta guardavo persino dalla postazione dell'aiuto regista.

Al che lei: scosse la testa incredula.

Come se stessi mentendo! Come può prendermi per una bugiarda, se non mi conosce neanche? Ma poi *chi è*? Qui è lei l'intrusa che non sa come stanno le cose, mica io! Sentivo la faccia diventarmi paonazza.

Okay, dissi, allora vado a chiedere al signor Schubert!

Il responsabile di sala. Talmente severo che durante l'intervallo andava lui stesso a dire agli spettatori dove e come potevano sedersi nel foyer e dove e come no (non per le scale, non uno in braccio all'altro). E persino lui fingeva di non accorgersi che la gente si intrufolava al secondo piano! Non sempre, non tutte le sere, ma capitava! (Neppure lui mi avrebbe fatto entrare prima dell'intervallo. Però me lo avrebbe detto con garbo. Deve aspettare, lo sa come funziona.)

Quella lì invece: alzò le spalle in silenzio e basta. Come se il nome di Schubert non le dicesse un bel niente. E a quel punto mi piombò addosso tutta la giornata: lo spavento e l'angoscia prima, poi la rabbia, il freddo, l'essere da sola in tutto, e invece di mettermi alla ricerca del suo capo rimasi ferma lì e iniziai a tremare, poi anche a singhiozzare. Moccio e lacrime mi esplosero sui palmi delle mani con cui mi coprivo il viso, e presto avrebbero cominciato a colarmi tra le dita, tanta era la violenza con cui piangevo. La donna mi voltò semplicemente le spalle. Stavamo lì così, nel corridoio della seconda balconata: io scossa dai singulti, lei di spalle.

Appena ripreso fiato, pensai, e contando sulla sua distrazione ora che era girata, avrei potuto lanciarmi contro la porta. Spalancarla e sgusciare dentro prima che lei potesse reagire. Facendo chiasso, ovviamente, disturbando tutti quelli che erano lì fin sotto al palcoscenico, ma sarebbe stata colpa sua, avrebbe fatto meglio a lasciarmi entrare finché glielo chiedevo gentilmente. Probabilmente però non sarei stata abbastanza veloce, neanche in condizioni normali, e lei comunque era più vicina, alla fine avrei dovuto darle uno spintone, facendo altro chiasso, e urlarle in faccia che era una stronza, e già, non lo sapeva che oggi mia madre si era quasi ammazzata? Di che ti stupisci, se dai oggi e dai domani hai sempre a che fare con certe streghe senza cuore!

Naturalmente non dissi niente del genere, continuavo a essere incapace di muovermi. Dopo un po' riuscii almeno a lasciarmi scivolare sul pavimento, la schiena appoggiata alla ringhiera delle scale, le braccia sulle ginocchia, la testa sulle braccia. Il signor Schubert non avrebbe mai permesso a nessuno di sedere a terra così, sulla consunta moquette rossa, neppure per quel poco che bastava a riprendersi, rimettersi in piedi e barcollare giù per le scale, tirando su col naso di tanto in tanto. Quella lì continuò per tutto il tempo a fare come se me ne fossi già andata da un pezzo.

Dopo un po' riuscii a tirarmi su e ad arrivare al foyer del primo piano, al bar dove mi conoscevano. Lì avrei potuto aspettare, mi avrebbero difeso se la nuova si fosse lamentata di me. Al bar non c'era nessuno. Mi misi a sedere come si deve su una panca imbottita davanti alla finestra. Sentivo le maschere parlottare in lontananza. Nessuno mi si avvicinò. A quel punto mi venne in mente che lì non sapevano ancora nulla di mia madre. Qualcuno glielo deve dire. E chi, se non io? La polizia, l'ospedale? Figuriamoci. Quel pensiero mi tranquillizzò o per lo meno mi aiutò a distrarmi. Che fossi io a poter e dover informare gli altri. Decido io chi saprà cosa di mia madre e di me. Alla direzione del teatro dovrò dirlo per forza. Ma a scuola a nessuno. Che gliene importa? E a zia Angela? Se solo mi andasse a genio. Se le andassimo a genio noi. Se facesse delle domande. A Bernd e a Noah sì. I miei cosiddetti amici paterni. E a lui, alla persona che sto aspettando qui.

Il teatro, la scuola, la zia, non me li sono scelti io. Con gli uomini avevo a che fare dall'autunno precedente. Mia madre, a cui da un po' affidavano solo ruoli secondari – tra cui uno minuscolo con una sola scena, dopo la quale rinunciò agli inchini finali – passava a casa più tempo di quanto avrei voluto, anche se usciva a malapena dalla camera da letto. Io preferivo passare il tempo libero in giro, o meglio ancora in redazione.

Verso la fine dell'ultimo anno scolastico c'era stato un concorso di scrittura aperto a tutta la città, che avevo vinto, nella categoria della mia età, con una poesia. Di solito non scrivevo poesie, avevo semplicemente preso l'abitudine di partecipare a quasi tutti i concorsi che ci proponevano a scuola. Mi piacevano i concorsi, mi piaceva quella loro dimensione di eccezionalità e il fatto che vincevo davvero spesso. I premi erano certificati, menzioni di lode, un bel voto in condotta e a volte un buono per acquistare libri.

Quella volta il premio consisteva nella pubblicazione dei lavori migliori sul giornale, e i vincitori avrebbero avuto la possibilità di visitare la redazione e la tipografia.

E così conobbi il primo, un uomo che rispondeva al nome di Bernhard Bock e aveva la voce di basso più profonda che avessi mai sentito. Era il vicecaporedattore e la nostra guida lì dentro, ed era di una gentilezza, di un'allegria persino, che non avevo quasi mai visto in un adulto, meno che mai in un adulto con una "posizione". Si era dato l'appellativo di Subcomandante. Io sono il Subcomandante di questa unità. Ridevo a ogni sua battuta, a volte da sola, lui mi strizzava l'occhio con aria complice e io decisi di farla finita con quegli esperimenti infantili in concorsi scolastici, è ora che ti concentri su una cosa sola, e con tutte le tue forze.

Già il giorno dopo, prima che si dimenticasse di me, tornai là e dissi al portiere, perché naturalmente c'era un portiere anche lì: Sono Muna Appelius, cerco Bernhard Bock. Ci volle un'eternità prima che capisse il mio nome e riuscisse a dire al telefono: "C'è una certa signorina Apell".

Signorina Appelius, disse il Subcomandante. Gli occhi gli scintillavano allegri sotto le sopracciglia folte. (Anche lui era contento di vedermi!) Che posso fare per lei?

Dissi che volevo fare un tirocinio al giornale.

Cosa vuole imparare?

Tutto.

Vuole diventare redattrice?

Giornalista.

Be', almeno in alcuni ambiti le due cose coincidono, disse, e strizzò l'occhio.

Così fui autorizzata ad andare in redazione sei giorni a settimana per tre settimane, durante le vacanze estive.

Facevo quello che mi dicevano: cucinavo, spazzavo, raccattavo, servivo a tavola, portavo avanti e indietro, indirizzavo, incollavo, accompagnavo, assistevo, ritiravo e telefonavo (La prossima volta ti presenti col nome, d'accordo?), e alla fine scrissi la mia prima colonna sulla mostra conclusiva di un concorso fotografico amatoriale intitolato *Lavoro in città*.

Molto bello, disse Bernhard Bock. Secondo lui ormai lì avevo fatto tutto quello che potevo fare, visto tutto l'essenziale e respirato una quantità più che sufficiente di fumo passivo. Non poteva giustificare ulteriormente la presenza di una minorenne negli spazi della redazione, ma mi avrebbe caldamente raccomandato alla rivista, usciva ogni due mesi e sarebbe stata più adatta a me. Vedrai.

La rivista la facevano in tre, in un appartamento al primo piano proprio sopra la libreria antiquaria con la civetta, gestita da un uomo che si depilava le sopracciglia e portava foulard di seta da donna. Mi fu presentato come Noah Klein. Aveva un profumo delizioso. Oltre che della libreria, Noah si occupava dell'archivio della rivista e delle revisioni. Perché ovviamente non abbiamo un soldo per pagare i collaboratori, lo facciamo tutti come attività secondaria. Ai tempi d'oro l'appartamento doveva essere stato una meraviglia, con gigantesche finestre a bovindo e un parquet sconfinato che era stato brutalmente spaccato per piazzare i convettori a gas sotto le finestre. Dai rosoni sul soffitto pendevano le luci al neon che conoscevo bene dalla scuola.

Chi ha appeso qui questi obbrobri?, mi sfuggì.

Fu così che Noah mi prese in simpatia.

E non si chiama primo piano, si chiama piano nobile, mi spiegò mia madre. Ovviamente anche lei conosceva

Noah Klein. Chi non lo conosce, Noah Klein? Al contrario di quanto si possa pensare, il fatto che indossi abiti da donna lo protegge. O forse è perché i suoi genitori sono tornati tutti e due, e sono rimasti.

Non porta abiti da donna. Solo il foulard. O forse anche il maglione è da donna. E da dove sono tornati i suoi genitori? Dall'Ovest?

Dal campo di concentramento, topino.

Oh.

I tubi dei neon penzolavano sopra un lungo tavolo che odorava di cera per legno, attorno al quale erano sistemate pesanti sedie con lo schienale intagliato e la seduta di pelle logora e screpolata. Alla parete un antico mobiletto da buffet, incastrato fra scaffali vecchi e nuovi quasi interamente stipati di numeri della rivista. La rivista è di colore giallo, le copie più vecchie erano già del tutto sbiadite, alcune tendevano più al grigio, altre all'arancione.

Questa era una sala da pranzo?

Per farla breve, la famiglia di Noah non aveva perso l'appartamento per via dei comunisti ma già prima, i comunisti non glielo avevano restituito ma aveva il permesso di mandare avanti il negozio e di lavorare lì per la rivista e di abitare in quelle che un tempo erano state le stanze di servizio, dove peraltro era cresciuto; non doveva fare molta strada, era un bel vantaggio. Se non mi trovi di sotto sono qua, e se non sono qua allora qui accanto.

Mi mostrò il primo numero della rivista, datato 1958.

Perché proprio il '58?

Doveva essere il '48, cent'anni dopo la fine delle pubblicazioni della rivista precedente, che era esistita dal 1832 al 1848. Ma c'erano stati un po' di intoppi.

Poi mi fece vedere quello del marzo 1971, quando ero

nata io. Aveva un supplemento di arte, purtroppo solo in bianco e nero. Ormai cade a pezzi, che peccato.

La carta è acida. Si decompone.

Bernd mi diede da leggere gli ultimi tre numeri e anche un plico legato con lo spago, che aveva preso da uno degli scaffali più nuovi. Manoscritti non richiesti che gli avevano mandato.

Leggili un po' e dicci che ne pensi. La riunione di redazione è il lunedì alle 17.30.

Questo accadeva di venerdì. Lessi tutto nel corso del fine settimana. Fuori il primo temporale dell'autunno spazzava gli alberi, foglie e ramoscelli volavano contro la finestra, io disposi le carte nel soggiorno dove c'era la scrivania di mio padre e mi piazzai al centro. Con due tornate di quattordici ore di lavoro arrivai in fondo al plico, prendendo appunti su ogni singolo testo. Feci tre pile: quelli brutti, quelli medi, quelli buoni. I buoni erano tre.

C'era ancora tempo, ma uscita da scuola trottai comunque – trottai sì, avevo e ho tuttora un modo di camminare incalzante e rumoroso – in tutta fretta verso casa, e poi subito via col pacchetto per non arrivare in ritardo. Ma dal momento che tutto – la scuola, casa nostra, la libreria antiquaria e il piano nobile – si trovava nel raggio di un chilometro, naturalmente arrivai troppo presto, e così feci ancora un giro in centro, rischiando quasi, alla fine, di arrivare in ritardo per davvero.

Il campanello suonò fortissimo, tolsi il dito, poi per sicurezza suonai di nuovo ma a quel punto sentivo già i tacchi sul parquet scricchiolante. Noah aveva un rossetto color pesca su un maglione in tinta stile anni settanta, aderente e con le maniche corte, il seno non lo aveva. Grazie!, esclamai sfrecciandogli accanto, e dopo aver superato la porta seguente piombai nella stanza con l'enorme tavolo e gli scaffali, facendo sobbalzare tutti quanti. Così lo vidi per la prima volta, mentre si girava irritato verso di me: l'uomo più bello che avessi mai incontrato.

Indossava una vecchia giacca marrone con le toppe sui gomiti. La prima cosa che vidi fu quella. Le toppe ai gomiti, poi le spalle, il risvolto, il collo, il mento, le labbra, gli occhi, azzurri, e infine la ruga di rabbia tra le sopracciglia. Lui e Bernd erano chini sulle foto disposte sul tavolo, la folata di vento che arrivò dalla porta appena spalancata sollevò uno degli angoli.

Be', cos'è che va a fuoco?, chiese Bernd.

Niente, dissi io. Sono arrivata di corsa, tutto qui.

Magnus, questa è Muna, la nostra tirocinante, non vi conoscete ancora. Muna, questo è Magnus, il redattore che si occupa delle foto.

Lui annuì e tornò a guardare le immagini. Riecco le toppe sui gomiti, come scudi marroni tirati su. Feci il giro del grosso tavolo e mi misi accanto a Bernd.

La ruga tra le sopracciglia si distese, interrogativa. Sorrisi guardandolo in faccia e con una voce un po' più naïf del mio solito chiesi:

Posso vedere anch'io? Che cos'è?

Statue nascoste in città, disse Bernd.

Nascoste da chi?

Per lo più da delibere urbanistiche.

Chi ha fatto le foto?

Un fotografo di nome Motto. Bernd si mise a ridere.

Motto? Come il motto?

Come M. Otto, disse Noah. Magnus firma così.

Questa la conosco! È nel cortile del tribunale.

Magnus inspirava ed espirava, spostava le foto di qua e di là.

Io direi questa qui, disse Bernd prendendone una. In effetti era uno degli scatti migliori, la statua però si trovava in uno spazio chiuso tra una fila di palazzi e le mura della città vecchia, è un posto in cui non arriva nessuno.

Pensavo fosse proprio questo il punto. Statue nascoste.

Non *così* nascoste, però. Un cancello sbarrato, una cosa così scoraggia e basta.

Posso avere la foto?

Bernd rise. Noah disse che apparteneva a Magnus.

E se si fa una copia?

Delle foto di Magnus non si possono fare copie a piacimento, disse Noah.

Oh.

Conoscevo persone che sviluppavano le foto in casa. Lui invece le firmava e aveva i diritti d'autore.

Scelsero una volta per tutte le otto foto da pubblicare, poi Magnus disse "Ciao" e se ne andò.

È sempre così scontroso?

Io la metterei così: non si sforza più dello stretto necessario. Proprio come non ti sforzi tu di stare al posto tuo.

Li ho letti, dissi per mettere in buona luce il fatto che non stavo al posto mio, e suddivisi i manoscritti del plico. Questi sono quelli buoni, questi sono quelli così così e questi quelli tremendi.

Bernd sorrise.

Più tardi me li guardo.

Qui ci sono i tre buoni!

Mi concentrerò su quelli.

Escono sul prossimo numero? Posso occuparmi della revisione?

Nel prossimo numero?! Ehi ehi, richiama la cavalleria! Noi non facciamo revisioni, solo correzioni redazionali. E ce ne occupiamo io e Noah, qualche volta Magnus, se vuoi puoi rileggere.

Mi misi a guardare le foto. Erano stupende. Bambini che giocavano a palla, come se qualcosa li trascinasse verso il basso e solo la palla li tenesse in superficie. E la statua della donna nerboruta che taglia una pagnotta, e che qualcuno imbrattava regolarmente di vernice.

Quando si fa una foto bella a una statua brutta, ovvero una bella opera d'arte a partire da una brutta: alla fine cosa otteniamo?

Domanda interessante!

Noah sorrise. Aveva un po' di rossetto su un dente.

Mi tornarono in mente gli occhi azzurri sotto le sopracciglia aggrottate. Il suo collo nel colletto della camicia. Avevo visto pulsare una vena.

Ha uno studio da qualche parte?

Chi?

Il fotografo.

No. Fa l'insegnante.

L'insegnante?!

Sì. Al liceo francese.

In città c'erano due licei. Il mio e quello francese. Mia madre avrebbe voluto mandarmi al liceo francese. Mannaggia. Cercai di ricordarmi qualcos'altro di lui, le mani, i denti, ma proprio non ci riuscii.

Stai ascoltando?

Mi fecero vedere quello che c'era già del nuovo numero. Potevo riportare le correzioni e batterle a macchina, su una Optima gigantesca. Prima di andare via riuscii a farne solo una pagina, ma mi autorizzarono a portarmi un altro plico in lettura.

Stavolta però non così in fretta, d'accordo? Non è necessario che tu finisca entro la prossima settimana.

Mi feci spiegare di nuovo dove si trovava quello spazio chiuso delle mura. Lì, ce l'avevo davanti al naso.

A quanto pare te ne vai per il mondo con gli occhi ben aperti.

Era solo una grata, neanche un cancello, che chiudeva uno stretto passaggio tra due palazzi sulla Platz der Ursulinen. Dietro sembrava allargarsi di nuovo, sicuramente c'era stata l'idea di trasformarlo in un piccolo parco, ma era troppo nascosto e la gente lo usava per i propri comodi, per pisciare, fare sesso, forse anche per drogarsi.

Tirai fuori la Beirette di mia madre, dentro c'era persino un rullino da ventiquattro utilizzato per metà, e tornai alla grata per fare una foto, vale a dire due: una volta mettendo a fuoco in primo piano, una volta mettendo a fuoco lo sfondo.

Com'è che alla fine non ero andata al liceo francese?

Perché andavo al liceo dov'era andato mio padre. Ed era anche più vicino al teatro, ma da quando mia madre si dannava per i ruoli secondari non la raggiungevo più dopo la scuola. Giravo per la città con la Beirette. Prima io e mia madre lo facevamo spesso insieme. Erano i momenti di maggiore armonia fra noi. Quand'ero piccola avevo paura. Non ho paura, dicevo prendendole la mano. A pensarci bene non andavamo a passeggiare, ma sempre a trovare qualcuno, e sulla via del ritorno era già buio. Allora mia madre diceva, vieni, facciamo una passeggiata notturna.

Anche adesso scendeva il buio appena uscivi, l'autunno non è il periodo più adatto per cominciare con la fotografia all'aperto. A scuola fino alle tre, e poi diventa subito buio e freddo. Ci vorrebbero dei guanti senza dita. Me li farò regalare per Natale. Mia madre conosce gente che sa fare a maglia cose così. E un paio di rullini nuovi. Speriamo non se ne dimentichi. Negli ultimi tempi si scorda tutto.

All'inizio cercai qualcuna delle statue immortalate da Magnus, quelle di cui riuscivo a ricordarmi. Provai a fotografarle anche io, studiavo inquadrature particolari ma finivo sui dettagli, talmente vicino che era impossibile dire di quale parte della statua si trattava: un ginocchio di pietra, un sopracciglio? Raramente scattavo. Bisogna andarci piano col rullino. Restavano solo cinque scatti, quando mi venne un'idea: fotografare una serie di grate. Avrebbero pubblicato una serie di grate sulla rivista? O era troppo?

Siccome il lunedì successivo non era alla riunione, martedì finita la scuola andai al liceo francese e bighellonai da quelle parti finché non lo vidi uscire. Saltò sulla bici mentre era ancora sotto l'arcata d'ingresso e mi passò accanto sfrecciando. Indossava una sciarpa a righe sul vecchio completo marrone con il gilet, come al nostro primo incontro. Anche le ragazze del suo liceo lo seguirono con lo sguardo. Ridacchiavano, io non ridacchiavo mai.

Nell'armadio di mio padre erano ancora appese le sue camicie e anche un vecchio gilet, che di certo era stato di suo padre o addirittura di suo nonno. Mi stava. Presi una camicia e provai anche un paio di pantaloni, volevo un completo, ma così non andava. I pantaloni erano irrimediabilmente lunghi. Allo specchio sembravo un clown. Lasciai perdere i pantaloni. Il giorno dopo andai a scuola con la camicia, un paio di calze di lana e il gilet.

Ma come ti sei conciata?

Per di più i vestiti odoravano un po' di muffa, di armadio, di carta vecchia, del fumo di tabacco di un uomo morto da dieci anni.

Gli occhi di mia madre quando mi vide dentro quei vestiti.

Ho fatto male a mettermeli?

No, disse lei. (Gratitudine.) È solo che non ti stanno. (Fine della gratitudine.)

Le foto delle grate vennero fuori grigio su grigio. Idem quelle dei monumenti della città straniera che erano nello stesso rullino, scattate da mia madre durante una tournée. Come se stesse piovendo a dirotto. Forse il rullino era troppo vecchio.

Dov'è la chiave della cantina?

Perché?

Mi serve la bicicletta.

Adesso? Che è quasi inverno?

La mia vecchia bici aveva i cerchioni storti. Mia madre disse che non avevamo soldi per comprarne una nuova, ma che poteva chiedere a un certo Gerd del teatro se riusciva a rimetterla a posto. Ma perché te la prendi tanto?

Non me la sto prendendo! Voglio dire, non sono arrabbiata. Solo impaziente.

In effetti lo ero. Da quando avevo preso la decisione di presentarmi al giornale ero entrata in una modalità per cui volevo che tutto venisse sempre risolto qui e ora.

Qui e ora, qui e ora!

Con la bici rotta andai al teatro e cercai questo Gerd, che naturalmente non sapeva nulla ma che evidentemente mi riconobbe (io lui no) e mi consigliò Ehrke, l'ex pilota, digli che ti mando io e salutami tanto la mamma. Ehrke disse che ci sarebbe voluto un mese per sistemare la bici, sai una cosa però?, qualche bici già rimessa a posto ce l'aveva, per la modica cifra di cinquanta marchi mi noleggiava un catorcio senza luce, tanto non è che vai in giro di notte, no?

Invece in giro di notte ci andavo, quasi non facevo altro. Seguivo il flebile fanalino di coda della bici di Magnus, appunto finché riuscivo a vederlo. Sfrecciava come un demonio, lungo il fiume, nel parco, su per la collina, verso la zona dei palazzoni. La bici sferragliava, le calze mi si strappavano, io ansimavo, lo perdevo di vista, ma ogni giorno riuscivo a seguirlo per un pezzo più lungo e una volta, erano ormai i primi di dicembre, arrivai fin dentro al quartiere di Neustadt e feci appena in tempo a vederlo sparire dentro uno di quei palazzi. Un caseggiato di dieci piani. Dalle nostre parti il cognome Otto è talmente comune che sul citofono compariva due volte, una volta come F. Otto e una come G. Otto. Un M. Otto non c'era. Magari erano solo suoi parenti. Naturalmente non suonai.

Alle riunioni di redazione non dava segno di essersi accorto che lo seguivo. Dopo aver scambiato per ulteriori venti marchi la mia vecchia bici con il catorcio, mi procurai anche un fanale, e pure la bici non faceva più tutto quel chiasso. Le marce non le aveva nessuna delle due. L'inverno restò senza neve, fu solo freddo, Magnus continuava ad andare in bici tutti i giorni, ma non sempre tornava subito verso Neustadt.

Due volte andò in un negozio dove si potevano far incorniciare le foto, ma non aveva foto con sé. A meno che fossero così piccole da entrargli in tasca. Si fermava regolarmente davanti alle librerie di seconda mano, alla biblioteca, al mercato dell'usato. Quando lo perdevo di vista tornavo a perlustrare tutti quei posti, ma senza successo. Avevo ricevuto in regalo i guanti senza dita, con cui ero chic da morire, ma in bici le mani mi si gelavano tremendamente. E tuttavia non ne mettevo altri. Una volta lo seguii fin dentro il club universitario. Lungo la salita lo persi, ovviamente, ma tanto non c'era dubbio su dove fosse diretto. La porta del club era spalancata, luce, musica e voci si sentivano fin dalla strada. Nessuno chiedeva nulla, si poteva entrare e basta. Uno stanzone con un bancone da un lato e un palco dall'altro, in mezzo tavoli e sedie in disordine. Sul palco c'era un uomo seduto dietro un violoncello elettrico da cui di tanto in tanto tirava fuori qualche nota, un altro pizzicava in modo altrettanto casuale una chitarra elettrica poggiata sul tavolo davanti a lui e girava le manopole di un mixer. La luce, rossa, era allo stesso tempo scura e abbagliante, le persone fumavano sigarette dall'odore pungente. Presi posto non a uno dei tavoli in mezzo alla sala, bensì sulla fila laterale di sedie, in modo da avere la parete alle spalle. Il sipario a lato del palco mi copriva un po' la visuale. Chiusi gli occhi e mi chiesi se ci si potesse abituare a una cosa del genere. A una musica del genere. All'inizio ci provai, a concentrarmi su quello che succedeva sul palco, ma era praticamente impossibile, c'erano troppi altri rumori. Il bar, la gente, i fruscii, i passi, le chiacchiere, la porta del cesso, di tanto in tanto un'auto da fuori. Ah, pensai, forse è voluto. La performance è tutte queste cose insieme. In linea di principio ero bendisposta, ma più passava il tempo meno riuscivo a vedermi come parte di quello spettacolo, e più mi disturbavano le stonature al suo interno, il modo in cui pubblico e musicisti pizzicavano, strusciavano, giravano, camminavano, parlavano, strimpellavano, ridevano. Facevano solo finta, tutti quanti. Cominciai a sentirmi in colpa verso mia madre e quelli del teatro. Loro recitavano, ma non facevano per finta. Anzi, si sforzavano di essere più sinceri possibile. Vista così, alla fine, potevo anche essere grata a quel cosiddetto free jazz. Mi aveva insegnato qualcosa.

Aprii gli occhi e per poco non ci restai secca.

Era seduto proprio accanto a me. Sprofondata nella sedia, coi pantaloni che mi segavano in mezzo alle gambe, stavo scomoda già da un po', e mi tirai su di scatto, vergognandomi del fatto che potesse avermi vista così e pensasse che magari mi ero addormentata.

Allora ti interessi anche di jazz, disse. Guardava più il palco che me.

No, dissi io. Mio padre frequentava questo club. Ha conosciuto qui mia madre.

Davvero?

Sì. (Non ci avevo pensato mentre lo seguivo lì, ma mi era appena tornato in mente.)

Be', ti piace?

Ci stavo appunto riflettendo, dissi.

Questo e nient'altro. Sapevo anche stare sulle mie, se volevo.

Non fece altre domande.

Se fossi stata lì da sola me ne sarei andata, ero stanca, mi bruciavano gli occhi e la gola per il fumo di sigaretta, ma ovviamente ora dovevo restare. Lui stava seduto come me poco prima, un po' sprofondato nella sedia, con un bicchiere pieno di liquido trasparente poggiato sulla pancia.

Cosa bevi?

Gin tonic.

E continuò a guardare il palco.

Andai al bar. Gin tonic neanche a pensarci, anche se di sicuro me ne avrebbero dato uno senza battere ciglio. In condizioni normali avrei preso una cola, per svegliarmi anche un po' magari, ma alla fine presi un'acqua tonica senza gin.

Mi vide la bottiglia in mano. Che avesse accennato un sorriso?

Detesto l'acqua tonica ma avevo una gran sete, vuotai la bottiglia fino a metà come se quel sapore amaro mi piacesse.

E tu? Ti piace il jazz?

Il jazz sì, disse lui. E di nuovo sembrò sorridere.

Ma è jazz quello che stanno facendo quei due?, chiesi.

Finalmente mi guardò in modo più diretto.

Ci stavo appunto riflettendo, disse.

Sorrisi, lui forse anche, prese un sorso dal suo bicchiere, io dalla bottiglia, e poi risprofondammo entrambi nelle nostre sedie, perché avevo capito che, a prescindere da quel che ne pensava, voleva ascoltare lo spettacolo fino alla fine, e io avrei fatto lo stesso.

Poi ebbi paura di perderlo perché fui costretta a fare la fila in bagno, ma era ancora fuori alle bici.

Anch'io sono in bici, dissi.

Annuì, salì sulla sua e un attimo dopo era sparito. Che non mi aspettasse, che non facesse la strada con me, che non parlassimo ancora un po' durante il tragitto mi colpì. Ero già sul punto di arrabbiarmi anziché deprimermi, ma poi andai nel panico per la strada scoscesa e malmessa, per il selciato sdrucciolevole, avevo la sensazione di non riuscire a controllare la bici, guidavo coi freni tirati, il sudore che mi colava addosso a rivoli. Meglio, tutto sommato, che non mi avesse vista così.

Alla successiva riunione di redazione era di nuovo assente, e anche questo mi ferì. Come se mi evitasse. Con tutto che al concerto jazz avevo fatto del mio meglio per sembrare quella distaccata e con la battuta pronta. Non avrei potuto fare di più.

Prestavo a malapena attenzione a quello che diceva Bernd, finché mi chiese: Te la senti?

Sì, dissi io. Di far che?

Queste sono le persone che ci piacciono qui, disse Bernd. Che prima dicono sì e solo dopo chiedono per cosa.

Andare a teatro e poi scrivere qualcosa per il numero del giorno dopo.

Al nostro teatro?

No, disse Bernd, al Friedrichstadt-Palast. Spicciati, che prendi l'ultimo treno.

Per un attimo lo considerai davvero plausibile, e per Bernd non c'era niente di più divertente della faccia che facevo in quelle occasioni.

Invece no, ovviamente si trattava del nostro teatro. Una compagnia di fuori mette in scena *Lo stakanovista*, tutti vogliono vederlo, nessuno ha i biglietti a parte me e un paio di altri fortunati. Chiaramente dissi di sì. (Anche se io sarei entrata pure senza biglietto. Ma non c'è bisogno di sottolinearlo.)

Mia madre promise di procurarmi il testo ma non fece in tempo, o forse se ne dimenticò. Perciò dovetti andare allo spettacolo senza aver letto la pièce. Per tutto il primo atto presi diligentemente appunti:

Vendete il burro anche in grammi, signorina?
Se vuoi prendermi in giro, bello mio, ti sbagli.
Non state a rompervi la testa, piuttosto fate andare il cervello.
Dov'è il segretario di partito?
A Ovest. Kohn ha ereditato un orto, e il segretario se l'è squagliata con lui, e lo aiuta a zappare.

Grandi risate sul palco e in platea. Questo di sicuro non potrò citarlo. Dal programma di sala riuscii a ricavare i nomi dei personaggi, ma sul palco si distinguevano appena l'uno dall'altro. Mi appuntai che doveva essere voluto: rappresentavano il popolo. Solo all'attivista Balke avevano fatto le mani dorate. Mi sembrò una buona soluzione.

L'intervallo fu dopo neanche un'ora e il secondo atto sarebbe stato comunque più breve, fra l'altro neanche i testi brevi si recitano fino in fondo se si può, la gente infatti, ricordalo, piccola mia, a teatro ci viene per l'intervallo non meno che per lo spettacolo.

Non avevo voglia di andare al bar, così mi avviai verso il bagno delle donne per bere un po' d'acqua dal rubinetto e in quel momento lo vidi: era fermo vicino al guardaroba e parlava con una donna, per essere precisi *ascoltava* una donna che lo riempiva di chiacchiere. Una rossa. Tinta. Più vecchia di lui. La guardava negli occhi tutto affabile e annuì più volte, come se non solo capisse quello che lei diceva ma fosse anche d'accordo. Quella vista mi colpì con così tanta violenza che per un attimo ebbi paura di farmela addosso. Mi precipitai in bagno e rimasi bloccata nella fila. Mi vidi allo specchio: le guance rosse, scompigliata. D'ora in poi ti truccherai come si deve prima di uscire di casa! Ora però non avevo altra scelta che tamponarmi il viso con l'acqua fredda. Non servì a molto. Chiazze rosse ovunque, in faccia, sul collo, sulle braccia. Sembravo sconvolta, come in effetti ero. Strinsi i denti fino a farmi male, per darmi un'aria un po' più dura. (Come se ci fosse modo di tirar fuori uno spigolo da queste guance!)

Quando uscii erano ancora lì a parlare, e lui continuava ad ascoltare con la stessa attenzione. Perché a me non mi ascolti mai così? Sono una tale nullità? Dovetti soffocare un gemito, tanto mi rodeva l'invidia. Pura attrazione sessuale, che altro, di lui non sapevo quasi nulla se non che era bellissimo. Ora vado da loro e gli dico qualcosa. Ma, ovviamente, l'intervallo era finito.

Rinunciai al mio posto al centro della quinta fila e corsi in seconda balconata, nella speranza di vedere da lassù se anche dopo l'intervallo erano seduti vicini. Purtroppo neanche da lì si riescono a vedere tutti i posti sotto, neppure se – Scusi! Un attimo solo! – si va nella primissima fila e ci si sporge oltre il parapetto. Vidi il mio posto vuoto, ma non lui né lei. E poi invece: lei. Meno male che si era fatta i capelli rossi! Era in decima fila, posto cinque, parlava ancora o di nuovo con l'uomo che le sedeva accanto, ma era un uomo anziano, capelli bianchi, in compagnia di una donna della sua stessa età, mentre dall'altro lato della rossa c'erano due coppie. Lui non era accanto a lei, né in nessun altro dei posti che riuscivo a vedere. Nella seconda balconata era rimasta giusto una poltrona libera, nell'angolo in fondo, mi ci lasciai cadere esausta. Non capii quasi niente del secondo atto, tornai in me solo all'ultima scena, quando l'altro personaggio (qual era poi?) mise le mani intorno alla gola dello stakanovista, che forse era una spia o forse no, d'altronde chi è che non aveva fatto parte delle SA?, e disse:

E a me nessuno ha chiesto se voglio lavorare con te.

Strinse la gola dello stakanovista e lo stakanovista gli mise a sua volta le mani dorate intorno alla gola. Ripeterono il gesto tre volte, e poi lo spettacolo finì. Il pubblico applaudì a lungo.

All'inizio ero come pietrificata, poi mi feci strada verso l'uscita, permesso, permesso, scesi di corsa al foyer al primo piano dove lui sarebbe sbucato, con ogni probabilità, uscendo da uno dei posti che non si vedevano – Ah, anche tu qui! Che ti è sembrato? Ma solo due parole e poi subito sparire nel nulla, del resto oggi c'è ancora da lavorare, eh sì, un incarico che mi ha dato Bernd –, ma al primo piano non vidi nessuno che conoscevo, al pianoterra neanche, e quando raggiunsi l'ingresso del teatro i più rapidi erano già andati via. Rimasi lì in piedi, finché tutti furono usciti e le porte vennero chiuse dall'interno. Dopodiché, letteralmente correndo, girai un'altra volta intorno all'edificio per vedere se da qualche parte c'era la sua bicicletta, ma no, niente, Dio santissimo ma sei un'idiota, finiscila una buona volta e fai quello che ti hanno detto di fare, prima di dimenticarti tutto quanto!

Non avevamo una macchina da scrivere, potevo scrivere solo a mano, scelsi un blocco per appunti ormai ingiallito di mio padre. Brancolai tutta la notte avanti e indietro, digrignando i denti, ogni tanto scoppiavo in lacrime e volevo telefonare a Bernd, ma alle due e mezza di notte non era proprio il caso. Alla fine riuscii a mettere insieme un qualcosa che consisteva per lo più nel riassunto della pièce, per quello che ero riuscita a seguire. Aggiunsi altre tre frasi mie sul "montaggio scenico", la "modalità narrativa moderatamente straniante" e "l'eroizzazione volutamente non patetica dell'eroe", poi il numero di righe che avevo a disposizione era comunque finito. Alle sei del mattino ero in una cabina telefonica e chiamavo in redazione per trasmettere il mio testo.

Non capivano che cosa volessi da loro. Per quale giornale? Per la "Voce del Popolo" di oggi l'orario di chiusura della redazione era ieri alle 23. E poi avevano già ricevuto una recensione.

Tremavo per la stanchezza e per l'incredulità. Pretesi di parlare con Bernd.

Mi comunicarono che Bernd sarebbe arrivato solo alle undici, e riattaccarono.

A scuola, dopo essere stata seduta per due ore in uno stato comatoso a causa del quale venni richiamata più volte, dissi che non mi sentivo bene e andai via. Comprai la "Voce del Popolo". La recensione allo spettacolo era di Magnus Otto. Col nome per esteso. Il telefono pubblico sputò più volte la moneta, gli urlai contro finché non si diede per vinto.

Bernd spiegò paziente che ovviamente aveva dato per scontato che nel corso del mio tirocinio al giornale io avessi capito che non era sufficiente consegnare il testo solo al mattino.

Ma perché c'era un testo *suo*?

Perché, come emerse, Bernd aveva dato fin dall'inizio l'incarico a tutti e due. Per sicurezza. Dopotutto io stavo ancora imparando.

E se il mio testo fosse stato meglio?

Sarebbe comunque arrivato troppo tardi. E detto fra noi, e lo saprai anche tu: il tuo testo non era meglio.

Non seppi cosa dire. Dovetti fare ricorso a tutte le mie forze solo per non mettermi a strillare. Dovevo dire qualcosa. Almeno una frase. Di sicuro Bernd mi sentiva respirare. Sentii che respirava anche lui, cominciò:

La prossima volta…

Ma ormai avevo attaccato.

Oh piccola mia, disse mia madre abbracciandomi.

Sai quante critiche ti faranno in vita tua! E non solo se diventi un'attrice. Tante di quelle critiche. Se sei bella perché sei bella, se sei brutta perché sei brutta. La vita è così. Che i giovani ti critichino è del tutto normale. Soprattutto i giovani. I giovani, e quelli di mezza età, e i vecchi anche. E le altre donne. C'è sempre qualcuno che deve dire la sua. Soprattutto le altre donne. Loro sono le peggiori. Che si accusano a vicenda di fare carriera andando a letto con quello e con quell'altro. Ma ti dico una cosa: nessuno può criticare il fatto di mettere in gioco ciò che si ha. Chi non ha niente, non ha neanche niente da giocarsi. L'importante è che cerchi sempre anche tu di...

Sì sì, lo so. Li fotterò come loro fottono me, promesso!

Avevo la sensazione di essermi completamente rovinata la vita. Non solo non mi sarei mai più fatta vedere in redazione, non potevo neanche più tornare a scuola. Alla fine comunque mi ripresi e telefonai a Bernd. Dato che aveva iniziato la frase con "la prossima volta". Mi scusai in tutti i modi per il mio comportamento infantile.

Ah, disse Bernd. Ma non è successo niente! Ci vediamo lunedì.

E così arriviamo alla domenica in cui, dopo che mia madre si era quasi ammazzata, gironzolavo per il teatro in attesa che cominciasse l'intervallo.

Quando le porte si aprirono e tutti sciamarono nella mia direzione, sentii venir meno di colpo anche le ultime forze rimaste. Non feci, come programmato, il giro dell'intero edificio, non controllai ogni anfratto per vedere se lui era lì, non mi misi a bighellonare davanti ai bagni degli uomini e non mi piazzai neanche davanti all'ingresso. Rimasi seduta sulla panca di velluto, cercando solo di tenere gli occhi aperti. Se era lì e mi vedeva, bene, altrimenti male, non potevo farci niente. (Mi porti a casa e rimani con me? Non ho nessun altro – ma anche questo era solo un pensiero fiacco, di quelli che vengono nel dormiveglia.) Per tutti i ventisette minuti dell'intervallo, finché gli spettatori non tornarono ai propri posti, rimasi seduta sulla panca senza che nessuno mi rivolgesse la parola. Quando l'ultima porta si richiuse, riuscii ad alzarmi e ad andarmene.

Andai a casa e aprii al massimo il rubinetto della vasca da bagno. Che la Mäder si lamentasse pure. Una vasca rosa cipria. I miei ci avevano messo anni a farla installare. A tutti e due piaceva molto fare il bagno. La pelle sotto gli occhi mi bruciava. Mi guardai, giù. Ero bellissima. La pelle bianca, il triangolo dei peli pubici biondo rossiccio. Se solo potesse vedermi così. Quanto sei stupida, mormorai, quanto sei stupida. Se solo tu potessi vedermi così.

3.
Un’impostora coi fiocchi

Nelle tre settimane necessarie per rimettere mia madre abbastanza in sesto da affidarla alla riabilitazione, io e lei non ci vedemmo mai. Una volta svaniti la rabbia e lo sconcerto iniziale ero pronta ad andarla a trovare, ma lei non voleva farsi vedere in quelle condizioni. Ci sentivamo al telefono. La chiamavo nell’orario di visita, che era di pomeriggio due volte a settimana. Prima che la trasferissero mi fece sapere quello che le serviva e glielo portai. Aveva i capelli che sembravano paglia, le mani e gli angoli della bocca screpolati (perché le mani erano screpolate?), l’alito cattivo. Mi abbracciò e mi baciò, mi chiamò piccola mia e tesoro mio e disse che le dispiaceva, in due mesi, tre al massimo sarebbe stata di nuovo a casa.

Va bene, dissi.

E grazie, cara mamma, di aver fatto i salti mortali per resistere finché non ho raggiunto la maggiore età, così posso tenere alla larga almeno per un po’ tutte le donne delle varie socioassistenze e servizi e comunità e rimanere nell’appartamento da sola.

Sì, vede, sono già dieci anni che io e mia madre viviamo da sole, io sono abituata a essere indipendente. Mia madre si è preoccupata di tutto, mi ha lasciato dei soldi, queste poche settimane passeranno in fretta, poi qualche settimana di scuola e già inizia il periodo di preparazione alla maturità, e poi ho anche mia zia.

La zia Angela, che venne per farsi un'idea dei cosiddetti aspetti legali e faceva una faccia come se avesse paura di toccare qualsiasi cosa nel nostro appartamento. Che poi non c'era nulla di strambo, eravamo solo disordinate, e l'appartamento era esattamente come gli altri appartamenti del nostro palazzo mezzo cadente nella nostra città mezzo cadente. Con un po' più di polvere, forse. Chi ha i libri ha anche la polvere. Prima che arrivassero quelli dei servizi sociali avevo buttato via tutte le boccette e le scatole di medicinali, avevo raccolto quello che c'era per terra, lavato i piatti sporchi e sgomberato il tavolo da pranzo. Di spolverare me n'ero dimenticata. Quando mai si spolvera. Ma zia Angela naturalmente se ne accorse e allo zio venne un attacco di tosse. Lo zio è uno a posto, non è una carogna bastarda che passa di sbieco sullo schermo del televisore un fazzolettino di carta appallottolato, creando una striscia dai bordi pelosi nello strato di polvere prima uniforme, lui non lo faceva apposta, gli veniva davvero da tossire. Aprì una finestra. Cioè, *tentò* di aprirla, era bloccata. Quando pioveva forte, nel gocciolatoio del doppio infisso si creava sempre una pozza d'acqua che ristagnava sul davanzale pieno di crepe, poi si asciugava e rimaneva una chiazza scura screziata di scaglie di vernice bianca. Contro questo genere di avversità, e contro gli spifferi, chi è povero e ingegnoso mette un tubo di stoffa tra le due finestre – ma noi, appunto, eravamo povere e basta. Alla fine lo zio riuscì ad aprire la finestra, nel gocciolatoio cadde ancora più vernice, lo zio si mise a tossire rivolto alla strada; intanto zia Angela fissava imbambolata gli oggetti dei miei genitori, soprattutto quelli di mia madre. Vedeva che non c'era nulla, neanche un cappello, una borsetta di velluto, un qualche ninnolo alla moda.

In pratica possedevate… niente.

(Esatto, e comunque lo possediamo *ancora*, zia Angela.)

La vecchia signora che vi teneva in ordine la casa è sempre viva?

Sicuramente era viva, ma la signora Helfer si era ormai trasferita da anni per stare più vicina ai suoi nipoti.

Il frigo era vuoto, a parte una confezione di margarina.

Mangio alla mensa, e posso fare la spesa.

I soldi ce li hai o te li dobbiamo prestare?

Ogni mese mia madre infilava in una scatola del tè metà del suo stipendio per le spese di casa. Non ci era venuto in mente di rimpinguarla prima del suo trasferimento alla clinica, ma non erano affari di nessuno. No, grazie, zia Angela, non dovete fare nulla, ci vediamo. Sì, vi verrò a trovare.

Seguirono: i tre mesi più belli che avessi mai vissuto.

Qualche volta studiavo anche, ma per lo più rovistavo tra le cose di mio padre. Quando tra i suoi libri ne trovavo uno che mi sembrava interessante o di valore, lo facevo vedere a Noah. Sì, ero già pronta a dividere la nostra eredità, in vista di quando, di lì a poco, avrei abbandonato mia madre definitivamente.

La bici era di nuovo a posto, ci andavo in giro ma abbastanza a caso. Sempre per caso, ogni tanto mi ritrovavo davanti al palazzo di dieci piani nel quartiere di Neustadt. Facevo una piccola sosta e proseguivo. Mi sdraiavo su una coperta nel parco lungo il fiume e studiavo. In tedesco e in inglese ero preparatissima, in russo meno, per matematica non mi facevo illusioni. Il fatto che in storia andassi sempre peggio perché non ne sopportavo il gergo avrebbe dovuto impensierirmi, ma in quel periodo non mi impensieriva niente.

Un giorno stavo tornando verso casa, talmente stordita dal sonno e dalle cose che avevo più o meno studiato che preferivo spingere la bici a mano. Di tanto in tanto chiudevo persino gli occhi, tre, quattro, cinque secondi. In una stradina sul limitare della città vecchia il passaggio era bloccato da un camion per traslochi. Avevo tempo, mi fermai per lasciar passare gli operai che si occupavano del trasporto. Caricavano vecchi mobili. Tappeti. Quadri coperti da teli, da carta da pacchi o persino da lenzuola. Una piantana con l'asta di ottone e un paralume in vetro opalino. Andarono a sbattere col paralume, si ruppe, imprecarono. Al muro della casa avevano appoggiato un quadro. Era coperto alla meglio da un drappo scuro. Sotto il telo si intravedeva il frontone di un edificio bianco e sbilenco con piccole finestre diseguali, sullo sfondo di un cielo marrone. Fanculo il paralume, andiamo avanti, presero il quadro e lo caricarono, qualcuno, il caposquadra o come lo chiamavano, imprecò anche per il quadro, pazienza, avanti, qui non c'è niente da vedere, tirarono su il portellone e lasciarono cadere il telo. In quel momento lo vidi: era in piedi sull'altro lato della strada, sul bordo del marciapiede, in un punto in cui non gli impedivano affatto di passare. Se ne stava lì, con accanto la bici, e osservava. Osservava e non mi vedeva. Quando il camion mise in moto partì anche lui, e prima che io potessi muovermi era già lontano.

La volta successiva che andai in redazione stavano parlando della sinagoga di Erfurt. Di un quadro che ritraeva la sinagoga di Erfurt. Magnus diceva che aveva potuto lanciargli solo un'occhiata, ma che non c'erano dubbi.

Io non lo sapevo neanche che a Erfurt c'era una sinagoga!

Non potresti fare un po' meno baccano?!

Si portò addirittura le mani alle orecchie, tanto era il rumore che facevo trottando sul parquet scricchiolante.

Scusate! Non sono io, è il parquet!

Aspettarono che mi sedessi e che ci fosse finalmente abbastanza silenzio per proseguire.

Venne fuori che lì da noi c'era un pittore di nome Rosen che aveva dipinto tutta una serie di edifici sacri, e che Magnus (e anch'io!) ne avevamo di recente visto uno. Il frontone bianco e sbilenco con le finestre diseguali, seminascosto da un drappo scuro. La serie, dati i tempi, non era stata molto apprezzata e da allora non si era quasi più sentito parlare di Rosen, ma presto avrebbe celebrato un compleanno importante, settant'anni o forse persino settantacinque, si poteva pubblicare un suo ritratto.

Magnus vuole fargli un ritratto e scoprire cosa fa negli ultimi tempi. Qui mostre non ne fa più. Vende i suoi quadri direttamente all'Ovest.

Perché no, disse Bernd. Che Magnus facesse pure un ritratto, se voleva, e che mi portasse con sé.

Così impara qualcosa.

Da insegnante, non gli era facile fare obiezioni. Facemmo tutti finta di non notare quanto poco la cosa lo entusiasmasse.

Il luogo e l'ora che avevano concordato col pittore dovetti venirli a sapere da Bernd, al di fuori delle riunioni di redazione Magnus con me non ci parlava e, a pensarci bene, durante le riunioni neanche.

Ma perché no?

Perché tu sei un'allieva e lui un insegnante.

E allora?

Bernd mi fece cenno di lasciar perdere. Mi diede un foglietto con su scritto "ex scuola popolare", un giorno e un orario.

Dov'è l'ex scuola popolare?

Com'è che non lo sai? In Pfaffenplatz. O in quella che probabilmente tu conosci come Bolesław-Bierut-Platz. Spero che tu sia preparata.

Per quanto possibile. Nella biblioteca comunale c'erano due cataloghi, entrambi in bianco e nero, e Rosen era rappresentato con una sola opera in uno e basta. Per lo meno mi ero impressa in testa le informazioni che lo riguardavano.

Pfaffenplatz o Bierut-Platz era una piazzetta, fino ad allora a me effettivamente sconosciuta, ai margini della città vecchia, da cui era separata, nonché inglobata per metà, da grandi magazzini di recente costruzione dove io e mia madre eravamo già andate più volte a fare spese; ma dietro in effetti non c'ero mai stata. Su un lato di quel che restava della piazza c'erano ancora i vecchi platani, sotto cui erano parcheggiate le auto davanti a una fila di vecchi edifici, uno dei quali, come appresi da una targa, era stato la prima palestra della città. La nostra meta era l'edificio accanto. La palestra, abbandonata, era stata chiusa per rischio crolli, ma agli artisti era consentito utilizzare le aule della ex scuola come atelier. Sul campanello non c'erano nomi, solo numeri, e neppure tutti. L'11, il 12, il 14, il 17, e poi 21, 22, 23, 24. Otto atelier in totale. Per qualche minuto ci si può intrattenere così, ma dopo mezz'ora cominciai a diventare nervosa. Ero arrivata con un quarto d'ora di anticipo, ma ormai anche tenendone conto era passato troppo tempo. E se avevo capito male un'altra volta? E se mi avevano dato apposta indicazioni sbagliate? Magnus perché non voleva avermi tra i piedi, e Bernd per darmi un'altra lezione di vita o solo per il gusto di farlo? Anche questo ci stava. Tanto con me fanno quello che vogliono! Sentii montare dentro vergogna, disperazione e rabbia, non era ancora chiaro quale avrebbe prevalso – decisi di non stare lì ad aspettare, ma di prendere in mano la faccenda e di suonare all'atelier numero 24.

In quel momento lui arrivò con la bici. Pensava che avrei fatto tardi, e allora, per sicurezza, mi aveva dato appuntamento un quarto d'ora prima.

Come ti viene in mente che avrei fatto tardi?

Nessuna risposta.

A essere precisi sei *tu* quello in ritardo.

Che stesse facendo una smorfia?

E questo, il piccolo movimento dell'angolo della bocca, fu sufficiente perché il desiderio spazzasse via di colpo tutte le altre emozioni. Non sapevo dove guardare, era tutto così eccitante, non solo il suo modo di camminare e il suo sedere nei pantaloni mentre saliva le scale davanti a me, persino il filo che gli pendeva dalla giacca, persino le suole delle sue scarpe.

Salimmo i gradini, solcati da fessure piene di cera per pavimenti e polvere di gesso, fino al primo piano. Le porte della vecchia aula erano chiuse, quelle delle stanze adibite a bagni aperte. I lavandini bianchi erano tutti imbrattati di vernice nera.

Rosen dipingeva nella stanza più lontana dall'entrata, in fondo al corridoio. C'era un lavandino anche lì, pulito. La moglie di Rosen prese da lì l'acqua per il tè, che scaldò con un bollitore a immersione. Scatole di latta variopinte, grandi tazze. Non avevo mai visto un tè così trasparente. Dentro ci galleggiava qualche fogliolina.

Insieme al biglietto col luogo e l'orario, avevo ricevuto da Bernd una serie di domande che dovevo porre all'artista, mentre Magnus scattava le foto e faceva a sua volta domande che, a quanto pareva, non provenivano da nessuna lista. Scopo della nostra visita era ritrarre il pittore nel suo atelier in occasione del suo imminente settantacinquesimo compleanno. Rosen era un uomo meraviglioso, modesto, di tanto in tanto sua moglie buttava lì qualche informazione che lo faceva apparire in una luce ancora più radiosa. Lui sorrideva con umiltà e gratitudine. Mentre Magnus? Gentile, interessato, attento e persino allegro come non lo avevo mai visto. Nell'intervallo dello *Stakanovista*. Anche lì sembrava affabile e attento alla sua interlocutrice, ma qui mostrava persino una sorta di rispetto per l'età dei due intervistati. Quanto sai essere a modo. Un sorriso alla signora, interesse nei confronti dell'uomo, mentre a me toccava essere entusiasta di tutto e ridere di gusto quando Rosen diceva: I prezzi li stabilisce una commissione. Più colori ci sono, più li considerano costosi. Per lo più Rosen dipingeva quadri monocromi, in bianco e variazioni di marrone. Ero sbalordita dalla disponibilità con cui lui e la moglie tiravano fuori i quadri e ce li mostravano. Alcuni erano addirittura imballati e loro li toglievano dall'involucro. Magnus fece una bella foto dell'anziana coppia, con in mezzo un quadro di grande formato che ritraeva un bianco edificio solitario.

Dopo quasi due ore Rosen cominciò a respirare a fatica. L'età e la salute. Meno male che ormai gli inalatori entrano in una borsetta!

Ridemmo.

Prima che ce ne andassimo domandai del quadro con la sinagoga di Erfurt. Se magari c'era ancora qualcuno degli schizzi. Rosen mi guardò meravigliato. Con la coda dell'occhio vidi la ruga verticale di Magnus farsi più profonda.

Perché facevo questa domanda?

A volte i miei genitori comprano opere d'arte.

Avete quadri miei?

Per il momento no. (Una volta mia madre aveva ricevuto da un ammiratore, invece di un mazzo di fiori, un quadro con un mazzo di fiori. Ma questo non lo dissi.)

Chi sono i suoi genitori?

Dissi i loro nomi.

Suo padre però è già morto, no?

Sì.

Rosen, con un sorriso modesto, disse che ufficialmente la serie degli edifici sacri non era stata accolta bene, ma che comunque li avevano venduti tutti.

Torni una volta insieme a sua madre. Se le va.

Con piacere, dissi.

Sei un'impostora coi fiocchi, disse Magnus quando fummo di nuovo sotto i platani.

Sono una cosa?

Rivenderti i tuoi genitori è stata una bella mossa.

Non era una mossa, e io non ho rivenduto un bel niente.

E così svanì quel poco di buonumore che regnava. Lui alzò le spalle, ma non accese il cigarillo che aveva tirato fuori. Lo rimise nel portasigarette d'argento (proprio d'argento? E come facevo a saperlo?), inforcò la bici e partì.

Di nuovo mi lascia lì come una scema. E di nuovo non capivo se aveva voluto cazziarmi o se ero io a essere troppo suscettibile perché ero così totalmente sola, perché non potevo chiedere a nessuno cosa dovessi pensare di quella situazione – non vorrai mica metterti a piagnucolare qui? –, perché mia madre era "in cura" e perché nella scatola del tè il mezzo stipendio mensile, stiracchiato su vari mesi, si avvicinava pericolosamente alla fine. Una scatola di latta variopinta, come quelle che avevano anche i Rosen. Chissà se anche loro ci tenevano i soldi dentro? No, non mi metterò a piagnucolare. E non chiederò aiuto a nessuno. Non lo farò.

Nelle ultime due settimane prima della maturità mangiai solo formaggio preconfezionato, fiocchi d'avena e sciroppo di lamponi fatto coi lamponi artificiali. Per un marco e mezzo mi feci fare dal parrucchiere un taglio maschile, in modo che i capelli non mi dessero fastidio. Feci un buon esame.

Non ci fu modo di evitare che zia Angela, mio zio e mio cugino venissero a portarmi a mangiare fuori. Col treno ci vogliono sette ore da Maidkastell a Jüris, ma in macchina solo quattro. Ah, ecco. Mi regalarono cento marchi. Ringraziai con gentilezza (era ora!).

Zia Angela si chinò verso di me col coltello in mano: Non lo volevo dire finché c'erano gli uomini (erano "spariti un attimo"), ma con una camicetta di pizzo così ti serve un reggipetto.

Cosa?

Ti si vedono quasi i capezzoli dai buchi. Vuoi che ti accompagni a comprare un reggipetto?

No, grazie, zia Angela, lo so dove si comprano.

Non hai idea di quanti pervertiti ci sono in giro.

(Invece lo so, zia Angela, non sono nata ieri. Andavo appena alle elementari che già mi chiedevano se sapevo cantare si la do o se volevo suonare il flauto – quello più che un flauto è un piffero, dicevo, e si mettevano a ridere –, e se non volevo sedermi in braccio a uno di loro, solo un attimo, e da quando a dieci anni ha iniziato a crescermi il seno non c'è stato più verso di avere un po' di pace, tu per esempio ne parli *ogni volta* che ci vediamo.)

Mmh, dissi. Vuoi dire che ora sono al bagno a farsi una sega?

Cosa? Chi?

Sorrisi. (Lo sai, chi.)

Diventò rossa come un peperone e il coltello le cadde di mano. Tintinnò contro il bordo del piatto. I camerieri si girarono a guardarci.

Cosa?, dissi a mia volta, come se prima non avessi detto nulla.

Raccattò i suoi uomini e si rimisero in macchina, io mi tolsi la camicetta tutta buchi e gale e infilai un maglioncino anni settanta di mia madre a maniche corte, con delle righe che si incurvavano come solchi di rastrello sul mio seno, ancora non sorretto da niente. Qualcuno mi lanciò un fischio mentre sfrecciavo in bici verso il Ratskeller, dove gli uomini della rivista si trovavano a brindare per aver portato a casa anche stavolta il nuovo numero.

Bernd mi regalò un mazzo di fiori bianchi e gialli. Noah un libro d'arte proveniente dalla sua libreria. E Magnus la sua foto della statua nascosta.

Ero così felice che non riuscivo a crederci. Bevevo vino rosso e cola rimpinzandomi delle patatine che Bernd continuava a ordinare. Vino rosso e cola e ancora vino rosso e ancora cola e ancora patatine, mentre loro raccontavano barzellette. È una tradizione. Mi scompisciavo dalle risate, e non erano neanche divertenti. "Che c'è scritto sulla tomba di una vergine?" "Come nuova." Questa ovviamente era di Bernd. C'erano anche alcuni autori della rivista. Adlerhof aveva una gran barba e simpatici denti storti, eppure dall'aspetto sembrava giovanissimo: mi fece i complimenti per l'esame e mi regalò una sua esile raccolta di poesie, anche se ci vedevamo per la prima volta.

Adlerhof dà via tutti i suoi libri, mi informò Bernd. In qualche modo devono pur circolare. Il nostro amico Pfaffenhaupt, invece, non se ne dà minimamente pensiero, come di molte altre cose, per questo delle sue poesie se ne possono prendere una sì e una no. *La libertà non esiste* o *La feccia può crepare* non sono titoli che possiamo stampare, disse Bernd, e lo sai benissimo.

Bene, disse Pfaffenhaupt, allora scrivo una poesia d'amore!

Mi posso immaginare che ne verrà fuori!

Ambientata a Mosca.

A Mosca no, ti prego!

C'era anche una donna, l'unica oltre a me, che chiamavano Barbara. Aveva capelli tinti rosso fuoco. Riconobbi in lei la donna del teatro. Una poetessa. Aveva un marcato accento sassone e per tutto il tempo, con mio grande sollievo, parlò solo con Noah. Magnus faceva ruotare con cautela sul bordo del portacenere la punta del suo cigarillo per lasciar cadere la cenere. Ma da noi all'Est ci sono cigarilli con un profumo così buono? Mio padre fumava un disgustoso tabacco da proletari, mia madre sottili sigarette al mentolo, ma solo in compagnia e solo per chiedere da accendere agli uomini. Non si faceva semplicemente accendere la sigaretta, mai. Si chinava verso l'uomo con le sue belle dita, le sue belle labbra tra cui teneva un'elegante sigaretta da signora. Mi avvicinai a Magnus sulla panca e attaccai discorso parlando del nostro articolo, che non era ancora finito. Io gli avevo fatto arrivare la mia metà tramite Bernd. Molto bello, aveva detto Bernd. Da allora aspettavo che la cosa avesse un seguito.

Magnus disse che aveva già consegnato.

Posso vederlo?

Ce l'ha Bernd.

Bernd era un po' sbronzo, fece un gesto con la mano, sì sì. Questa donna non ha pietà, sta sempre a chiedere qualcosa. Su, bevi ancora un goccio!

Dissi grazie, ma che ne avevo già avuto abbastanza.

Macché!, disse Bernd, finché puoi bere devi bere!

Poi lasciò perdere. Con me non c'era niente da fare.

È così?, chiesi a Magnus. Finché puoi bere devi bere?

Dipende da chi te lo chiede.

Evidentemente il ghigno sprezzante all'angolo della bocca non era riservato solo a me.

Presi un sorso di vino dal suo bicchiere. Lui ne ordinò un altro. Il suo ormai era mio. Cominciò a girarmi la testa.

Bernd dice che tu hai ambizioni più alte, dissi.

Dice questo?

Sì.

Mmh.

Cosa intende?

Questo lo sa solo lui.

Forse intende: un grosso giornale?

Ci sono grossi giornali da noi?

L'uomo di nome Pfaffenhaupt si mise a ridere. Ma forse per qualcos'altro.

Non so...

Eh, io neanche.

Tra le tue studentesse gira voce che scrivi poesie di nascosto.

Mi guardò come se l'avessi sparata veramente grossa. Di nuovo la ruga tra le sopracciglia.

Le mie studentesse?

Sì. Alla riunione del coro... è vero?

Cosa?

Che scrivi poesie di nascosto?
No.
Cosa fotografi a parte le statue? (Mi batteva il cuore. Non vorrei pensasse che voglio chiedergli di fotografare me. Se mi fotografasse…)
Paesaggi. Oggetti. Quello che mi colpisce.
Solo bianco e nero?
Per lo più.
Vorrei appoggiare la testa sulla sua spalla. Come se fossi già stanchissima. Mi gira tutto. Sono tutti così allegri. Solo per la rivista? Perché io ho fatto la maturità? Stiamo ancora brindando a me o già a qualcos'altro? Come mi sta guardando Pfaffenhaupt? Ma ecco, adesso tutti vogliono tornare a casa, a me non va, non mi va di andare a casa da sola, e comunque non riesco a mettermi in piedi.
Oplà, disse Bernd, e che qualcuno avrebbe dovuto accompagnare a casa la signorina. Volontari, miei signori?
Era una battuta, e di conseguenza nessuno reagì. Uscimmo fuori tutti insieme. Quell'orribile capogiro. Pfaffenhaupt convinse Adlerhof e Barbara a proseguire la serata in discoteca – "in disco", come insisteva a dire. Magnus si mise a slegare la sua bici. Un istante e sarà di nuovo sparito. Mi preparai a stare ancora peggio. Con una mano mi appoggiai al muro. L'intonaco mi si sbriciolò sotto le dita come muffa. I frammenti di vernice che caddero giù erano grigi su un lato, bianchi sull'altro. La bici di Magnus aveva la ruota davanti completamente a terra. Lui imprecò.
Succede in continuazione anche a me. I vicini me la bucano sempre.
Ma stavolta la mia era a posto. Ero io che non ero in grado di salirci.
Lui alzò le spalle. E sia. Dov'è che devi andare?

Insomma, mi accompagnò sul serio. Grazie al cielo la gomma era a terra! Lo schiocco della camera d'aria sgonfia che batte sul selciato.

Passammo davanti al liceo dove lavorava. Ovviamente in quel momento era tutto spento e silenzioso. Proprio lì mi prese una nausea così forte che dovetti fermarmi.

Aspetta. Aspetta!

Non mi venne da vomitare. Potevamo proseguire.

Scusami. Non l'ho fatto apposta!

Cosa?

Che quasi davo di stomaco sul muro dell'edificio dove lavori.

Sorrise e alzò le spalle.

Ti piace insegnare? (Dovevo parlare con attenzione. Non era da escludere che insieme alle parole mi venisse su anche qualcos'altro. Non puoi mica ruttare, se vuoi mantenerti un minimo desiderabile.)

Mediamente.

Cosa avresti preferito fare?

Rimanere all'università.

Quale università?

Volevo andare a Berlino, ma subito non era possibile e mi hanno consigliato di farmi prima due o tre anni "a lavorare", diciamo così. Quest'anno sono qui, a partire dall'autunno in Romania, poi forse potrò andare a Berlino.

Anch'io andrò a Berlino.

Non disse nulla. L'anno in Romania faceva male. Come poteva partire per la Romania come se niente fosse?

Quando?, chiesi. Quando parti per la Romania?

Dopodomani.

Come? Già dopodomani?

Sì. Ma è solo una gita in bicicletta. Romania e Bulgaria.

Ma la tua bici è fuori uso.
Questa è solo la bici che uso in città.
Oh.
Eravamo arrivati a casa mia. Mi fermai davanti al portone. La mia bocca disse: Vieni su da me?
No.
Non sono più una scolaretta.
Sei ubriaca.
Faccio solo finta. Così eri costretto ad accompagnarmi a casa.
Ero costretto?
Ti sei offerto volontario? Ho diciotto anni, dissi.
Rise.
Quanti anni avevi la tua prima volta?
I suoi occhi erano diventati due fessure. Lo avevo fatto arrabbiare?
Non disse più nulla. Allungò il braccio oltre la mia testa e spinse il portone che avevo già quasi aperto, per poco non caddi all'indietro nell'androne immerso nel buio.

4.
Nel vortice

Fu come una grande vittoria, un trionfo che scaldò il mio corpo per tutta la notte, pensavo che non avrei dormito mai più, che sarei rimasta sdraiata per sempre lì a guardarlo. Posso stare così vicino alla sua pelle. Poi invece mi addormentai, e quando riaprii gli occhi era già completamente vestito.

Che fai?

Devo andare.

Che ore sono?

Le otto.

Perché devi andare?

Devo fare i bagagli.

Che bagagli?

Due giorni dopo aveva già appuntamento con altre persone a Budapest, doveva prendere oggi stesso il treno per Dresda.

Il cuore mi batteva da fare male. Mi misi in ginocchio sul letto e gli buttai le braccia al collo.

Mi porti con te?

Non è possibile.

Perché no?

Si limitò a sorridere.

La bicicletta ce l'ho. Gonfia, persino.

Hai anche tre visti?

Quanto ci vuole a ottenere tre visti? Troppo. Sempre che te li diano. Loro erano mesi che organizzavano tutto. Loro chi? Gente con cui ho studiato. Quanti? Otto. ~~Maschi e femmine~~ Uomini e donne insieme? Nessuna risposta. Si infilò nella giacca, passò una mano sul colletto per assicurarsi che fosse abbassato.

Quando torni?

Fra tre settimane.

Mi baciò vicino alla bocca e uscì.

Non puoi andartene, non puoi andartene! Come puoi sverginarmi e poi andartene così? Agguanto un vestito a caso (sto già piagnucolando di nuovo?), schiamazzo in ciabatte giù per le scale, esco dal portone, in strada, eccolo, non si è ancora allontanato. L'espressione impaziente, infastidita, che conosco dalle riunioni di redazione. Che stai facendo? C'è gente per strada. Una donna di una certa età, non ho idea se mi conosca. E nel giro di qualche minuto comparirà di certo anche la Mäder. Me ne sto sul marciapiede coi capelli arruffati, con indosso un vestito di maglia a righe tutto sformato, le tette che quasi sbucano fuori dai fori per le maniche. Mi tremano le gambe. Non mi sono lavata.

Torna dentro. Sono solo tre settimane.

Si girò e se ne andò. Veloce. Poco dopo lo schiocco della gomma sul selciato non si sentiva più. Ed ecco sul serio la signora Mäder, ma non chiese che altro stesse succedendo, guardò a bocca aperta e basta.

Con le gambe tremanti e trattenendo il respiro riuscii a risalire le scale e a scoppiare in lacrime solo dopo aver superato la porta. Ma ululavo come una lupa. Sentivo io stessa quanto fosse forte quel pianto, cercavo di soffocarlo in un mugolio mentre barcollavo per rintanarmi sempre più in fondo nell'appartamento. Tutto era ancora lì, tutto sembrava normale, ma non lo era, impazzirò, impazzirò di sicuro, di sabato mattina, cosa devo fare, non ce la faccio a rivedere gli asciugamani che usavamo quando avevo ancora tutti e due i genitori. Singhiozzando li appallottolai tutti insieme, li infilai in lavatrice e mi buttai sotto il getto della doccia, lì fui libera di piangere più forte, così mi parve, per ore. Quando quel giorno mia madre tornò, poco dopo mezzogiorno, avevo la gola in fiamme.

E lei? Lei era raggiante. Finalmente, finalmente l'hanno lasciata uscire! Non la finivano più di traccheggiare. E mica puoi arrabbiarti, figurarsi piangere o minacciare per farti rimandare da tua figlia, peggiora soltanto le cose.

Ci sei finita di tua iniziativa, eh, gracchiai.

Come se non mi avesse capito.

Mi riempie di baci e di carezze. Che c'è, non ti senti bene? O hai pianto? Oh, tesoro mio, non piangere! Crede che sia per causa sua.

Avevo ancora il mento tutto graffiato dalla barba ispida di lui, ma a quanto pare lei non era in grado di accorgersene. Ci passava sopra con le sue carezze. Bruciava. Per fortuna non durò a lungo.

Doveva per forza raccontarmi della sua terapia! Dinamica! E terapia di gruppo! Gli alcolizzati ricevono in più anche medicinali di supporto per il sistema cardiovascolare, i tossici no, devono farcela così, forse perché è parte della loro terapia, forse perché in uno stato di contadini e operai loro ufficialmente neanche esistono. E poi ci sono queste sedute di gruppo. Una delle prime domande rivolte al gruppo era se ci si riusciva a immaginare gli altri come compagni di vita. Lei aveva ricevuto una maggioranza di sì ma anche alcuni no, perché era "incontentabile" alias "troppo presa da se stessa", e forse bisognosa di "continui applausi".

L'esercizio più idiota che mi avessero mai raccontato, ma mia madre era entusiasta. Purtroppo bisogna studiare psichiatria per poter fare una cosa del genere, perché è venuto fuori che a quanto pare lei avrebbe un certo talento anche per questo lavoro.

Io non dicevo una parola. Attrice, psicoterapeuta, che me ne importa. Lei parlava e io pensavo a come superare le tre settimane successive. Se magari era il caso di provare comunque a seguirlo. Ci vediamo sul Mar Nero. Senza visto? Fino a Praga si può arrivare, per essere precisi fino al confine sovietico. E poi? Lì che fai?

Questo accadeva nel giugno del 1989. Ancora non si capiva un accidente di niente.

Mia madre aveva fatto programmi per noi.

Andiamo a Berlino e poi sul Mar Baltico! Oppure sul Baltico e poi a Berlino, come preferisci tu!

Guardare il mare fa sempre bene. Così andai con lei, ma di parlare non ero ancora in grado. A un certo punto anche lei se ne accorse, e il suo buonumore finì sotto i piedi. La voce con cui mi chiamava da lontano era una campana fessa. Ha una bella voce. Ma quel tono rotto non se ne sarebbe andato mai più. Si sente in tutti i ruoli che interpreta. È talmente forte da essere troppo, per i ruoli secondari.

Sei proprio un vampiro, Muna, disse infine la campana. Succhi via ogni energia vitale.

Poi si scusò di averlo detto. E dei tre mesi. E del bere, prima, e di essere quasi morta. Disse che davvero non lo aveva fatto apposta.

Dovetti fare la mia parte e dirle che non era tutta colpa sua. Da dieci mesi sono innamorata di un uomo e mi sento come se prima non ci fosse mai stato nulla, non ricordo nulla del passato fino alla morte di papà. Come se in mezzo non fosse accaduto niente di rilevante.

Questo lo capì immediatamente. Mi abbracciò e mi baciò. Le piaceva talmente baciarmi e abbracciarmi. Oh, tesoro mio!

Chi è?

Uno della rivista. Un fotografo.

E adesso dov'è?

Via.

Come via? Per sempre?

Tre settimane. Una gita in bici in Romania e Bulgaria.

Questo la fece ridere. Brutta zoccola, era meglio se stavo zitta. Come puoi ridere di una ragazza di diciassette anni? Diciotto. Ho già diciott'anni. Smise di ridere e mi accarezzò i capelli.

Scusa. Lo so, a diciassette anni tre settimane significano molto. Voglio dire: a diciotto.

Questo fece ridere anche me. E dopotutto: l'amore della *sua* vita se ne era davvero andato per sempre.

Dopo le cose migliorarono un po'. Resistemmo due settimane al mare, poi andammo a Berlino e passammo là un'altra settimana, sempre vagando da un conoscente all'altro.

E quanto sono diventata grande, e quanto sono diventata bella, e che bell'esame di maturità ho fatto. Mi riempivano di complimenti, regalini e consigli riguardo alla mia imminente vita da studentessa a Berlino. Ero in grande imbarazzo. Mi sforzavo di essere presente più che potevo. Attraente nell'aspetto, colta e socievole, dovevo esercitarmi a essere tutto questo, anche per il mio amato. Ancora cinque giorni, ancora quattro.

Dopo il nostro ritorno a Jüris andai ad aspettare ogni treno in arrivo da Dresda o Berlino. Quando entrò in stazione l'ultimo della giornata ero sicura che stavolta doveva essere il suo, magari mi vedeva già dal finestrino, come stavo? In quel periodo andavano di moda rossetti che cambiavano tonalità in base al colore delle labbra di chi li indossava. Mi ero comprata tutte e tre le tinte. Le mie labbra scintillavano in tutti i colori del tramonto. Ma lui continuava a non arrivare.

Come fu improvvisa, poi, anche la scomparsa di tutti gli altri. La libreria era chiusa, Bernd non era in redazione, non potevano o non volevano dirmi quando sarebbe tornato. Per tutta una sera e un sogno fui convinta che Magnus avesse avuto un incidente sulle montagne bulgare. Quando in agosto si diffuse la notizia dell'assedio dell'ambasciata di Praga, capii che non aveva avuto un incidente ma che era da qualche parte all'Ovest, dove non era necessario andare "a lavorare" prima di poter fare il dottorato o visitare Parigi.

Vogliamo andare a Praga, mamma?

A far che?

Mia madre disse che non poteva finire anche in prigione. Era a malapena sopravvissuta alla cura (??), l'unica cosa che desiderava era una vita tranquilla e sana nella quale poter riprendere il suo lavoro, ora non poteva assediare un'ambasciata, non poteva mettersi in fila per il cesso in condizioni indecorose in mezzo a gente coi blue jeans marmorizzati, ma soprattutto aveva paura che l'arrestassero scendendo dal treno.

Prontamente sognai che ero in treno e che mi volevano arrestare. Non sono ancora arrivati a me, ma si avvicinano, è buio, c'è confusione, folate di vento, cerco di farmi strada attraverso le carrozze già temendo la passerella tra i vagoni, di caderci dentro, di scivolare magari con una sola gamba nel buco accanto alle due lastre metalliche che si sovrappongono e di non riuscire più a uscirne, di farmi trovare così. Mia madre non c'è, mi sono messa in viaggio da sola, ma adesso non ce la faccio e me ne vergogno. Non riesco neanche a raggiungere la passerella, continuo ad aggirarmi sempre nello stesso vagone, ora in una direzione ora nell'altra, in fuga da quelli che si avvicinano e alla ricerca di Magnus, che dev'essere qui, da qualche parte, e se lo trovo andrà tutto bene, questo treno infatti va all'Ovest, se lo trovo prima che trovino me riusciremo a raggiungere il confine e da lì avanti, avanti, un circolo vizioso, mi sveglio distrutta.

Agosto finì. Sette settimane, otto. Mia madre insisteva che riprendessi il mio solito lavoretto estivo come addetta alle pulizie in teatro. Prima mi piaceva rimettere in ordine l'edificio vuoto mentre loro preparavano il nuovo spettacolo. Mia madre aveva smesso di parlare ininterrottamente della terapia dinamica di gruppo perché nel corso dell'estate metà dei teatranti se l'era squagliata (esagero, ma comunque diversi), e bisognava pensare a cosa fare. Qualunque cosa li aspettasse, lei voleva esserne parte. Assumere i ruoli vacanti – quando, se non ora? Era piena di energie come non le succedeva da anni. Non vedi che qui qualcosa sta cambiando? Io non sapevo cosa vedevo. Non così tanto, temo. Non avevo avuto il coraggio di partire, forse sarebbe anche stata una sciocchezza, alla fine non sapevo dove andare, soldi non ne avevo e non volevo neppure andare via, ma solo andare dov'era lui, e dunque ora aspettavo, magari dopotutto sarebbe tornato indietro.

Noah e Bernd, alla fine, erano di nuovo là. Noah tutto abbronzato, con spalle e braccia diventate muscolose, ma continuava a indossare il suo rossetto, rosa cangiante. Bernd invece si era fatto pallido, gli occhi cerchiati di scuro. Sta succedendo di tutto, te ne sarai accorta anche tu.

Sì sì, certo, ma sapeva qualcosa di Magnus?

Disse che non ne sapeva niente. Otto settimane? No, non sapeva niente. Ma se avesse saputo qualcosa sarei stata la prima a cui lo avrebbe detto.

Sarcasmo?

Non si sarebbe mai permesso con me. Ma se lui, Bernd, fosse stato in me, si sarebbe concentrato piuttosto sullo studio. Sul posto all'università che avevo sempre desiderato. Credimi, con lui le cose non durano.

Di cosa parli?

Te lo dico come tuo amico paterno: concentrati sui tuoi studi.

Perché le cose non durano?

È troppo preso da se stesso.

Non lo siamo tutti?

Alzò le spalle. Che ne è stato del tuo vecchio io sempre allegro, Bernd?

I tempi, eh, i tempi.

Una settimana prima del mio definitivo trasferimento a Berlino trovai finalmente il coraggio di smettere di girare intorno al palazzone di Neustadt e di suonare a uno dei due Otto sul citofono.

Per un pezzo non accadde nulla, ero già sul punto di suonare all'altro Otto quando la voce di una donna anziana rispose. Tutta tremante.

Chi è?

Poi, stridula:

Non lo so dov'è! E voi chi siete, poi? Volete lasciarci in pace?!

Poi una voce più profonda sullo sfondo, incomprensibile, e misero giù.

Quindi erano i suoi genitori. Ed erano ostili. Spaventati o impazziti. Forse entrambe le cose, ed entrambe a ragione. L'isolato in cui abitavano era detto "l'isolato della Stasi", perché nelle vicinanze c'erano una sede della Stasi e dei grandi magazzini ben forniti. E ora se ne stavano lì in quell'appartamento di nuova costruzione e avevano paura anche delle ragazzine.

5.
This carcass

"Caro Magnus,
è notte fonda e non so bene se sto davvero scrivendo questa lettera o lo sto solo sognando. Da quando sei sparito sono passate non tre settimane, ma cinque mesi. Spero che tu non sia già da un pezzo cadavere, da qualche parte sulle montagne della Bulgaria o sul fondo del Mar Nero. A chi potrei chiederlo? È un tale caos negli ultimi tempi. Sono rimasta sconcertata vedendo quanto a lungo è rimasto chiuso il negozio di Noah. Ora è tornato, ma né lui né Bernd sanno dove potresti essere. Dopo agosto anch'io sono stata combattuta su dove andare, cosa fare, ma alla fine ho preparato uno zaino e una valigia e mi sono trasferita a Berlino, com'era in programma all'inizio. Abito qui al quattordicesimo piano di uno studentato, insieme a un'ungherese e a due georgiane. Accanto abitano un polacco, un ungherese, un macedone e un turco. Si chiama Oral. È il suo cognome, ma ovviamente tutti lo chiamano solo così. La finestra di camera mia dà direttamente su Ostbahnhof e sui grandi magazzini, ora lì davanti c'è sempre il mercato, si compra e si vende l'universo mondo. Soprattutto agrifoglio, mi pare, sei marchi occidentali al pezzo. Se hai fortuna, puoi rimediare una guida tv o una banana gratis.

All'inizio tornavo a Jüris tutti i fine settimana a prendere cose che mi mancavano: un bollitore, una teiera, una pentola piccola e una più grande, due piatti, due tazze, due bicchieri, posate, asciugamani. Mia madre adesso è di nuovo impegnata a tempo pieno col teatro, e ne è molto contenta. Stavano per nominarla direttrice artistica, ma poi lei non se l'è sentita. Proprio il giorno in cui è caduto il Muro non ero a Berlino, perché ero andata a Jüris a vedere un suo spettacolo. Recitava ancora negli spettacoli che erano in cartellone, com'era giusto che fosse, e veniva a Berlino soltanto quando aveva giorni liberi. Siamo andate a trovare suoi conoscenti a Berlino Ovest, o figli di conoscenti. Erano piuttosto giovani. Vivevano in appartamenti quasi vuoti con vecchia carta da parati ruvida, io non riuscivo a tenere a mente chi fosse chi. Un uomo di nome Boris con la pelle rossiccia e cortissimi capelli biondo chiaro si preparava a emigrare in Mozambico. Studiava un manuale di pietre preziose. Anche una giovane coppia, che tutti chiamavano solo Bonnie e Clyde, era di sicuro dell'ambiente del teatro. Da mangiare c'era pasta con un sugo molto piccante e da bere solo vino di ribes fatto in casa, e poi siamo usciti a girare all'infinito per le strade. Siccome mi avevano detto di non bere l'acqua del rubinetto perché era veleno puro, avevo bevuto mezzo bicchiere di vino e scendendo dal vagone della metro per poco non ho mancato la banchina. Tutti gli altri erano fuori di sé dall'allegria, io mi limitavo a barcollare qua e là e ce l'avevo con loro perché mi avevano fatto ubriacare. Non so perché pensavo che anche tu dovessi essere per forza lì, da qualche parte tra la folla. Ero arrabbiata perché in quello stato riuscivo appena a guardare avanti, e per questo forse non ti avrei visto e anche tu non mi avresti riconosciuta. (Ora ho di nuovo i capelli un po' più lunghi.) Ero già stanca morta ma mia madre e i suoi amici continuavano a girare per Berlino Ovest. Mia madre voleva vedere ogni teatro e ogni singola vetrina del Ku'Damm, e dappertutto c'era qualche iniziativa. Non ero in grado di ritrovare casa da sola, dovevo aspettare che qualcuno fosse disposto a mettermi sulla metro giusta. Quando sono arrivata la mia coinquilina non era in camera, così mi sono seduta alla finestra, al tavolo che io e Gabica condividiamo, sul quale dovremmo lavorare e mangiare ma che ha una sedia sola. Avevo in testa immagini luminose di Berlino Ovest, e anche qua sotto è tutto un gran viavai, nessuno riesce a dormire.

All'università va a volte meglio a volte peggio. Con alcuni professori non abbiamo ancora fatto nulla che c'entri qualcosa con l'argomento del corso, parliamo di quello che abbiamo vissuto e basta. Uno dei docenti si limita a leggere impettito ad alta voce da un foglio. Lo abbiamo interrotto e gli abbiamo chiesto se ha intenzione di andare avanti così, dopotutto è un corso universitario. Lui ha detto: Prima spiego in cosa consiste la nostra materia, poi proseguo con questo e quest'altro. Ma sta leggendo da un foglio! Poi il resto della classe si è messo a discutere su cosa andasse bene e cosa no, cosa si potesse dire e cosa no, mentre il docente stava semplicemente seduto lì coi gomiti sulla cattedra e i pollici premuti tra le sopracciglia, guardava fisso davanti a sé e aspettava che la lezione finisse. Non ho potuto fare a meno di pensare alle tue sopracciglia, se hai ancora quella ruga in mezzo o se fai una faccia che non hai mai fatto prima, perché ti trovi in un luogo dove non sei mai stato.

Spedisco questa lettera a Noah, passerai di certo da lui se dovessi tornare una volta a Jüris. Quanto a me, l'indirizzo è il seguente…"

Aver scritto la lettera mi fece sentire un po' più leggera. Ero pronta, almeno in una certa misura, a fare quello per cui ero venuta: studiare. Dal giorno della sua scomparsa avevo pensato a Magnus così intensamente che tutto il resto era rimasto sullo sfondo, gli eventi storici così come i titoli dei corsi o i volti dei miei compagni di università. Tutti i lunedì mattina alle otto c'era una lezione di storia e cultura inglese tenuta da un vecchio barbuto. Ero l'unica a essere sempre presente, non perché la lezione letta dal foglio fosse così avvincente ma perché tanto non riuscivo a dormire. Con un orecchio prendevo appunti, mentre con una parte molto più ampia della mia coscienza fantasticavo. In seguito mi stupii di tutto quello che ritrovai negli appunti: informazioni che non ricordavo di aver mai sentito.

Sono soddisfatto di lei, disse con mia sorpresa il docente all'esame di fine semestre. Purtroppo non mi capita spesso di essere soddisfatto.

Ringraziai educatamente.

Mi chiese se volevo specializzarmi in storia.

Arrossii e dissi che non lo sapevo ancora, avevo appena cominciato.

Fu una buona risposta. Dopo quell'esame però mi sentii abbastanza umiliata da impormi di crescere una buona volta e di smettere di pensare esclusivamente a quell'uomo che, avevo calcolato, avevo incontrato in vita mia dieci volte in totale, se contavo la festa e il sesso come due.

~~"Caro Magnus,~~

~~ho fatto il calcolo di quante volte ci siamo incontrati in vita nostra:~~ [redacted]~~. Ma questo non significa nulla, come tutto il mondo sa benissimo. Quante volte Petrarca ha visto Laura? Solo che io..."~~

A maggio votai per la prima volta. Non vinsero quelli che avevo votato. La maggioranza era contenta. Niente poteva più impedirci di programmare viaggi in luoghi dove nessuno di noi era stato prima. In estate vidi per la prima volta anche Parigi (Sei qui? Sei qui da qualche parte?) e l'Atlantico (Hai visto che meraviglia le maree?!). Per la prima volta cominciai a immaginare di farcela da sola, se così doveva essere. Scrissi una cartolina a Noah e una anche a Magnus, ma questa la infilai in una busta. La spedii all'indirizzo di Neustadt, perché da Noah le lettere non le aveva ritirate nessuno.

Non è passato?

No. Vuoi riprenderti le lettere?

Non ancora, dissi. Non si sa mai.

Non si sa mai, disse Noah.

Al secondo anno entrammo per la prima volta in contatto con un visiting professor straniero. Uno scozzese di nome Bartley Campbell, nome che, come ci informò lui stesso, significa qualcosa come Bartolomeo dalla bocca storta. Teneva il corso di *Early Modern Poetry*. Bartley si dimostrò un *cheerful lad* e alla prima lezione si mise a parlare di Shakespeare con un pesante accento scozzese, cercando di convincerci che nell'originale scozzese Shakespeare suonava così. Siccome tutti ridevano passò al *federation standard*, come disse. Solo dopo molti anni ho scoperto che era una citazione di *Star Trek*.

Alla fine della lezione i partecipanti al corso ringraziarono per quell'efficace prima esibizione battendo le nocche sul banco, tutti tranne una o due ragazze perbene secondo cui quella era "un'università, non un circo" (testuali parole). All'inizio del semestre anche altri docenti cercarono di colpirci in qualche modo, a parte quelli che continuavano a parlarsi addosso più o meno come sempre. Bartley però non si stancava, anche in seguito entrò di tanto in tanto dalla porta recitando:

I did not live until this time
Crowned my felicity,
When I could say without a crime,
I am not thine, but thee.

This carcass breathed, and walked, and slept,
So that the world believed
Here was a soul the motions kept;
But they were all deceived.

Mentre io ero rimasta fulminata da quella carcassa che respirava, andava in giro e dormiva, dando così a credere al mondo di avere un'anima, Bartley declamò la poesia fino alla fine. Recitò in modo impeccabile, compensando dal primo all'ultimo verso la piccola ridicolaggine di quell'entrata in scena così teatrale con semplicità, pronuncia chiara e buon senso del ritmo.

For thou art all that I can prize,
My joy, my life, my rest.

In più aveva le lentiggini e gli occhi verdi e, al più tardi dopo questa poesia, scritta da una donna per una donna, tutti erano innamorati di lui. (Anche le ragazze perbene. Con gli occhi che brillavano.)

As innocent as our design,
Immortal as our soul.

concluse Bartley Campbell, e le anime immortali del corso esplosero in applausi e grida di giubilo. Si inchinò sorridendo, con autoironica modestia.

Non fece il minimo sforzo per dissipare l'idea che in quella poesia Katherine Philips potesse aver espresso *more than just friendship* nei confronti di Anne Owen, e suggerì, per le tesine di fine corso, che sarebbe stato interessante se i *lads* avessero scritto qualcosa sulle *ladies* e le *maids* sui *men*, ma ovviamente non si poté fare per ragioni numeriche.

Sedevamo al sole sulle panche di pietra del cortile e sognavamo l'Inghilterra, la Scozia, il Galles, non l'Irlanda del Nord. In Scozia con Bartley. Se qualcuno glielo chiedeva confermava con piacere di possedere un kilt. Se facevamo i bravi, magari una volta se lo metteva.

Era tutto così infinitamente sciocco. Il modo in cui le ragazze si stiravano al sole. Scivolando di qua e di là sul sedere sopra le panche di pietra scomode. E quel ragazzo, Mike, che portava pantaloni talmente corti da lasciar intravedere la stopposa peluria bionda sopra le caviglie ogni volta che accavallava le gambe, stringendole così tanto che tutti lo prendevano per gay. Io però mi ero accorta che, mentre al corso di *Early Modern Poetry* tutti pendevano dalle labbra di Bartley, lui fissava sempre solo me.

È il tuo vero nome Muna?

Perché dovrei usare uno pseudonimo all'università?

Da dove viene?

Dall'arabo.

La tua famiglia ha legami col mondo arabo?

No. Mia madre lo ha letto da qualche parte, le è piaciuto.

Chissà che testo sarà stato…

Era una bella domanda, in effetti. Già: che testo poteva essere stato? Glielo chiederò.

Ho sentito dire che scrivi, è vero?

Dove lo hai sentito?

Lo hai detto tu.

(Può essere. Forse c'era stato un giro di presentazioni. Forse avevo detto qualcosa a proposito del giornale.)

Io scrivo *short stories*, disse lui. Mostrami le tue e io ti mostro le mie.

Mike era ancora incerto se scrivere i suoi racconti *mainly in English* o in tedesco, al momento gli sembrava che quelli in inglese fossero meglio.

(Sbruffone. O meglio: invidia.) Sei madrelingua?

No. Ma i suoi genitori erano diplomatici, aveva trascorso molto tempo all'estero. (Invidia.) Al momento i suoi erano in Finlandia.

Tu perché no?

Perché adesso preferisco stare qui. Da solo a Berlino. Ma figuriamoci.

Il racconto che mi diede (Ti porti i tuoi racconti all'università?) si intitolava *V.A.M.P.* Un uomo descriveva il modo in cui una donna ci provava con lui. I punti tra le maiuscole erano ovviamente pura fuffa, e nel testo la parola vamp non compariva neanche una volta, era sempre "la donna" qui, "l'uomo" là.

Il tuo racconto è non solo disgustoso, ma anche un po' misogino, dissi.

Uh! Ci vai giù pesante!

(Neanche troppo.)

Non solo ma anche? Vuol dire che una cosa è indipendente dall'altra? Disgustoso per un verso e misogino per un altro?

Il passaggio in cui lei dice che ha la nausea e lui le

dice, l'importante è che non mi vomiti in bocca è disgustoso.

Sono entrambi molto ubriachi.

E poi che significano i punti? È un'abbreviazione per qualcosa?

No, hai ragione. Pensavo fosse una buona idea.

Per esprimere cosa?

Pericolo.

C'è qualcuno di pericoloso nella storia? Se sì, allora è di certo l'uomo che vuole far ubriacare la donna.

Ma il gioco è proprio questo! Che lui beve tanto quanto lei e alla fine è ubriaco e indifeso quanto lei. Hanno entrambi la stessa statura, non lo hai notato?

No, lo si dice da qualche parte?

È qui, lei è alta esattamente come lui.

Mmh.

E non hai notato che è tutto ambientato in un jazz club? Vamp è anche una figura musicale del jazz.

Non lo sapevo. E lo scrivono coi punti?

No, lascia stare, i punti sono una sciocchezza, ho capito. Ora mi dai anche qualcosa di tuo?

Devo ancora lavorarci, al mio, prima di poterlo mostrare a qualcuno, dissi.

In verità non avevo assolutamente nulla da mostrare. E solo per Mike non avrei di certo scritto alcunché, che razza di idea, cos'era, un concorso?

La mia reazione al suo racconto lo aveva colpito, glielo si leggeva in faccia, dunque il figlio dei diplomatici dell'Ovest aveva dei sentimenti, ma era anche bravo a incassare. (Ovviamente. Alla fine mi desiderava ancora.) Disse: Per evitare che rimanga dell'acredine fra noi, ti accompagno a casa.

Alla metro, dissi.

Allora alla metro.

Grazie, dissi in fondo alle scale, e feci a Mike un cenno di congedo. Lui ridacchiò.

Pensavo quasi che mi avresti stretto la mano.

In realtà stavo per farti un inchino, dissi. L'ho evitato all'ultimo momento.

Al che fece lui un inchino che si trasformò in una sorta di inchino da moschettiere, e ridemmo entrambi.

Un tipo carino, in realtà. Umorismo e buone maniere. Talento, non saprei. Sex appeal zero. Non devo sentirmi in colpa per questo. Tutti vanno pazzi per Bartley. Il primo scozzese che incontriamo in vita nostra. Umorismo, talento, sex appeal. *Lights up our days*.

E tu, mi disse Gabica, tu non è normale quanto sei sexy, eppure pungi come un riccio. Eh, vedo che la cosa non ti piace. Come una rosa, allora. Ti chiamerò così, La rosa.

Per favore, non chiamarmi così.

I ragazzi ti chiamano Marilyn.

Quali ragazzi?

Tutti i ragazzi… ma si può sapere che hai? Perché sei un piagnisteo ambulante? Cos'è questa lagnosità?

Non esiste questa parola.

Si mise a ridere. Ridendo disse: Tu fai proprio passare la voglia di vivere.

Mi dispiace. Lo vedo, sei dispiaciutissima… Le cose stanno così: sono innamorata di un tizio che è scomparso da un anno, e non riesco a uscirne. Non riesco nemmeno a distrarmi un po'.

Com'è scomparso?

Non lo so esattamente. All'Ovest, presumo.

Mmh. Anch'io sono stata molto innamorata una volta. Quando avevo sedici anni. Sono dovuta persino andare in terapia. Che in pratica funzionava così, lo psicoterapeuta continuava a chiedermi: Lo ami? Lo ami? Lo ami? Così tante volte che alla fine ho detto no, almeno mi lasciava in pace. E dopo che ho detto no la cosa in un certo senso è passata da sola.

(Se con te ha funzionato una cosa del genere, allora non lo amavi affatto. E questo si può dire di sicuro anche ad alta voce.) Se ha funzionato, si vede che non lo amavi così tanto.

…

Sai qual è la cosa che mi infastidisce di più? Che sono così sprovveduti. Tutti, indifferentemente. Mi trovo di continuo a pensare: ma che ne sapete? Gente di Bonn. Sono troppo *chiari*, capisci?

Troppo chiari.

Sì, come dire… beige.

Questa ci fece ridere per un pezzo. Avevo proprio centrato il punto! Per un po' abbiamo continuato a dire: È beige, per dire che qualcuno o qualcosa non ci interessava.

E questo tizio…

Magnus.

E questo Magnus non era beige.

No.

Era… ha qualcosa di oscuro in sé… come un noce nella notte.

Come un cosa?

Come un albero di noce in inverno. Quando fa buio presto. Hai capito.

Wow, disse Gabica. Questa è proprio… questa te la concedo.

~~"Caro Magnus,~~

~~la mia coinquilina nello studentato si chiama Gabica. È bellissima. Soprattutto di profilo. È così piena di vita che non faccio altro che…"~~

Mi ero messa in lista per tenere una relazione su John Donne nel corso di Bartley, e subito dopo si era segnato anche Mike. Non potevo impedirlo, però no, di scriverla insieme frase per frase non se ne parla! Io avrei scritto la mia e lui la sua, possiamo volentieri discuterne, qui, nella caffetteria, non a casa di uno dei due, e non sarà necessario vederci più di una volta.

Come ordina Milady!

(Non replicare e basta!)

Si attenne alle mie direttive (La prima volta nella vita! Attenzione!), non disse nulla di sgradevole sulla mia parte né io sulla sua, o meglio disse che la sua era più strutturata e la mia più creativa. Era vero. Rimaneggiai la mia parte in modo da farla sembrare più strutturata. Fondamentalmente speravo di ottenere l'effetto con una formattazione più professionale. Tutto sommato potevo essere grata a Mike per il suggerimento. Se solo la piantasse di idolatrarmi…

Il giorno della nostra presentazione, alla stessa ora, c'era in programma un evento molto atteso in aula magna. Parlava un uomo divenuto popolare dopo la caduta del Muro, un economista e oppositore da cui, ora che era tutto finito, si voleva assolutamente sentire quel che aveva sempre detto. Il cortile era zeppo di studenti che aspettavano di poter entrare, o forse no, se ne stavano solo a chiacchierare a margine dell'evento. Si faceva fatica a passare. Quando arrivai in aula non c'era nessuno a parte Bartley.

Salta?

Not if I have it my way.

Dalle finestre chiuse si sentiva vociare in cortile. Bartley ne aprì una e guardò fuori.

Impressionante, no?

Alzai le spalle. Non sapevo proprio.

Lei però ha delle gran belle occhiaie, disse Bartley.

Tirai fuori lo specchietto di mia madre.

In effetti. Non erano mai state così violacee.

Richiusi lo specchietto con un clac. Per un attimo il rumore che fece sovrastò tutto, il boato della gente fuori, il tintinnio dei vetri quando il tram passò dietro l'edificio.

Chiedo scusa.

Bartley sorrise.

In realtà oggi tocca a lei tenere la relazione, no?

Actually me ne ero dimenticata. Arrossii. E dire che la relazione era pronta. Solo che non ce l'avevo con me. Andare e tornare dallo studentato richiedeva cinquanta minuti in bici. Forse, se ce la mettevo proprio tutta, potevo farcela in quaranta. Ormai la mia unica speranza era che Mike avesse il mio testo con sé, anche se non nella stesura definitiva. Ma quando arrivò, in ritardo come tutti gli altri quel giorno, non ce l'aveva. Senza dire più niente a nessuno mi precipitai fuori e corsi allo studentato a prendere la mia relazione. Tornai venti minuti prima della fine della lezione, sudata fradicia, mi ero persa la relazione di Mike e la discussione, o meglio piombai in classe quand'era ormai arrivata a metà e pretesi di tenere ugualmente la mia relazione sugli *Holy Sonnets*. La lessi a rotta di collo per stare nei tempi, mentre in origine avevo intenzione di far rifulgere il mio talento nella recitazione, decisamente rispettabile – *I, Except you enthrall me, never shall be free* – ma tanto non mi ascoltava nessuno a parte Mike e Bartley, che rimase impressionato della mia dedizione e si portò via il mio testo per guardarselo con più calma.

Gabica si ammazzò dalle risate.

Perché ridi così?

Va bene, dai. Ti voglio bene anche così. Hai una sigaretta?

Mi vuoi bene e non ti sei ancora accorta che non fumo?

Alcuni giorni dopo incrociai Bartley in corridoio.

Ah, bene che la incontro. Venga con me.

Non aveva un ufficio a disposizione se non durante l'orario di ricevimento, così ci mettemmo nell'angolo fumatori sul retro della caffetteria. Il mio lavoro su Donne gli era piaciuto molto, nonostante il fatto che non fosse finito e nonostante alcuni errori, inevitabili in una lingua che non era la mia. Lo si poteva comunque considerare molto promettente.

Grazie. Diventai tutta rossa per l'imbarazzo ("errori inevitabili"?, sì, ci stava, ma "non finito"?) e per il sollievo ("piaciuto molto" e "molto promettente").

Lei ha fatto grandi progressi. Esteriormente quanto interiormente.

("Esteriormente quanto interiormente"? Che si deve rispondere? Di nuovo grazie? Sarebbe troppo.)

Quest'anno non è stato facile.

È vero.

Ma è stato anche estremamente interessante, no?

Come no.

Possiamo considerarci fortunati a trovarci proprio qui, proprio adesso…

Per farla breve, voleva chiedermi se potevo fare una ricerca per lui. Se c'erano lettere di Thomas Carlyle e James Macpherson alla biblioteca nazionale. Pagata.

Oh, questo sì che mi faceva piacere!

La cassiera della caffetteria mise in conto a lui anche il mio caffè. Lui rise e fece cenno di lasciar perdere. Non dovevo essere così rigida. Per 80 pfennig.

Perché lo scozzese ti paga il caffè, chiese Mike.
E tu perché ci controlli?
Ci?
80 cazzo di pfennig! E per sbaglio!
Adoro le donne che parlano così.
(Vattene a fanculo, Mike, fammi la cortesia.)

"Caro Magnus,
di recente uno dei miei professori mi ha detto che mi sono messa a studiare davvero, ma non sono sicura di aver capito cosa intendesse. Ho sempre il massimo dei voti, sì, non mi pare così difficile, e ho avuto modo di fare ricerche per i docenti, eppure ho la sensazione di essere sempre a metà strada. Ora non torno più tanto spesso a Jüris. Allo studentato organizzano feste tutti i fine settimana, spesso anche durante la settimana. Ovviamente lo scopo è sempre bere, ballare e provarci, ma soprattutto agli stranieri piace lanciare grandi gare gastronomiche sulle piastre lentissime della cucina comune, che ogni venti minuti vanno riaccese perché si spengono da sole per motivi di sicurezza. Gabica, la mia compagna di stanza, si è procurata una pentola da dodici litri e per tutta la sera ha tartassato il nostro vicino Attila perché le portasse ora questo ora quello, in modo che il suo gulasch venisse meglio dei *ćevapčići* del macedone. Il macedone si chiama Dejan, Gabica ha una mezza storia con lui e anche per questo è importante sconfiggerlo ai fornelli. I *ćevapčići* sono imbattibili, ho detto io. Attila ha detto che era vero, al che Gabica ha replicato in ungherese qualcosa tipo "traditore balcanico", Dejan si è messo a ridere e ha cominciato a cantare canzoni macedoni. Allora Gabica ha ordinato ad Attila di accendere il mangianastri, e tutti abbiamo cantano nelle nostre lingue la canzone della ragazza con le per-

le fra i capelli, perfino il polacco, che è bello come Tadzio ma si chiama Kamil. Di solito non fa nulla, se ne sta seduto accanto a noi e sorride.

Poi abbiamo ballato, Gabica ballava con tutti, anche con me, qualcuno ci ha fotografate col flash. Che show, ha detto Mike (è un compagno del corso di inglese). Dovreste far pagare il biglietto. Sicuramente intendeva farci un complimento. Poi all'una di notte ha avuto un attacco d'asma, e io sono stata incaricata di accompagnarlo a casa.

Dejan studia da infermiere e sa che non bisogna mai far andar via da sola una persona che non si sente bene. Tu lo hai portato, tu lo riporti. Siccome non avevamo soldi per il taxi abbiamo preso il notturno, così il tragitto è durato due ore, io non staccavo gli occhi da Mike per capire se dovevo o no chiamare l'ambulanza. Abita in un orrendo, minuscolo appartamento a pianoterra, e ne va fiero. Viene dall'Ovest, per lui è tutto un'avventura. La festa è entrata nella leggenda, ma il giorno dopo Gabica e Dejan sono quasi venuti alle mani perché lui è geloso praticamente di tutti, non solo dei ragazzi, persino di me, al che Gabica ha detto: Vedi, è questo il problema con voi balcanici, e alla fine qualcuno ha segnalato rumori molesti e Dejan non ha parlato a Gabica per due giorni prima di andare a scusarsi con lei, perché che lei non si sarebbe mai scusata era chiaro a tutti. Ora è tutto di nuovo a posto."

Rimasi con Mike finché non fu evidente che il suo spray faceva effetto. A quel punto era già l'alba. La volta dopo, in università, mi regalò una piccola tartaruga di giada per ringraziarmi.

Che cos'è?

Quello che vuoi. Un talismano.

Non sei obbligato a regalarmi nulla.

Però voleva. E inoltre voleva finalmente dichiararmi il suo amore. Addormentarsi accanto a me era quello che aveva sempre desiderato. E ancora di più desiderava svegliarsi accanto a me…

Grazie, dissi alla fine. Ora devo andare, devo portare a Bartley il suo materiale.

Mike mi venne dietro, semplicemente.

Mike, dissi. Tu mi piaci ma…

(Questo fu un errore. Non puoi dirgli che ti piace. Soprattutto se non è vero.)

Voglio dire, le cose stanno così: a me piacciono le donne.

Sgranò gli occhi, fece un sorrisetto. Non mi credeva. Mi ha visto ballare con Gabica, lei premeva il seno contro il mio, mi baciava sulla bocca, ma alla festa lo faceva più o meno con tutti. E poi il punto non è quello che faceva lei, ma quello che non facevo io.

Non ti piacciono le donne, disse sorridendo.

Come fai a saperlo?

Hai già avuto una ragazza?

Sì. È scappata all'Ovest e io non ne sono ancora uscita.

Proseguii, ero già in ritardo, finalmente rimase fermo dov'era. Che mi creda o no, l'importante è che si levi di torno.

Non era esattamente molto, quello che avevo da presentare a Bartley. Appena quattro lettere. Avevo messo in conto delusione, critiche – non c'è bisogno che ritenti, faccio prima da solo – ma lui ci prestò a malapena attenzione, se ne sarebbe occupato meglio dopo. Adesso preferiva esaminare me.

Oggi sei di nuovo splendida.

Oh, dissi. Questo. Grazie.

Purtroppo diventai rossa come un peperone. E purtroppo ci avevo messo prima un “questo”. Non è così che mia madre mi ha insegnato a ricevere i complimenti. Bartley sorrise. Che altro avrebbe dovuto fare.

Mi spiace, dissi. Ho tempo anche domani…

It's okay, disse lui, e fece un passo verso di me. Io un passo all'indietro. Rise senza far rumore. Un altro passo e mi aveva afferrata. Mi spinse contro il muro accanto alla porta e mi si schiacciò addosso con tutto il corpo, sentivo il suo pene, poi premette le labbra sulle mie, le staccò, aprì la porta, mi spinse in corridoio e me la sbatté sul naso. Praticamente mi aveva buttata fuori. Non osai aprire di nuovo. Non avrei proprio saputo cosa dire.

Fuori il sole splendeva sulle panchine in cortile, che strano. Mike era seduto lì. Arrossii di nuovo, stavolta dalla rabbia. E poi dalla vergogna, quando vidi come gli si illuminava il viso nel vedermi.

Ho deciso che per me è più importante la nostra amicizia, disse.

(Più importante di cosa?) Hai deciso così?

Esatto, disse allegro. Com'è andata con Bartley?

Mi sa che ho l'alito cattivo, dissi respirando nel cavo della mano.

Rita si porta dietro lo spazzolino anche all'università.

Sempre qualcosa da imparare da Rita. Di sicuro si porta dietro anche un pettine. O addirittura una spazzola. Da lei si possono avere in prestito assorbenti e appunti. Ha un anello di fidanzamento. Ma di recente ho visto che le era rimasto appiccicato al pullover un filamento di banana.

Avrai fame, disse Mike. Vogliamo mangiare qualcosa? C'è un nuovo chiosco di crêpes…

Scusa ma ora devo andare davvero. Grazie però!, esclamai mentre già mi allontanavo. Anche per la tartaruga!

Il professore mi ha baciata.

E? Com'è stato?

E prima un ragazzo del gruppo mi ha detto che è innamorato di me, e mi ha regalato una tartaruga di giada.

Gabica rise.

(Ma che hai sempre da ridere?) Ti ha mai baciato un professore?

No, però conosco una ragazza del corso di letteratura tedesca che ha una storia con un tipo anziano. Lei dice che le mani e la bocca sono belle, l'uccello no. Quando sta per venire dice sempre: Arriva la cavalleria!

Jesus Christ!

Smettila di pensare *a lui*!, disse Gabica.

Per questo siamo ancora in alto mare, dissi.

"Caro Magnus,

~~oggi uno dei miei professori mi ha spinto contro la porta e mi ha baciata, e poi mi ha buttata in corridoio.~~ Nella stanza accanto è già ripartita la musica. E stanno già bussando alla parete perché vada di là. Sembra che ci siano dieci persone in quella stanzetta. Il macedone ha sempre dell'erba con sé… ~~Ho paura che prima o poi avrò un esaurimento nervoso.~~"

Non proseguii la lettera né andai alla festa. Ero troppo esausta per tutto. Dormii come un sasso.

Alla lezione successiva non guardai Bartley in faccia neanche una volta, mentre Mike mi fissò per tutto il tempo. Registrava ogni mio singolo movimento, per quanto minimo. Stavo seduta sulla sedia come su un trono incandescente. Sembrava che mi stessi persino stiracchiando in modo lascivo. Alla fine non ce la feci più e uscii. Mi seguirà anche stavolta? Corsi fino alla metro più in fretta che potevo.

Mentre mi reggevo ansimando a uno dei sostegni, un uomo accanto a me, un buzzurro con un maglione colorato che puzzava di sudore, esclamò: Pronto, sono Maria! Lui e il suo compagno, anche lui con indosso un maglione colorato, scoppiarono a ridere. Ridevano e ridevano, non riuscivano a smettere. Ogni tanto si dicevano l'un l'altro shhhh, ma questo li faceva ridere ancora di più. Datti un contegno, ci sono delle signore! ecc.

La barzelletta dice così: la vergine Maria è inseguita da degli stupratori e corre da una cabina telefonica all'altra. Pronto, sono la vergine Maria, mi stanno inseguendo! Pronto, sono la vergine Maria, mi stanno inseguendo! E corre e corre, e arriva a una cabina telefonica, e poi a un'altra cabina telefonica, e a un certo punto dice solo: Pronto, sono Maria…

6.
A chi non piace il teatro?

Ti piace il teatro?, chiese Bartley qualche giorno più tardi, dopo essersi scusato se mi si era forse avvicinato troppo, e io avevo balbettato qualcosa. Non ero abituata a sentire un professore che si scusava.

A chi non piace il teatro?, chiesi.

Mi invitò al Maxim Gorki. Vedemmo il *Mein Kampf* di Tabori. Venne fuori che Bartley era un ammiratore di Tabori e che aveva ereditato quest'ammirazione dal padre, che con Tabori aveva collaborato, e che lo aveva anche incontrato di persona, un uomo affascinante. Tramite Tabori è arrivato a Brecht, per via di Brecht ha iniziato a studiare il tedesco. Avevo visto le ultime rappresentazioni di Brecht?

No.

Perché no?

I biglietti per il teatro costano.

È una battuta? Non costano nulla!

È una battuta? Io vivo con centottanta marchi al mese.

Preferisci vedere *L'anima buona di Sezuan* o lo *Švejk*?

Tutti e due, dissi.

La risposta gli piacque, e anche a me lui piaceva sempre di più. Mi appoggiò a un albero che non era illuminato direttamente dai lampioni e iniziò a strofinarmi il pene contro le cosce attraverso i pantaloni, mentre mi strizzava il seno con le mani.

Se solo potessi vedere quello che sentono le mie mani...

Forse dovrei davvero andarci a letto, mi dissi, così questa faccenda del sesso si normalizzerebbe una buona volta. Aspettai che mi chiedesse se volevo andare da lui, ma non successe. Mi accompagnò all'autobus.

Kamil sarebbe disponibile a venire a letto con te, mi accolse Gabica allo studentato.

Sarebbe disponibile?

Dovresti provarlo.

Perché mai?

Perché ora è il momento giusto.

Giovani studentesse in tempo di rivoluzione, in una città in transizione e così via. Gabica aveva la bolla di un herpes all'angolo della bocca, e sembrava non aver dormito abbastanza. Lei, Attila e Kamil avevano preso possesso degli alcolici rimasti dopo la grande festa e da allora bevevano ogni sera con ospiti sempre diversi.

Non essere così noiosa, disse Gabica.

Vieni, facciamo un giro a Mitte, disse Mike. Sulla Oranienburger Straße ci sono le prostitute. Portano parrucche e un abbigliamento tipo aerobica. Scostano il body di lato, la calzamaglia sotto ha un buco all'altezza del cavallo.

(Perché mi dici queste cose?) Come fai a saperlo?

Sono cose che si sanno.

A quanto pare anche la televisione è piena di nuovi programmi erotici, del resto ogni rivolgimento politico implica anche una rivoluzione sessuale.

Ah sì?

Allo studentato non avevamo il televisore. Mike aveva comprato da qualche parte uno Junost minuscolo per la modica cifra di dieci marchi, e un videoregistratore vhs per cento, in modo da potersi guardare non solo i nuovi programmi erotici ma anche lunghi film d'autore presi dalla videoteca. Organizzò una serata cinema da lui. Non invitò solo me, niente panico. Conosci Angelopoulos?

No.

Il volo?

No.

Conosci il libro?

No.

Morte di un apicultore?

No.

Aris ha il film. Lo vediamo martedì da me.

Dissi che purtroppo avevo già i biglietti per il teatro.

Possiamo anche fare giovedì.

Dissi che non dovevano stabilire la data in base a me, non si può pretendere tanto da nessuno, e intanto pensavo, ma quando una è bella come queste ragazze qui sul marciapiede, possibile che non trovi un lavoro migliore? Sapevo veramente poco del mondo.

Avevo freddo, ci fermammo in un locale che si chiamava Assel. Non mi andava di bere il grog, e per di più costava altri cinque marchi. Tùtta colpa del ragazzo di Bonn. E poi io volevo un tè. Ma era chiaro perché lui voleva andare lì. Perché ci andavano anche le ragazze del marciapiede, per scaldarsi e usare il bagno.

Ciao, disse Mike a una delle ragazze.

Ciao, disse la ragazza molto gentilmente continuando a dirigersi verso il bagno.

Lasciai lì il grog e me ne andai. Mike mi venne dietro.

Facciamo un salto all'Eimer, lì il riscaldamento non c'è ma quando c'è gente ci si scalda lo stesso.

Non avevo voglia di andarci né di non andarci, e così ci andammo. L'Eimer era effettivamente strapieno, e in più era buio pesto. C'era un casino assurdo. Parte del chiasso proveniva evidentemente dal gruppo punk rock che suonava nello stanzone al pianoterra, forse un vecchio spazio commerciale. Intorno masse scure di persone si spingevano su e giù per le scale. In una stanza al primo piano c'era la luce nera. I denti di Mike brillavano, i pelucchi bianchi sul mio cappotto nero anche. Rumore come se da qualche parte ci fosse un'altra band a strimpellare o uno stereo con altoparlanti rauchi. C'è da bere, qui, o avremmo dovuto portarci qualcosa da casa? C'è un gabinetto? Le masse si muovevano ininterrottamente, di conseguenza ci muovevamo anche noi, sempre un po' più dentro, sempre un po' più su, finché di colpo non c'era più Mike dietro di me ma Bartley davanti a me.

Era contento di vedermi, ero contenta anch'io. Mi tirò in una stanza, c'era gente anche lì, stranamente tutti ci davano la schiena ma stavano solo parlando. Bartley mi guidò in un angolo, qui non ci vede nessuno. Mi sganciò tre bottoni del cappotto, quanto bastava per potermi toccare il seno.

I have to admit it: I'm a tits man.

Affondò il viso nella mia scollatura, fece un respiro profondo e mi infilò una mano in mezzo alle gambe. La facilità con cui arrivò a toccarmi. Istintivamente strinsi le cosce. La mano gli rimase schiacciata.

Ouch!

Scusa.

Rise.

Con una mano sulla spalla mi spingeva giù, con l'altra armeggiava con la patta dei pantaloni.

Sei pazzo?

Puntai i tacchi contro il pavimento, vecchie assi imputridite che cedevano sotto di me. Purché non finiamo al piano di sotto. Comunque non riuscirai a farmi mettere in ginocchio con una mano sola. Gente andava e veniva accanto a noi, eravamo al buio nell'angolo. La voce di Mike dalla tromba delle scale, di là dal muro: Muna? Sei qui?

Con una mano mi coprii la bocca, con l'altra gli occhi. Sentii Bartley ridacchiarmi in un orecchio e sussurrare: Filiamocela.

Mi prese la mano e mi trascinò fuori dall'edificio. C'era un sacco di gente, non sentivo più chiamare il mio nome. Pedalammo via, quasi fossimo in fuga.

Nell'androne del suo palazzo mi spinse di nuovo contro il muro. Sentivo il puzzo dei bidoni della spazzatura. Farlo in piedi negli angoli sembrava essere il suo modo preferito. Invece poi mi prese per mano e mi condusse a casa sua. Ormai lo avevo visto più volte di Magnus, ci avevo parlato di più, ero stata tre volte a teatro con lui, avevo addirittura avuto con lui più contatto fisico, per così dire. Ebbene, ci andrò a letto.

Il primo pene così vicino alla mia faccia. L'odore. Da far venire l'acquolina in bocca. Non sta bene offendere l'altro mostrando disgusto per le sue parti intime. Dunque non mostrai alcuna emozione. Mi misi semplicemente in ginocchio davanti a lui. Mi accarezzò con il glande la bocca chiusa. Non avevo idea di cosa fare, inventai qualcosa che a quanto pare andava bene o quanto meno si avvicinava ai suoi desideri. Di tanto in tanto mi prendeva la testa e la orientava in un altro modo. Lo sperma mi colse di sorpresa, per quanto era, per come scorreva vischioso, lo sputai con prontezza nel secchio della carta che sporgeva da sotto il tavolo accanto a me.

Normalmente lo ingoiano, disse.

Normalmente? Chi?

Mi accarezzò i capelli. Come se avesse la mano sudata. Avevo paura che i capelli mi puzzassero di cazzo. Mi tirò su e mi baciò sulla bocca, questo fu bello, il timore di puzzare di cazzo si dissolse. Ma la sua bocca sapeva di vino, questo mi fece pensare a mia madre.

Mise un po' di musica. *La morte e la fanciulla*. Adesso voleva fare anche lui qualcosa per me, disse, e mi sdraiò sul letto. Non c'è bisogno, dissi io, adesso non ne avevo voglia. Ma non dovevo andarmene, disse lui. Come se avessi potuto muovermi. Come se avessi potuto sentirmi le gambe. Restammo sdraiati lì, ascoltando la musica. Girò il disco e disse che adesso poteva rifarlo. Io rimasi semplicemente sdraiata. Non so dire come fu.

Disse che potevo passare la notte da lui, ma io riuscii finalmente a rimettermi in piedi e risposi, tutto a posto, preferisco andare a casa.

È freddo fuori, ed è notte fonda.

Non fa niente, dissi.

Sotto c'era Mike. Mezzo congelato, bianco come uno spettro, accanto alla bici che avevo legato al lampione davanti casa di Bartley.

Gli urlai contro, era impazzito?

Mi attaccai al campanello di Bartley. Fammi entrare! Fammi entrare!

Che succede?

Bartley si affacciò alla finestra e si mise a ridere.

Come puoi ridere?
È andato via, disse lui.
Singhiozzai. Mi abbracciò e mi coccolò. Ma quasi ridacchiando.
Cos'è che ti diverte tanto?
Passerà tutto, disse. *This whole drama*. Tornerà tutto normale. Vuoi uno scotch?
Cos'è, una battuta idiota?
No, sono serio, vuoi un whisky?
No, grazie.
Te l'avevo detto di non andare.
Ora di certo non posso rimanere. Tanto non riesco a dormire.
Resto sveglio con te.
Un'offerta seducente, dovevo ammetterlo, come se non gli fossi del tutto indifferente, ma volevo andare via lo stesso. Assolutamente.
Vuoi che ti chiami un taxi?
No. La mia bici è qua sotto.
Mi tremavano le gambe, ma non avrei lasciato la bici lì.
Mi accompagnò di sotto. Mike non c'era più. Né c'era nessun altro in giro per strada. Già tutti a casa da bravi.
Fa' attenzione, disse Bartley.
Aveva addosso solo una camicia e i pantaloni, neanche i calzini, non rimase a lungo a guardarmi.
Quando ti bucano tutte e due le gomme, ci vuole un po' prima che esca tutta l'aria. Me ne accorsi che ero arrivata giusto in fondo alla strada. Pestai sui pedali, furiosa, il mio urlo riecheggiò nella strada stretta, e allora pedalerò sui cerchioni, non m'importa. Ma era troppo dura, non ce la facevo proprio. Alla fine dovetti scendere e spingere.

Nel fine settimana andai a Jüris per la prima di uno spettacolo di mia madre. Una pièce sulla situazione attuale scritta dalla compagnia stessa. Non so se fosse buona, né cosa fosse esattamente. Alcuni spettatori se ne andarono. La compagnia ne fu contenta. Perché pensano sempre di aver fatto qualcosa di provocatorio. Non so che dire in proposito. Ricordo solo che a un certo punto una giovane collega di mia madre aveva il compito di gridare "Assassino!" in faccia a qualcuno del pubblico.

Mia madre fu molto felice della mia presenza. Dopo lo spettacolo mangiammo una zuppa di pomodoro nella tavola calda del teatro. Una discreta zuppa di pomodoro.

Sei un po' ingrassata.

Grazie, dissi, come avevo imparato da lei. Si ringrazia anche per i non-esattamente-complimenti. Sono le squisitezze della mensa universitaria. Gnocchi in crema di vaniglia. Tutti i giorni, se mi va.

Il giorno dopo era una domenica. Non mi era mai capitato di suonare da Noah di domenica. Era troppo presto? E soprattutto, c'era ancora?

C'era. Mi fece salire su da lui. C'era un piccolo corridoio con librerie su entrambi i lati. Come se l'appartamento non fosse che un prolungamento del negozio. Ma imboccammo subito una porta laterale e ci sedemmo nella minuscola cucina che dava sul cortile interno.

Noah, dissi, non ce la faccio a gestire tutto.

Tutto cosa?

Indossava una vestaglia a fiori su una lunga camicia da notte sovietica, celestina. Non potevo parlare di amore o di una relazione, meno che mai di sesso. Allora dissi, Berlino, l'università.

Ah, disse lui, gli inizi sono sempre difficili. E anche i finali. Una tazza di tè?

Faceva un delizioso tè nero.

Sai già che Bernd se n'è andato?

Bernd se n'è andato?

Sì, il nostro caro amico e direttore ha lasciato moglie e tre figlie e se l'è svignata con una poetessa di ventidue anni.

Una poetessa di ventidue anni? Mi prendi per il culo.

No, è la pura verità.

Una che scriveva per la rivista. La quale, verosimilmente, smetterà di esistere. Bernd e lo stato garantivano che ci fossero i fondi. Ora non ci sono più né l'uno né l'altro. Ultimamente si era parlato di costituire un'associazione, ma anche questo avrebbe dovuto farlo Bernd, Noah si era sempre tenuto fuori da queste cose. Pro e contro di uno come Bernd.

Il nostro articolo su Rosen è mai uscito?

No. ...Se proprio non ti trovi bene torna qua.

E poi?

Tanto a Jena ci si va in giornata, e noi facciamo la rivista.

Sorrise. Il suo rossetto era appena appena più discreto del mio. Quella casa era appartenuta alla sua famiglia. Ora sarebbe appartenuta di nuovo a lui. Loro erano sopravvissuti, lui aveva tenuto duro, e ora la casa tornerà a essere di loro proprietà. Il che significa: di *sua* proprietà, per un breve periodo, perché dopo di lui non ci sarà certo nessun altro. Ma a questo non sembra pensare. Gli brillano gli occhi. Come se avesse vinto.

Grazie, Noah, dissi.

È sempre un piacere.

Durante la lezione Bartley mi guardava come se fosse triste. Come se negli ultimi giorni gli fossi mancata. Non aveva un mio recapito telefonico (non avevo il telefono), nessun indirizzo, poteva vedermi solo se lo volevo io, questo mi dava almeno un po' di soddisfazione. Ho dato allo scozzese quel che voleva, ora mi appartiene. Più o meno.

Mike non c'era. All'inizio fu un grande sollievo, ma poi dopo il corso una delle ragazze, non Rita, Eva credo, mi disse che qualche tempo prima Mike aveva avuto un pesante attacco d'asma dopo una festa e c'era quasi rimasto secco, perché ovviamente in quella topaia dell'Est non c'è il telefono e si era dovuto mettere a cercare una cabina telefonica per strada in piena notte. Ora dev'essere a Bonn a riprendersi.

Non mi accorsi di aver fatto spallucce.

Fai spallucce dopo tutto quello che gli hai fatto? (Non Eva, bensì una ragazza un bel po' più alta di tutte noi e che si era aggiunta alla conversazione senza essere interpellata.)

Dopo tutto quello... cosa?!

Non ero neanche sicura di come si chiamasse quella ragazza. Ute? O Jutta?

Tu che ne sai? O meglio: cosa credi di saperne? E anche se fosse, sono affari tuoi?

Sono affari miei perché è la verità!

(Tesi interessante...)

Vuoi sapere la verità?

(Da te? Non necessariamente.)

Me la disse lo stesso. A quanto pare infatti le ragazze perbene del gruppo avevano un'opinione ben precisa su di me. Non tanto perché mi ero portata a letto Bartley (non potevano saperlo eppure lo sapevano), ma, evidentemente, perché con Mike... sì, cosa?, perché con Mike mi ero "comportata male", e soprattutto perché ero arrogante e una gattamorta e mi guadagnavo i voti a forza di sculettate e occhi dolci, col che danneggiavo tutte, tutto il nostro sesso ecc. ecc.

Non potei far a meno di scoppiare a ridere. State scherzando, dai!

Le sbeffeggiai di gusto. Ipocrite!

Le piantai lì e mi misi in marcia alla ricerca di Bartley.

Stava fumando sul retro della caffetteria.

Dissi: Sei qui fino alla fine del semestre, giusto? Facciamo così: tu mi paghi i biglietti per il teatro, i libretti di sala, la cena e da bere. In cambio, poi, io vengo a casa con te. Usciamo insieme al massimo due sere a settimana. Tra una serata e l'altra non mi tocchi le tette né la fica, né all'università, né in altri posti pubblici, né al di fuori del rapporto vero e proprio. All'università non ci parliamo se non durante il corso.

Mi guardò.

È quello che ho sempre desiderato, disse Bartley.

Alla fine del semestre Mike non era ancora ricomparso. Al corso solo i maschi continuarono a rivolgermi la parola. Si chiamavano Nils, Wolf, Norbert e Oliver. Peccato, dissero, quando venne fuori che non sarei andata a letto né con tutti quanti né con uno solo. Spiacente, dissi. O meglio: così è la vita.

7.
L'abbraccio

Per i due semestri successivi, grazie al cielo, avevo ottenuto una borsa di studio a Londra.

Gabica era triste. Per colpa mia e perché da quando aveva rotto con Dejan si annoiava talmente da intristirsi sul serio.

Era uno stronzo, ma almeno era un uomo. A letto non dovevo fare nulla.

Che le dovevo dire? Intanto mettevo in valigia le ultime cose.

Bartley è già partito?

Sì.

Sei triste?

No.

Al momento di salutarci ci eravamo baciati come due innamorati, anche lui aveva interpretato magnificamente il suo ruolo fino in fondo, e sì, meglio così che in un altro modo, ma ovviamente della possibilità che io andassi a trovarlo a Glasgow quando mi pareva o anche solo che potessimo rivederci non si era fatta parola.

Avevamo stipulato questo contratto, e nel firmarlo mi ero detta, brava, sei proprio furba. Ovviamente però ne venne fuori una cosa ingestibile. Come si scoprì, per "sesso" lui intendeva essenzialmente pompini e, come si scoprì, io detestavo farli. Ottenni di farglieli solo una sera su due, cosa che, come mi ero aspettata, rovinava ogni sera numero due. Immagina di stare seduta a teatro, o peggio al cinema, e ogni dieci minuti ti viene in mente che questa è la sera numero due, e anche lui ci pensa, ed entrambi siete arrabbiati con l'altro che ha reso tutto così complicato. E dopo che ero stata io a proporre l'accordo come potevo tirarmi indietro?

Lo facevi e basta, disse Gabica. Che poteva farti?

Aspetta, non è finita. Purtroppo, quando alla fine del semestre non ha voluto darmi il voto più alto, mi è toccato anche dirgli: Pensa bene a quello che fai. E allora mi ha dato il massimo.

Gabica si mise a ridere. È proprio così che bisogna fare. Così sì che sarebbe bello! E adesso è tutto finito. Perché devi andartene?

Non devo, voglio. Via dalla Germania per un po', come te ne sei voluta andare tu dall'Ungheria.

Questo riusciva a capirlo.

Ma: Non è che te ne vai a Londra per essere più vicina a lui?

Glasgow non è vicino a Londra.

Mi mancherai.

Anche tu mi mancherai, Gabica.

A Londra abitavamo nel campus dell'East End, in cinque in un miniappartamento per quattro. Di norma sarebbero state due camere doppie, ma le egiziane accanto a noi non potevano condividere il bagno con qualcuno che non fosse musulmano, così Federica di Pistoia si trasferì provvisoriamente da me e da Florence di Nantes con un letto di fortuna. Entrambe parlavano inglese molto peggio di me.

Piano, diceva Federica. Pensando alla musica credevo significasse: *non forte*, invece voleva dire: *non così in fretta*.

Florence era estremamente riservata e parlava appena, per questo dopo una settimana Federica aveva già nostalgia di casa e si mise alla ricerca di altre italiane negli altri appartamenti. Io evitavo le ragazze tedesche. Le inglesi uscivano tutte le sere in sandali e gonne corte, tornavano ubriache a notte fonda e facevano scattare l'allarme antincendio almeno due volte a settimana bruciando i toast. La prima volta rimasi sconvolta, poi mi limitai a congelarmi mentre pompieri annoiati, nelle loro autopompe alte come palazzi, giravano indaffarati per i blocchi di appartamenti e ci guardavano stare fuori, in piedi sotto la pioggerella.

Al corso di *Contemporary Drama in London* non c'era più posto. Mi iscrissi a *Shakespeare in the World*, *Writing in the 20th Century* e a un seminario su Goethe e Schiller. C'era anche un seminario intitolato *Walking London*, ma io preferivo andarmene in giro da sola. Poi bisognava scoprire quando si poteva entrare gratis nei vari musei e in quali teatri c'erano biglietti a meno di venti sterline. Il cinema è comunque più economico. In quel periodo preferivo andare al cinema.

Ogni giorno all'università c'era qualcuno che distribuiva volantini, una volta una banca, una volta un'associazione di beneficenza, a un certo punto smisi di prenderli. Anche il "Times" lo presi solo una volta, perché quando lo feci vollero subito che sottoscrivessi l'abbonamento. Voglio prima dare un'occhiata al giornale, dissi. Sentendo il mio accento il ragazzo che mi aveva dato il giornale fece una smorfia. Fino a quel momento avevo pensato di piacergli e che lui piacesse a me. Da lì in poi mi tenni alla larga da chiunque distribuisse cose, però leggevo volentieri gli annunci in bacheca in cui si cercavano coinquilini, si pubblicizzavano iniziative o si offrivano lavoretti. Così un giorno incontrai Milla, o fu Milla a trovare me.

Stava affiggendo il suo annuncio in bacheca proprio in quel momento. Mi vide e mi rivolse la parola. Il suo inglese era così limpido, e aveva un andamento così bello che la capivo senza difficoltà.

Milla cercava una baby-sitter.

Faceva l'attrice di musical, suo marito scriveva per il teatro, per la radio e per il cinema, abitavano a Barnet, quasi a Camden, e avevano anche uno studio in cui lavoravano a Mayfair, più vicino ai teatri e alla biblioteca di quartiere.

Quando sentì il mio accento proruppe in esclamazioni di entusiasmo.

Sei tedesca?

Lo era anche lei, sebbene solo per metà, il suo nome d'arte era Milla Bergman ma in realtà si chiamava Maria von Berg, "proprio come la mia *Mutti*". Ma *Mutti* vive in Svizzera, e papà è morto.

Parlava un tedesco impeccabile, doveva solo fare molta attenzione alla pronuncia. *Maine Mut-ti, main Fah-ti*.

Quando le raccontai di me mi abbracciò, e il suo abbraccio era così profumato, così tenero, così ammaliante che continuai per mesi a vivere con quel ricordo.

Milla disse che *dovevo* accettare il lavoro da loro. Ora che mi aveva trovata per lei era impensabile che non fossi io a insegnare il tedesco ai loro meravigliosi bambini, Alfie e May. Era venuta apposta fin lì perché voleva assolutamente una ragazza straniera, prima aveva pensato al francese, per via della madre in Svizzera, ma dove aveva la testa, il tedesco doveva essere!, e dovevo per forza essere io, non è fantastico che ci siamo trovate così, non siamo perfette l'una per l'altra?

Era bionda come me, ma di una grazia che io non avrei raggiunto nemmeno in un miliardo di anni, e io naturalmente ero fin troppo pronta a crederle.

Suo marito si chiamava Frederic e borbottava fra sé talmente piano che non riuscivo a capirlo.

Sorry, gli dissi, avevo qualche difficoltà a capirlo, l'inglese non è la mia *mother tongue*.

Farfugliò qualcos'altro.

Milla rise e lo esortò ad aprire la bocca.

Don't worry. A volte non lo capisco neanch'io.

Lui quindi preferì non dire niente. Spiegò tutto lei. Nel loro appartamento a Barnet c'era una stanza per me, dove potevo passare la notte quando mettevo a letto i bambini. Poteva capitare che dovessi dormire lì anche per tre notti di seguito, quando Milla e Frederic rimanevano nel West End. Alfie aveva cinque anni, May quattro, l'unica cosa che le interessava era potermi pettinare, e che io pettinassi lei.

Avevo detto a Milla che non avevo quasi nessuna esperienza coi bambini. Di tanto in tanto avevo giocato coi figli dei colleghi di mia madre, quando ci trovavamo insieme a teatro o c'era una festa. C'era una ragazzina, Julia, che andava pazza per me e ogni volta che riusciva a prendermi mi abbracciava fin quasi a farmi male. "Quanto ti voglio bene, Munaaaaa." Per Milla come referenza era sufficiente. Avrebbe funzionato. E funzionò. Ogni giorno facevo in tempo a frequentare due corsi all'università, poi andavo a prendere May alla materna e Alfie al prescuola. Insieme imparammo a raccogliere e a contare 352 castagne riuscendo a non perdere May.

Oltre ai due corsi della mattina, avevo in programma di andare a qualche conferenza e a eventi gratuiti la sera. Non ogni sera, naturalmente, solo quando Milla non aveva spettacoli. Ben presto venne fuori che si esibiva non tre ma quattro sere a settimana, e una sera a settimana era riservata a lei e a Frederic come coppia, insomma le sere che dovevo passare con i bambini erano cinque. Non era un grosso problema, l'appartamento era bello, avevo una stanza tutta per me, solo sarebbe stato meglio se mi avessero detto prima che Frederic non sarebbe mai venuto quando ero sola coi bambini. Non telefonava, lo chiamavo io.

Rispondeva con un assorto Mmh? dicendo che non sapeva se veniva o no, stava scrivendo, non poteva prevedere fino a quando. Se non arrivava per le 23 voleva dire che non veniva, e allora dovevo rimanere.

Milla si scusò, a lei diceva le stesse cose che diceva a me. Sperava che potessi organizzarmi comunque, non le andava di prendere una seconda baby-sitter, i bambini si trovavano così bene con me. Mi offrì un po' di soldi in più e i biglietti per gli spettacoli in cui non recitava, e inviti che riceveva per serate a cui non poteva partecipare. Anche se poi a volte partecipava, decideva lì per lì. Fra una cosa e l'altra andò a finire che c'erano settimane in cui avevo una sola sera libera. Non mi lamentavo. Milla si faceva in quattro perché in famiglia le cose andassero per tutti nel migliore dei modi, mi sembrava che meritasse un po' di solidarietà ed ero contenta di essere io a potergliela offrire. Milla era la donna ideale, bellissima, piena di talento, disciplinata, generosa, sempre gentile. Mi aveva praticamente adottata, e io ero talmente esausta del caos che era stata la mia vita fino a quel momento da esserne solo contenta. Occuparmi dei figli di Milla e Frederic, che erano una versione più ricca, più libera, più bella e più sana dei miei genitori in un mondo più ricco, più libero, più bello e più sano, mi sembrava una vacanza dalla realtà che mi era stata assegnata, e nella quale avrei dovuto comunque tornare presto. Che potesse esistere anche di me una versione più ricca, più libera ecc., lo escludevo in partenza. Guardando Alfie e May si capiva che erano radicalmente diversi rispetto a me. Il timido, delicato Alfie che aveva tutte le allergie alimentari di questo mondo, e la selvaggia May, che bisognava di continuo tenere d'occhio altrimenti spariva. A volte perché la sua curiosità la attirava da qualche parte, ma una volta anche di proposito, quando io ero ancora all'inizio. Solo quando vide che ero scoppiata in lacrime spuntò fuori e disse: *Don't cry, silly sausage*.

Bloody idiot, disse Alfie. E a me: Mi ha proprio rotto.

Poi però la perdonò, perché lo divertì il fatto che io ridessi tanto di quel *silly sausage* che non avevo mai sentito. Alfie scriveva il mio nome così: Moona.

Il patto iniziale, disse Milla, era che Frederic stesse due giorni a settimana con i bambini quando c'ero anch'io, e un pomeriggio a settimana da solo. Al riguardo lui era stato chiarissimo, non gli si poteva rimproverare niente. Nessuno dei bambini era stato previsto. All'arrivo del secondo stava quasi per crollare tutto. Mi sono fatta andar bene questo accordo perché era tutto quello che potevo avere. I miei genitori facevano tutto insieme, eravamo una cosa sola, noi tre, io non riuscivo neanche a immaginare che ci fossero altri modelli. Ma Frederic ha detto che per lui era l'unica possibilità, e così l'ho accettata come la sola possibile.

Restammo un po' in silenzio. Poi chiesi:

A cosa sta lavorando al momento?

A una sceneggiatura su Arthur McManus.
Non sapevo chi fosse.
Un comunista scozzese.
Ah.

Con questo accordo, ovviamente, non mi era mai possibile veder recitare Milla, ma mi guardai la sua sostituta in *My Fair Lady*. La sostituta era fantastica, tutti erano fantastici. Mia madre non ne sarebbe stata capace. Mia madre era una buona Madame nelle *Serve* di Genet e una brava Ljubov' nel *Giardino dei ciliegi*, ma quanto a cantare, sapeva farlo come un'attrice di prosa: un po' maldestramente.

In quel periodo ci scrivevamo quasi una lettera a settimana. Mia madre mi raccontava della sua nuova vita nella vecchia città con tutti i particolari, che negozi nuovi avevano aperto, che nuovi piatti aveva scoperto (a quanto pare la compagnia aveva un ristorante italiano preferito), che nuovi acquisti aveva fatto per la casa. Fece la sua comparsa il concetto di accessorio domestico. Io non scrivevo con la stessa regolarità, con tutto che avrei avuto abbastanza tempo le sere in cui mettevo a letto io i bambini, mentre Milla era in teatro e Frederic scriveva nell'altro appartamento. O forse era in giro per la città. Magari loro due dopo si incontravano, nello studio o fuori, e si concedevano un po' di tempo per loro. Bevevano vino rosso, andavano a letto insieme. Mi sarebbe piaciuto osservarli. Non mentre facevano sesso, quello non m'interessa, non l'atto, i loro corpi sì, avevano entrambi un bel fisico da quel che potevo vedere. Soprattutto lei. Loro si spogliano, io li guardo, annuisco, poi mi dedico alla libreria lì accanto. Tenevano i loro libri nello studio, Frederic non voleva che stessero in giro per casa dove i bambini potevano rovinarli, e poi comunque gli servivano per lavorare. In casa c'erano solo le letture leggere di Milla e i copioni, quelli potevo leggerli, e in effetti era la cosa migliore. Mi esercitavo a mezza voce a migliorare la pronuncia. Inoltre mi ero abituata alla tv. Alla televisione inglese parlavano sorprendentemente spesso della Germania, se non erano i nazisti era la caduta del Muro. Osservavo con occhi inglesi la mia patria lontana. Evidentemente ci consideravano un paese importante, o un paese rilevante, diciamo. Un paese rilevante e pericoloso. Ci consideravano più pericolosi dei russi, degli americani e degli ayatollah. Un po' mi stupiva, devo dire.

Avrei potuto scrivere a mia madre di tutte queste cose, invece preferivo scriverle dei parchi, di questi incredibili parchi con incredibili prati e incredibili querce, molto più belle di quelle tedesche tanto decantate. Dei bambini non le dicevo molto, in compenso raccontavo delle rare visite a teatro e dei programmi in tv. Cercavo di appuntarmi tutto questo in inglese anche in un diario, ma se prima lo si è scritto in tedesco in una lettera si fa presto a perdere interesse. Del fallimento del diario davo la colpa a mia madre, ma non dipendeva certo da lei se non osavo scrivere né lì né nelle lettere quanto spesso pensassi a Frederic. All'inizio ero ancora sotto l'incantesimo dell'abbraccio di Milla, ma ormai pensavo praticamente quasi soltanto a lui. A cosa poteva essergli accaduto, per non voler stare coi suoi stessi figli. Al fatto che sembrava proprio avere paura di loro. E anche di me. O forse non era affatto paura. Possibile che non li amasse? Possibile che non amasse Milla? Poteva darsi che non amasse nessuno? Forse viveva in un mondo che aveva solo pochi punti di contatto col nostro, e dunque non aveva senso chiedersi se l'amore fosse possibile o meno? Anch'io in quella città vivevo in un mondo tutto mio, e a pensarci bene avevo vissuto anche a Jüris in un mondo tutto mio, e anche a Berlino, a volte per scelta, a volte no. A trattenermi dallo scrivere era soprattutto il fatto di non padroneggiare nessuna lingua che fosse sconosciuta al resto della famiglia. Milla era in grado di leggere il tedesco. E a mia madre, in realtà, portavo rancore perché ormai le mentivo da anni. Non so dire esattamente quando fosse cominciato, ma durante gli ultimi anni a Jüris non le raccontavo più nulla di quello che mi interessava, nemmeno come passavo il tempo. Per correttezza avrei potuto, certo, lei avrebbe fatto del suo meglio per starmi a sentire e senza dubbio non mi avrebbe giudicata, così come non mi aveva mai proibito nulla: semplicemente non sarebbe stata in grado di aiutarmi. Per questo ce l'avevo con lei. Per la sua evidente incapacità di essermi d'aiuto. Gli appunti di diario che avevo scritto a Berlino in un'agendina ormai piena, nei quali menzionavo "M" e "B", me li ero portati a Londra perché non finissero in mano ad altri. Non mi azzardavo neppure a buttarli via, per paura che qualcuno li trovasse tra i rifiuti. Bruciarli. Ma dove? *London's burning, London's burning*. I bambini adoravano quella canzone.

Non scrivevo più, ma non potevo evitare che di tanto in tanto, quando non ero occupata con Milla e Frederic, mi venissero in mente Mike e il maledetto Bartley. Già a distanza di poche settimane era del tutto incomprensibile come si fosse potuti arrivare a quel punto. Provavo disprezzo e vergogna allo stesso tempo – nei confronti di tutti noi. Perché loro non avevano visto in me altro che una preda, e perché a quanto pareva neanch'io ero stata del tutto in me. Ne era una prova il fatto che avessi fantasticato anche su Bernd, che evidentemente trovavo a sua volta attraente. Come mi sarei comportata se Bernd mi avesse spinto ad andare a letto con lui mentre io spingevo Magnus a venire a letto con me? Non c'è da stupirsi che sia sparito. Solo pazzi ovunque. Niente di ciò che avevo fatto fino a quel momento bastava a dimostrare che non lo fossi anch'io.

È giunto il momento che tu faccia qualcosa della tua vita. Comincia col renderti conto che non puoi andare in una metropoli che ai tempi del Muro ti sarebbe stata preclusa e poi vivere rintanata come uno scarafaggio. E così cominciai a mettere in chiaro le cose, e poi anche a farle. Alla famiglia annunciai: La sera tale e la talaltra non ci sono. Vado a teatro. Con ciò ovviamente misi Milla ancora più sotto pressione. Lei si comportò come sempre in modo impeccabile, ma l'ansia le si leggeva in viso. Contava su di me, e stava succedendo quello che probabilmente era successo con tutte le altre baby-sitter: a un certo punto cominciavano a smettere di adattarsi a tutto. Le baby-sitter arrivano, e poi iniziano ad andarsene. I bambini si aggrapparono a me. May si sdraiò sul pavimento tenendomi le caviglie, Alfie mi strinse alla vita e mi si schiacciò sul fianco. A un certo punto, naturalmente, riuscii comunque ad andarmene.

Mi vidi uno Shakespeare in un piccolo teatro studentesco. *Tito Andronico*. Capivo a malapena. A quanto pare lo recitavano come fosse stato una commedia. Il pubblico rideva un sacco. Più o meno un'allegra mattanza dall'inizio alla fine.

La seconda era una pièce dada e io una delle sette persone del pubblico. Contando gli attori, il tecnico luci e la ragazza all'ingresso eravamo in tredici. Non c'era niente di buono, e purtroppo nessuno rideva a parte me. Non riuscivo a smettere, ridevo sempre di più, tanto che alla fine dovetti uscire. Mi vergognai un po'. Mi ero fatta beffe degli artisti.

La volta successiva avrebbe dovuto essere uno spettacolo sull'Aids in un teatrino sperimentale, ma poiché uno degli interpreti si era ammalato (non di Aids, ci dissero; noi ridemmo) la rappresentazione fu annullata. In cambio il regista ci invitò a vedere le prove di un monodramma su Pinochet agli arresti domiciliari a Londra. L'attore era evidentemente molto divertito all'idea di offrirci una sorta di spettacolo privato. Guardava spesso in direzione del pubblico, ora l'uno ora l'altro, come se cercasse alleati. Poi il regista gli suggerì di farlo meno, di osservare gli spettatori come una massa indistinta per la maggior parte del tempo e di rivolgere lo sguardo a qualcuno solo in momenti strategicamente importanti. In effetti così funzionava molto meglio, lo avvertivamo sia noi del pubblico sia l'interprete, e questo caricò l'atmosfera di energia positiva. Ci fu addirittura una scena in cui l'attore mi invitò a ballare e pronunciò parte del monologo a pochi centimetri dal mio viso. Me la cavai abilmente, non per niente sono la figlia di mia madre. Alla fine applaudimmo con entusiasmo. L'attore mi sorrise, io ricambiai.

Lasciai che tutti gli altri spettatori uscissero e mi avvicinai al regista e all'attore, che conversavano a lato del palco. Purtroppo quella sera puzzavo forte di aglio, ma non mi coprii la bocca perché sarebbe stato ancora più strano. Chiesi se era possibile fare un tirocinio da loro. Il regista non storse il naso, disse di farmi sentire, l'attore mi sorrise più di una volta.

Ero euforica. Da ragazzina mi divertivo un sacco in teatro, ma con il declino di mia madre anche per me era diventato sempre più imbarazzante stare lì o incontrare il resto della compagnia. Mia madre mi aveva anche detto più di una volta che non era cosa per me. Che ero troppo intelligente, troppo sensibile per il teatro (la versione da sobria) e che recitavo come una comparsa da operetta (la versione da sbronza), ma comunque questo non aveva alcun peso se lavoravo fuori dal palcoscenico. Sarei stata una brava drammaturga. Ma esistevano ancora, le drammaturghe?

Alla fine in ogni caso non cambiava nulla, non potei presentarmi per il tirocinio. Non era possibile per via dei bambini. Che Milla avesse un lavoro a tempo pieno non era una novità, e Frederic, dopo aver assistito tutto il tempo alla conversazione con gli angoli della bocca piegati all'ingiù, fece presente che lui non pagava una tata per vedersi ridurre il tempo dedicato alla scrittura.

Gli dissi che, a essere onesti, avrebbero comunque avuto bisogno di due tate.

Milla se ne stava rannicchiata su se stessa, mentre Frederic non faceva mistero di quanto fosse furioso. Non aveva ragione di essere in collera con me. Ma Milla era già in lacrime. Alla fine mi implorò di restare almeno altri tre mesi.

Fra tre mesi sarò ripartita per tornare a casa. Finisce il semestre.

Mi guardò come se per lei fosse una novità assoluta.

Alla fine disse che avremmo dovuto tutti dormirci su. Dovevo darle ancora una settimana, no, meglio dieci giorni, nel frattempo magari riusciva a farmi una proposta.

Mi trascinai di nuovo allo studentato. Florence e Federica usavano ormai il mio letto come piano d'appoggio, visto che gliene serviva urgentemente uno. Si scusarono mille volte e tolsero tutto, ma quando mi sdraiai mi resi conto che per il peso degli oggetti o per chissà quale altra ragione la rete a doghe si era staccata dal telaio. Ero talmente stanca che non mi alzai, né le pregai di aiutarmi a rimetterla a posto. Dormii su una rete storta, e che vuoi che sia.

Mi svegliai con un forte mal di denti. Venne fuori che dovevo operarmi al dente del giudizio e che la mia assicurazione studentesca in Inghilterra non copriva l'intervento. Il dentista che mi visitò era un dottor medic stom., veniva dalla Romania quindi. Dott. medic stom. Matei, un uomo molto bello con gli occhi screziati verdi e marroni.

In Inghilterra cosa fanno i poveri, se hanno bisogno di operarsi al dente del giudizio?

Possono ottenere un finanziamento, ma è una procedura lunga e macchinosa.

Nel frattempo cosa fanno col dolore?

A volte diventano dipendenti dagli antidolorifici, disse il dott. Matei.

Nell'iride sinistra aveva una macchiolina marrone leggermente più grossa.

Ne vorrei comunque uno anch'io, dissi rivolta a quella macchia. Voglio dire, un antidolorifico, non un finanziamento.

Non deve guidare l'auto, disse la macchia.

Allora non c'è pericolo, dissi.

Una pillola aveva effetto per sei ore esatte. Passato l'ultimo minuto il dolore tornava puntuale. Scrissi a Milla dicendole che il dolore e l'intontimento mi impedivano di andare al lavoro.

Mi implorò, e così mi trascinai comunque fin là. Ricordo solo in maniera confusa come riuscii a prendere i bambini e portarli a casa. Subito dopo mi buttai su una poltrona, la piccola May fece un impacco per me e uno per il suo orsacchiotto. L'impacco non era freddo, naturalmente. Ad Alfie non piaceva fare il dottore, è un gioco stupido.

Scrissi a Frederic: *Sto malissimo. Devi venire.*

In effetti venne.

Gli dissi che avevo bisogno di un intervento al dente del giudizio, ma che in Inghilterra la mia assicurazione non lo copriva.

Fece più o meno spallucce. Milla mostrò comprensione, ma naturalmente si chiedeva preoccupata come avrebbe fatto a gestire i bambini nel periodo che avrei trascorso in Germania per farmi operare. Ma dal momento che nessuno di noi poteva o voleva permettersi un intervento ai denti in Inghilterra, dovemmo affrontare la cosa tutti quanti.

Allo studio dentistico di Jüris mi trattarono come se fosse tutta colpa mia. Assistenti sgarbate, dentista sgarbato, anche gli antidolorifici non così efficaci come a Londra, o forse dosati male. Forse sarebbe stato meglio cercare di ottenere un finanziamento e farsi operare dal dott. Matei.

Mia madre, se non altro, si prese cura di me. Procurò impacchi freddi e gelati, e mi mise a parte del fatto che intendeva traslocare.

Perché non me ne aveva mai scritto nelle sue lettere?

Pensava che l'avrei presa male.

Perché dovrei prenderla male?

Dopotutto sei cresciuta qui.

Questo non cambia niente. Ma che ne sarà di tutta la roba?

"Tutta la roba" era la roba *di lui*. Le cose di mio padre che erano ancora lì. Mia madre disse che ovviamente non avrebbe potuto portarsi dietro tutto.

Venne fuori che con "non tutto" voleva dire praticamente nulla. Venne fuori che era già stato contattato il primo antiquario disponibile.

In che senso contattato. C'era da essere contenti che ne venisse uno. Con tutti gli appartamenti, uffici, negozi che erano stati abbandonati. Come capita in genere fra la gente povera, la maggior parte di ciò che possedevamo erano cianfrusaglie, le due cosette che avevano un valore sentimentale entravano in un paio di cartoni. Le pubblicazioni e un orologio di mio padre, copioni e regali ricevuti alle prime da mia madre. La natura morta incriminata, un mazzo di peonie rosa, non se la volle portare.

Ma era un regalo così galante. E non è neanche un brutto quadro.

Te lo regalo.

Perché mi fece soffrire? Ero molto suscettibile in quel periodo. O lo ridiventavo quanto più stavo con lei in casa, in città. È meglio, che lei voglia andarsene. È una donna intelligente. L'eredità pesante, quella che non si vede, il lutto per mio padre era legato a quel luogo. Lei è a metà dei quaranta. Potrà cominciare quella che si dice una nuova vita. E anch'io devo andarmene da qui. Prima di ricominciare a cercarlo.

Per fortuna ero ancora troppo frastornata, dormii a lungo e, quando mi svegliai, in quello che un tempo era lo studio di mio padre c'era uno sconosciuto. Offrì centocinquanta marchi per la sua scrivania, il secrétaire e un armadio. Mia madre disse che gliene servivano seicento.

L'antiquario si mise a ridere. Poi disse che era disposto

ad andarle incontro e ad arrivare a duecento, ma solo perché eravamo due signore così gentili.

Mia madre accettò per duecentocinquanta, non aveva voglia di angustiarsi oltre. Io ero disgustata dal mercanteggiare dell'antiquario e dai suoi modi untuosi, mi facevano male i denti e non volevo angustiarmi oltre neanch'io.

La libreria consisteva in assi di bassa qualità avvitate al muro, ma che fare dei libri? Pregai Noah di venire. Rimase per quattro ore. Bevemmo il tè che aveva portato. Tè verde e tè nero con semi di girasole e fiori. Selezionò due cartoni di libri. Il contenuto di un cartone lo avrebbe esposto nella sua libreria, quello dell'altro avrei dovuto prenderlo io. Lo pregai di tenere da lui il mio cartone finché non avessi avuto un appartamento mio. Accettò, sebbene il suo negozio fosse già sul punto di esplodere, come del resto la casa al piano di sopra e anche le stanze della redazione. La fine della rivista non era stata sancita ufficialmente, ma non era chiaro se sarebbe mai uscita di nuovo.

Naturalmente mia madre gli regalò il contenuto del primo cartone. Una minima commissione. Lei non voleva tenere nessun libro per sé. Anche se magari ora lei mi considererà una screanzata. I libri li preferisco quando sono nuovi. Nel suo nuovo appartamento all'Ovest avrebbe messo libri nuovi e più puliti in una libreria nuova e più pulita.

Noah si portò via uno alla volta i cartoni di libri con una cesta che aveva montato sul portapacchi della sua bicicletta. I mezzi pubblici non li usava più, da quando di recente era stato aggredito sul tram.

Indossavi una gonna?

Neanche. Un foulard, e un rossetto discreto.

Il mattino dopo l'odore del suo profumo aleggiava ancora.

Dei miei oggetti personali presi solo quello che entrava in un grosso zaino. Mia madre acconsentì a custodire per me la natura morta rosa. Mi chiesi se il profumo di Noah fosse penetrato nei libri rimasti nell'appartamento, e se sarebbe stato ancora lì quando sarebbero arrivati quelli dell'amministrazione condominiale, infuriati per tutto quel vecchio ciarpame.

Tornai a Londra e rinunciai al tirocinio in teatro. Dissi a Milla che sarei rimasta con loro fino alla fine del semestre. Mi abbracciò per la seconda volta premendo la sua pelle fresca, profumata di cipria, sulla mia. Per un istante mi diede sollievo.

Già durante l'atterraggio a Londra il dolore ai denti era tornato e durò per settimane. Per via dei medicinali avevo problemi di stomaco, per proteggerlo mangiavo di più e ingrassavo. Avevo già difficoltà a chinarmi. Se non altro, grazie agli antinfiammatori, avevo la pelle fresca e luminosa. Sembravo una di quelle ragazze di campagna con le guance rosa. Così, una sera, incontrai di nuovo il dott. medic stom. Matei.

In uno degli innumerevoli teatrini della città davano *Senza un soldo a Parigi e Londra* di Orwell e, siccome era Orwell, ci andai.

Dottor medic stom. Matei!, esclamai. Sono io, il dente del giudizio tedesco!

Of course, disse lui, gentile come sempre. E come stavo.

Gli antidolorifici tedeschi sono meno efficaci di quelli inglesi, dissi.

Chiese se volevo accompagnarlo a una festa a cui lui e

i suoi amici erano invitati dopo lo spettacolo. Gli amici erano una coppietta, ci salutammo cordialmente e questo fu tutto. Una volta scesi dal taxi che avevamo condiviso, ci perdemmo rapidamente di vista.

Mi ero aspettata una cosa più di classe, uno sguardo nella vita dell'Occidente borghese, invece era una festa in una casa di studenti dentro un vecchio edificio industriale impossibile da riscaldare. Ci abitava una ragazza gallese di nome Sophie. Baciò sulle guance non solo il dottore, ma anche me. *This is my new man!*, disse indicando un tipo seduto non vicino a lei ma all'altro capo della stanza, accanto a un'altra ragazza con un taglio a caschetto all'altezza delle orecchie. A quanto pareva si chiamava Dolores. Aveva occhi azzurri larghi come sottobicchieri. Sophie studiava odontoiatria, per questo lei e il dott. medic stom. Matei si conoscevano.

E io chi ero?

Vengo dalla Germania e sto qui a fare la schiava.

What does that mean?

Faccio la tata. Ma lì dove sto ci vorrebbero due persone come me.

Sophie annuì. A dire il vero per la maggior parte dei lavori che facciamo ci vorrebbero due persone. È tutto calcolato. Giusto, Emil?

Dunque il nome del dott. Matei era Emil. Lui annuì.

Ma perché?, chiesi.

Così non alziamo troppo la cresta, disse lui.

Così alziamo troppo il gomito, disse Sophie svuotando il bicchiere, si infilò tra Dolores e il suo nuovo tipo e si riempì il bicchiere dalla bottiglia di whisky poggiata sul tavolino davanti al loro divano.

Vieni, cerchiamoci un bicchiere anche noi, disse Emil.

È vero che i medici sono troppo pochi perché così i vostri guadagni restano alti?

Sì, disse.

È per questo che te ne sei andato dalla Romania? Per la prospettiva di una vita migliore?

Di una vita migliore. Sì. E tu?

Anch'io. Ma in realtà non me ne sono andata. È solo un intermezzo, diciamo così.

E? Sei soddisfatta di questo intermezzo?

In parte. Per esempio non sapevo che me la cavo bene con i bambini, invece so farlo. I bambini sono così dolci. Anche se non sono per niente indipendenti. A quattro e cinque anni non sono ancora capaci di pulirsi il sedere da soli.

Dovrebbero esserlo?

Il maschio va quasi alle elementari.

Mmh.

A te piacciono i bambini? O preferiresti avere un cane?

Mi piacerebbe avere un cane. Ma mi piacciono anche i bambini. Un giorno spero di averli tutti e due.

Essendo gay, tuttavia, avere bambini richiedeva uno sforzo enorme. Per di più il suo compagno era giapponese e al momento era tornato a vivere in Giappone, e i suoi genitori non ne sapevano nulla. Per questo da un po' di tempo Emil era così triste.

Sto aspettando che ritorni. Deve tornare. Ma non c'è una risposta definitiva. Sono anche già stato a trovarlo. Con la sua famiglia abbiamo fatto finta di essere solo ex colleghi. Sento ancora un po' il jet lag.

Adesso per te è troppo presto o troppo tardi?

Non ne ho idea.

Venne fuori che aveva già preso un medicinale per risincronizzare l'orologio biologico, ma poi si era svegliato e si sentiva a pezzi come non mai, e da allora non si era più ripreso. Ormai andava avanti così da tre settimane. Scoramento e tristezza.

Mi dispiace, dissi.

L'appartamento era strapieno, e continuava ad arrivare gente. La porta si apriva e si chiudeva di continuo.

Vieni, disse Emil, andiamocene.

Cercammo le nostre giacche nel caos dell'ingresso. Io trovai il mio montgomery rosso, lui la sua giacca di pelle no. Venne fuori che uno degli innumerevoli ospiti aveva fatto entrare qualcuno che aveva rubato dal guardaroba diverse giacche di pelle, tra cui anche quella di Emil. Il mio montgomery rosso non lo aveva voluto nessuno. *Little red riding hood. Well, with hooks and eyes.*

Emil aveva soldi, non doveva congelarsi alla fermata del notturno per tornare a casa. Prendemmo un taxi. Cominciai a spiegare dove poteva lasciarmi (anche se naturalmente un gentleman non lo avrebbe fatto), ma lui chiese se non mi andava di salire da lui.

If you don't mind. I need some company.

Viveva in un appartamento di tre stanze con vista sul canale, quasi senza mobili. In tre anni, cioè da quando ci si era trasferito, non aveva ancora avuto tempo di arredarlo. C'era un divano con due puff, su uno dei quali posizionò il suo laptop e telefonò al suo compagno in Giappone.

Mi tenni fuori dal campo visivo, anche se Emil disse che non era necessario. Andai lo stesso nella stanza accanto, nella quale c'erano una scrivania e una libreria. Negli scaffali solo libri di medicina. In camera c'era solo il letto, nient'altro. Non osai aprire l'armadio a muro e dare un'occhiata alle sue cose. Perché, poi?

I miss you terribly, disse Emil nella stanza accanto.

Eri fuori?

Sì. Sei geloso?

Sì.

Risero.

Sei ubriaco?

Sì.

Domani devi lavorare?

Domani è domenica.

Tacquero per un momento.

Che ne dici di sposarci e di prenderci due bambini e un cane?, chiese Emil.

Il compagno rise.

I'm serious.

Sure, disse il compagno. Certo.

Ha detto di sì, mi informò Emil. Aveva gli occhi talmente arrossati e piccoli che la macchiolina nell'iride sinistra non si vedeva più.

Bello, dissi.

Avremo bisogno di una surrogata.

Che sarebbe?

Una madre in affitto… tu che ne pensi, dovremmo prendere gli ovuli della donna che porta avanti la gravidanza o gli ovuli di una donatrice, in modo da mescolare di più i ruoli, diciamo così?

In questo caso chi sarebbe la madre biologica del bambino? La proprietaria dell'ovulo o la proprietaria dell'utero?

La questione è ancora dibattuta. Di fatto un bambino così avrebbe tre genitori. O quattro. Le due madri e i due padri, se i semi vengono mescolati e non si verifica di chi è lo spermatozoo che arriva per primo a destinazione. (Anche se in questo caso si vedrebbe, immagino.) Oppure si può fare in modo mirato, iniettando i singoli spermatozoi nei singoli ovuli.

Vorresti scegliere anche il sesso?
Sì. Vorrei esclusivamente maschi.
Tutto questo è legale in Inghilterra?
In gran parte. Ma molti lavorano con cliniche olandesi e madri ucraine.
Continuava a buttare giù sempre più alcol.
Non dubito che da un punto di vista medico sia fattibile e che si possano stipulare contratti per tenere alla larga le madri. Ma di sicuro prima o poi i bambini faranno domande.
E noi risponderemo.
E se volessero cercarle lo stesso?
Non le troverebbero. Noi non le conosceremmo... Tu ti presteresti a una cosa del genere?
Come cosa? Come ovulo o come utero?
Potresti scegliere.
Né l'uno né l'altro. Mi si spezzerebbe il cuore a sapere che ho un figlio da qualche parte, o addirittura due... però potrei immaginarmi di vivere con due uomini gay e i loro figli. (In verità non riuscivo a immaginarlo. Mi sentivo ubriaca anch'io, sebbene non avessi bevuto. Volevo vedere come reagiva. Se mi prendeva in considerazione.)
Mi guardò.
Vorresti vivere qui?
No. Ovviamente avrei bisogno di un appartamento mio. Ma sarei sempre disponibile a fare da baby-sitter gratis per i bambini. Win-win per tutti.
Emil si sforzò di riflettere.
Non so... hai un forte accento tedesco.
Non credo sia così forte. Non più forte del tuo accento rumeno o del suo accento giapponese.
(Che altro verrà fuori su di te, dott. medic stom. Emil dagli occhi belli?)

No, è troppo pericoloso, balbettò alla fine. Non credo che terresti la bocca chiusa. Dovremmo ucciderti.

Come, scusa?

Era già andato. Farfugliava e basta, e alla fine si addormentò sul divano.

Andai via. Ormai era quasi mattina.

Nell'appartamento dei bambini Frederic era in piedi in cucina e faceva colazione. Aveva le labbra bianchissime, tremava dalla rabbia.

You can't do this.

Sono qui puntuale.

Non sei stata qui la notte!

Mi ero dimenticata di lui. Avevo dimenticato che si sarebbe occupato dei bambini solo finché io ero a teatro.

Mi dispiace, dissi.

Si buttò addosso la giacca.

Mi dispiace, dissi. Purtroppo non puoi andartene neanche adesso!

Si bloccò, girandosi verso di me ma non del tutto.

Milla è ancora nel West End, brontolò.

Dobbiamo parlare, dissi con voce ferma.

Avrebbe preferito piantarmi lì e basta, ma non poteva, stava lì in piedi come se lo avessi incollato al pavimento, fissandomi con rabbia.

E di che? Erano cose che dovevo chiarire con Milla.

Dissi che presto avrebbero dovuto fare a meno di me.

Borbottò qualcosa che suonò tipo *stupid bitch*. Arrivarono i bambini e mi abbracciarono. Approfittò del nostro abbraccio per squagliarsela.

You can't go!, urlai. Se ne andò lo stesso. I bambini mi tenevano stretta.

Milla accettò le mie dimissioni. Aveva comunque potuto tenermi più a lungo di quanto ci fosse da aspettarsi. Va bene, disse. Vai pure.

Baciai i bambini. In quel momento vidi per la prima volta avversione sul volto di Milla. Che quell'estranea che li piantava in asso sbaciucchiasse i suoi figli.

Mi tirai su per dirle a bassa voce quello che non potevo tenere per me.

È uno stronzo. Ti meritavi di meglio.

Era pallida, come pietrificata. Ora vai, disse.

8.
Gli operai di Vienna

In breve, dissi a Gabica, uno non l'ho mai visto trattare gli altri se non come delle merde, eppure, se mi avesse voluta: subito, e senza chiedermi come sarebbe andata a finire – prevedibilmente non tanto bene, questo è chiaro –, ma alla fine sarei comunque rimasta un essere umano, immagino. Mentre l'altro, che sembrava così gentile, mi ha fatto chiaramente capire che ai suoi occhi ero solo un'incubatrice, una cosa utile, anzi di più: una cosa d'importanza vitale, ma una cosa, appunto, e da lì non c'era più modo di tornare indietro. *Gestational carrier*, questa è la definizione ufficiale.

C'è sempre qualcosa da imparare, disse Gabica.

C'è sempre qualcosa da imparare.

La prima notte dormii nella stanza di Gabica fra lenzuola dalle improbabili fantasie esotiche ("Be', che ne dici delle mie fantasie erotiche?"), e poi nella stanza di una ragazza olandese che in quel momento era in viaggio. C'era una sua foto sulla mensola sopra il letto: in gonna e reggiseno su un telo da picnic, fra mucche al pascolo. Le assomigliavo abbastanza da poter essere scambiata per lei. E poi, finché paghi la stanza, nessuno chiede chi sei. Magari me ne resto qui e basta. Con una ungherese, un ungherese, un polacco, un turco e due georgiane come nuova famiglia. Invece, dopo che scorrendo la graduatoria mi assegnarono il posto a Vienna, non li vidi mai più.

Mentre svuotava l'appartamento di Jüris a mia madre era tornato in mente che avevo ricevuto il battesimo cattolico. Per l'occasione i nonni paterni mi avevano regalato dei soldi, che i miei avevano usato per acquistare quei brutti mobili da ragazzina che adesso andavano buttati via. Se sei battezzata puoi fare domanda per le borse di studio delle istituzioni cattoliche, e a volte te le danno anche. Presi il mio zaino e traslocai di nuovo.

La borsa di studio bastava per una garçonnière nel ventiduesimo distretto. Un'altra parola nuova. *Le garçon c'est moi*. Abitavo al piano ammezzato, sotto di me c'erano il piano rialzato e il pianoterra, sopra di me altri tre piani. Corridoi angusti con piastrelle a scacchi e affaccio sul cortile interno dove, stando all'insegna appesa all'ingresso, un tempo c'era stato uno zuccherificio. Oggi ospitava un vecchio magazzino chiuso a chiave e i bidoni della spazzatura. Al piano rialzato qualcuno aveva due cagnolini che, appena imboccavi le scale, si lanciavano guaendo contro la porta dell'appartamento. Dopo essermi lasciata terrorizzare per settimane, una volta mi fermai lì davanti per vedere cosa facevano se non proseguivi. Nulla. Continuavano ad abbaiare e a gettarsi contro la porta, inesorabili. Va' avanti, va', che non gli venga un infarto per colpa tua.

Su ogni piano c'erano due, a volte tre minuscoli appartamenti. In quello accanto al mio abitava una signora molto anziana. Mi guardò dalla porta, io salutai. Lei replicò in viennese stretto: "*Wischen'S den Staub von Einaschwölln*! Non glielo ripeto più!". Non capii cos'era che non mi avrebbe ripetuto più. "La so-glia! C'è polvere!" Ah, dissi, chiudendomi la porta alle spalle. Altro non ci dicemmo.

Non lontano c'era una lavanderia a gettoni, e mi fece piacere perché in casa non avevo spazio per la lavatrice. Se non facendola scaricare nel lavandino e rinunciando al tavolo di cucina. A casa di zia Angela il tubo che portava l'acqua alla lavatrice era attaccato al rubinetto della vasca, e per lavarsi bisognava prima staccarlo. Quello di scarico rimaneva sempre penzoloni sul bordo. Soluzioni di compromesso da cui si capiva che eravamo gente povera. Una lavanderia a gettoni, mi dissi, è come l'America. Ci si può andare a leggere e a conoscere gente.

Alla fine la lavanderia si rivelò una delusione – gente qualunque con facce imperscrutabili, come me –, al contrario del lavoretto che trovai per poter avere non solo un tetto sulla testa ma anche qualcosa da mangiare. Non avevo mai fatto la cameriera, ma mi presentai come se non fosse così. Tanto che mi poteva succedere?

Un caffè russo, o meglio un bar, stando al nome, il Bar Venedikt. Vidi l'avviso sulla vetrina mentre andavo all'università.

Hai esperienza?, chiese il proprietario.

Sì, dissi. Ho lavorato alla tavola calda di un teatro.

In verità ero solo stata a guardare l'addetta della tavola calda. La signora Hedy. Chissà per cosa stava quel diminutivo. A volte dovevo essere così gentile e portare quello che aveva poggiato sul bancone al tavolo "delle signore e dei signori artisti". Quindi sì, un po' di esperienza ce l'avevo. L'unico inconveniente era che alla tavola calda non c'era la birra alla spina. Nel bar al primo piano del teatro sì, ma ovviamente neanche lì ero mai stata dietro al bancone.

L'accenno alla tavola calda del teatro bastò a suscitare interesse nel proprietario. Una persona sensibile all'arte, evidentemente.

Quale teatro?

Il teatro comunale di Jüris, nella Ddr.

Ah.

Mia madre faceva l'attrice lì.

Ah! E tu?

Io studio letteratura.

Quale?

(Non russa, mi spiace.) Tedesca e inglese.

Data la situazione si poteva accontentare. Si chiamava Jakov. Un grande amante del teatro, e anche della letteratura. Guarda, qui abbiamo un'intera parete solo di vecchi libri! Capito cos'hanno fatto? Hanno buttato via dalle biblioteche i vecchi libri. Guarda questo: Makarenko, *Poema pedagogico*! Scritto a Charkov tra il 1925 e il 1935, pubblicato nel 1951 nella Ddr!

Guardai il libro.

Conosci Makarenko?

(Solo di nome.) Certo.

Sai cantare?

Cosa?

Cantare. Очи чёрные, очи страстные!

Solo nel coro della scuola.

Registro?

Mezzosoprano.

Prese la mia mano tra le sue manone calde. Un uomo grasso, dai capelli rossi.

Un'ultima domanda: Hai qualcosa contro gli ebrei o contro i russi?

Ritirai la mano.

Perché? Perché sono il ritratto della tedesca ideale dipinta da un nazista di scarso talento?

Si mise a ridere (sputandomi un po' sulla mano).

Avevo risposto bene alle domande, mi ero fatta riconoscere per uno spirito artistico e non ultimo ero di bella presenza, tutte cose che pesavano più della mia incompetenza nello spillare la birra. Non c'è mica bisogno di essere ingegneri aerospaziali, no? Jakov mi insegnò anche a preparare il tè nero con marmellata e spicchi di mela, che era il loro cavallo di battaglia. Sul menu c'erano piatti di nome *mušyk*, *rabotnik* e *intelligencija*.

In più devi versare la vodka: *pitjdesjat, sto i dvestji Gramm*.

Lavoravo tre sere a settimana, nelle altre cercavo di capire quello che succedeva all'università. La mia borsa era per un corso di studio di livello avanzato, ma poiché gli esami parziali che avevo sostenuto in un'università tedesca e l'anno in quella inglese non erano riconosciuti dalla burocrazia austriaca, dovetti ripeterli tutti. Li ripetei con risultati mediocri. In effetti da noi nessuno si era mai preoccupato di lingue minoritarie nel contesto austriaco, e nell'*âventiure* del medio alto tedesco ero sempre stata una frana. Andavo meglio in *Anglophone Literature, Cultural Studies and Theory*. La docente madrelingua, grazie al cielo, non si chiamava Bartley ma Fenella. Era giovane e si vestiva come una vecchia: con giacche a motivi floreali.

Nelle pause mi sedevo nel cortile porticato all'ombra della musa, e guardavo ondeggiare i due grandi tigli. Per difendermi dalla luce potente che, a differenza di Londra e Berlino, regnava a Vienna, mi ero comprata per pochi soldi un paio di occhiali da sole di plastica in un negozio dell'usato.

Sembri una star del cinema, mi disse un tizio. Un ragazzo. Uno che si chiamava nientepopodimeno che Ferdinand. Un Ferdinand *von*. Prima che venissero aboliti i titoli nobiliari, cioè.

E io vengo da una famiglia di ~~artisti e intellettuali~~ contadini e poliziotti della Ddr.

Giusto per fargli capire che anch'io non ero mica nessuno.

L'ironia, evidentemente, non era il suo forte. Mi guardò sconcertato. Lui era ancora nella fase di orientamento. Storia e scienze politiche, queste sarebbero state le sue materie. Avrebbe fatto il professore di storia o il politico. E questo lo avrebbe reso la pecora nera della famiglia, dove tutti studiavano legge o economia.

Intanto sembrava quasi sbavare mentre mi guardava dalla testa ai piedi: il seno, le labbra, i capelli biondo oro che a Londra, dove non potevo permettermi un parrucchiere, erano diventati ingestibili.

Venne fuori che lui e i suoi "sodali" mi osservavano già da una settimana. L'abitudine che avevo di sedermi sempre ai piedi della musa, proprio al centro del cortile, dove tutti potevano vedermi.

Tutti possono vedere tutti in questo cortile, o no?

Ma non tutti hanno l'aspetto che hai tu.

Presumo sia un complimento, dissi in tedesco impeccabile, e poi aggiunsi in berlinese, anche se non era la mia lingua materna: E tu, pikkolo Fertinant, sei stato proprio karino a rivolgermi la parola, i tuoi kompari saranno fieri di te.

Con l'arrivo del freddo iniziai a trascorrere le ore libere in una delle caffetterie vicino all'università, e i Ferdinands mi persero di vista. A pranzo l'odore delle Wiener

Schnitzel che non potevo permettermi mi impregnava i capelli, me li feci di nuovo tagliare corti.

Jakov non la prese bene. Ma perché voi donne dovete sempre sfigurarvi in questo modo?

Noi donne? Sfigurarci? Se vuoi mi metto una parrucca per venire al lavoro.

No, non voleva neanche quello. Tutto sommato la testa quasi rapata col seno e le labbra turgide non era male.

Che è successo? Ti hanno preso per una collaborazionista?, chiese Ferdinand, stavolta durante un attacco a sorpresa per le scale.

Come?

Non dovevo fraintenderlo, non voleva offendermi. Sei bellissima anche così.

Anche così?

Non so, probabilmente sorrisi e probabilmente con aria smorfiosa, perché disse:

Tutto quello che fai grida attenzione.

Grida? Attenzione?

Lo avevo di nuovo capito male. Non nel senso che *cercavo* attenzione. Ero io che *creavo* attenzione.

Ah sì?

Comunque non era per questo che mi aveva fermata. Bensì per chiedermi se avevo voglia di andare a caccia.

Andare a cosa?

Caccia.

Cos'è?

Una caccia, appunto. Una battuta di caccia. Se mi andava di unirmi a una battuta di caccia di ungulati e piccola selvaggina.

(Che diavolo sono gli ungulati?) Come ti viene in mente che potrebbe andarmi?

È interessante. E per te è una cosa nuova.

Nuova, in effetti, lo era. Però: cosa me ne veniva? Altra attenzione indesiderata? Perciò sorrisi e dissi: No. Mi spiace. Non mi interessa.

Cosa sarebbe interessante? Per te?

Mi spiace, Ferdinand, dissi. Temo che quel che interessa me non interesserebbe te.

Dopodiché, grazie al cielo, mi lasciò in pace. Una volta ci incrociammo di nuovo per caso davanti a una porta. Me la tenne aperta e sorrise. Io ringraziai e proseguii.

Al Bar Venedikt, oltre a spillare birra e a preparare piatti con tè e vodka, imparai un po' di cose sulla grandezza della cultura russa che io, come tutti gli altri, avrei dovuto imprimermi bene in testa.

Я столько выпил в Петербурге, что Россия будет мной гордиться, disse un uomo varcando la porta.

A Pietroburgo ha bevuto così tanto che… cosa?

Che la Russia può essere fiera di lui, disse uno degli altri camerieri. È una citazione.

Коля, ты живешь беспечно, как зверь, esclamò Jakov.

Kolja, tu vivi con la sventatezza di un animale, tradusse con faccia impassibile il cameriere, che si chiamava anche lui Kolja.

Как наш Бегемот?, chiese Jakov. Questa la capivo persino io. Come sta il nostro Behemoth?

Jakov si aspettava che "alla fine" (alla fine di che?) il mio russo scolastico avrebbe brillato come una moneta d'oro. Io sorridevo educata.

Il giovedì, in apertura della cosiddetta serata musicale, c'erano sempre il solito David a suonare il piano e la solita Aljona a cantare le solite amate canzoni russe. In tarda serata *Oci ciornie* veniva eseguita almeno un'altra volta, con Jakov, il cuoco, i camerieri e i clienti che cantavano. Jakov insisteva perché mi esibissi anch'io. Potevo anche cantare *Am Brunnen vor dem Tore* se mi andava, ma non mi andava.

Oppure *La trota*. "*Die launische Forelle...*"

Io scuotevo la testa.

Alla fine la mia rovina fu *Dorogoj dlinnojou* che Jakov e il suo amico Kolja intonarono una sera, e io purtroppo adoravo quella canzone, anche se la conoscevo solo in inglese. Una volta a scuola avevamo passato un'intera ora di lezione solo a cantarla, ed era stato così bello che la volta dopo eravamo tutti in imbarazzo. In ogni caso, quando all'improvviso Jakov e Kolja, mentre gli passavo accanto per prendere le ordinazioni, mi tirarono in mezzo a loro infilandomi praticamente il microfono in bocca, non volli che le mie proteste venissero amplificate per tutto il locale e cantai il ritornello:

Those were the days my friend
We thought they'd never end
We'd sing and dance forever and a day...

La mia voce aveva un suono inaspettatamente pieno e vellutato, nel locale serpeggiò un mormorio. Quella sera uno dei clienti era venuto con un violino (anzi, come scoprii più tardi, una viola), mi accompagnò e non mi permisero di restituire il microfono ai due uomini neanche al momento della strofa; ero in imbarazzo perché conoscevo solo la versione inglese, ma poi ebbe la meglio il senso del dovere appreso da mia madre, per cui quando si sta su un palco è preferibile non darsela a gambe ma andare avanti fino alla fine, anche a costo di inventarsi le parole – la la la la la, tutto il locale cantava, non la smettevano più, il testo inglese era finito da un pezzo quando finalmente Jakov e Kolja mi lasciarono andare e cantarono daccapo la versione russa, poi proseguirono gli strumenti da soli, il pianoforte, la viola, sempre più veloci, la viola stonava sempre di più, il locale era in delirio. Jakov venne da me dietro al bancone, dove da un po' servivo solo alcolici, e mi coprì con le sue manone, con la sua enorme camicia.

Какой голос! Che voce!

In russo non ero in grado di dire, una voce normalissima, per quanto ne so.

D'ora in poi canterai tutti i giovedì!

Non ne avevo voglia, ma evitai di dirlo già quella sera.

Congratulazioni, mi buttò lì Vadim, l'altro cameriere che non era Kolja, il che significava più o meno che era il momento di tornare al mio lavoro.

Dovresti cantare più spesso, mi disse uno mentre gli servivo un bicchiere di vino rosso. Un cosiddetto cliente fisso. Si riconosceva subito dalla sciarpa rossa e nera fatta a maglia che indossava sempre, anche al chiuso, dove non faceva esattamente freddo. Mu-na? Giusto?

Sì.

Il mio nome era scritto su un cartellino appuntato all'altezza del seno, sul taschino. In cirillico.

Io mi chiamo Arnold.

Alla salute, Arnold!

I giovedì tendevano a sfuggirci di mano, ma per fortuna anche lì a un certo punto le ordinanze avevano il sopravvento e ci consentivano di annunciare che il locale avrebbe chiuso di lì a poco. Un quarto d'ora più tardi Arnold ordinò un altro bicchiere di vino.

Stiamo per chiudere, dissi.

Non fa niente, disse lui.

Pensai che avrebbe bevuto il vino tutto in un sorso, e

invece più tardi lo trovai davanti alla porta col bicchiere mezzo pieno in mano.

È il nostro bicchiere?

Lo guardò: Non c'è nessun nome sopra. Me lo reggi un attimo?

Era venuto in bici. Gli tenni il bicchiere mentre la slegava. Che andasse in bici mi faceva simpatia. Io non ne avevo una dai tempi di Berlino. Me la sarei procurata.

Grazie.

Si riprese il bicchiere. Ora teneva la bici con una mano e il bicchiere con l'altra, ne bevve un sorso.

Facciamo un pezzo di strada insieme?

Accettai per via della bicicletta e del bicchiere che aveva in mano, per l'eleganza con cui lo portava. Arrivo alla metro e poi lo pianto lì. Non mi seguirà certo giù per le scale con bici e bicchiere. Con una sola cosa magari sì, ma con due no.

Questa non è male come storia, disse.

Cosa?

Due che camminano di notte per la città con dei bicchieri di vino in mano.

(Immaginai subito la scena. Non era male, in effetti. Una bici in meno, un bicchiere in più, due che vanno in giro per la città.)

Mentre se girassero per la città con due *bottiglie* di vino…, disse Arnold.

La sai lunga, dissi. (Mi ricordava vagamente il poeta ribelle di Jüris, com'è che si chiamava? Pfaffenhaupt.)

Arnold bevve un altro sorso di vino e disse: Fin qui ci arriva chiunque… tu cosa fai? A parte cantare?

Faccio l'università. E tu?

Consegno carbone.

Carbone? Per scaldarsi?

Lo spero. Sennò sarebbe una bella carognata farmene trascinare venticinque sacchi su per quattro piani di scale.

Pensai al carbone che avevamo a casa a Jüris. Agli uomini che lo portavano. Alle cassette di legno impilate. Alla cenere rosso scuro che si posava ovunque. Avevo sempre detestato vivere così, eppure era un bel ricordo. Per dire anch'io qualcosa di significativo glielo raccontai. Che venivo dalla Ddr ed ero cresciuta col riscaldamento a carbone. Persino a scuola avevamo solo una stufa. Il custode la accendeva, ma solo se il giorno prima, alla fine delle lezioni, gli allievi avevano preparato il carbone. Ovviamente anche per quello c'era un sistema di turni, come per tutto il resto.

Bevve un altro sorso. Con parsimonia, perché nel bicchiere non era rimasto molto. Aveva un cappotto mélange nero e marrone. Un vecchio cappotto pesante con grossi bottoni. Mi piaceva sempre di più. Ma quanti anni poteva avere? Aveva un viso sottile, vissuto.

Com'è che ti sei messo a vendere carbone?

Non vendo carbone. Do solo una mano, e solo d'inverno. Il nipote del proprietario è un mio compagno di scuola.

E d'estate cosa fai?

Camminate e lavoretti occasionali. Soprattutto ristrutturazioni. E scrivo. Ma non funziona.

Scrivi?

Ci provo.

Cosa scrivi?

Racconti, radiodrammi, testi per il teatro, un romanzo. Le cose brevi a volte le finisco, quelle lunghe no.

(Hai già pubblicato qualcosa? Non lo chiesi, è una domanda brutale. Chiesi, com'è giusto fare:) Adesso a cosa stai lavorando?

A un romanzo di fantascienza. Ma in realtà non so se è fantascienza. Forse è più un romanzo utopico. Distopico.

La mia curiosità iniziava a scemare, ma ho imparato da mia madre che bisogna mostrare interesse nei confronti del prossimo. E dunque gli chiesi se voleva raccontarmi qualcosa di più.

Non so. Non credo che stia venendo bene.

Cos'è che non sta venendo bene?

Soprattutto la forma. Ma probabilmente anche il contenuto. La storia è questa: gli uomini, cioè, *tutti* gli uomini, vivono nel sottosuolo, sottoterra insomma. In quelli che un tempo erano i tunnel della metro, in cantine, cunicoli eccetera. Ma non è tutto, alcuni sono riusciti a sopravvivere solo perché si sono trasferiti all'interno di altri esseri umani, solo che ora manca la tecnologia per tirarli di nuovo fuori, non ci avevano pensato o forse non è bastato il tempo e non avrebbero avuto altra scelta. E ora queste persone vivono dentro altre persone e non possono uscire, e alcuni degli ospitanti vorrebbero uccidersi ma quelli che li abitano non glielo permettono. Altri si mettono alla ricerca dei loro familiari, che a loro volta vivono dentro qualcun altro. E in certe famiglie alcuni vivono dentro ad altre persone e alcuni no, e tutti abitano in questi labirinti sotterranei che si snodano all'infinito, e la gente vaga, cercandosi. Ma non so ancora come andrà a finire.

Camminammo in silenzio per un po'. L'ultimo sorso di vino ondeggiò su e giù nel bicchiere finché non finì quasi tutto sul marciapiede. Arnold guardò la macchia a terra, poi le poche gocce rimaste nel calice. Le buttò giù e mi guardò:

Finito.

Si infilò il bicchiere nella tasca del cappotto. Sembrava un po' avvilito.

Non avrei dovuto raccontarti la storia. È angosciante.
Non dovrebbe esserlo?
Be', sì...
Si guardò intorno. Eravamo proprio davanti all'ingresso della metro.
Da qui in poi te la cavi da sola?
Risi.
Sì. E tu, te la cavi da solo?
Si guardò di nuovo intorno. Ubriaco, o faceva solo finta.
Dov'è che siamo? ...Ah sì, devo andare... di là!
Indicò la direzione da cui eravamo venuti. Batté due dita sul cappello che non aveva.
È stato un piacere!
Anche per me, dissi, non troppo piano, non troppo forte.
Così conobbi Arnold.

Il mattino dopo, quando aprii gli occhi, era inverno. Per strada c'erano già dieci centimetri di neve, neve umida, sdrucciolevole, un'auto sbandò sotto la mia finestra. Nel tragitto verso l'università mi si inzupparono le scarpe, tutti ridevano, felicissimi che ci fosse la neve. Parlavano di andare a sciare. Io non so sciare.
Ero di turno al Bar Venedikt solo la sera dopo. Arnold comparve intorno alle dieci, venne dritto da me e mi raccontò:
Sono stato a fare consegne finora. E domattina ricomincio alle sei e mezza. Fammi un tè con doppio rum. Di più. Non è un buon rum questo. Pessima cosa. Che io sappia cos'è un buon rum. Appena sai distinguere una cosa buona sei rovinato. Una volta che sei arrivato a un certo punto, non puoi tornare indietro. Non in tempo di pace.
Questa, come avrei appreso in seguito, era una delle

sue frasi preferite: non in tempo di pace. Cosa è ammesso in guerra, cosa è ammesso in pace. Nel suo libro c'era la guerra, oppure era appena finita. Il che, com'è noto, non vuol dire automaticamente pace.

Ho iniziato quella boiata quando la guerra atomica era ancora di attualità. Tu avevi paura della guerra atomica?

No. (Avevo paura che dopo mio padre morisse anche mia madre. Ma non lo dissi.)

Fece cenno di lasciar perdere. Sei troppo giovane. Quanti anni hai di preciso?

Ventuno.

Ventuno?

Mmh. E tu?

Vecchio.

Quanto?

Agitò la mano.

Chiedi a una signora quanti anni ha e tu non glielo dici?

Trentanove.

Mi sei mancata, mi disse dopo Natale e Capodanno. Cos'hai combinato?

Ero da mia madre. Era stato dalla madre anche lui. Ci mettemmo a ridere. Aveva un regalo per me, io purtroppo non ne avevo nessuno per lui.

Non fa niente.

Il suo regalo era un cammeo, da portare come ciondolo e come spilla.

È troppo, Arnold.

Ma dai. Roba vecchia.

(Mi faceva la corte? Mi faceva la corte. Oppure no. Magari lui era semplicemente diverso. Generoso. Socievole. Più interessante dei Ferdinands, in ogni caso. Ungulati, puah!)

Arnold mi annunciò di volersi iscrivere all'università come uditore. Letteratura, certo. Fra l'altro erano studi che aveva già fatto. Quando aveva la stessa età che avevo io adesso si era iscritto a lettere. Per insegnare. La sua seconda materia specialistica non esisteva neppure più: fpp, il peggio di filosofia, pedagogia e psicologia. Aveva frequentato per un anno, poi aveva lasciato perdere. Ormai erano passati diciotto anni. Si diventa adulti nel frattempo! Avrebbe cominciato col semestre estivo, perché al momento aveva ancora troppo da fare. Consegnava il carbone e a volte, con una bici da carico, anche taniche di petrolio, perché c'era chi si scaldava con quello. Le mani, dentro i guanti spessi, sembravano essersi trasformate in pale. Arnold mani di pala. Ridemmo. Era fiero di noi. Della vita "proletaria" che conducevamo.

Gli dissi che quella parola l'avevo sentita fin troppo spesso. E che noi non eravamo proletari.

Adesso lo sei.

No.

Ma io sì.

No. Le mani di pala sono una tua libera scelta.

Questo non gli impedì di mettersi a cantare a tutta voce *Die Arbeiter von Wien* per la strada immersa nella notte:

Noi siamo i costruttori del mondo che verrà
Noi siam seminatore, semente, terra e campo
Noi siamo i mietitori del prossimo raccolto
Siamo il futuro, e l'azione siamo noi

Volevo dirgli che in vita mia avevo già ascoltato abbastanza canzoni operaie, ma lui cantava a squarciagola:

Guidaci avanti, bandiera rossa,
Incontro al giorno che sorgerà
Noi del futuro siam la promessa
Noi di Vienna siam gli o-pe-rai!

Basta!, urlarono da una finestra (o come dicono a Vienna: *Ru-chä!*). La voce di una donna anziana.

Ci mettemmo a ridere.

Erano pose che non potevo condividere. Ma lui sembrava trarne forza, e così ridevo anch'io. Forse la somiglianza con Pfaffenhaupt contribuiva in qualche modo alla simpatia che provavo per lui. Anche Pfaffenhaupt era un bel soggetto, come dimostrava tra le altre cose il fatto che non portasse sempre quel cognome, o meglio non *costantemente*: gli piaceva sposarsi proprio per poter assumere di volta in volta il cognome della moglie e pubblicare con quello. Quando lasciai Jüris aveva già due divorzi alle spalle, purtroppo. Inizialmente anche Arnold aveva affermato che il suo cognome era Mutzenbacher.

Dovresti ricordarti che studio letteratura, dissi.

Mi chiamo Mutzenbacher lo stesso, disse. Sono viennese, che ci posso fare?

E tua madre si chiama Josefine?

No, Elfriede.

Lasciai perdere. Non era poi così importante. Il suo vero nome venni a saperlo il giorno in cui ci parlammo per l'ultima volta.

Era già qualche giorno che non si faceva vedere al bar. Poi mi arrivò un messaggio da parte sua: era malato. Se avevo tempo potevo portargli due *Beugel* alle noci? Indirizzo così e così. Campanello Gruber. Quarto piano.

Il palazzo in cui abitava era un po' più fatiscente del

mio, in compenso più centrale. Salii al quarto piano. Insieme ai *Beugel* alle noci avevo portato arance e tè nero. Visto che era malato.

Mi aspettava sulla porta con indosso un pigiama marrone. La giacca sbottonata. La peluria sul petto, sulla pancia, la linea centrale che finiva nell'elastico dei pantaloni. Grazie al cielo non erano di quelli con l'apertura sul davanti.

Entra, disse, voltandomi subito le spalle.

Lo seguii, che potevo fare.

Non sei contagioso, vero?

Nessuna risposta.

Anche l'appartamento era messo peggio del mio, in compenso era più grande. Lui camminava scalzo sulle assi cigolanti. C'era odore di chiuso.

Si sedette in cucina. Non aveva una bella cera. Non pettinato, non rasato, una patina untuosa su tutto il viso.

Posso aprire la finestra? Ho portato anche un po' di vitamine. Ti faccio un tè?

Annuì.

Il fornello era incrostato di sporco, il bollitore altrettanto. Ma c'erano anche tazze pulite.

Non hai una bella cera, Arnold. Devo chiamare un dottore?

Fece cenno di no. Tirò fuori un *Beugel* dal sacchetto frusciante e lo mangiò a grandi morsi. Quando era ormai rimasto solo l'ultimo pezzetto, pochissimo ripieno di noci e un po' più di pasta, disse finalmente:

Ho fatto un brutto sogno.

Un brutto sogno?... Cos'hai sognato?

Difficile descriverlo.

Lo scrittore sei tu, dissi mettendo la tazza di tè sul tavolo davanti a lui.

Mi guardò. Occhi color cognac, feroci. Mi fece quasi paura. La tazza non la toccò. Del resto era ancora troppo calda.

Ci riunivamo in cantina, disse Arnold agitato. Gli tremavano le mani. Nella cantina del palazzo dove abitavamo, ma era diversa da quella che c'è qui, era più una specie di rifugio antiaereo. Eravamo seduti lì, gli abitanti di questo palazzo che però non erano questi abitanti qui eccetera, hai capito. Avevo le palpitazioni perché pensavo: adesso il sogno mi conferma che il mio romanzo è reale, e scopro come concluderlo. Ma devo essere scaltro, stare attento, non "tradirmi". Poi però era una delusione. Nel senso che gli abitanti del palazzo formavano una società segreta, a quanto pareva gli abitanti di tutti i palazzi ne avevano una e si rifugiavano negli scantinati a parlare del fatto che lo scopo della società era essere crudeli. O meglio, voler essere crudeli. Decidiamo di proposito che, per legge, i membri della nostra società devono voler essere crudeli. Il cuore mi martellava come impazzito, per l'agitazione, la gioia, la paura, la vergogna di essere riuscito a partecipare a quella riunione, e che dunque il segreto consisteva nel fatto di ammettere di voler essere crudeli. I Crudeli Anonimi. Il nome mi è venuto in mente adesso, non nel sogno. Nel sogno me lo chiedevo solo, come ci chiamavamo, se avevamo un nome come i Massoni o gli Illuminati. Non conosco altre società segrete. Poi mi sono svegliato. Per via del cuore che batteva in quel modo. E ora mi sento male.

Perché ti senti male?

Ti sembra che fosse un bel sogno?

Ne ho fatti di peggiori… e poi siamo tutti crudeli.

Anche tu?

Certo.

Che c'è di crudele in te? A chi vuoi male?

(A Frederic. Sarebbe meglio per Milla e per tutti se non ci fosse. Eppure cos'ha fatto di così clamoroso? A parte essere un egoista. Si merita la morte per questo? A Bartley. Direi che almeno una piccola punizione la meriterebbe anche lui. Anche se eravamo entrambi maggiorenni. Anche se l'idea dell'accordo è stata mia. A quella strega di zia Angela. A mia madre. Mi stupì che mi venisse in mente anche Magnus. Mi aveva lasciato senza neanche un messaggio. La sua punizione sarebbe stata essere costretto a rivedermi.) Ad alta voce dissi: Sì. Mi vengono in mente al volo cinque o sei persone a cui augurerei un fracco di botte. Ad alcune persino la morte. Naturalmente non gli faccio niente. Primo perché non è in mio potere e, a parte questo, perché tra me e loro tutto si risolverebbe se solo mi volessero bene. Se mi dicessero che mi vogliono bene non solo gli perdonerei qualsiasi cosa, ma mi sforzerei in ogni modo per rendergli la vita migliore possibile.

Ecco, disse lui. Per me non è così.

E com'è?

Sai qual è l'ideale del male?

Non lo sapevo.

Agire contro la morale con coerenza e in tutto. Ma fino all'estremo. Persino essere gentili mi sembra umiliante. Che io debba essere gentile con persone che disprezzo. Della maggior parte penso che sono superflue e insignificanti. Ma lo penso anche di me, che sono superfluo e insignificante. Non come loro però, e non perché le consideri superflue e insignificanti. Vorrei non essere obbligato a corteggiare le donne, a invitarle, ad avere riguardi, a fare la parte dell'amante sensibile, vorrei prenderle e basta. Mi piacerebbe avere una schiava. Uno schiavo no. Solo una schiava. E non più di una, una e basta. Ecco, ora lo sai.

(Speriamo possa perdonarmi il fatto che lo so.)

Dissi: Mah, penso che chiunque lo vorrebbe ogni tanto.

Io non lo vorrei "ogni tanto", ma come condizione normale.

(Vuole solo provocare? Finché il suo libro non è finito, sono il suo unico pubblico?) Se non sono del tutto fuori strada, questa è una comune fantasia erotica. Di sicuro c'è qualcuno che puoi pagare perché si lasci fare una cosa così.

Ma mi ascolti? Io non voglio pagare. E non servirebbe neanche. Una sola volta. E neppure regolarmente. Più di quattro volte all'anno in ogni caso non potrei permettermelo. E anche per questo dovrei fare la fame.

Potresti mettere un annuncio. Magari qualcuno cerca una relazione così.

Non essere ridicola! Nessuno cerca una relazione così. Al massimo per gioco.

(Sì, certo, per gioco...) Se le cose stanno così, se un gioco è il massimo che puoi avere, allora devi accontentarti del gioco.

You can't always get what you want?

Così è.

Tu ci staresti, per gioco?

...No, Arnold. Per questo non sono proprio la persona adatta.

E già facevo qualche passo indietro verso la porta. Lui rimase seduto dov'era, annuendo con tristezza. Sembrava debole.

Infatti, certo che no, disse. Certo che no.

Tremava in tutto il corpo. Mi fermai, cominciavo a

preoccuparmi sul serio. Sembrava sul punto di avere una crisi.

Forse, dissi già sulla porta della cucina – in caso di terremoto sarei stata in un punto un po' più sicuro –, forse, dissi, dovresti scriverlo in un racconto…

Speravo che questo lo avrebbe consolato, magari chissà, era persino un consiglio utile, la parola magica per liberarlo dal suo brutto sogno, che ci stanno a fare gli amici, e invece: esplose.

Non venirmi a dire cosa devo scrivere!

Aveva gli occhi iniettati di sangue. Dovevo andarmene. Finché lui era seduto e io in piedi. Invece continuai a parlare.

Non stanno sempre tutti a dirti cosa devi scrivere? Al bar? Non ti raccontano le loro storie d'amore, e quello che hanno sentito e sognato? Che potrebbero fare anche loro gli scrittori, se solo volessero? Perché non lasci perdere la roba atomica e scrivi un romanzo su un bar?

Non venire a dirmi cosa cazzo devo fare! Scrivilo tu un romanzo su un bar!

Io non so scrivere.

Ci hai mai provato?

Sì.

Questo, finalmente, lo sorprese abbastanza perché il suo sguardo si trasformasse di nuovo in uno sguardo umano. Meravigliato. Anche il tremore si attenuò.

Ma solo poesie e articoli, dissi.

Tu sei un genio, disse.

Scivolò giù dalla sedia, si buttò ai miei piedi e mi guardò dal basso. Disse: Sto ai tuoi piedi e ti guardo dal basso.

Quando feci per muovermi mi afferrò alla caviglia. Non andartene! Mia musa, mia dea! Un romanzo sul bar!

Si tirò su appoggiandosi a me, era pesante, ma io trovai una posizione stabile. Si reggeva con forza alle mie spalle e mi guardava negli occhi pieno di ammirazione. Ora ero io a essere di colpo completamente esausta. È tutto così estenuante. Arnold, al contrario, sembrava di nuovo allegro. Mi tenne le mani sulle spalle mentre mi girava intorno per risospingermi verso la cucina, al tavolo. Be', pensai, ora ci beviamo finalmente il nostro tè. C'era anche un secondo *Beugel* alle noci, e anch'io cominciavo ad avere fame. Arnold però non mi guidò verso una sedia ma direttamente contro il tavolo, e non si fermò finché non barcollai, appoggiandomici con entrambe le mani per non sbattere contro lo spigolo. E lui, corpo a corpo, subito dietro di me. La giacca del pigiama sbottonata. Non aveva un buon odore.

Arnold, dissi.

Mi affondò il viso nel collo, la barba pungeva, lui ansimava.

Arnold!, dissi.

Cominciò a strattonarmi il vestito.

Arnold!, dissi. Smettila!

Non rispondeva, continuava a infilarmi le mani sotto i vestiti, sulla pelle.

Arnold, cazzo!

Non sapevo di poter fare movimenti del genere. Di poter avere idee come quella di staccarmi dal tavolo lanciandomi all'indietro, sia quel che sia, se dobbiamo cadere cadremo. Ma non funzionò. Lui era forte e io meno pesante di quanto credevo, mi tenne, mi mise un braccio intorno alla vita e l'altro intorno alle spalle, nel farlo il braccio andò verso l'alto e mi strinse la gola, rantolai:

Soffoco!

Continuò a stringermi lo stesso, persino di più, io mi dimenavo, mi contorcevo, rantolavo. Poi mi mollò di scatto e finii sul tavolo battendo la testa contro l'armadietto che c'era sopra. Ahi!

A quel punto finalmente si spaventò.

Mi dispiace, disse. Più volte. Mi dispiace, mi dispiace! Aspetta! Cercò qualcosa per farmi un impacco freddo, ma c'era solo la spugnetta lurida dei piatti. Anche lo strofinaccio era sporco, ma lo tenne lo stesso sotto l'acqua per farne un impacco. Approfittai dell'occasione e corsi via.

All'ingresso di certi palazzi ci sono specchi per darsi un'ultima controllata prima di uscire in strada. Lì no. Cercai a tastoni il punto in cui avevo battuto. Faceva male.

Piansi per tutto il tragitto fino a casa. Per strada mi fissavano, ma per fortuna nessuno chiese cosa fosse successo. Una donna piange. Capita.

Smisi di piangere e poi ricominciai quando, arrivata nel mio appartamento, mi venne in mente che non avevo nessuno a cui raccontarlo. Mia madre, no di certo. Jakov. Potevo raccontarlo a Jakov. Magari avrebbe proibito ad Arnold di tornare al locale. Ma lui avrebbe potuto comunque starsene in strada lì davanti. Il marciapiede è di tutti. Che dovevo fare? Non mi restava altro che licenziarmi. Arnold però sapeva anche dove studiavo. Che dovevo fare, che cacchio dovevo fare?

Denunciarlo. Ma non si vedeva niente. Nessuna prova. Solo accuse. E non era neanche vero che mi seguiva. Per il momento non era successo. Non possiamo prendere denunce per cose che non sono ancora successe, signorina, o che si basano solo sul sentito dire. Così è.

Non mi venne in mente niente di meglio, telefonai al bar e dissi a Jakov che non potevo più andare al lavoro. Avevo avuto una discussione con uno dei clienti del bar.

Quando? Qui al bar?

Non al bar.

Allora non capiva.

Un cliente fisso. Mi ha aggredita.

Chi? Arnold?

Sì.

Non state insieme?

No!

Ah… Ma che è successo?

Sono andata a trovarlo. Me lo ha chiesto lui. Ha detto che era malato.

…e poi?

E poi mi ha messo le mani addosso…

E poi che è successo?

Sono scappata.

…Ah-a. E ora?

Se c'era una cosa che Jakov odiava era mettersi a cercare nuovo personale. Era parte del suo lavoro, era il proprietario e il responsabile dell'impresa, ma detestava farlo. Se la prese con me perché gli sarebbe toccata quella rogna, ma non aveva altra scelta. Mi doveva ancora dei soldi. Dissi che andavo a prenderli non appena me la sentivo.

"Non appena me la sentivo", Jakov sbuffò. Questo un po' mi deluse.

Una settimana dopo trovai nella cassetta della posta una busta spedita dal Bar Venedikt, con dentro una cartolina di Arnold. Scriveva di essere stato dal medico. "Palesemente bipolare. Mi ha fatto un'iniezione e prescritto delle pillole. Ora posso bere solo acqua, ma mi sento meglio. Ho cominciato a scrivere il romanzo sul bar, ma al bar non ci vado più. A meno che non sia tu ad autorizzarmi. Ci sei anche tu. Voglio dire: nel romanzo."

L'ultima frase mi lusingò per un attimo, poi pensai: "Ci sei anche tu" potrebbe significare qualsiasi cosa. Era una di quelle cartoline artistiche con un autoritratto di Schiele nudo. Cazzo di squilibrato. La strappai e la gettai via. Non in casa, fuori, in un secchio lungo la strada. Per lo meno non dovevo cercarmi un altro appartamento. Non sembrava conoscere l'indirizzo.

Siccome per tutto il mese successivo, finché durarono le lezioni, non si fece vedere neanche una volta nei luoghi che frequentavo (avanti e indietro per l'università), mi tranquillizzai di nuovo. Era un pazzo, ma un pazzo innocuo, e chiaramente non uno che mi avrebbe perseguitata per sempre. Forse si vergognava, forse gli dispiaceva persino. Anche se non lo aveva scritto. Io non gli mandai nessun biglietto in risposta, non gli permisi nulla, non gli proibii nulla. Non avrebbe avuto alcun senso. Finché non ricompariva all'università, volevo essere contenta.

Il semestre si concluse con un lavoro su Dürrenmatt per niente ispirato. Fui criticata per l'incompletezza dei riferimenti bibliografici. Ma è vero che ho usato solo questi tre! È troppo poco, disse una certa Elfriede dall'aria particolarmente asciutta. Non importa. Vada per la sufficienza e chiuso.

Cos'ho che non va, Gabica?, chiesi.

Eravamo nell'acqua calma e bassa delle terme di Budapest, all'Isola Margherita.

Be', che c'è? Nessuno ti aveva mai messo le mani addosso?

No, a dire il vero no.

E quell'inglese?

Scozzese. Questa era una cosa diversa... pensavo fossimo amici, e fra amici ci si aiuta. Se uno ti dice che è malato come fai a non portargli niente?

Ma certo, disse lei. Hai solo avuto sfortuna. Sii contenta che non ti ha violentata, che non ti ha messa incinta, che non ti ha ammazzata… Cosa? È la verità! La prossima volta vengo anch'io e lo sistemiamo a dovere!, disse ridendo.

Gabica aveva davvero la forza di un orso. Prima dell'università aveva fatto sport agonistico. Aveva la pancia dura come una tavola. Io non avrei mai potuto essere così.

Più tardi ci sorprese un temporale. Alla fermata dell'autobus eravamo coi piedi nell'acqua fino alle caviglie. Ma Gabica rideva sempre.

La vita è fatta così, disse.

9.
“In quella breve, stupida commedia si sperperarono intensi lunghi anni”

Il resto delle vacanze trascorse tranquillo e monotono, e fu un bene. Lavoravo in un *biergarten* sulla Donauinsel, feci l’abbonamento al lido Alte Donau e prima o dopo il lavoro me ne stavo sdraiata sull’erba a guardare le barche-spazzino che tagliavano le alghe, permettendoci di fare il bagno. Entrambi i bagnini, uno di origine siciliana e uno di origine jugoslava, mi salutavano con un cenno del capo quando entravo in acqua. Dopo un po’ cominciarono a farlo persino gli anziani che, davanti alle loro cabine, seduti intorno a tavoli pieghevoli giocavano a carte o mangiavano spuntini portati da casa. Giocavano a *Schnaps*, io non ne ero capace, ma non è che con gli altri giochi di carte me la cavassi meglio. Una volta, alla tavola calda, i colleghi di mia madre avevano cercato di insegnarmi a giocare a poker. Avevo un tris e persi lo stesso perché non capivo come bluffare. Gli uomini navigati risero di me, pulcino che non ero altro.

Quelle settimane al lido furono persino meglio di quelle prima della maturità, quando, sempre da sola, leggevo sdraiata nei parchi di Jüris sotto il sole molto più fiacco della Germania Est. Anche qui leggevo, e anche qui senza abbronzarmi, ma per gente abituata alla pelle bianco latte, ai capelli biondo oro e alla quarta di reggiseno ero quasi sempre la donna più attraente della spiaggia, non solo in confronto alle vecchie. Di tanto in tanto me ne rendevo conto e mi faceva piacere, tuttavia ricambiavo solo gli sguardi degli anziani e dei bagnini, che a loro volta potevano avere l'età di mio padre.

Una volta un ragazzo si mise a sedere vicino a me, e continuava a fissarmi con la coda dell'occhio. Entrai in acqua sentendomi il suo sguardo sulla schiena. Uscii dall'acqua sentendomi il suo sguardo sulla pancia, sul seno, sul pube. Indossavo un costume da bagno rosso, quando era umido si vedeva tutto. Nel camminare le cosce tremolavano un po'. Mi sedetti dandogli le spalle. Di colpo me lo ritrovai dietro:

Scusa…

Mi girai di scatto schizzandolo d'acqua coi capelli, e lo aggredii:

La vuole finire di fissarmi? E quando mai ci si rivolge così, di colpo, a una donna appena uscita dall'acqua?

Chiedo scusa, disse. Pensavo ci fossimo incontrati all'università.

E in effetti sì, ora che lo diceva. Non sapevo come si chiamava. Non era uno dei Ferdinands. Si scusò di nuovo e si allontanò. Raccolse l'asciugamano e lasciò la spiaggia. Non avrei dovuto essere così scortese. E lui avrebbe anche potuto dire qualcosa, prima di stare due ore a fissarmi. Comunque, ormai era andata.

Venne a trovarmi mia madre. Si era portata la natura morta coi fiori. Adesso era mia. Non avevo chiodi né martello, mia madre comprò entrambi e appese il quadro sopra il mio letto. Solo in quel momento mi accorsi quanto fosse disadorna la mia garçonnière. Appendi un quadro, e diventa più tetra di prima. Non avevo un secondo letto per mia madre, ma lei non volle saperne di andare in albergo. Vero che gli alberghi di Vienna sono belli come palcoscenici, si sarebbe sentita a casa. Però no, decise di comprare un materasso pieghevole e di arrangiarsi con quello ai piedi del mio letto. Ogni mattina lo ripiegava con cura in tre, trasformandolo in un parallelepipedo a strisce bianche e verdi.

E poi voleva scoprire Vienna. Le dissi che dovevo lavorare e non potevo andare a zonzo con lei tutto il giorno. Il lido non mi andava proprio di mostrarglielo. Che non volessi averla tra i piedi al biergarten lo capiva.

Chiese cosa facevo oltre al lavoro, se avevo amici, dove andavamo.

Dissi che per le vacanze i miei compagni di corso avevano lasciato la città.

Comunque una volta andammo insieme al cinema all'aperto, non so più a vedere cosa. No, non avevo voglia né tempo di incontrare insieme a lei una collega che ora viveva a Vienna. Non la accompagnai neanche al museo, né in giro per negozi di antiquariato. A Vienna, mamma? È tutta roba per turisti.

Quando eri piccola ti piaceva accompagnarmi quando andavo a trovare qualcuno di interessante. Penso che per te sia stata un'esperienza enormemente formativa. Che sia per questo che sei diventata così intelligente.

Non seppi cosa rispondere. Non ero affatto intelligente, né volevo ammettere che ci fosse stato un tempo in cui eravamo più vicine e in cui davvero mi piaceva andare ovunque con lei. E no, non volevo accompagnarla a Budapest, dove ovviamente c'erano altre persone che conosceva: c'ero appena stata.

Quando finalmente ripartì mi buttai sull'erba all'Alte Donau. Non riuscivo a muovermi, tanto ero distrutta.

A un mese dall'inizio delle lezioni riaprirono finalmente i teatri, e fu un bene. Un teatrino minuscolo, che si trovava nel cortile di un palazzo di Josefstadt, mise in scena *Memorie dal sottosuolo*. Un'unica stanza, metà per gli spettatori, metà per il bar. Un palco vero e proprio non c'era, perché in genere ci facevano spettacoli di marionette. L'interprete sfruttava il tramezzo tinteggiato di scuro dietro cui di solito si muovevano i burattinai, sbucava da lì e poi scompariva di nuovo, apriva porte scorrevoli quasi invisibili e continuava a parlare da lì dietro. Una era così in basso che fu costretto a sdraiarsi. Chi non era seduto in prima fila non riusciva neanche più a vederlo.

Nella stanza l'aria era soffocante, e mi venne così tanta sete che dopo lo spettacolo, anziché andarmene, presi un ginger ale al bancone. Il barista, un ragazzo, era evidentemente oberato dalle ordinazioni e per sbaglio mi versò del sidro invece del ginger ale. Decisi di non chiedergliene un altro. Quanto alcol ci sarà mai nel sidro. Bevvi le prime tre sorsate molto in fretta. E ovviamente cominciò subito a girarmi la testa. Non so socializzare come mia madre né come mio padre, non so sorseggiare il vino come un'adulta. Lui nell'arco di una serata si concedeva due bicchieri di vino, lei beveva i primi tre nel giro di un'ora e poi per un po' solo acqua, poi di nuovo vino per un'ora e così via.

Durante lo spettacolo aveva iniziato a fare molto caldo, ma non potevamo andare a bere in cortile né aprire le finestre per via dei vicini. Mi appoggiai con tutta la schiena contro la parete. Per un attimo sentii un po' di refrigerio, e il muro mi dava anche un sostegno stabile. Me ne stavo lì, bevendo piccoli sorsi e guardando le persone che facevano capannello intorno all'attore. Un uomo basso con la testa rasata. Durante lo spettacolo si era impappinato due volte. Per due volte la stizza e la vergogna sul suo viso avevano infranto la finzione. L'unico vero errore era stato questo, e gli si leggeva in faccia che lo sapeva anche lui. Mia madre, prima dell'esaurimento, si impappinava spesso. Ma non si stizziva né si vergognava. "Mica sono una macchina", e finiva lì. Ora però l'attore era di nuovo di buonumore. Aveva il viso e la testa un po' sudati, la luce gli si rifletteva sulla pelle. I suoi amici gli avevano fatto i complimenti giusti, ora poteva guardarsi intorno esausto e soddisfatto: come rendere la serata ancora più splendida? Io ero un'opzione. Lo vidi più volte tentare di staccarsi dal gruppo che gli parlava, faceva per muoversi nella mia direzione ma arrivavano sempre nuove persone a congratularsi. Dal gruppo, in compenso, si staccò l'uomo dai capelli rossi che fino a quel momento mi aveva dato le spalle. Ci incrociammo quando andai a poggiare il mio bicchiere vuoto sul bancone, e lui il suo.

Allora?, disse Jakov.

Allora?, dissi io.

Tutto bene?

Sì. E tu?

Lo sai che Arnold è morto?

Arnold è morto?!

Era partito per la sua solita escursione estiva in bicicletta. Non molto tempo dopo avevano ritrovato il suo cadavere in un fosso. Vittima di un pestaggio. Gli assassini, due ragazzetti con cui aveva avuto una discussione, erano stati fermati in Turchia. Il funerale c'era già stato.

La testa iniziò a girarmi ancora di più.

Perché non mi hai detto nulla?

Vidi, in una specie di nebbia, che Jakov alzava le spalle.

Povero Arnold, balbettai.

Già, disse Jakov. Povero Arnold.

E sparì. Io rimasi lì, a margine della cosiddetta festa della première, e con le dita sudate stringevo un bicchiere vuoto per non farlo cadere dal bancone.

Povero Arnold. Semplicemente picchiato a morte. O non "semplicemente". Di semplice non c'era niente di sicuro. Una morte del genere non si riesce neanche a immaginare. Neppure si dovrebbe. Se fosse stato investito da un camion mentre trasportava il carbone con la bici, o si fosse suicidato, non sarebbe stato meglio. Il pacchetto prevedeva anche questo. Ma prevedeva anche la possibilità che invecchiasse. Un padre di famiglia, con quella che si dice una carriera? Difficile. Ma un vecchio originale, perché no?

Jakov non mi si riavvicinò, l'attore nemmeno, né lo fece nessun altro. Quando mi accorsi che le onde sonore delle conversazioni venivano riverberate dal soffitto, mi staccai finalmente dal bancone e barcollai verso casa.

Cercai la tomba di Arnold. Croce di legno, nome, due date. Al pensiero che consegnava carbone provai rispetto e affetto. Al pensiero che mi aveva aggredita, paura e disprezzo. Ma poi andò meglio.

Che Arnold fosse morto non era colpa mia, eppure pensavo che comportandomi meglio, per esempio diventando una studentessa migliore, in futuro avrei almeno potuto dire di aver fatto tutto quello che era in mio potere. Comportarsi bene non può salvare nessuno dalla morte, ma certo non è sbagliato. Per l'anno che mi aspettava e per la tesi, entrambi da concludere a Vienna, mi ripromisi di condurre una vita semplicissima e di concentrarmi esclusivamente sull'università.

Di nuovo mi tagliai quasi a zero i capelli, che nel frattempo erano ricresciuti, e presi a nutrirmi quasi solo di formaggio preconfezionato, fiocchi d'avena e succhi di frutta zuccherati. I lavoretti nella ristorazione erano pagati meglio, ma capivo di dover cominciare a muovermi in maniera mirata e spulciai gli annunci di collaborazioni accademiche rivolti agli studenti.

Dovrebbe scegliere questo, disse qualcuno indicando un annuncio da sopra la mia spalla. Una mano abbronzata.

Riconobbi la mano, sebbene non l'avessi mai vista così da vicino. Lui si chiamava NC, o anche NCV, da Norbert Christian Vogler. Era uno dei nostri quattro professori associati, e una specie di star. Giovane, attraente, ben vestito, spiritoso, brillante nell'esprimersi e nell'insegnare, gli studenti correvano a frotte alle sue lezioni e per i suoi corsi c'erano le liste d'attesa. Io non ero mai in lista, perché stavo sempre lì e sapevo tutto per prima. Mi iscrivevo dove mi volevo iscrivere e se c'erano criteri per la selezione li soddisfacevo, ma durante i corsi mi tenevo in disparte. Lasciavo la scena, come tutti, ai soliti tre chiacchieroni, dopodiché, in genere, la lezione era finita. Una volta dissi una cosa, non importa cosa, quella voce insolita bastò a farli girare irritati tutti e tre nella mia direzione. Capii quale di loro era certo della propria superiorità, quale era pronto a vedermi come una nemica da combattere e quale si sarebbe lasciato confondere dal desiderio. Non volevo ritrovarmi coinvolta in nessuna di quelle situazioni. Finii la mia frase e non aprii più bocca.

Di conseguenza io e NC non ci eravamo mai parlati al di fuori del corso, e anche durante le lezioni solo di rado, ma era capitato che mi scarabocchiasse qualche commento a margine delle tesine. Varrebbe la pena approfondire questa cosa o quest'altra. Lo faceva molto spesso, era noto, ed era per questo che tutti lo adoravano; io non gli avevo dato peso. Ora però era lì, mi indicava un annuncio e diceva che, se fosse stato in me, avrebbe scelto quello. Se ne occupa una collega molto carina.

Ah, dissi. Grazie.

NC socchiuse gli occhi con aria cordiale e arricciò le labbra come per schioccare un bacio. Quel giorno indossava una giacca maoista e un paio di pantaloni dello stesso tessuto. A una gamba dei pantaloni, in basso, era attaccata una molletta. Una pinza da bucato. Un altro che andava in bici.

C'è una cosa che voglio chiederle da un pezzo: perché non viene mai da me a ricevimento? ...Io, se uno mi scrive sulla tesina: Qui varrebbe la pena approfondire, vado da lui e gli chiedo cos'altro può dirmi in merito.

Non sapevo... lei ha molti studenti.

Arricciò di nuovo le labbra.

Quali sono i suoi progetti? Pensa di lavorare nell'ambito della ricerca?

Dissi la verità. Non lo so. Al momento non lo so.

Cosa pensava quando ha scelto questo percorso di studi?

Di diventare giornalista.

E allora?

...Mi sto preparando per questo.

Bene, disse lui. E mentre si prepara...

Picchiettò di nuovo sull'annuncio allontanandosi in fretta. Il pantalone senza molletta gli svolazzava a tempo intorno alla caviglia.

Il progetto di ricerca che NC aveva indicato era coordinato da una studentessa post-doc di nome Ingrid. Creazione di una banca dati di opere di scrittrici dell'Impero austro-ungarico con background migratorio.

Background migratorio? Nell'Impero? Non feci commenti, sarebbe stato scortese, e inoltre non ero nata ieri. Circoscrivi il tema in modo che sia gestibile e dagli un titolo in modo che sia finanziabile. Il tema comunque avrebbe potuto essere uno qualsiasi, perché dal momento in cui vidi Ingrid avrei fatto qualunque cosa per poterle stare accanto. Credo che nessuno al mondo abbia mai avuto una capa più bella, gentile e lentigginosa di lei. Già al nostro primo incontro al caffè Jungwirth ordinò una mousse di castagne con due cucchiaini, tanto per una persona sola è sempre troppo. Il progetto aveva fondi per tre anni e ne facevamo parte lei, io e un ungherese di nome Zsolti che programmava la banca dati. Il mio compito era passare al setaccio i periodici dell'epoca in tutte le biblioteche e gli archivi della città. Sembra tanto, ma se per mangiare l'elefante lo si divide in piccole porzioni se ne può venire a capo, disse Ingrid portandosi alla bocca un cucchiaino di dolce. Per cominciare dovevo concentrarmi sul mensile operaio "Arbeiterinnen-Zeitung" e sulla rivista femminista "Neues Frauenleben".

All'inizio appena pensavo alla "Arbeiterinnen-Zeitung" mi veniva in mente *Die Arbeiter von Wien*, ma col tempo non successe più. E non avrebbe potuto essere diversamente, con Emma Adler che scriveva frasi del tipo:

"Abbiamo trovato nella sig.na Natalie von Wilde una dama assai cordiale e istruita, possiede un meraviglioso organo e a volte ci si dimentica di prestare attenzione al senso delle sue parole, pensando solo ad ascoltare della bella musica."

Oppure:

"Come per miracolo la piccola Hanne è prodigiosamente scampata a tutti i pericoli e alle tentazioni della grande città. Era stata costretta ad avventurarvisi, per procurarsi da sola il pane, alla tenera età di quindici anni."

Dopo un po', quando alle nostre riunioni settimanali Ingrid mi chiedeva come stavo, come andava e che novità c'erano, rispondevo: "Come per miracolo oggi sono prodigiosamente scampata a tutti i pericoli e alle tentazioni della grande città". Oppure: "Le infiltrate della polizia vengono sfruttate senza ritegno," ma "ora anche le donne possono ambire al rango di ministri dei poveri".

In quel periodo scrivevo addirittura spesso a mia madre, raccontandole quello che di bello avevo letto. Ecco, per esempio, cosa scrive Ada Christen:

Ed egli era alle mie spalle;
in silenzio lo guardai.
Sorridendo allor mi chiese
stavo lì, ma come mai?

Quel sorriso annichiliva
la parola mi troncò
e poi dissi, a mezza voce:
"Già domani me ne andrò".

Ed ancor quel suo sorriso,
che sì misera mi fa:
"Faccia dunque un buon viaggio –
buonanotte!", e se ne va.

Mia madre mi rispose che ultimamente si occupava di pedagogia teatrale. Stava studiando *Risveglio di primavera* di Wedekind insieme ai ragazzi turchi e arabi di un centro ricreativo.

Dovetti dormire tutta la notte nel sacco, disse Martha nella mia testa.

Una volta mi piacerebbe molto dormire nel sacco al posto tuo, disse Wendla.

Però dentro si soffoca! (Thea)

La testa rimane fuori. Viene legato sotto il mento.

Devi venire alla prima!, disse mia madre.

Ma certo, dissi io.

Anche se non c'entrava niente coi miei studi, andai a sentire la lezione che Ingrid teneva per gli aspiranti insegnanti su "Letteratura e media", e poi andammo insieme al caffè per parlare del progetto e di tutto quello che potevo imparare da lei. Cosa leggeva, cos'aveva visto al cinema e a teatro o dov'era andata a ballare.

A ballare? Cosa?

Niente. Freestyle.

Da sola?

A volte anche da sola, ma per lo più con la sua amica Sonja che, a proposito, la prossima settimana si esibisce in una performance letteraria, un monologo scritto da lei che dovevo assolutamente andare a sentire.

(Manda giù la tua assurda gelosia per questa Sonja sconosciuta e chiedi dettagli:)

È così brava?

Se era brava o no Ingrid non lo sapeva, sperava che lo avrebbe saputo *dopo*. Rise.

Il testo è basato sul diario di Helen Hessel.

Chi è?

Era. La donna di *Jules e Jim*.

(Non lo avevo né letto né visto.) E *Jules e Jim* è bello?

Presi il mio ruolo di spettatrice con la stessa serietà con cui prendevo tutto il resto, e mi preparai. Per la sera della performance avevo almeno letto il libro. "Non c'erano donne, nella vita parigina di Jules, e lui ne avrebbe voluta una. In quella di Jim ce n'erano parecchie." Lo spettacolo si teneva nella sala ricevimenti sopra un ristorante del quartiere Margareten, che in ventitré riempivamo per tre quarti. Come poi venne fuori, tre quarti dei ventitré erano amici o conoscenti dell'autrice e interprete. Il monologo era in tre lingue, come il diario di Helen Hessel: tedesco, inglese, francese. Ero un po' preoccupata per Sonja, che spesso all'interno di una stessa frase doveva passare dalla *r* francese a quella vocalizzata del tedesco e a quella sorda dell'inglese *ruff*, *ruff*. Nella maggior parte dei casi ci riusciva senza errori. Si pagava alla fine, mettendo un contributo libero nella bocca di un fiore di peluche. Io misi cinquanta scellini.

Quella sera scoprii che non erano Ingrid e Sonja ad avere una relazione, bensì Ingrid e NC. Salutai con un po' di imbarazzo, lui ricambiò gioviale. Bevevano vino, io ginger ale.

Niente alcol? Cos'hai che non va?, chiese Sonja. I riccioli neri le incorniciavano la testa come uno stravagante cappello.

NC chiacchierava col compagno di Sonja, che le assomigliava così tanto da farmi pensare, all'inizio, che fossero gemelli. Invece no. Si chiamava Walter e parlava in viennese stretto.

Sono un'ex alcolizzata, dissi a Sonja.

Ah, disse lei. Allora è un'altra faccenda, certo.

Chiesi se potevo leggere il testo della sua performance. Ero abituata a leggere i testi con cui lavorava mia madre, ma lì Sonja si fece sospettosa.

Per farne che?

Leggerlo.

Perché?

(Non dire che anche tua madre è un'attrice. Primo chissenefrega, e secondo a loro non piace sentire queste cose.) Dissi che il testo era molto denso (lo era), e che non ero riuscita ad afferrare tutti i dettagli.

Sonja rispose che lo avrebbe rappresentato ancora un paio di volte, rivolgendomi un sorriso radioso. I suoi canini scintillarono.

Non ti odia, disse Ingrid più tardi. Perché dovrebbe odiarti? Non è una che fa tanti salamelecchi, certo. Ma viene da un posto troppo brutale per farlo. Da un posto cioè dove i suoi genitori, ogni volta che avevano qualche difficoltà, sparpagliavano i cinque figli tra i parenti e Sonja finiva sempre dalla nonna russa che le permetteva di scegliere con quale degli oggetti di casa farsi picchiare, ma ovviamente ne veniva preso sempre uno diverso – e comunque non era stato questo a fare di lei una persona schietta e laboriosa, lo era di suo, ed è una cosa che andrebbe apprezzata. Non è cattiva, è solo diretta, un fiore di campo che ha dovuto sbocciare da sotto un metro di ghiaia, perché mai un fiore di campo dovrebbe odiare qualcuno?

E tuttavia, dall'inizio alla fine Sonja continuò a farmi un po' paura.

Walter stava intanto dicendo a NC che anche se tutti lavorano gratis ("*ßöpst wänn ollä umßunst oawadn*" ecc.), ci voleva comunque un tot per le spese di stampa e tutto il resto.

Venne fuori che Walter possedeva o dirigeva una piccola casa editrice, e Ingrid e NC lo incalzavano come un sol uomo dicendo che, unendo le forze, si poteva pubblicare una collana con le *nostre* scrittrici dimenticate. Sono fuori diritti, e questo è un bene, ma stamparle costa comunque soldi. NC e Ingrid si dissero disponibili a cercare i testi originali. In base a quel che veniva fuori, potevo ricevere anch'io qualcosa per collaborare alla redazione dei testi. Non lo chiesero a me, lo stabilirono loro. E visto che abbiamo unito le forze, mi disse NC, se non sapevo ancora cosa volevo diventare potevo dedicarmi alla raccolta fondi.

Io? E che dovrei fare?

Metà del lavoro consiste nell'andare porta a porta.

Ingrid era accaldata in viso, si toccò la fronte col dorso della mano e poi anche Sonja le poggiò una mano sulla fronte.

Sei malata?, chiesi.

Solo cronica, disse Ingrid sorridendo.

Oh, io voglio qualcosa da mangiare, disse Walter.

Io e Ingrid proponemmo a Walter, per cominciare, Elsa Asenijeff, Alma Karlin e Maria Lazar. Mandai anche a Sonja i testi teatrali di Lazar che avevo riesumato, ma non ebbi alcuna risposta. Meno di tre titoli non è una collana, si potrebbero fare due volumi insieme o in successione, oppure uno solo, intanto Walter ci fece un contratto per un singolo libro. Bah, vediamo un po' che viene fuori.

Non sarebbe meglio lanciare un'intera collana? Trovandogli un nome?

Eh, disse Walter, e trovò un nome alla collana. (E se poi resta una collana con un solo libro va bene lo stesso, no?) Per la collana non scelse un nome tipo *Donne dimenticate*, che sarebbe stato passivo-aggressivo e dunque respingente, bensì *Nuove scrittrici*.

L'idea ci piacque. Abbiamo ancora molto da imparare da te, Walter.

Eh, disse Walter.

Asenijeff però gli "stava sui coglioni", e così iniziammo con Lazar, e non col suo libro d'esordio, *Avvelenamento*, anche se sarebbe stato un bel titolo per lanciare una collana, bensì con *Proibito vivere!*. Come titolo era ancora meglio.

Non c'era bisogno che stessi chissà quanto in casa editrice per quella collana monovolume, ma chiesi a Walter se mi avrebbe presa come tirocinante, e lui non disse di no. La casa editrice di chiamava Eumeniden, condivideva il primo piano di un vecchio palazzo nel primo distretto con lo studio Svoboda, specializzato in trascrizioni.

Cosa fa uno studio di trascrizioni?

Questo prende appunti durante udienze, convegni e cose del genere. Sai stenografare?

No. Però so correggere bozze, fare ricerche e cose così.

Walter concesse persino che stessi là di lunedì, cosa che nessuno sopporta, che presenziassi alle riunioni e andassi un altro pomeriggio a settimana, durante il quale davo una mano nel lavoro che mi veniva affidato di volta in volta. Spesso me ne stavo semplicemente a gironzolare per le stanze che odoravano di parquet, maniglie di ottone, libri e fumo di sigarette, ascoltando Walter che faceva lunghe telefonate in tedesco.

Ma Walter, questo è un accento del Nordovest!

Eh, certo, io sono di Amburgo.

Rimasi di stucco. Tipo che nessuno lo deve sapere?

In realtà Walter aveva preso l'abitudine di parlare viennese per non farsi emarginare nel quartiere in cui era cresciuto, Favoriten.

Quanti anni avevi quando ti sei trasferito?

Dieci, disse la bocca di Walter, che non riuscivo a non

fissare quando parlavo con lui. Mi ricordava la bocca di mio padre. Per essere precisi, era la sigaretta incollata alle labbra. Non dovresti fumare così tanto, Walter, mio padre ha fatto una morte orribile, e i tuoi denti, se posso permettermi... Naturalmente non dicevo niente del genere.

Per lui era peggio quando gli davano del vichingo o del crucco?

Quando parlavo in quel modo mi guardavano male anche i crucchi.

Ci mettemmo a ridere.

Senti, disse Walter in dialetto, se vuoi fare una cosa fatta bene: il Vellner dà qualcosetta per correggere le bozze della rivista, e lì si può anche fumare.

(Chi è Vellner? Quale rivista?) Invece di fare domande pertinenti, dissi: Io non fumo.

Ah, ecco cos'è che ti volevo chiedere da un pezzo (*wüll i* ecc.), disse Walter: ma ci sei o ci fai?

Cosa?

L'ingenua.

Alzai lo sguardo su di lui, che stava in piedi mentre io ero seduta, e dissi:

Tra ingenua e sentimentale, avrei detto piuttosto di passare per sentimentale. Ma d'altronde non sono mica nobile. E non sono neanche un'eroina o una gran signora. (Mia madre aveva recitato una volta nel ruolo schilleriano di Lady Milford. Le stava a pennello.) E non sono neanche quello che si dice un personaggio. Perciò hai pienamente ragione. Sono un'ingenua. Non so chi sia il Vellner e, davvero, non fumo.

Lo sconcerto sul viso di Walter! Poi divertimento, poi apprezzamento – ma sentila! –, poi persino qualcosa come un'apertura, uno spiraglio che fino a quel momento non c'era mai stato nel suo sguardo. Sarebbe stato un buon momento per cercare di infilarmici, in quello spiraglio, ma non lo feci, e da lì in poi non mi presentai più tanto spesso in casa editrice. Non feci neanche le correzioni di bozze per quel Vellner o Fellner e per il suo "Rennbahn Express". Mi concentrai sulla tesi di laurea. Feci domanda per la discussione solo dopo averci lavorato sei mesi, il che mi diede nove mesi per scriverla e non, com'è richiesto, tre. Tanto sono cose che non verifica nessuno.

In una bella giornata di giugno avevo finito ed ero commossa da me stessa. Dunque ho davvero concluso gli studi. Le storiche avevano dato inizio a un nuovo progetto dedicato ai diari femminili conservati alla Biblioteca nazionale austriaca, avevo dunque un nuovo lavoro e Ingrid mi suggerì di fare anche il dottorato con NC.

Prima di presentarci nel suo studio, ci accordammo sul tema: "Diario e autobiografia. Costruzioni della femminilità e culture della memoria".

Bel tema, disse NC, chissà perché con la cadenza dialettale che avrebbe usato Walter, e la cosa mi diede l'impressione che ci stesse prendendo in giro.

Gli annunciai che nel corso dell'estate avrei definito meglio l'argomento e buttato giù una sinossi.

Be my guest, disse NC, mettendosi a canticchiare qualcosa fra sé.

Ingrid lo ringraziò formalmente anche a nome mio, e uscimmo dallo studio.

Ingrid era felice. (Sembrava continuasse a canticchiare il motivetto di NC...)

Di' un po', non ti è sembrato che ci prendesse in giro?

No, perché?

Era strano.

Ah sì?

(Anche Ingrid era strana. Avevo un po' paura che si arrabbiasse e mi piantasse in asso, ma chiesi lo stesso:)

~~Di', gli dai del lei anche a letto?~~ Di', gli dai del lei anche quando siete solo voi due?

Lei rise: Certo che no.

10.
Settore A, quinta fila

Sonja si era innamorata di Berlino. Sonja era ossessionata dal suo lavoro e di tanto in tanto anche da altre cose di cui poi parlava di continuo, che fosse il tango finlandese, Helen Hessel o, come adesso, i palcoscenici di Berlino. Doveva per forza andare a Berlino un fine settimana ogni due, cosa che poco a poco le stava costando tutti i suoi cosiddetti risparmi, ma d'altronde c'erano così tante cose da fare, da vedere, a cui partecipare. L'unico ostacolo a un trasferimento definitivo era Walter. Quando Sonja parlava di Berlino – e ogni tanto qualcun altro riusciva a prendere la parola – Walter palesava la sua posizione calcando ancora di più il suo accento viennese.

Gli ho chiesto se non è geloso delle persone che frequento quando sono a Berlino senza di lui. E geloso di che, fa lui, per quanto ne sa io non sono mica *una di quelle*, ma se invece lo sono, se è questo quello che vuoi, bah!, allora potevo trasferirmici *anche subito*, perché invece lui di voglia non ne aveva mezza, *né di Berlino né dei suoi palcoscenici*. Che col suo accento sembrava avesse detto "né dei suoi atti osceni", che era anche un bel lapsus.

Sonja non mi odiava, perché avrebbe dovuto odiarmi, e mi incluse (forse non "in automatico", ma insomma) quando impose al "gruppo" di andare agli ultimi spettacoli del festival di Berlino, prima che arrivasse luglio e cominciasse la pausa estiva. Walter mise il veto sull'aereo, così andammo in treno: Sonja, Walter, Ingrid e io. Walter insisté per fare tappa a Praga, così facemmo tappa a Praga. Non era così umido come a Vienna, faceva solo caldo. L'odore della stazione di Praga a trenta gradi centigradi. Cos'è, Walter? A parte le solite cose: catrame, petrolio, bitume, metalli? Sporcizia, disse Walter. Per l'esattezza disse: *Treyg*. Il classico odore di sporcizia. O forse aveva detto *edel*. Il nobile odore di sporcizia. Sonja aveva imparato l'annuncio in ceco che davano sui treni all'apertura e chiusura delle porte, e lo ripeteva ogni volta che le porte si aprivano o si chiudevano. *Ukončete! Výstup a nástup! Dveře se zavíraji! Dveře se zavíraji!* L'unica volta che *non* lo disse, a me e a Ingrid venne talmente da ridere che ci spuntarono le lacrime. Bah, non fate le isteriche! Walter non rideva, era troppo occupato a fumare, ma quando ebbe finito iniziò a parlare anche lui: sapeva praticamente *tutto* di Praga tra il 1840 e il 1938, con particolare attenzione al periodo tra il 1882 e il 1924 e ai boemi di lingua tedesca, tra cui Baum, Weltsch, Werfel, Kafka e Brod. Gli svolazzavamo dietro coi nostri variopinti abiti estivi, come un grappolo di palloncini tenuto per i fili. Ci portò a fontane fresche e in trattorie dove si mangiava bene, e la sera ci spiegò come andare a un concerto nella basilica dove i turisti facevano ressa davanti a ogni posto disponibile. La polvere delle strade praghesi mi lasciò sui piedi i segni dei sandali. Grazie, Walter, dissi. (Com'era bello con quella pelle porosa e i denti marroni!) Sì, disse Sonja, grazie, Walter!, e lo baciò sugli zigomi.

A Berlino si unì a noi NC, il che significava che ora potevo starmene un po' per conto mio. Sul ponte tra l'università e la metro mi si ruppe un sandalo, dovetti comprarne un altro paio prima che cominciasse la serata a teatro. A Praga era stato Walter a dirci cosa fare, a Berlino decideva Sonja. Aveva scelto una cosa open-air sulla Sprea. Una compagnia olandese. Non c'era traduzione ma non serviva, parlavano una lingua inventata da uomini primitivi e portavano costumi da uomini primitivi. Non ci capivo un accidente (Perché? Che senso ha?), Sonja invece rideva senza sosta, come una che si stia divertendo alla grande. Forse non mi odiava ma io non riuscivo a sopportarla, ormai era evidente. Avevo pagato trentotto marchi per l'ingresso, una cosa che mi faceva male come se mi avessero cavato trentotto monete dalla schiena. Lasciando trentotto cerchi sanguinanti. Cercavo di non guardare verso il palco. Guardai il fiume, la riva opposta dove passavano le auto e i turisti fotografavano i resti del Muro, poi di nuovo il pubblico. Percorsi i quattro settori in cui era suddiviso il nostro cosiddetto anfiteatro. Eravamo seduti nella parte più a sinistra, settore D. Il settore C accanto a noi non riuscivo a vederlo se non sporgendomi in avanti, il B bene solo per metà, l'A meglio di tutti. Dieci file, otto posti in quella più bassa, diciassette in quella più alta. Nel settore A c'erano cinque posti liberi. Nel complesso eravamo circa cinquecento persone a guardarci questa roba degli uomini primitivi. O a guardarci gli uni con gli altri. Pensa se i miei occhi avessero incrociato quelli di qualcuno che faceva la stessa cosa. Osservare ogni singola persona nel pubblico, invece dello spettacolo. Interessante che non fosse ancora successo. E invece, ecco, accadde. Era seduto in quinta fila, vicino al corridoio tra il settore A e il B, alla sua destra una donna castana. La donna guardava avanti, verso il palco, lui in alto, verso il settore D. Non era ancora arrivato a me, ma mancava poco. Iniziai a sudare in tutto il corpo, ma così tanto che temetti di scivolare dalla sedia. Indossava un abito estivo marrone chiaro e una camicia di lino bianca. Riuscivo a vedergli l'incavo sotto la gola. Fossa giugulare, si chiama. La riconobbi prima di tutto il resto, prima ancora di arrivare al viso. Sette anni. Era invecchiato come tutti, ma era lui, non c'era dubbio.

Caro Magnus…

Ora mi vide.

Per un attimo il suo sguardo sembrò proseguire, e così fece, poi tornò indietro e mi vide. Sentivo un rombo nelle orecchie come se fossi stata dietro una cascata, e anche vedere distintamente non mi riusciva più: ma riuscivo ancora a muovere gli angoli della bocca, li tirai verso l'alto, sorrisi perché capisse che ero io. E lui? Di nuovo sembrò non reagire, ma poi invece reagì. Anche lui sorrise.

Saltare in piedi, correre in fondo alla fila, su per il corridoio, lungo il lato superiore, mi sarebbe venuto incontro o dovevo essere io a scendere fino a lui? Ma prima di poter fare un solo movimento, di colpo intorno a me si erano alzati tutti. Evidentemente c'era l'intervallo, la fila davanti a noi era in piedi, non riuscivo a vedere più nulla, anche il corridoio era già pieno di gente. Non avevo altra scelta che aspettare, così tante persone non le puoi spintonare di lato, non c'è neanche un lato su cui spintonarle. Aspetta che siano usciti tutti. Singoli, gruppi, coppie che si ricongiungevano, li odiavo dal primo all'ultimo. La donna castana. Avevo tralasciato di osservare con attenzione la fila in cui era seduto, per capire se lei poteva essere con qualcun altro.

Cinquecento persone nel cosiddetto foyer, ovvero lo spazio dietro la platea. Cemento grezzo pieno di crepe che risaliva ai tempi della Ddr e due carrelli per il buffet, che naturalmente non bastavano. Faceva caldo, tutti si affannavano a prendere da bere. Ovviamente alcuni sono così veloci che hanno già i bicchieri in mano quando io sono appena arrivata.

I miei compagni dov'erano, non avevo idea, stavo lì in piedi da sola, il cemento rilasciava tutto il calore assorbito nel corso della giornata, ancora una volta il sudore mi colava su tutto il corpo. Finirò per squagliarmi qui, proprio ora che l'ho ritrovato, che l'ho solo visto, anzi, e di me non resterà altro che una pozzanghera dove forse il suo viso si rifletterà un istante quando, stupito nel vedersela di colpo ai piedi, abbasserà lo sguardo su di me prima di calpestarmi.

Caro Magnus...

Non mi squagliai, ovviamente, anzi ero ancora là in piedi quando, con due bicchieri di vino bianco in mano, sbucò dalla folla raccolta intorno a uno dei carrelli del buffet. Mi vide, mi diede uno dei due bicchieri senza dire una parola, l'altro lo portò più avanti, alla donna castana che parlava con un uomo alto e biondo e con una donna bassa dai capelli a spazzola. Porse il bicchiere alla donna castana e tornò da me.

Sono sempre astemia, dissi, e gli restituii il vino. Mandò giù qualche sorso prima di chiedere:

Vuoi altro?

Avevo una gran sete, ma non importava, volevo sapere cos'era successo. Dimmi che non sei stato tutto il tempo a Berlino, ti prego.

Tutto il tempo? No.

Da un anno.

Come assistente all'università.

In letteratura tedesca.

E prima?
A Parigi.
Ce l'hai fatta ad andare a Parigi.
Sì. Alla Sorbonne Nouvelle, con una borsa di studio.
Non subito naturalmente. Prima era stato a Gottinga come richiedente asilo, dopo che avevano effettivamente tagliato la corda passando per l'Ungheria. Non era programmato, è successo così. Non tutti, solo due.
E dell'altro che ne è stato?
Fa la giurista a Bonn.
("La"...) Ti ho cercato dappertutto.
Dappertutto?
Sì, cioè, a Jüris. Nessuno sapeva niente. Lo sai che anche Bernd se n'è andato?
No.
Noah non te l'ha raccontato?
Non ho più visto neanche Noah.
Oh... Noah stava bene, comunque.
Non ci sono più tornato da allora.
Mai più?
Alzò le spalle e le lasciò ricadere. Aveva stampato in faccia quel sorrisetto che si usa per essere gentili con le vecchie conoscenze. Le sopracciglia erano distese. (Come sei bello!) Il bicchiere vuoto. Si guardò intorno alla ricerca del carrello, ma la folla al buffet era fitta come all'inizio dell'intervallo. Si rigirò lo stelo del bicchiere fra le dita.
Allora non hai ricevuto neanche le lettere che spedivo all'indirizzo di Noah.
Lettere?
Si passò il bicchiere nell'altra mano, la sinistra, poi di nuovo nella destra. Ora, assieme al sorriso, vedevo i segni di una lieve confusione. Come se il discorso riguardasse qualcosa di totalmente incomprensibile. Ma forse

era incomprensibile. Lettere mie, per lui, all'indirizzo di Noah. Forse ero io che mi esprimevo in modo poco chiaro. Adesso non mi guardava più in viso, si girava qua e là come cercando di orientarsi.

Dunque, dov'è che sono, che succede. Mi sarebbe piaciuto sapere se stavi bene. Non le hai proprio ricevute, insomma?

No.

Non mi stupisce che non hai risposto!

Mi misi a ridere, e lui mi guardò di nuovo.

E dai, chiedimi cosa ho fatto nel frattempo!

Cos'hai fatto nel frattempo?, chiese, mentre poggiava per terra accanto a sé il bicchiere vuoto.

Raccontai quello che c'era da raccontare. Berlino, Londra, Vienna, al momento ancora lì. Il progetto di Ingrid, la collana con la Eumeniden, i diari, il dottorato.

Lui annuì, sorrise, guardò di nuovo più in là. Tirò fuori i cigarilli dalla tasca della giacca.

Sono qui coi miei colleghi di Vienna, ma in questo momento non li vedo. E lei chi è?

Lei?

La donna a cui hai portato il vino.

Una collega che si occupa di letteratura olandese. Hanno lo studio accanto al nostro. È colpa loro se siamo qui.

Lo spettacolo è tremendo, eh?

Sì. È abbastanza tremendo.

È *assolutamente* tremendo! Se non ti avessi visto tra il pubblico me ne sarei andata da un pezzo.

Suonò il campanello che annunciava la fine dell'intervallo. Rimise via i cigarilli.

Sarebbe un affronto se non tornassimo per il secondo atto?

Temo di sì, disse.

Ci vediamo dopo?

Chiaro, disse tornando al suo posto, mentre io tornavo al mio.

Non restammo tutto il tempo a fissarci, io cercai di contenermi e di guardare ogni tanto anche avanti, verso il palco, ma se anche il mio sguardo riusciva ad arrivarci subito si spostava di nuovo alla periferia. Osservavo me stessa, vedevo il petto che si alzava e si abbassava. A volte i capelli mi ricadevano sul viso e me li spostavo dietro l'orecchio. Non portavo orecchini, peccato, avrei dovuto indossare degli orecchini sfavillanti o un fermaglio lucente fra i capelli, qualcosa che facesse risaltare ancora di più la mia chioma biondo oro. Per fortuna non avevo più i capelli tagliati a zero, ma chissà che ne era del mio trucco con quel caldo, mi sarei guardata volentieri allo specchio ma non osavo tirarlo fuori. Cercai di aprirlo furtivamente nella borsetta per darmi un'occhiata. Eccomi, piccola e stravolta, ma comunque meglio di quel che temevo. Il naso era lucido come un pezzo di lardo, ma rossetto e mascara non erano sbavati. Una cosa accettabile. E poi finalmente, finalmente, anche lo spettacolo finì. Sonja era tutta eccitata, che figata, quanta energia!

L'intervallo è stato un delitto, non puoi fare l'intervallo in uno spettacolo così! (Perché annuisci a questi discorsi, Walter?) Ma ora festeggiamo! A bere e a ballare! Gridai a Ingrid che avevo visto una persona che conoscevo, ci vediamo domani!, e sparii nel nulla.

Stavolta, succeda quel che vuole, cercai di passare in mezzo a più gente possibile. Mi si videro le mutande mentre scavalcavo le file di sedie. Mi graffiai l'interno di una coscia, le calze si sarebbero strappate, amen, dovevo fare presto. Chiaro, aveva detto, ma chissà cosa significava. È ancora testone com'era sette anni fa, non è che non si interessi di me, è solo timido, ora l'ho capito, ma anche sette anni fa alla fine ero riuscita a trovare la chiave, per questo però mi deve *vedere* prima di lasciarsi circuire dalla prima olandesista che passa, questa gente dappertutto, questa gente che non ha fretta, e poi quelli che pigiano come me, difficile dire di chi vorrei sbarazzarmi di più...

Io ero completamente senza fiato, lui se ne stava tutto tranquillo vicino alle biciclette e finiva di fumare. Gli altri che erano con lui andavano a bere ancora qualcosa, quelli che erano con me andavano a bere ancora qualcosa, potevamo scegliere.

Nel caso, dissi, andiamo da te.

Mi guardò, e poi, questo è il bello degli uomini timidi, non gli venne in mente niente di meglio che dire: A piedi ci vogliono due ore.

E allora?, dissi io.

E via attraverso la città, costeggiando il canale fin dove era possibile, su e giù per i ponti, a seconda di dove la riva era più bella o almeno percorribile. Stava ancora succedendo e già pensavo che sono così le passeggiate che non si dimenticano. La volta che abbiamo camminato due ore per la città afosa, di notte, e ci siamo parlati di nuovo (in verità: ci siamo parlati proprio), per la prima volta dopo sette anni. Ripercorremmo daccapo tutto quello che era successo, tutto quello che c'era stato negli anni in mezzo. Pensai che la cosa migliore fosse domandargli soprattutto di Parigi. Com'era Parigi. Se era come l'aveva immaginata.

No, naturalmente. Però era stato bello. Stressante. Impegnativo. Aveva un bravo professore. Un alsaziano. Un umanista ed erudito reclutato a forza dai nazisti e tornato dalla prigionia in Finlandia, che aveva fondato il dipartimento di studi comparati francotedeschi. Purtroppo era morto all'improvviso, e di conseguenza la sorte dell'intero dipartimento aveva cominciato a vacillare in modo assurdo. Nel giorno stesso in cui era arrivata la notizia della sua morte l'atmosfera era diventata livorosa, già a sera erano praticamente tutti uno contro l'altro, e per di più si toccava con mano, in modo vergognoso, quanto i francesi fossero contro i non francesi e i germanisti contro i romanisti. Più avanti le cose dovevano essersi sistemate, e c'erano stati, a ragione, stupore e vergogna per quello che era successo, come dopo un'orgia di droga, ma questo Magnus lo aveva saputo solo per sentito dire, perché aveva ormai il posto a Berlino.

È un buon posto. È okay. Sta lavorando per prendere l'abilitazione.

Sulle rappresentazioni del maschile in Hans Henny Jahnn.

Non potei fare a meno di ridere. Mi guardò irritato. In quel momento eravamo su un ponte, lui si fermò e mi squadrò aggrottando la fronte.

Scusa, è che mi viene da ridere... mi viene da ridere perché... per via delle "rappresentazioni". Per noi sono sempre "rappresentazioni del femminile". È... buffo!

Fece una smorfia con la bocca come se capisse. Appoggiò la bici alla balaustra e si mise a cercare i cigarilli. Le mani gli tremavano leggermente.

(Ma perché devi sempre tormentare la gente, Muna? Non è indispensabile che uno dica sempre tutto quello che gli passa per la testa, e neanche che chieda tutto quello che vuole sapere. A volte sembri davvero un elefante in un negozio di porcellane. Era mia madre a dirmi queste cose. Spesso quando non era del tutto sobria. E lei ha fatto di gran lunga più cocci di me.)

Magnus si appoggiò alla balaustra e guardò verso l'acqua del canale. Anch'io mi appoggiai, guardando lui.

(Perché te la prendi per così poco? Pieno di punti dolenti. Questo pensiero mi aprì un pochino gli occhi. Quell'uomo era pieno di punti dolenti, e io non lo conoscevo abbastanza da sapere quali erano e dove e come potevo evitarli.)

Non è che non lo prenda sul serio, dissi. Lo prendo assolutamente sul serio. È che sono un po' su di giri. Non è pazzesco rivedersi in questo modo?

Vidi che pensava: Una semplice coincidenza.

Al che pensai: Le coincidenze esistono, si sa... ma non puoi dire una cosa del genere.

Ci salvò uno sconosciuto. Camminava sul ponte spingendo una bici. Quando arrivò vicino a noi si fermò. Mi fece un cenno con la testa:

Serve una bici?

Non una bici da uomo rubata, grazie, disse Magnus.

Per ottanta marchi?

Magnus scosse la testa, prese la sua bici e proseguì, io lo seguii.

Cinquanta!, ci gridò dietro il tipo.

Allungammo il passo, ovviamente l'uomo avrebbe potuto raggiungerci lo stesso montando sulla bici, me almeno, che ero a piedi. Ma non lo fece, e Magnus, da parte sua, non salì sulla sua piantandomi lì. Le scarpe nuove cominciavano a farmi male e avevamo ancora di fronte metà del tragitto, ma almeno lui continuava a camminarmi accanto, verso casa sua. Saremmo arrivati fin lì senza dire una parola?

Forse non è il momento migliore per chiedertelo, dissi

dopo un po', ma non riesco a smettere di pensarci: che problema avevi con Jüris?

Non avevo nessun problema con Jüris...

Be', con la città...

Se proprio lo vuoi sapere, disse spegnendo quel che restava del cigarillo in un cestino della spazzatura, se proprio vuoi sapere le cose come stanno, mio padre era nella Stasi, se non a tempo pieno almeno a tempo parziale. Comunista fino al midollo e un maledetto tiranno con tendenze sadiche, ecco, ora lo sai... direttore di quel cazzo di centro di calcolo... e mia madre era una di quelle mostruose direttrici di scuola materna. Anche a casa si comportavano più o meno come al lavoro, nazisti riconvertiti, e stupidamente l'ho capito prima di quanto mi sarebbe convenuto.

Sei figlio unico?

Sì e no. Avevo un fratello di quattordici anni più grande. È morto che ne aveva diciotto. Mentre era nella Volksarmee.

Suicidio?

Questo, stranamente, lo confuse.

Perché?

C'erano donne che avevano paura che i loro figli non reggessero alle vessazioni dell'esercito, non ne hai mai sentito parlare?

(Sguardo irritato: Che donne?) Non so esattamente come è successo. Non se ne parlava. Una volta mia madre mi picchiò perché avevo preso dal cassetto una sua foto e la guardavo.

Ovviamente questo non era bastato a risparmiargli il servizio militare. Ma perché mai c'era stato tre anni?

Primo, perché era quello che si aspettavano da me, secondo perché volevo studiare giornalismo.

E?

Non mi hanno preso. Sono finito a fare l'apprendistato per insegnare francese e tedesco. Ed è stata già una grazia.

Perché è stata una grazia?

Per il francese. Il bolscevico piccolo-borghese odiava anche il francese.

Perché?

Già, perché? Perché era fuori di testa. Un vero uomo non parla francese.

E che lingua parla un vero uomo?

Alzò le spalle. Adesso camminava sempre più in fretta, a testa bassa, ma io continuavo a chiedere:

Avevi un grado?

In che senso?

Nell'esercito.

Sergente in seconda.

Cos'è?

Il grado più alto che si può raggiungere da recluta.

E come ci sei arrivato?

Si fermò, fece un respiro profondo, mi guardò e poi disse:

Secondo te come ci sono arrivato?

Eravamo fermi. Cercavo di immaginarmelo da soldato. Che aspetto poteva avere con un taglio di capelli militare. Il collo scoperto, le orecchie. (Lo hanno spedito a Jüris apposta per tenerlo d'occhio. Non sa ancora che l'ho cercato a casa dei suoi. Non glielo dire. E non dirgli neanche che a volte ti svegli ancora chiedendoti perché non sei a Jüris nel tuo letto. O se oggi tua madre ha uno spettacolo oppure no. O se il tempo è abbastanza buono per andare in bici fino a Neustadt.)

Ai tuoi allievi piacevi, se ti può consolare, dissi alla fine.

(Di nuovo irritatissimo:) Quali allievi?

Le allieve. Le ragazze della tua scuola. Non te ne ricordi più?

A dire il vero no. Non si ricordava più delle sue allieve, e neanche dei suoi allievi.

(Ma di me!)

A dire il vero non era più molto presente, durante quell'anno a Jüris. Tra sé aveva già deciso che, se continuavano a prenderlo per il culo, se ne sarebbe andato. Che il Muro cadesse oppure no.

(Abbandonando me?) Col trucco del cigno finto o facendo domanda per l'espatrio?

Non era arrivato a tanto. La prima opzione è più pericolosa, la seconda più umiliante. Non è facile decidersi. Ma all'umiliazione eravamo abituati. Se non altro era un'abilità che non dovevi imparare ex novo, mentre a costruirti un cigno finto o a procurarti delle corna di cervo sì.

Avrei potuto farti fare delle corna di cervo in teatro, con quelle sì che avresti passato il confine senza farti scoprire.

Finalmente sorrise di nuovo.

Scommetto che ne saresti stata capace.

Certo che sì.

Ci fermammo sulla strada. Lui sembrava esausto. Lo esaurivo io? Era una cosa positiva o no?

Manca ancora molto?, chiesi.

No, disse. Siamo arrivati.

Il suo appartamento – una camera da letto, un soggiorno con cucina – si trovava sopra il portone d'ingresso, tra il primo e il secondo cortile del palazzo di fronte al quale ci eravamo fermati. Aveva due balconi, che davano ciascuno su un cortile. Un po' buio, naturalmente, ma in compenso fresco, almeno all'inizio. A un certo punto dovemmo comunque aprire le porte dei due balconi e trattenere il fiato mentre facevamo l'amore. Sshh, non gridare, si sente in tutti e due i cortili, per sicurezza mi mise anche una mano sulla bocca. Sshh! Gli baciai il palmo della mano.

Dovevo rassicurare i miei amici che non mi era capitato niente di brutto. Ho solo incontrato un uomo. Uno che conoscevo da prima. Resterei da lui, per un po'.

Come, per un po'?

Lo vogliamo vedere!, sentii Sonja gridare in sottofondo.

Sonja dice di portarlo a teatro stasera, disse Ingrid al telefono.

Non sapevo ancora bene. Ci sta che veniamo, ci sta che non veniamo. Se anche non veniamo non preoccupatevi. Ci vediamo poi a Vienna. Posso tornare in treno da sola. Posso anche prendere l'aereo.

Voglio vedere quest'uomo!, gridò di nuovo Sonja in sottofondo.

Risi.

Magnus mi portò qualcosa da bere a letto. Poi anche qualcosa da mangiare, poi il caffè. Lavai a mano le mie cose e le feci asciugare all'aria. Il vestito diventò ancora più corto. I nuovi sandali con la zeppa erano scomodi, la vestaglia a kimono di mia madre, che usavo come soprabito, mi svolazzava dietro nel vento: in queste condizioni tornammo nella parte Est per prendere le mie cose rimaste all'alloggio e per incontrare gli altri.

Ci sedemmo nel bar un po' kitsch del Ballhaus. I capelli color rame di Ingrid alla luce della lampada. Notai che anche lui notava quant'era bella, e che non notava la stessa cosa in Sonja. Anche questa fu una piccola soddisfazione, e anche il fatto che Walter mi guardasse di nuovo con quello sguardo permeabile. Come se si stesse facendo dei pensieri su di me. NC era già ripartito, gli altri avrebbero preso il treno l'indomani. Io sarei rimasta finché Magnus non mi avesse detto di andarmene. Nella pausa fra i due semestri voleva fare un tour fotografico in Islanda. Quando chiesi se potevo accompagnarlo disse: Se ti va.

11.
Le forme della luce

Il biglietto aereo era caro, ma potevo permettermelo. Lui mi spiegò quello che mi sarebbe servito, cose che lì a Berlino non avevo e che non possedevo comunque: una buona giacca a vento, scarpe robuste, pantaloni e calzini pesanti. Magliette, felpe e berretti potevo prenderne dei suoi. Le mie tette nelle sue magliette – lui sorrise. Pagò la differenza per la stanza doppia, la colazione è inclusa nel prezzo, il pranzo lui lo salta e di conseguenza io anche, e a cena mi tenevo in disparte quando, senza dire una parola, offriva lui. Concedersi per poco non va bene, ma non volevo neanche costargli un patrimonio, né mettere su chili senza accorgermene. Volevo essere una buona compagna di strada. Continuo a voler sapere chi sei ed è pochissimo quello che lasci trapelare di tua iniziativa, ma cerco di essere paziente e non sempre così vogliosa e rumorosa, e di non fare la finta tonta perché tu non riesca a resistere al bisogno di illuminarmi. Mi darò un contegno e non chiederò né dirò nulla che non abbia a che fare con il qui e ora.

Disse che mi capiva, ma che voleva lasciarsi alle spalle la Ddr una volta per tutte. Ora che era finalmente libero voleva rimanere libero, e concentrarsi solo sul presente.

Per esempio su questo paesaggio islandese che è una cosa mai vista. Su questo prato (si può chiamare prato?) verde, rosso, giallo e marrone e sulle montagne alle spalle, tinte di nero, grigiazzurro e arancione. Perché le pietre sono di quel colore, e come si chiamano quei fiori rossi? Non lo sa, non gli interessa, sono un colore nella foto, è questo che conta. In questa stagione in Islanda c'è luce diciotto ore al giorno, l'alba e il tramonto durano un'eternità e si può continuare a scattare foto persino di notte. Non c'è nessun posto al mondo, nessuno, dove la luce crea forme come queste.

Adesso faceva solo foto a colori, e naturalmente non le sviluppava più di persona. Nessuno lo fa. Ottenere gli stessi colori con una macchina digitale è complicato, spesso persino frustrante, però ha un senso, vale la pena provarci.

Trovavo tutto molto convincente. D'ora in poi neanch'io devo più preoccuparmi di quello che è stato, di quello che sarà o di quello che accade adesso ma altrove, a qualcun altro. Erano passati appena dieci giorni da quando ero partita da Vienna, e già mi sembrava di stare in un altro mondo. Ingrid era ancora nella mia mente, a volte mi vedevo davanti il suo viso, le sue lentiggini, forse perché si intonavano così bene col paesaggio; gli altri erano già diventati indistinti come spore di tarassaco.

Magnus pianificava – quando, dove –, io dovevo semplicemente seguirlo. Mentre per lui essere sveglio o dormire sembrava solo una questione di volontà, io mi assopivo spesso durante i tragitti in macchina e non mi svegliavo neanche quando lui si fermava a fare foto.

Svegliati, diceva, ti stai perdendo tutto.

I blocchi di ghiaccio che luccicano bianchi e turchini sull'acqua blu scura di una laguna glaciale e sulla sabbia di cenere nera della riva. Il ghiaccio mandava bagliori gelidi, eppure si sentiva che era estate. Nella breve fascia scura della notte non si sentivano gli uccelli, a differenza del solito, quando c'era anche solo un po' di luce. C'erano solo acqua, ghiaccio, sabbia. I rumori del ghiacciaio, mentre a occhio nudo tutto sembrava immobile. Grazie di avermi svegliata. È davvero una delle cose più belle che abbia mai vissuto in vita mia. Facciamo l'amore qui, adesso.

No, disse lui. Non siamo mica animali.

Un po' mi ferì. Come se avesse detto che ero un animale. Lo siamo. (Comunque non aveva detto così. E cresci, una buona volta.)

Il sole, appena tramontato, sorse di nuovo, gli uccelli cominciarono a cantare. Uccelli invisibili. L'odore del ghiaccio, l'odore della cenere. Respirai a fondo.

All'aeroporto mi ero comprata una piccola macchina fotografica usa e getta da trentadue scatti. Voleva dire quattro o cinque al giorno. Non si poteva certo puntare sulla qualità, ma su qualcos'altro sì. Pensa bene a quello che fai. Mi concentravo sulle forme variegate dei muschi e dei licheni, sebbene il piccolo obiettivo non fosse adatto alle inquadrature ravvicinate. E tuttavia tentavo finché avevo la sensazione di aver messo a fuoco la cosa giusta. A volte non era che un punto in tutta l'immagine. Una volta pregai Magnus di farmi provare con la sua macchina fotografica. Speravo che più tardi, trovando quella foto tra le sue, avrebbe apprezzato la mia idea. Non seppi mai se l'aveva vista. Una volta finiti i miei quattro o cinque scatti, mi sedevo su una pietra e mi mettevo a guardarlo. Mentre fotografava i riflessi che l'acqua del mare, ritirandosi, lasciava affiorare sulla sabbia scura. Aspettavo paziente finché non ne aveva abbastanza e veniva a sedersi vicino a me. Avrei voluto baciarlo sui lobi delle orecchie, sul collo, ma avevo già sperimentato che in quei momenti non gli andava. Così gli restavo seduta accanto con dignitoso riserbo finché lui non si alzava e ce ne andavamo.

Andò avanti così per una settimana. Facevamo sesso appena svegli, prima ancora di scambiare qualche parola. Finché un giorno il preservativo si strappò. E con questo il programma della giornata, una forra, era andato. Dovevamo prima trovare un medico.

Sono già al ventunesimo giorno.

Questo lo dici tu.

Il medico rifece il conto, dondolò la testa avanti e indietro e mi diede due pillole, perché in sostanza non ci sono giorni sicuri nel ciclo di una donna. *Good luck*, aggiunse.

Magnus aspettava fuori.

Che ti ha dato?

Due pillole. Ma fanno venire da vomitare.

Mi allungò una bottiglietta d'acqua.

Devo prenderle subito?

Che c'è da aspettare?

(Non le voglio prendere. Non voglio vomitare. Tanto non rimarrò incinta. [redacted].)

Non voglio figli, disse lui. Né adesso né in un altro momento.

E poiché io desideravo con tutta me stessa che quello che stavamo vivendo non finisse mai, dedussi da quel "in un altro momento" che ormai stavamo insieme. Ci siamo ritrovati e adesso stiamo insieme, ho tutto il tempo di fargli cambiare idea o di metterlo di fronte al fatto compiuto. Quando si sarà abituato di più a me. Potevo prendere fiduciosa quella pillola. Con slancio, in modo che vedesse che ero perfettamente convinta. Gli mostrai persino la lingua, per dimostrargli che l'avevo inghiottita davvero.

Storse la bocca in una smorfia. Questa me la potevo risparmiare.

Non preferivo rimanere in albergo? Dissi di no, all'aria aperta e non da sola sarebbe stato sicuramente meglio. E così ci andammo, alla forra. Naturalmente avevamo perso un'enormità di tempo, presto sarebbe stato troppo buio per fare foto nitide. Inoltre c'era un sacco di gente, come mai era capitato altrove, turisti appassionati di fotografia come noi. Per vomitare cercai qualche punto già in ombra, in modo da non disturbare nessuno. Vomitando la pillola entro tre ore dall'assunzione, era probabile che non rimanesse in circolo una quantità sufficiente di principio attivo. Avevo già cominciato a vomitare dopo un'ora e mezza. Bene, fuori questa roba! E magari, con un po' di fortuna, lui si sarebbe addormentato prima che fossero trascorse le dodici ore, così avrei potuto saltare la seconda pillola. Mi sciacquai la bocca con l'acqua della bottiglia e coprii il vomito con la ghiaia. Dopo quattro ore però sentivo troppo freddo, l'acqua non bastava più a placare il bruciore in gola e nel naso. Chiesi se poteva riportarmi all'albergo.

Tanto qui non c'è più niente da fare.

Nelle due ore del viaggio di ritorno dovemmo fermarci quattro volte.

Mi prese dal rubinetto un bicchiere d'acqua che sapeva di ghiacciaio sciolto.

Non è ancora il momento, dissi.

Rimase sdraiato sul letto accanto a me finché non furono passate le dodici ore dalla prima pillola. Guardammo la televisione. Scaduto il tempo, si alzò e prese un altro bicchiere d'acqua.

Ero seduta sul bordo del letto, lui mi stava davanti, in piedi. Come se il materasso potesse oscillare. Avevo le mani sudate. Rovistai nelle tasche della giacca a vento, nello zaino, nelle tasche dei pantaloni.

Non la trovo! La seconda pillola. Non sto facendo finta! Non mi ricordo più dove l'ho messa!

Forse è caduta da qualche parte. Magari già nella sala d'attesa del medico. In macchina? Alla forra? Sul ciglio della strada quando ci siamo dovuti fermare?

Il bicchiere era sospeso in aria davanti a me, immobile, senza un tremito. Non osavo alzare lo sguardo, perciò non so che espressione avesse. (Respira piano, così non ti viene da piangere!) E se l'ho persa davvero? Mi riporta al policlinico a farci dare un'altra pillola. Il fatto di averlo pensato, la consapevolezza che sarebbe andata così e che quindi tanto valeva trovassi quella, alla fine mi aiutò, la trovai: tra i pelucchi di un fazzoletto di carta a brandelli nella tasca della giacca a vento. Avevo le unghie più lunghe di quanto piacesse a lui (Per favore, non graffiarmi quando facciamo sesso, non passarmele neanche piano piano sulla schiena), eppure non riuscivo a estrarre la pillola dal blister. Lui appoggiò il bicchiere sul comodino, si accovacciò davanti a me, mi tolse di mano il blister, tirò fuori la pillola, mi prese la mano, la girò, mi mise la pillola sul palmo, mi aiutò ad avvicinare la mano alle labbra. Mi infilai la pillola in bocca, dentro tutto aveva già un sapore amaro, presi anche l'acqua e bevvi.

Rimase seduto ancora un po' vicino a me. Cercai di respirare in modo regolare.

Raccontami qualcosa, dissi.

Cosa?
Una cosa qualsiasi.
Non raccontò, ma si mise a leggere ad alta voce un libro che trovammo nella stanza. Su una mensola, accanto a un piccolo vaso con un fiore di carta, c'erano cinque o sei libri di vario tipo, evidentemente lasciati lì dagli ospiti. L'unico in tedesco era un romanzetto con "Cielo" e "Oceano" nel titolo.
Sicura che ti devo leggere questo?
Ma certo!
"Bertha era a letto" lesse, "e guardava le tende sventolare. Si gonfiavano come vele al ritmo del mormorio del mare, che già aveva respirato attraverso i suoi sogni e la cullava dolcemente, come se si trovasse in mare aperto, in cabina, dove la riva non si vede più."
Leggeva bene, solo un po' troppo monotono, ma forse era voluto: mi aiutò a regolarizzare il respiro e a addormentarmi, prima che il bruciore diffuso che precede il conato di vomito mi obbligasse di nuovo ad alzarmi. Più tardi naturalmente il malessere ricomparve.
Era notte fonda e Magnus non era nella stanza, ma io ero tranquilla. Ventiquattr'ore dopo l'assunzione della prima pillola la nausea finalmente si attenuò.
Magnus tornò poco dopo. Aveva un'aria abbattuta.
Aveva appena visto coi suoi occhi la marea trascinare in mare due persone dalla spiaggia.
Cosa? Quando?
Adesso. Un attimo fa. Due ore fa.
Chi erano?
Non lo so. Una coppia anziana. L'uomo è riemerso, la donna no.
Come, la donna no?
Non è più tornata su. È rimasta in mare.

…Forse è stata solo trascinata da qualche parte. Verso un'altra spiaggia.

Mi guardò. Storse di nuovo un angolo della bocca. Magari era un sorriso. Forse un sorriso grato perché io ero così speranzosa. Lo ero, in effetti. Non era detto che quella donna fosse morta.

Il suo volo per Berlino decollava prima del mio per Vienna. Mi strinsi a lui. Faceva caldo, e tuttavia non volevo staccarmi. Quando alla fine fui costretta, freddo e umido mi presero alla pancia.

12.
“Ed ancor quel suo sorriso che sì misera mi fa”

Sono innamoratissima!

Di quello lì? Ma è orrendo!, disse Sonja.

Ingrid si mise a ridere.

Ma come fai a dire che è orrendo quando invece è bellissimo?!?

“Amore mio!

Senza di te Vienna è fin troppo affollata. Gente ovunque che copre la visuale, tanto che mi trovo di continuo a pensare: di sicuro sei da qualche parte dietro questo gruppo, solo che io non riesco a vederti e tu non riesci a vedere me. Ma non appena la città si svuota guarderò in ogni angolo per vedere se sbuchi di lì. Persino quando arrivo a casa mi sembra plausibile che tu sia là ad aspettarmi. Ma questo appartamento è una vera delusione, non ne combina una giusta! Allora rimango ad aspettare, dopotutto potresti bussare alla porta da un momento all’altro, magari sei tornato indietro perché anche a te sembra innaturale stare senza di me. Come se fossimo parte dello stesso organismo. Muschi che si intrecciano l’uno con l’altro. Senti lo strappo delle loro piccole radici, quando vengono divisi?

Al mio arrivo, però, sono stata contenta che tu non fossi qui. In casa c'è un cattivo odore. All'inizio ho temuto che un uccello fosse entrato dalla finestra e fosse morto da qualche parte dietro il frigorifero, ma poi è venuto fuori che era il mio sapone. L'ho gettato via.

Purtroppo le foto della piccola macchina usa e getta non sono venute bene. Quelle dei muschi e dei licheni, per quanto mi sia impegnata, non si vedono, ma anche di te ho soltanto foto mosse e per lo più scattate proprio mentre ti giri. Non ho osato fotografarti se non di nascosto, figuriamoci farti mettere in posa. Ne ho una che è quasi a fuoco: tu di profilo mentre fotografi qualcosa. Te la spedisco..."

Alla fine non spedii né la foto né la lettera. Mi confusi con le stampe, prima ne feci fare solo una ma poi pensai che me ne servivano due, intanto la lettera mi si sgualciva in tasca e anche l'accenno all'appartamento che puzzava mi sembrò rivoltante. Non spedii la lettera, ma non la gettai neppure. Come se appartenesse a lui.

Non spedii la lettera anche perché si avvicinava il primo incontro con NC e non avevo ancora nulla da sottoporgli. Non avevo tempo di correggere lettere o di scriverne di nuove, dovevo usare le due settimane che avevo davanti per mettere insieme qualcosa da cui si potesse evincere che ci avevo lavorato tutta l'estate. Un mattino, quando erano ormai passati cinque giorni senza che avessi scritto nulla, rendendomi conto dopo neanche un'ora dal risveglio che anche quel giorno non avrei combinato granché mi prese a tal punto il panico che mi precipitai alla stazione, e solo quando ero già sul treno in partenza gli mandai un messaggio:

In viaggio. Arrivo 21.23.

Sedevo al mio posto in preda a una specie di febbre, quasi il treno potesse fermarsi se non tenevo gli occhi ben aperti su ogni metro di binario. Mi ero portata un libro perché quando ci si mette in viaggio un libro si porta, ma non riuscivo a leggere. Dovevo tenere sotto controllo il paesaggio, per assicurarmi che scorresse al ritmo giusto, che non ci fossero intoppi. Di fronte a me sedeva un ragazzo di forse quattordici o quindici anni, molto chiaro di pelle e molto grasso. Teneva in mano una piccola videocamera e, ridacchiando, osservava attraverso l'obiettivo il paesaggio di fine estate al di là del finestrino. Registrò per un po', poi riavvolse il nastro e lo guardò, ridacchiando ancora più veloce e più forte. Quando la ripresa giunse al termine e apparve il nero del nastro, schiacciò di nuovo il tasto per registrare, e ricominciò a guardare attraverso l'obiettivo il paesaggio che scorreva fuori.

In corridoio due persone lottavano con un finestrino bloccato a metà. La donna lo teneva forte per la maniglia, cercando di disincastrare il vetro dal telaio unto e annerito, l'uomo spingeva: finestrino giù, finestrino mezzo su – e si bloccava. Un odore di caffè bruciato penetrò nello scompartimento, più tardi un tappo di bottiglia rimbalzò nel corridoio, gli allegri cechi accanto a noi risero forte. Il loro buonumore si mantenne intatto fino a Praga, nel nostro scompartimento, invece, il padre del ragazzino grasso che ridacchiava rimase seduto per dieci ore senza muovere un solo muscolo del viso. Il ragazzo sembrava avere una qualche lieve disabilità, ma tanto bastava per annichilire il padre. O forse era un uomo poco vitale anche prima. Guardarli faceva male, ma ormai non è che potevo cambiare posto.

Voglio raccontargli tutto.

Aver amato qualcuno è come un giorno di vacanza

dall'inferno, questo mi venne in mente guardando il padre del ragazzo. Prima che quell'uomo era all'inferno, e poi che amare qualcuno era una vacanza dall'inferno. L'ho imparato nella *Santa Giovanna*, anche se lì si dice che *ogni buona azione* lo è. Il soldato che dà una croce di ramoscelli intrecciati a Giovanna d'Arco sul rogo compie appunto quest'unica buona azione in vita sua. Mi piaceva molto. A vent'anni mia madre aveva interpretato la parte di Giovanna. Dopodiché si era impegnata per quasi altri vent'anni a far sì che lo spettacolo tornasse in cartellone, in modo da impersonare di nuovo la protagonista. Ed era da perdere la testa. Mi innamorai di lei in quel ruolo, una fascinazione che durò per anni. Non capivo perché dopo la prima fosse così distrutta, piangeva inconsolabile: "Tu non hai idea di quanto mi è costato!". Certo che no, ero talmente giovane ancora. Mia madre amava tutte le opere di G.B. Shaw. "Vorrei recitare *tutto* di lui!" Che ne avrà fatto dei copioni coi suoi appunti, al momento del trasloco? Buttati, per la maggior parte. Adesso mi avrebbe fatto piacere averli, per leggere quello che ci aveva scritto. Ma poi non ci pensai più. Dieci ore di viaggio volate.

Lui non mi aspettava al binario, meglio così. Non volevo avere addosso l'odore del treno quando ci saremmo abbracciati. In stazione ci sono le docce, bisogna solo cercarle un po', e poi c'è da aspettare. Non so quanto durò, forse solo dieci minuti, ma aspettavo con un'intensità tale che a ogni secondo mi dicevo, non ce la faccio a resistere oltre. Una volta dentro feci tutto in gran fretta come se avessi dovuto essere da lui a un orario preciso, quando non sapevo neanche se aveva ricevuto o meno il mio messaggio. Forse in quel caso avrebbe almeno risposto? L'acqua era calda, eppure nella doccia tutto rimaneva freddo e umido, all'ingresso però c'erano persino un fon e uno specchio. Labbra rosso ciliegia, poi le ciglia, ma solo un po', il vestito già mi si appiccicava di nuovo alla pelle sudata.

Suonai il campanello. Nessuna risposta. Scrissi un altro messaggio per dire che ero lì, sono sotto casa, poi mi sedetti sul pianerottolo davanti alla porta. Arrivarono i vicini, io gli sorrisi in modo che vedessero che aspettavo allegra e speranzosa, strinsi le ginocchia e mi avvicinai ancora un po' alla parete. Più tardi cominciò a fare freddo, mi sedetti sullo zaino e mi poggiai un maglione sulle ginocchia, così si congelava solo il sotto delle cosce. Mi rannicchiai il più possibile contro l'angolo, appoggiando la testa alla parete. In sogno mi parve di sentire l'odore del suo dopobarba.

Che ci fai qui?

Mi tirò su e mi spinse dentro casa.

Che ore sono? Non hai ricevuto i miei messaggi?

No. Che messaggi?

Mi lasciai cadere dolcemente addosso a lui: Sono stanchissima. Prendimi in braccio!

Non mi prese in braccio, sono pesante io, si limitò a spingermi muovendomi le braccia e le gambe, e mi piacque. Tenni gli occhi chiusi finché non mi lasciò. Vidi che ero davanti al divano, mi ci lasciai cadere. La gonna dell'abitino rosso si sollevò un po', bene. Il suo odore, mentre si avvicinava.

Tra otto, no, ormai tra sette giorni devo incontrarmi col prof. Ma là non riuscivo a lavorare. Posso restare qui?

Gli stavo seduta in braccio al tavolo di cucina, la testa appoggiata alla sua. Non rispose, lasciò cadere la cenere dal cigarillo, lo presi per un sì. Mi tenne in braccio ancora un po', poi mi mosse di nuovo in direzione del letto.

La sua scrivania aveva la vista sul balcone davanti, io potevo lavorare al tavolo di cucina che dava sul balcone interno. All'inizio il suo lato era in ombra e il mio al sole, poi il contrario. Lui non restava in casa a lungo, al massimo due ore al mattino, poi andava all'università, lì riusciva a concentrarsi meglio. Potevo andare anche io in una biblioteca, ma preferivo rimanere lì. Dopo un po' che non mi veniva in mente nulla andavo a sedermi in uno dei balconi, quello in cui in quel momento batteva il sole. Di tanto in tanto mi mettevo anche alla sua scrivania. Era un pezzo d'antiquariato, piccola, con due cassetti, non erano chiusi a chiave ma dentro non c'era niente di interessante. Materiale per scrivere in uno, fogli bianchi nell'altro. La ribalta di un piccolo secrétaire che si trovava in un angolo, invece, era chiusa. Provavo ogni giorno a vedere se si apriva. Prendevo libri dagli scaffali, con particolare gusto quelli in francese, anche se ero a malapena in grado di leggerli – "*N'ayez pas peur. Ici, il n'y a pas de bandits*" –, magari però c'erano foglietti tra le pagine, o chissà, forse persino foto. Non trovai nulla a parte un tesserino dei trasporti di Parigi con una foto di lui coi capelli lunghi fino alle spalle; si trovava proprio dentro *Le premier homme*, che in copertina aveva una foto di Camus bambino in Algeria, e per un istante le due immagini si mescolarono. Come se avessi potuto gettare uno sguardo su di lui bambino, sul fatto che anche lui era stato bambino, prima su foto in bianco e nero e poi su quelle a colori, virate arancio, degli anni ottanta, così che a distanza di dieci anni lo si poteva prendere tanto per un algerino che per un tedesco a Parigi. La consapevolezza che in una certa fase della nostra vita eravamo stati entrambi stranieri da qualche parte mi riempì di gioia. Se non potevamo avere in comune Jüris (ovviamente l'avevamo in comune, ma per quanto possibile non volevamo parlarne più), allora che fosse questo.

Ancora non lo conoscevo a fondo, ma quanto bastava per sapere che era meglio non rivelargli né questa scoperta né la felicità che aveva suscitato in me. Affrontiamo i giorni uno alla volta. Dopo aver lavorato o non lavorato per quattro ore in casa, passavo il resto del tempo in giro per la città. In un negozio dell'usato mi comprai un altro miniabito rosso, stavolta a pois bianchi e di pura plastica, con delle spalline che staccai. Feci la spesa, cucinai. Cucinavo male. Le mie patate arrosto mezzo bruciate e mezzo crude galleggiavano nell'unto. Ne estrassi qualche fettina che mangiucchiai, il resto lo gettai via. Pulii con cura la cucina e portai via la spazzatura, in modo che non si sentisse l'odore di quello che avevo cucinato. Mi buttai su un riso in padella, come quello che c'era al ristorante cinese. Lì andò un po' meglio. Ne conservai un po' per lui.

Nel tardo pomeriggio mi stesi sul divano cercando di nuovo di leggere o di scrivere, ma in sostanza passai la maggior parte del tempo ad aspettare che tornasse a casa. Aspettai paziente fino alle otto. Alle nove iniziai a digrignare i denti. Telefonai al suo studio all'università. Non rispose nessuno. Al cellulare neanche. Almeno adesso spedivo i messaggi col prefisso corretto, non come al mio arrivo, quando avevo provato col numero giusto ma col prefisso austriaco.

Mmh. Conoscendoti è possibile.

Al momento però anche il numero giusto serviva a poco. Magnus non si lamenterà mai per la pressione di dover essere sempre reperibile, tanto se non vuole essere raggiunto non risponde e basta. Quando verso le undici arrivò a casa, ero ormai completamente a pezzi.

Dissi che avevo cucinato, se voleva mangiare qualcosa.

Disse che aveva già mangiato.

Aveva anche bevuto, vino rosso, ne sentivo l'odore. Non avrei dovuto dire nulla, ero io che mi ero piazzata da lui, per colpa mia non poteva più stare da solo a casa, ma non riuscii a farne a meno:

Io ti ho aspettato!

Nessuna risposta.

Cominciavo a preoccuparmi! Era già tardi e tu non rispondevi! Ho pensato che magari avevi avuto un incidente!

Disse che era andato a una cena con alcuni colleghi, una cosa estemporanea. C'è un ristorante italiano vicino all'università. Non ha guardato il telefono.

Trovò la bottiglia di vino rosso che stava cercando, la aprì, si versò un bicchiere.

Oh, dissi, di certo sarà stato più buono del riso appiccicaticcio che ho cucinato io. Ma la prossima volta, per favore, puoi farmelo sapere? Mi sono davvero preoccupata.

Non avresti dovuto.

Disse che gli dispiaceva, ma che non poteva stare sempre a scrivermi né tantomeno correre a casa come quando era ragazzino, quando il tragitto da scuola a casa doveva durare venti minuti e non un secondo di più.

Sentendo questo, ovviamente, fui subito dalla sua parte. (Com'erano fulminei nelle loro punizioni i nostri educatori e i nostri genitori, sempre, sapevano sempre cosa fare. I miei no, mai, al massimo mia madre mi insultava quand'era sbronza, e nonostante questo so che devo esserle grata. Preoccupazione o controllo. Amore, vincolo, preoccupazione o controllo, distinguerli è così difficile quando *tutto* è controllo.)

Lo capisco, dissi. Lungi da me volerti controllare. Mi sei mancato, tutto qui. E poi riparto già dopodomani.

Ah, disse lui. Allora domani sera dovremmo cenare insieme.

Tutto di nuovo a posto, dunque. Andò a sedersi col bicchiere sul balcone interno. In nessuno dei due balconi funzionava la luce, credo che avesse svitato lui le lampadine, non voleva luce all'esterno; lo seguii a tentoni nel buio e nel farlo gli sfiorai il braccio poggiato sullo schienale della sedia, emanava calore. Quel calore mi disse che forse l'atmosfera non era così tesa come mi era sembrata all'inizio.

Attenzione, disse quando lo sfiorai. Si passò il bicchiere nell'altra mano, lo svuotò, tornò dentro, prese la bottiglia, si versò altro vino, disse:

Allora, hai fatto qualche passo avanti col tuo lavoro?

Sì, dissi. Un bel po'. Avanti verso il sol dell'avvenire!

Ingrid mi aveva dato una mano a buttare giù una sinossi e una scaletta provvisoria. Mi vergogno, le avevo detto al telefono, ma devo chiederti di aiutarmi. A quanto pare ho momentaneamente perso la testa.

Sono cose che capitano, aveva detto lei. La follia d'amore, proprio come la pena d'amore, è paragonabile a una malattia. La gente finisce al pronto soccorso psichiatrico per queste cose.

(Vero. E comunque dirlo è un po' sconcertante.)

La testa si ritrova, disse Ingrid. Ma almeno va tutto bene… a Berlino?

Sì, dissi. Non sono mai stata così felice in vita mia, Ingrid. Non puoi immaginartelo, o forse sì. È come se sette anni fa il pianeta su cui poggiavo i piedi fosse stato sostituito con un altro quasi identico, ma quasi, appunto, e anche se sul nuovo è praticamente tutto meglio, molto meglio, non pensare che io sia un'ingrata, allo stesso tempo qualcosa continuava a mancare. Una connessione. Come se non fossi davvero in grado di stringere legami. Come se mancasse un qualche punto di contatto. Ho imparato molte cose nuove, ho trovato nuovi amici – anzi: ho trovato amici – ma solo ora, attraverso di lui, attraverso il fatto che lui è di nuovo qui, anche se ne so ancora pochissimo, il vuoto che c'è sempre stato si è riempito, adesso so che la vita che vivo è veramente la mia.

Ingrid disse che mi capiva.

Ma adesso mi restavano davvero solo due giorni, poi dovevo tornare a Vienna – e lì sarei stata capace di mettermi di nuovo a ululare come una lupa. Stavamo seduti sul balcone buio, lui intanto aveva cominciato a fumare. Ascoltavamo i vicini, i rumori che facevano.

Posso dirti una cosa? Chiaro.

~~Ti amo. Dalla prima volta che ti ho visto. E ora che ti ho ritrovato...~~ Cercai di ricomporre il discorso che avevo fatto prima a Ingrid. Quando, attraverso una persona, trovi il tuo posto nel mondo. O capisci qual è. Per me è così da quando ti ho incontrato la prima volta. E ancora di più dalla seconda.

Stava seduto con lo sguardo rivolto a terra. Che stesse sorridendo? Era troppo buio. Ma a chi non piace sentire un discorso così?

E poi: Non dovresti farti prendere sempre così tanto dalle cose.

!!?! Cos'è che non dovrei fare?

Del resto non lo fai solo tu, disse.

Farfugliava un po'. Tre bicchieri di vino qui e chissà

quanti prima, insieme agli altri. Mi si seccò completamente la bocca. Al punto di riuscire appena a pronunciare le parole:

E chi altro lo fa? Chi si fa prendere così tanto?

Piano, piano, disse lui. Partiamo dal concetto di caso. O per essere ancora più vaghi, di destino. È facile metterlo in discussione. Pensa solo a ciò che consideravi destino quando vivevi sotto la dittatura. O a quello che consideravano destino le persone che hanno vissuto durante la guerra. Cosa consideravano caso, cosa consideravano conoscenza certa, cosa consideravano "naturale". E allo stesso modo anche l'idea dell'amore romantico si nutre di illusioni collettive e individuali.

Secondo me...

(Non avevo nessun pensiero definito in merito, speravo solo che dalla testa mi uscisse qualcosa di non del tutto insensato. Anche se in fondo parlavo con un ubriaco. Quanto può essere convincente un'argomentazione? Che ti dice l'esperienza?)

Secondo me, dissi, forse proprio l'amore è qualcosa che nella sostanza resta immutabile. Cioè, non negli aspetti esteriori, quelli toccati dal tempo, diciamo, dall'ambiente, dalle circostanze, bensì nella sua... profondità più profonda...

Temevo un po' – a ragione – che mi prendesse in giro per quel "profondità più profonda", o per "nella sostanza". Se fosse stato in vena di ironizzare lo avrebbe fatto di sicuro, ma per ora stava zitto. Una volta avevo detto di preferire le persone oscure a quelle troppo chiare, ormai però c'era solo un buio inquietante. Avrei voluto puntargli una luce in faccia. Smetterla di balbettare in quell'indeterminatezza.

Il desiderio, disse lui. A questo ci credo. Che funzioni

in maniera abbastanza prevedibile. Il resto sono fronzoli. O come si direbbe con tono più elevato: moda.

Mi batteva il cuore.

Tu mi desideri?

Come potrei non farlo?

Gli sedetti sulle ginocchia. E sia.

Sarei stata pronta a fare sesso con lui anche subito, lì, sul balcone, circondata da vicini invisibili, ma il vino che aveva bevuto non bastò a impedirgli di pilotarmi verso l'interno e di chiudere porte e finestre.

Pensavo davvero di aver ottenuto un bel risultato, e solo in piena notte, o forse già al mattino, svegliandomi di soprassalto mi tornò in mente che, prima che lui si mettesse a parlare di desiderio e che io lo individuassi come un buon momento per troncare il discorso, aveva replicato alla mia dichiarazione d'amore con "non dovresti farti prendere sempre così tanto" e "desiderio, il resto sono fronzoli". Era ubriaco però. Ora dormiva profondamente.

Mi alzai dal letto senza fare rumore e andai nella stanza con i balconi. Nella luce grigia del giorno non ancora iniziato tutto sembrava come pietrificato dal freddo. I suoi vestiti sul divano. Presi la camicia, la annusai. Di nuovo il vino rosso, ma anche il suo sudore, e quello lo amavo. C'erano anche la giacca e la borsa di pelle vecchio stile, con la chiusura a scatto. Frugai nelle tasche della giacca: niente. Tesi l'orecchio per sentire il suo respiro in camera da letto, perché la fibbia della borsa, sganciandosi, avrebbe sicuramente fatto rumore. Come se ci fosse stato modo di fermarmi. Dentro c'erano carte e libri. Ma alla fine non osai tirarne fuori neanche uno. Se ne sarebbe accorto. Di nuovo la chiusura a scatto. Poi, finalmente, tirare il fiato.

Volevo prendere la camicia e portarmela via. Di certo l'odore sarebbe durato per qualche giorno. Ma si sarebbe accorto anche di questo. Mi faccio prendere sempre così tanto dalle cose. Non hai idea quanto.

Mi si erano congelati i piedi, tornai in camera da letto. Il preservativo annodato era per terra dal suo lato del letto.

Anche di quello si accorgerebbe, se mancasse.

Mi infilai sotto le coperte e aspettai il mattino.

Con la fronte aggrottata mise via la bottiglia di vino vuota e le cose rimaste in giro, sparpagliate tra balcone e cucina. Non era soddisfatto di sé. Fui contenta che per una volta non ero stata io ad aver toppato. Naturalmente feci del mio meglio per non lasciar trapelare la mia felicità, solo cortesia, e lui fece lo stesso comunicandomi con voce calda che purtroppo anche quel giorno avrebbe dovuto lasciarmi sola per qualche ora, ma alle cinque al massimo sarebbe stato di nuovo a casa.

Quell'ultimo giorno passai quanto più tempo possibile nell'appartamento. Osservai di nuovo tutto. Ogni mobile, tutti i quadri e i libri, i suoi vestiti, ogni singolo barattolino di tè e di spezie, ma sempre toccando il meno possibile per non scombinare il suo ordine. Vedere scombinato il proprio ordine non piace a nessuno. Poi però, ormai nel pomeriggio, mi precipitai fuori per comprarmi un vestito nuovo, uno un po' più sobrio e che non si sollevasse di continuo. Era una zona costosa, ma superai me stessa e acquistai un vestito che copriva seno e ginocchia.

Effettivamente poco prima delle cinque era a casa. Aveva fatto la spesa. Per la nostra ultima cena insieme avrebbe cucinato lui per me. No, non se ne parlava di dare una mano, che mi sdraiassi in balcone o facessi quello che mi pareva.

Cucinò dei cosci di pollo con capperi, olive e polenta.

Niente fiori né candele, ma la tavola apparecchiata. Per mangiare si cambiò, anch'io indossai il vestito nuovo. Giocammo a fare gli adulti sofisticati che a cena parlano di cose importanti, la cultura, il lavoro. Non c'era bisogno che qualcuno mi dicesse cosa fare, ma come ogni volta che dovevo comportarmi così, da adulta, avevo un groppo in gola. Mi succedeva anche quando ero con NC o con Walter, che erano tanto più intelligenti e carismatici di me, gente di cui non sarei mai stata all'altezza senza il sostegno di Ingrid o all'occorrenza almeno la presenza di Sonja, e prima ancora mi era capitato con Bernd e con Noah, ma ormai quei tempi erano finiti, e quindi cosa mi restava, a parte ovviamente il sex appeal che però proprio quella sera avevo stupidamente tenuto a freno?

Cerca di ricordare come parlavi di te e delle tue attività quando camminavate per la città dopo esservi rivisti. È passato appena un mese. È quello il personaggio che devi mettere in scena.

Lo rimisi in scena, e lui reagì con garbo, ascoltando il progetto di tesi ~~che Ingrid~~ che io avevo strutturato, e io feci lo stesso ascoltando il resoconto della sua giornata. Venni a sapere che, insieme alla sua professoressa, stava organizzando un piccolo convegno sulla "Scrittura affettiva nella letteratura interculturale", e cosa si intendeva in quel momento per scrittura affettiva e letteratura interculturale.

Un dessert non c'era, l'antipasto neanche, solo quella – deliziosa – portata principale. Una cena così non va per le lunghe, ovviamente.

A quel punto come facevo a chiedergli come sarebbero proseguite le cose tra noi?

Restammo seduti in silenzio per un po'. Poi io dissi che per il ritorno avevo comprato un biglietto aereo, così facevo prima.

Annuì.

(Dopodomani potrei essere di nuovo qui, se mi precipito all'aeroporto subito dopo il colloquio.)

Quando vieni a trovarmi a Vienna?...

Che ne diresti del prossimo fine settimana?

Alzò una spalla.

Che significa?

Che non lo so di preciso.

(Pian piano però inizio a innervosirmi. Andiamo a letto insieme da un mese, io ho quasi avuto una specie di aborto, perciò, scusami eh...)

Bene, dissi, allora ti faccio una domanda diretta: Ci rivedremo più?

...Tra *due* settimane, disse infine. ...Tra due settimane potrei venire. Una volta ogni due settimane, a turno, è quello che posso offrirti. Ho bisogno anche di stare da solo.

Resisterai alla separazione?

Dovrò per forza, disse.

Ed ancor quel suo sorriso, che sì misera mi fa.

Durante il ritorno a Vienna non stetti a sorvegliare che l'aereo procedesse al ritmo giusto – vegliai e basta, come la notte prima a Berlino. Avevamo un patto, era una cosa concreta, allora perché non riuscivo a dormire? Tanto più che anche stando sveglia non riuscivo a pensare a niente. Per il colloquio non avevo aggiunto neanche una riga a quello che Ingrid aveva scritto per me. A quel punto avevo così tanto sonno che non riuscii nemmeno a rendermi conto di che impressione avesse fatto il mio progetto rispetto a quello degli altri. Barcollai fino alla garçonnière.

"Caro Magnus,

~~senza di te Vienna~~... ~~grazie di aver~~... grazie ~~che ho~~ per l'Islanda e per i giorni a Berlino. Ho capito che..."

Cosa avevo capito?

Qualcosa, due righe di gratitudine e di comprensione e di disponibilità avrei dovuto scriverle davvero, e invece finalmente mi addormentai. Non so quante ore fossero passate quando mi risvegliai di soprassalto per il sogno che avevo fatto.

Un sogno su una donna che ero io e non ero io, la osservavo da una certa distanza ma poi vedevo le cose anche come se fossi stata dentro il suo corpo, mentre lei non faceva altro che sedere su una pietra in una spiaggia nera, guardando un uomo che fotografava i percorsi segreti dell'acqua nella sabbia e che a sua volta ora somigliava a Magnus e ora no.

"Caro Magnus, la scorsa notte ho fatto un sogno..."

Anche quella lettera rimase a metà, perché di colpo era mattina inoltrata e io dovevo presentarmi al nuovo lavoro con le storiche che Ingrid mi aveva procurato. Lasciti femminili. Appunti, autobiografici e non, di donne tra le due guerre, ma anche di coppie, bambini, parenti, amiche e amici. Reperire, ordinare in modo sistematico, archiviare, rendere accessibili per la ricerca scientifica. Un appuntamento di cui mi sarei completamente dimenticata, se Ingrid non avesse chiamato per ricordarmelo.

Ci vai, vero?

Certo. Perché non dovrei?

Nel dirlo mi fu chiaro che in realtà avrei preferito non andarci. La tesi di dottorato si può scrivere anche a Berlino, ma per il lavoro d'archivio bisogna stare a Vienna. Provai un po' di risentimento nei confronti di Ingrid. Come se avesse voluto incatenarmi lì. Ma perché avrebbe dovuto?

Purtroppo prestai ben poca attenzione anche a quello che mi dissero Susanne e Alexandra, questi erano i nomi delle due storiche. Pazienza. Non era la prima volta che prendevo appunti senza esserci davvero con la testa. Il resto verrà strada facendo.

Tornai a casa, mangiai cornflakes con latte caldo e continuai la lettera a Magnus, e ogni volta che mi veniva in mente qualcosa che non potevo scrivergli, se non volevo spaventarlo, la appuntavo in parallelo su un altro foglio.

Il sogno di una donna che stavolta non è seduta sopra una pietra, ma dentro casa. Non può lasciare la casa, ma non è chiaro come mai. Forse non le va. O non le è permesso. Non è rinchiusa, ma non può neanche uscire. Non è chiaro se è l'uomo che torna da lei in quella casa a non permetterlo, oppure se la ragione è un'altra. Una notte, mentre l'uomo dorme, lei si accorge che una finestra non è chiusa. Esce dalla finestra aperta della cucina, io esco dalla finestra aperta della cucina, perché è un racconto in prima persona, e si muove come un ragno lungo il muro della casa, da una finestra all'altra. E mentre zampetto lungo il muro, mi rendo conto che non sono una donna, bensì un essere in cerca del suo nuovo padrone. Se di notte la finestra è aperta, è il segnale che devo uscire e andare alla ricerca di un'altra finestra aperta. L'ha lasciata aperta lui, apposta. Il pensiero mi fa male, e va persino peggio quando mi accorgo che tutte le altre finestre della casa sono chiuse. Per di più sembra che adesso anche la finestra dalla quale sono uscita sia chiusa. Mi metterei a piangere dalla rabbia e dal dolore, se solo potessi. Ma non posso. Invece inizio a camminare verso il basso. Perché la casa non ha solo finestre, ma anche porte. Non ci avevi pensato, eh?! Zampetto verso il basso, dove ci sono le porte. Una conduce in cantina, l'altra di nuovo in casa. Devo sbrigarmi, prima che lui abbia la stessa idea e scenda a chiuderle dall'interno. Mi affretto, per quanto è possibile in un sogno, ma quanto più mi avvicino alla prima porta tanto più mi sento invadere da un dolore intenso, braccia e gambe sembrano di piombo, ogni respiro fa male. Mi sveglio, che almeno non sia definitivo il fatto che non riesco a raggiungere la porta.

Una volta arrivata qui con la seconda storia, capii meglio anche la storia dell'Islanda. La donna seduta sulla pietra non è una donna vera e propria, una che l'uomo possa vedere, bensì una ninfa che abita lì. A volte si innamora di un uomo che passa, ma non può rivolgergli la parola né seguirlo. Può solo guardarlo mentre lui si allontana di nuovo. O, a volte, mentre viene trascinato in mare da un'onda. Non è lei a creare quell'onda, queste sono solo malelingue, lei non può evocarla né allontanarla. L'unica cosa che può fare è cercare di comunicare con quell'essere umano attraverso i segni nella sabbia. Lui pensa che siano il mare e il vento a tracciarli, ma in verità è lei. A chi un giorno saprà decifrarli, lei si renderà visibile.

Una specie di ubriachezza, questa era la sensazione dopo aver risolto quelle due storie. Euforia, e allo stesso tempo la sensazione che il latte caldo mi fosse risalito in gola. Corsi in bagno e vomitai.

Dopo, finalmente, mi sentii così leggera, così libera e

senza paura che riuscii a telefonargli per raccontarglielo: Ho scritto due storie sulla nostra "avventura". Sono un po' inquietanti, ma...! Gliele descrissi al telefono, impappinandomi e ridendo. Credo che nel complesso si capisse ben poco, ma lui fu paziente e bendisposto.

Bello, disse. Sono contento per te.

Le vuoi leggere?

Tu vuoi che le legga?

Sì, ma non ti permetto di...

Alla fine non gliele mandai. Dissi che lo avrei fatto dopo averle finite.

Lui mantenne la parola e venne due settimane dopo. A quel punto mi ero ripresa del tutto ed ero immersa in una nuova routine. Lavoravo più in archivio per le storiche che per la mia ricerca, ma al momento era meglio così. Non rimisi mano neanche alle due storie su quegli esseri.

Questo quadro è orrendo, disse lui guardando il mazzo di peonie rosa appeso sopra il mio letto. Gli raccontai la storia. Un ammiratore lo aveva regalato a mia madre al posto di un mazzo di fiori. Ammise che la storia non era male.

Lo vedi con occhi diversi adesso?

Come potrei non farlo? Non con occhi *completamente* diversi, comunque. Sarebbe impossibile.

Appoggiai il quadro sopra l'armadio.

Mi regali una delle tue foto?

Non le ho appese neanche a casa mia.

Era vero. E vabbè. Il rettangolo più chiaro che il quadro aveva lasciato sulla parete forse era comunque la soluzione migliore. Capisci cosa intendo?

Lo capiva.

Qualcuno dovrebbe farne un progetto artistico. Un

quadro che raffiguri i rettangoli lasciati dai quadri su una parete.

Non era sicuro che fosse davvero un'idea capace di andare oltre la trovata brillante. Probabilmente no.

Passammo l'autunno così. Le storiche avevano fondi per pagarmi due giorni a settimana, così ripresi a lavorare alla mia tesi e spesso partivo già il giovedì sera per Berlino, come se il venerdì avessi da fare altre ricerche lì. La verità era che mi piaceva stare a casa sua mentre lui non c'era. Continuavo a frugare sistematicamente fra le sue cose. Non più con l'intento di trovare qualcosa, era solo che non riuscivo a smettere di prendere in mano ogni oggetto, di aprire, di chiudere. Riuscii a convincerlo a mostrarmi le foto dei viaggi che aveva fatto prima dell'Islanda. Disse che non aveva voglia di proiettare diapositive tutte le sere, usciamo piuttosto, una volta però mi fece vedere le foto dei Carpazi e una volta quelle della campagna francese.

Ci sei stato da solo?

Per lo più sì.

Non si vedono mai persone.

Io non fotografo persone.

Perché no?

È una tecnica che non padroneggio, e non sopporto le foto brutte.

Non sopportava neanche le foto di medio formato. Dovevano essere o piccole come un negativo o così grandi da non poter essere abbracciate con lo sguardo stando fermi in un unico punto. Foto da percorrere come paesaggi. In una rivista trovai un'immagine, grande quanto un francobollo, di un parco francese inquadrato con una prospettiva centrale; la ritagliai e la attaccai in bagno al centro di una piastrella, in modo che fosse esattamente all'altezza degli occhi quando ci si sedeva sulla tazza. La ricoprii tutta con nastro adesivo trasparente, in modo che fosse protetta dall'acqua e non così facile da staccare. Come se si guardasse un parco lontanissimo dal buco di una serratura. Non disse nulla, non la staccò, quindi forse era stata una buona idea.

Natale e Capodanno li trascorremmo a Vienna, perché io avevo più amici con cui bene o male passare il tempo. Avevo comprato e trascinato in casa un piccolo albero di Natale; le decorazioni natalizie bianche e rosse – funghi, bastoncini di zucchero, mele, una casetta da strega, fiocchi di neve – le collezionavo da quando vivevo a Vienna.

C'è qualcosa di male se mi piacciono gli addobbi natalizi?

Perché dovrebbe esserci qualcosa di male?

Raccontai degli addobbi di Lauscha e della Cecoslovacchia che avevamo a casa quand'ero piccola. Non so che fine avranno fatto. Se mia madre li ha portati con sé o no. Dovevo chiamarla per chiederglielo. Disse che li aveva tenuti, naturalmente. Quale barbaro getta via gli addobbi dell'albero di Natale? In quel momento le volli di nuovo bene, ma le feste preferivo comunque passarle coi miei amici, sì. Non mi scusai. Magnus cucinò il *coq au vin*, io preparai i *Kipferl* alla vaniglia. Passammo molto tempo a letto. Mi regalò un libro intitolato *Le biondone*, che non capii, io a lui un paio di guanti che gli andavano stretti.

Il penultimo giorno dell'anno andammo all'opera con Ingrid, NC, la moglie di NC e un germanista americano di nome John. Davano la *Fedora*, nessuno di noi la conosceva. Era la prima volta che incontravo la moglie di NC. Una bella mora, una Cornelia che aveva chiamato i suoi figli Maria e Giovanni Battista, e che al momento aspettava un Severino, come spiegò all'americano durante la cena. Ancora non si notava. Come studi aveva fatto storia dell'arte, ma ora si godeva il privilegio di occuparsi solo del lavoro familiare non retribuito. NC chiuse gli occhi, l'americano sorrise con gentilezza, poi si rivolse a Ingrid. NC si mordeva le labbra, Cornelia spostò lo sguardo da lui a lei. È proprio un imbranato, NC. Ingrid non faceva trapelare nulla. Conversò col suo vicino di tavola, poi anche col mio. Magnus ha una bella voce, e anche il viso gli diventò bello quando si mise a parlare con Ingrid. Le sue labbra, distese. NC chiacchierava con John, Cornelia e io ascoltavamo queste quattro persone così belle e intelligenti. Prima parlarono dell'opera contemporanea e di come certi allestimenti fossero del tutto fuori dal tempo. L'americano era quello che ne sapeva di più, evidentemente era un melomane. Di rado le opere contemporanee vengono messe in scena più di una volta. Lo stesso vale per il teatro contemporaneo. Roba che si perde per strada. E mica sempre cose brutte. Più di tutto si era divertito a Stoccarda, qualche anno prima, a una serata con tre opere brevi contemporanee: una su un astronauta, una ambientata in una casa di Barbie e una lagna in falsetto.

Che cos'è una lagna in falsetto?

Lo chiesi con una tale serietà che mi presero in giro. Un'opera che per volontà del compositore si canta in falsetto smorzato.

Poi il discorso si spostò sul progetto di Magnus: scrittori di lingua tedesca in esilio, e anche all'americano sembrò molto interessante. Aveva passato un anno a Berlino tot anni prima, seguendo soprattutto gli spettacoli in cartellone alla Schaubühne e alla Volksbühne. Da lì arrivarono a parlare dell'amore di Ingrid per il teatro e della sua carissima amica che oggi purtroppo non era potuta venire perché recitava. L'americano sarebbe rimasto a Vienna fino ai primi di gennaio, ma Sonja non si sarebbe più esibita in quel periodo. Che peccato.

Dunque che altro si potrebbe fare, chiese l'americano fissando Ingrid negli occhi.

Mille cose.

L'americano era attraente e libero, e già invitato al party di Capodanno a casa di Ingrid. Percepii un lievissimo brivido attraversare il corpo di Magnus, e raggiungere il mio sotto forma di dolore. Respira, mandalo via. Tu stessa ami Ingrid, in fondo, chi mai potrebbe prendersela con lei, anche se non fosse chiaro che qui non è lei a cercare attenzione. Erano gli altri due scapoli, che in un certo senso flirtavano così anche l'uno con l'altro, mentre il povero NC si era già accasciato e zittito del tutto. Quando portarono via i piatti, approfittando del braccio del cameriere che mi copriva, mi avvicinai a Magnus e gli sussurrai all'orecchio:

Lei comunque è l'amante del prof.

Il suo sguardo si rabbuiò: E questo ora che c'entra?

Fece un movimento stizzoso con la mano e rovesciò il vino. Il bicchiere non si ruppe, ma tutto il vino schizzò sul tavolo e un po' anche addosso a lui, sulla giacca e sui pantaloni. Balzò in piedi, facendo un tale fracasso con la sedia che per un attimo l'intero locale ammutolì e si girò a guardarlo, mentre lui scuoteva la giacca e la gamba del pantalone urlando: Merda!

Il vestito era scuro, non si vedeva niente, ma:

E l'odore?

Il resto della sala aveva ripreso a chiacchierare ma io me ne accorgevo appena, tanta era la forza con cui il cuore mi batteva in gola.

NC si mise a ridere: Oplà...

Mi accorsi che quel sorriso urtò Magnus persino più dell'incidente di poco prima. I pori gli si dilatarono e scurirono, come se qualcosa di nero gli si spandesse sotto la pelle. Sapevo che ero l'unica a essersene accorta, gli altri vedevano soltanto un tizio che, per un bicchiere rovesciato, perdeva la pazienza al punto di agguantare il cappotto e andarsene dal locale senza una parola.

Ops, disse NC.

(Ti odio.)

Ma come, se n'è andato?

Cornelia. E si mise anche a ridere, quella cretina. (Ancora un po' e glielo dico in faccia!)

Oh, disse l'americano, come se fosse un cazzo di inglese.

Li pregai di scusarmi e me ne andai anch'io.

Quando lo raggiunsi vidi che aveva macchie rosse anche sulla camicia bianca. Ci stava abbottonando sopra il cappotto, ma non aveva comunque intenzione di prendere un mezzo conciato in quel modo. Magari una camminata gli avrebbe anche fatto passare il nervoso.

Mi trattenni dall'appoggiarmi al suo braccio, era una cosa che detestava anche in condizioni normali. Gli camminai semplicemente a fianco. Le mie scarpe ticchettavano sul marciapiede. Cercavo di camminare il più possibile sulle punte dei piedi. Sulle punte e a passo di marcia, come si fa a reggere per un tragitto lungo? Non avevo più neanche la sciarpa. Dimenticata al locale o forse persa per strada, pazienza, non sarei tornata indietro. Lui continuava a procedere di buon passo, finché di colpo si bloccò. Perché doveva venire per forza a casa mia, tutte le sue cose erano lì.

È giusta, dissi. La direzione è questa.
Proseguì più piano, ora riuscivo a stargli dietro.
Mi dispiace, dissi. Non volevo che…
Non rispose, ma respirava più lentamente.

Mentre era nella doccia raccolsi le sue cose, e sotto il rubinetto di cucina cercai di smacchiare almeno la camicia. Un'enorme chiazza rosa fu il massimo che riuscii a ottenere.

Domani porto tutto in tintoria, dissi quando uscì dalla doccia.

Troppo tardi, disse lui.

Perché dovrebbe essere troppo tardi?

Domani è il 31, cretina.

Non aveva più voglia di rimanere, avrebbe spostato il volo. O, più probabilmente, avrebbe preso un altro biglietto. Gli costavo un sacco di soldi.

Oppure compriamo dei vestiti nuovi domattina. I negozi sono ancora aperti. E questi qui li faccio lavare e te li riporto quando sono pronti.

Mi lasciai cadere dolcemente su di lui, spingendolo contro la parete. Era nudo e ancora bagnato. Le gocce d'acqua tra le lentiggini sulle sue spalle. Stampai il primo bacio lì. Sulla clavicola. Sul collo. Prima che arrivassi alla bocca mi spinse via.

Si mise a cercare altre cose da mettersi. Lo seguii, stringendomi a lui. Un po' di rossetto finì sulla camicia pulita. Cominciarono a tremarmi le gambe, ma per fortuna non se ne accorse. Era dietro, sulla spalla.

Dovremmo fare del sesso riparatore, dissi.

Come se fosse facile.

Ma è facile.

Fu la prima volta che mi fece male, ma lo dimenticai

presto. Mi afferrò il viso con entrambe le mani e coi pollici spalmò via dalle labbra quello che era rimasto del rossetto. Lo stese su entrambi i lati. Naturalmente tirandomi di lato anche la bocca. Continuò a spalmare e a tirare fin dove poteva, finché il rosso non fu distribuito su tutta la parte inferiore del viso. Un clown malridotto. Sentivo ferite sottili come capelli crearsi agli angoli della bocca. Alla vista del sangue mi avrebbe perdonata più in fretta, o il contrario? Prima che arrivasse a tanto era finita. La sua testa venne a poggiarsi sul mio petto. Muovendomi il meno possibile, cercai di asciugare sul cuscino le lacrime che mi colavano lungo gli zigomi.

Non andammo alla festa di Ingrid, restammo a letto. Non parlammo mai più degli altri. Il fine settimana seguente gli portai il vestito pulito e la camicia, e firmai un contratto di subaffitto per una stanza a Berlino.

13.

Vive tra Vienna e Berlino

La stanza si trovava nella mansarda di una villa, all'Ovest. Tutto, al suo interno, era meravigliosamente vecchio. L'armadio che scricchiolava, il parquet. Il davanzale della finestra mi ricordava quello che avevamo a Jüris, con la differenza che ovviamente qui il gocciolatoio era stato verniciato. C'erano un letto singolo e un tavolino dove potevo lavorare o truccarmi. Due bagni in comune in fondo al corridoio ma una sola cucina, al pianoterra, non piccola, ma che potevamo utilizzare tutti insieme solo per le feste. Quando arrivai il padrone di casa stava preparando la cena per tutti. Si chiamava Albert. La casa l'aveva avuta in eredità sua moglie Judit. Erano entrambi oltre i settanta e non avevano figli, e occupavano solo una stanza della villa. La loro unica fonte di reddito era affittare il resto delle stanze, di preferenza a giovani artisti e ricercatori, perché una comunità di persone interessanti vale mille volte più del denaro. Solo nel seminterrato lavorava un massaggiatore.

Mi invitarono a cena, ma se per caso avevo già fame adesso c'era un avanzo di pasta del pranzo. Avevo fame, ma dissi che non ne avevo. Il cibo che cucinava Albert si poteva avere cinque volte a settimana per tre marchi e mezzo a porzione, tipo mensa, a cena appena fatto o il giorno dopo a pranzo riscaldato, e allora solo per due marchi e mezzo. Carne una volta a settimana, quattro marchi e mezzo. Chiaramente la prima volta ero loro ospite. Per conoscere gli altri.

C'era per esempio Joana (Gioèèna), che già si aggirava per il salone. Una donna grassa, doveva mangiarsi per forza una barretta di cioccolata finché non era pronto qualcosa di serio. Judit e Albert la conoscevano da quando aveva sedici anni. Aveva avuto problemi con la madre, che aveva storie con vari uomini. Poi anche Joana si era fatta storie con vari uomini. Adesso il figlio, ormai grande, aveva una compagna che stava per partorire, perciò Joana aveva lasciato loro il suo piccolo appartamento ed era tornata a vivere lì. Non sembrava avere più di trentacinque anni.

E la tua storia qual è?

Menzionai i punti salienti. Jüris, il padre morto, la madre all'Ovest, gli ultimi anni a Vienna. Esitai se dire o meno che ero a Berlino per il mio ragazzo. Alla fine non lo dissi. Dissi che lavoravo lì alla mia tesi di dottorato. Scritture autobiografiche ~~di donne di autrici~~ nell'Impero austro-ungarico.

Tutti annuirono in segno di approvazione tranne un'altra delle coinquiline, Katja, che era afrotedesca e non si lasciava impressionare per così poco.

Perché proprio su questo?

Le raccontai del progetto a cui collaboravo.

Ah, ecco. (Capire cos'è che va bene. Lei non lo disse.) Voleva sapere, giustamente, perché stavo a Berlino a scrivere su autrici dell'Impero austro-ungarico.

Perché posso, dissi con un sorriso affabile. (Le si leggeva in viso quanto detestava queste cose. Donne passivo-aggressive che sorridono.) Ho accesso al materiale anche da qui, e grazie al cielo le frontiere sono aperte, posso andare a Vienna in qualsiasi momento. Tu invece cosa fai?

Katja era una storica, e si occupava di *oral history* degli afrotedeschi.

Ah, dissi io. E poi che c'era una parentela tra i nostri argomenti di ricerca.

Katja lo negò con veemenza. Tanto per cominciare c'è, al contrario, una differenza sostanziale fra ciò che è tramandato in forma scritta e la *oral history*. (Sì, volevo aggiungere, in questo aveva certamente ragione… ma non ci riuscii.) E secondo, non si potevano assolutamente paragonare donne vissute sotto l'Impero, che avevano la possibilità di scrivere opere letterarie, memoir o anche solo un diario, fosse anche sulle pagine rimaste bianche di un taccuino per le spese o di un quaderno di scuola (Come le veniva in mente quest'esempio? Se mai riuscirai a riprendere la parola, chiedile se sa qualcosa di concreto), con afrotedeschi che non sapevano scrivere.

Naturalmente, dissi. È difficile anche paragonare il periodo dell'Impero con… di che epoca parliamo?

Dopo il '45.

Io sorrisi, lei no.

Tra l'altro, intervenne Judit, Katja si è candidata come madre affidataria e la sua domanda è stata appena accettata. Erano venuti a vedere la villa e la stanza preparata per il bambino, c'era stato un colloquio con Judit e Albert come nonni adottivi, e siamo molto felici che la nostra piccola comune sia stata considerata un ambiente adatto ad accogliere un bambino. Joana, Christian e io, peraltro, avremmo fatto meglio a scegliere uno dei bagni, perché si era deciso che Katja e il bimbo in affido avrebbero avuto un bagno tutto per loro. Bisogna considerare che nel giro di qualche mese, o chissà, forse già nelle prossime settimane il bambino arriverà. Katja (che dunque è anche capace di sorridere) ha detto che lei preferirebbe una bimba. E che prenderebbe anche un bambino disabile. La sindrome di Down, per esempio, può assumere tante di quelle forme. Solo nel caso di una sedia a rotelle la villa non sarebbe adatta.

Albert stappò uno champagne alle fragole. Brindammo. Katja, Joana e i padroni di casa continuarono a parlare del bambino in affido, io cercai di imbastire una conversazione con un giovane pittore di nome Christian.

Lavori qui?...

Allora hai un atelier?...

E dove?...

E dov'è?

No. Sì. Via tal dei tali. Neukölln.

Posso passare a vederlo una volta?

Sei una collezionista?

Io?

Mangiò e poi se ne andò, uno fatto così.

È un bravo pittore~~, almeno~~?, chiesi a Joana.

Quel quadro lì è suo.

Una donna nuda con tacchi blu sopra un divano. Né particolarmente brutto né particolarmente bello.

Durante la notte ascoltai gli scricchiolii. L'attività delle travi. C'era sempre attività in quella vecchia casa. Come i denti che si muovono ininterrottamente nelle mascelle senza che ce ne accorgiamo. Come le nostre ossa, che si riallineano ininterrottamente. Solo che lì era più forte. Una vecchia casa piuttosto rumorosa. Mi piaceva molto. Dormii bene.

La mattina nella mansarda faceva caldissimo, dovetti smettere di lavorare lì. Andai in città. Il mio portatile aveva lo schermo in bianco e nero e nella maggior parte delle sale di lettura il ronzio che emetteva dava fastidio, così ci rinunciai e mi misi a lavorare con carta e penna. Mangiavo alla mensa universitaria. Mi ingozzavo di würstel di fegato e sanguinaccio con i crauti, sperando che nessuno si accorgesse che mangiavo cose del genere e quanto mi piacevano. Volevo chiedere a Magnus se le mangiava anche lui. Se sì, lo avrei preso per un buon segno. Se no, sarebbe stato comunque bene saperlo.

"Vive tra Vienna e Berlino", ero questo adesso. Naturalmente il lavoro a Vienna me lo ero tenuto perché non ne avevo un altro. Due alloggi minuscoli in due capitali, fin qui poteva andare, ma i viaggi costavano soldi e fatica. La cosa più conveniente era l'autobus notturno. Andata la domenica sera, lunedì e martedì in archivio, ritorno il martedì notte, perché con Magnus mi ero imposta di non farmi viva più di ~~due~~ una volta a settimana, e col tempo il mercoledì e il sabato sera erano diventati i giorni fissi in cui ci vedevamo. Purtroppo a volte i mercoledì saltavano, perché io dovevo fermarmi a Vienna più a lungo o perché a lui capitava qualcosa in mezzo. Ma, se non c'erano intoppi, dopo una serata al cinema o a teatro passeggiavamo fino a tarda notte per la città, prendevamo qualcosa da mangiare e da bere, facevamo picnic notturni nelle piazze e a volte facevamo anche sesso in qualche angolo buio, dove nessuno ci vedeva, o forse sì. Non eravamo animali che lo facevano su una laguna glaciale in Islanda, ma gli angoli nascosti e a volte anche maleodoranti dei parchi berlinesi ci andavano bene. Mi veniva in mente ogni volta, purtroppo. Quando capitava, mi chiedevo che sarebbe successo se ci avessero arrestato. E mi piaceva di nuovo.

Dopo nottate di questo genere, mi accompagnava a una stazione della metro o a un notturno con cui potevo ritornare alla villa. Mi sedevo a poca distanza dall'autista. Perciò i miei sabati sera e le notti erano meglio se dopo non dovevo tornarmene a casa, ma la domenica non potevo comunque protrarre la mia presenza all'infinito senza che lui diventasse nervoso. Magari andavamo a una mostra o cercavamo qualcosa da vedere all'aperto – la mia opera d'arte preferita era *Upright figure no. 9*, la sua l'*Atleta che si riposa* –, ma non ero mai riuscita a rimanergli accanto oltre le quattro del pomeriggio. Come tirare una membrana senza che si laceri. Da una volta ogni due settimane, a una volta a settimana. La chiave sta nel comportarsi come se tu fossi una donna che non dipende da lui, che ha una propria vita, una propria strada. Non creare problemi ed essere bella. Non dire troppe sciocchezze, non lamentarsi e non fare troppe domande. Come se tutto dovesse incastrarsi senza sforzo. Imparavo lentamente, più lentamente di qualsiasi altra cosa avessi mai imparato, ma forse ero solo impaziente. I preservativi dei sabati notte li riaprivo solo dopo che li aveva gettati via, altrimenti se ne sarebbe accorto. Non era una bella cosa da fare, era sbagliata e sleale, ma anch'io non riuscivo sempre a dominarmi.

Riuscii a farlo venire alla villa per la prima volta quando ricominciarono le serate che Judit organizzava regolarmente con la sua amica d'infanzia Almut, prima che lei partisse per gli Stati Uniti. Ora Almut era tornata portandosi dietro una giovane americana di nome Amanda, un'attrice a cui dava una mano a portare il suo monologo in giro per l'Europa con una piccola tournée.

Il salone era grande e ci si poteva anche sedere sulle scale che portavano al primo piano, oppure stare in piedi sul ballatoio soprastante. Normalmente sarei rimasta in piedi sul ballatoio, cercando di far scricchiolare il meno possibile il legno scuro, ma stavolta c'era Magnus con me e così ci sedemmo sul divano, proprio ai piedi di Amanda.

La pièce parlava di una solitaria capostazione che andava pazza per i musical. La minuscola Amanda indossava cinque costumi uno sopra l'altro, mettendoli e togliendoli in successione. Aveva una bella dizione e cantava un po' stonata, mentre andava qua e là per il salone accendendo e spegnendo luci secondo il bisogno, senza perdere il ritmo neanche una volta. Una vera professionista. Applaudimmo in segno d'approvazione.

Alla fine presentai Magnus ai miei coinquilini. Katja lo prese subito di punta. *Oral history* afrotedesca contro tedeschi ebrei e non ebrei in esilio, mentre Judit mi presentava Almut, che oltre a insegnare letteratura americana all'università dirigeva una piccola casa editrice dove uscivano, tra l'altro, anche i libri di Katja. La casa editrice si chiamava Joconde, e inizialmente Almut l'aveva fondata solo per pubblicare in tedesco un'autrice nera lesbica di cui andava pazza. Erano i primi anni ottanta. Che faceva Judit all'inizio degli anni ottanta? Per soldi niente, mai fatto qualcosa per soldi in vita sua. Quand'era un'ingenuotta credeva ancora che si sarebbe sposata giovane e avrebbe avuto una vita borghese, ma poi era arrivata la guerra e avevano perso tutto, tranne quella casa. Per di più molti potenziali pretendenti avevano fatto chissà quale fine, e lei era rimasta a vivere in quella casa coi suoi genitori finché non erano morti: solo dopo Albert ci si era potuto trasferire, erano proprio i primi anni ottanta. Questo era quel che aveva fatto. Judit era l'amica bella e viziata, Almut quella intelligente e impegnata. Trasmetteva un senso di tranquillità e di stabilità come nessun altro quella sera, o in quella casa. Judit e Albert, pur con tutta la loro cordialità, sembravano sempre un po' tesi. Io lo attribuivo al fatto che nell'arco della giornata mangiavano solo un piatto di stufato, più una tazza di caffè e mezzo bricco di tè, non perché non potessero permettersi altro ma perché volevano rimanere più magri possibile. Capivo che questa ascesi comune rafforzava il loro legame, ed era una cosa di cui avevano bisogno visto che i genitori di Judit avevano impedito per trent'anni che Albert si trasferisse lì. Per trent'anni si erano praticamente amati di nascosto, sono cose che lasciano il segno. Ma Almut, che dacché era adulta non era mai stata meno che libera, mi si rivolse con una disponibilità così rilassata che non potei non cogliere l'occasione di diventare, diciamo così, la sua nuova Amanda. Le raccontai del mio lavoro per il progetto di Ingrid e per la casa editrice di Walter – Abbiamo recuperato le scrittrici dagli archivi e le abbiamo pubblicate, è stato un lavoro di grande soddisfazione – e le chiesi a bruciapelo se non poteva trovarmi qualcosa da fare nella sua casa editrice. Al momento ho un lavoro ma me ne servirebbero due, l'andirivieni con Vienna si mangia tutto quello che riesco a guadagnare lì. ~~Ideale sarebbe un lavoretto da svolgere il giovedì e il venerdì~~.

Almut disse che sarebbe stata "felicissima" se nei giorni successivi fossi passata a trovarla alla casa editrice, vale a dire a casa sua. Da fare c'era sempre, soldi praticamente nulla, ma vediamo un po' come possiamo venirci incontro.

Mi fece piacere, mi fece davvero piacere, le ero riconoscente e anche un po' orgogliosa di com'ero stata brava a socializzare. Mi guardai intorno alla ricerca di Magnus. Stava ancora parlando con Katja. Nel frattempo i lineamenti della Katja sempre arrabbiata e provocatrice si erano ammorbiditi. A dispetto di ogni aspettativa la conversazione sembrava procedere bene. Per un attimo rimasi sola nel salone affollato. Ora quello che mi stava più vicino era il pittore, ma avevo già verificato che non valeva la pena sforzarsi di conversare con lui. Katja e Magnus ridevano. Quando mi avvicinai, Katja se n'era appena andata.

Allora? Com'è stato?

Com'è stato cosa?

Tutto. La pièce.

Okay.

E Katja?

Cosa dire, disse lui.

La risposta mi fece più piacere di quanto mi sarei aspettata. Mi strusciai a lui, per dirgli più piano possibile:

Già, cosa?

Attenta, il vino!

Con una mano mise il bicchiere fuori dalla mia portata, con l'altra mi spinse via. Con la spalla sfiorai involontariamente quella di Amanda, che si girò verso di noi. Fuori dal palco portava gli occhiali, ma non abbastanza forti, evidentemente, infatti si avvicinò al mio viso e a quello del mio ragazzo per cogliere tutti i dettagli. Sorridendo gentilmente, Magnus arretrò di un passo. Le facemmo molti complimenti, poi Katja (che non accettava repliche) mi chiamò a rapporto per raccogliere e sciacquare i bicchieri, e quando tornai nel salone Magnus non c'era più.

Chi è Magnus?, chiese Joana.

(Ma allora è proprio scema.) L'uomo con cui sono venuta qui oggi.

Non aveva idea.

Guardai in salone e in cucina, salii in camera mia, controllai in tutti i bagni, gettai un'occhiata in giardino. Niente. Gli scrissi un sms. Mezz'ora dopo mi arrivò la risposta: *Ne avevo abbastanza.*

Non poteva salutarmi? Ma non scrissi questo, bensì: *Pensavo fossi caduto per sbaglio nel congelatore in cantina e fossi rimasto chiuso dentro.*

Dopo che Magnus se ne fu andato tutti gli ospiti del salone mi sembrarono più stupidi di prima, con la sola eccezione di Almut. Da lì in poi cercai di rimanere sempre nelle sue vicinanze, finché per lei non arrivò il momento di andarsene.

L'appartamento di Almut non era più il leggendario bilocale dove tutto era cominciato; c'erano cinque stanze disposte a semicerchio, ne attraversammo quattro sul parquet scricchiolante. Di fatto erano quattro biblioteche con l'aggiunta di qualche elemento – scrivania, tavolo da pranzo, poltrona – che lei trasformava in ufficio, stanza per le visite, sala di lettura alias magazzino.

A essere sinceri le cose stanno così, la pubblicazione dei libri la copriamo coi finanziamenti e se poi ne vendiamo qualcuno tanto di guadagnato, ma è proprio in questo che io sono pessima.

Almut dunque aveva bisogno di qualcuno non per leggere, ma per le pubbliche relazioni e le vendite. In realtà ci sarebbe voluto un collaboratore fisso, ma al momento c'erano solo Almut, Katja e Caroline (E questa chi è?) a occuparsene occasionalmente. Dissi che avrei fatto del mio meglio.

Sorrise.

Vedo che è delusa perché preferirebbe lavorare sui testi. Ma c'è anche questo, naturalmente.

Per cominciare mi diede alcuni dei suoi libri preferiti.

Ecco, questo parla di capelli.

Capelli?

Sì. Abbiamo fatto un seminario sui capelli. Sui capelli delle donne di tutte le etnie possibili.

E questo è il libro di Katja sulla storia afrotedesca, e questo un romanzo di una scrittrice dello Zimbabwe, le piacerà.

E qui alcune antologie e riviste letterarie che aveva appena ordinato dagli Stati Uniti.

Pesano? Pesano, non è vero?

Sì, ma dissi che ce la facevo.

Tornai alla villa spingendo la bicicletta.

Nella mansarda, accanto alla camera del pittore e alla mia, c'era un'altra stanza con alcuni scaffali e una cyclette. Si poteva pedalare e leggere, con vista sulla chioma di un gigantesco abete argentato.

È il massimo, Albert, dissi. Cyclette vista albero mentre leggi scrittori che nessuno conosce.

Lui annuì. Era quello che piaceva fare anche a lui. Dovevamo condividere la cyclette.

Il tuo di che parla?

Di una donna in Florida. È tutto pieno di animali schifosi. Alligatori, scarafaggi, cani. Lei è povera e non può andarsene perché ha un figlio, e per via di questi animali il figlio non può giocare da solo in cortile. Come abbia avuto questo bambino non è chiaro, al momento è in una relazione lesbica e la sua compagna non la tratta per niente bene. Sembra che l'abbia "salvata" dalle misteriose circostanze che hanno portato alla nascita del bambino, ma ciò non toglie che sia una vera stronza. La nostra narratrice la teme. Intanto un uragano si avvicina al sobborgo dove vivono e la narratrice spera che questo porti a una soluzione, in un modo o in un altro.

Mentre parlavo Albert annuiva aspettando paziente che arrivasse il suo turno, e poi canticchiò: "Anche una lesbica nera disabile può essere una stronza".

Non l'avevo mai sentita e non potei evitare di scoppiare a ridere.

Lo diresti anche davanti a Katja?

Non senza motivo, però sì, lo direi. Cos'è, ti sembro un codardo?

No, *io* mi sento codarda in presenza di Katja.

Annuì di nuovo, si sedette sotto la finestra e riprese il suo libro, ma io gli stavo già lasciando la cyclette.

E tu cosa leggi?

Ieri leggevo la storia di un ragazzino stupido e maleducato che racconta all'autore che, quand'era un ragazzino stupido e maleducato, lanciava talpe nel giardino di Samuel Beckett. Che il diavolo se lo porti!, scrive l'autore alla fine.

Risi di nuovo.

Posso chiederti una cosa, Albert?

Mmh?

Com'è stato aspettare per trent'anni di poter andare a vivere con Judit?

È stato bello. Avevo una vita più libera rispetto a chi forma una famiglia tradizionale. Niente figli, poca pressione di fare soldi, comprare un'auto, andare in vacanza. È stato bello. Ed è bello anche adesso.

Riesci a capire, Magnus, quanto mi rende felice? Almut, i libri, la mansarda, la cyclette, Albert.

Sì, riusciva a immaginarselo.

E poi, per la prima volta, mi chiese se volevo accompagnarlo a una serata. Un ricevimento all'ambasciata svizzera, una cosa organizzata insieme da germanisti e romanisti perché la Svizzera era paese ospite alla fiera del libro. Ci sarà l'ambasciatore svizzero. Il che, per me, voleva dire non mettere niente di troppo corto né di troppo scollato, e neanche una camicia da uomo come vestito. E anche niente di rosso, magari.

Perché no, il rosso è il colore della Svizzera!

E per piacere niente cose con la croce sopra!

Mi comprai un sobrio abito nero, accollato e lungo fin sotto al ginocchio. Aderente, però. La commessa del centro commerciale disse che poche donne potevano indossare un abito così, e io ero una di loro.

Il ricevimento si teneva all'ambasciata svizzera appena restaurata sull'ansa della Sprea. Magnus Otto più uno. Alla sua capa, Anne, mi presentò come una collega di Vienna. Anne lavorava soprattutto sulla "letteratura transculturale dal 1800 alla contemporaneità", ma aveva scritto anche sull'autorialità femminile, il che ovviamente mi interessava moltissimo.

Ci diede il benvenuto l'attaché culturale svizzero, un cordiale signore di una certa età con un lungo cognome metà tedesco e metà francese. Parlava tedesco con un'inflessione egualmente metà e metà, e la mantenne anche conversando col professore del dipartimento di romanistica che si rivolgeva a tutti esclusivamente in francese. Il professore si stupì che io non lo parlassi.

Lo parlo poco. Vengo dalla Ddr.

Nonne Ddr sub olim ivit?

??

Ma la Ddr non è scomparsa da un pezzo?

Il prof, infatti, avrebbe potuto condurre una conversazione persino in latino, perché al liceo aveva avuto un insegnante che parlava latino ed era stato lui a ispirarlo in tutto ciò che era riuscito a diventare, e che nasceva appunto dalla capacità di parlare in latino. Che stronzo.

Non finché esisteranno persone che sono cresciute lì, dissi rispondendo alla sua domanda.

Su questo avevo ragione. Per l'esattezza: *Haec est vera*.

Le spara grosse, eh?, mi sussurrò all'orecchio sua moglie, in modo che anche lui potesse sentire. Al che si ricompose un po'. Nel senso che ci piantò lì.

C'era anche Almut, che conosceva il nuovo ministro della Cultura tedesco dai tempi dell'università. Mi presentò un'amica svizzera. Per caso c'era anche qualcuno che veniva dall'Austria. Parlammo di Vienna, naturalmente l'austriaco conosceva NC, Ingrid invece no, il nostro progetto neanche. Arrivò il ministro e cominciò a stringere mani, per sbaglio anche la mia, il suo assistente non seppe dirgli chi ero, lo dissi io stessa: Muna Appelius, università di Vienna. L'assistente stava già per proseguire, ma il ministro disse: Lei non ha per niente l'accento di Vienna.

Spiegai di Jüris.

Il ministro, con suo grande rammarico, non era mai stato a Jüris.

Allora si era perso qualcosa, dissi.

Il ministro mi credette sulla parola, prima di essere condotto oltre.

L'ambasciatore diede il benvenuto al ministro, il ministro ringraziò l'ambasciatore, poi ascoltammo altri discorsi ("Signor ministro, Eccellenza, Signore e Signori") e infine anche letture di cui non mi rimase assolutamente nulla, già non vedevo l'ora di andare al buffet sul terrazzo all'ultimo piano. L'amica svizzera di Almut mi presentò due degli scrittori svizzeri, si chiamavano tutti e due Martin, uno era azzimato come un barbiere, l'altro trasandato come un montanaro, uno mezzo italiano, l'altro mezzo indiano, entrambi molto cordiali. Rimasero in piedi vicino a me. La cosa attirò l'ambasciatore e il ministro. Raccontai a tutti del periodo che Martin Lutero aveva trascorso a Jüris. Non ne sapevano nulla ed erano grati di venirne informati. Parlammo ovviamente anche di Zwingli e di Calvino. Vedevo che gli altri ci gettavano occhiate, che stava succedendo, chi era quella, chi ero io, intorno a cui quegli uomini importanti facevano capannello.

È uso che le persone di rango più alto se ne vadano per prime. Quando ministro e ambasciatore se ne furono andati, gli scrittori rimasero ancora un po', ma a un certo punto mi ritrovai circondata soltanto dalle donne delle case editrici e da quelle delle ambasciate che avevano organizzato l'evento. Le donne delle ambasciate indossavano abiti a tubino e calze velate color carne, le donne delle case editrici potevano permettersi qualcosa in più. Ora che eravamo in un certo senso tra noi, parlavano di prospettive di carriera. Soprattutto le donne delle ambasciate. Quali lavori valeva la pena fare, quanto a lungo. Mi stupì la disinvoltura con cui le donne nei tubini dicevano "carriera" e "prospettiva".

Magnus era già sparito nella folla da un po'. L'ultima volta che lo avevo visto stava parlando con qualcuno in inglese. Passandogli accanto avevo notato che il suo accento era più marcato in inglese che in francese, un accento tedesco dell'Est, e di colpo mi ero sentita in colpa per averlo notato e mi ero affrettata a mettere qualche metro di distanza fra noi. Che poi: avrebbe potuto farci caso chiunque, dunque perché sentirsi in colpa?

Ah, eccoti, disse di colpo alle mie spalle. Stavolta non sparì. Disse che ora andavamo via.

Appena fuori dall'edificio, la sua postura e la sua espressione cambiarono. Il ticchettio dei miei tacchi sembrava innervosirlo al punto che dovette tapparsi le orecchie almeno per un attimo, cercando di non farsi vedere. Indossavo scarpe bianche e calze a rete sotto un abito nero, le labbra erano dipinte di rosso, i passanti mi guardavano, io sorridevo cortese. Mi afferrò per un braccio:

Forza, prendiamo un taxi.

Ma sono cinque minuti da qui alla fermata!

Taxi!

In auto mi viene la nausea, volevo sedermi davanti ma lui disse, non ci si siede davanti, e mi spinse sul sedile posteriore.

Andiamo da qualche altra parte?

Nessuna risposta.

Mi appoggiai a lui.

Mmh?

Respirava a fondo.

Che c'è? È successo qualcosa?

Il solito.

Il solito? Lo chiesi con voce dolce, stuzzicante.

Scrollò la spalla su cui avevo poggiato la testa. La staccai.

Io l'ambasciatore l'ho trovato simpatico…

Eh, certo. Tu! Si sarebbe detto che fossi tu l'ospite d'onore.

Che fossi io l'ospite d'onore?

La finisci di miagolare?

Miagolare?

Buttò fuori l'aria gonfiando le guance.

Perché, c'era un ospite d'onore? Chi conta di più: un ambasciatore o un ministro? O la letteratura, come hanno detto loro? Pensi che qualcuno possa avermi presa per una di queste cose?

Ecco! Questo era veramente troppo! Fece cenno al tassista di accostare.

Non so perché mi misi a ridere. Non che pensassi fosse uno scherzo. Gli poggiai una mano sull'avambraccio per tranquillizzarlo. Mi afferrò il polso e lo torse in un modo che mi costrinse a lasciare la presa, e prima che il dolore fosse salito dal polso al gomito lui aveva già sbattuto la portiera e il taxi era ripartito. Mi ronzavano le orecchie, rimasi lì seduta e non riuscii neanche a dire al tassista, che a quanto pare non si era accorto di nulla, di lasciarmi alla stazione della metro. Così passammo oltre, fino a Charlottenburg, come gli aveva detto Magnus.

Ero davanti a casa sua, le mie scarpe bianche luccicavano. Al polso destro, al gomito destro, permaneva il dolore o il ricordo del dolore. Mossi un po' il braccio. No, non andava bene. Meglio tenerlo fermo. Gli mandai un messaggio per dirgli che ero sotto casa. Gironzolai ancora un minuto, poi scrissi: *Il braccio mi fa un male cane!* Questo fui abbastanza intelligente da non spedirlo. Rimasi ancora un po' per strada, ma non ricevetti risposta. Era anche improbabile che fosse arrivato prima di me e adesso fosse già in casa. Infilai di nuovo il telefono nella mia minuscola borsetta, camminai tacchettando fino alla metro e tornai alla villa.

A notte fonda il dolore tornò. Stavo sdraiata in silenzio, ascoltavo gli scricchiolii della casa. Il dolore mi investiva il gomito a ondate sempre più intense. E in più ero anche stata maltrattata, stavolta davvero non avevo fatto niente di male! Mi batteva il cuore all'impazzata dalla rabbia. Così non mi sarei più addormentata. Mi alzai.

Passai in rassegna gli armadietti di entrambi i bagni. Niente medicinali. Cercai di scendere le scale facendole scricchiolare il meno possibile e andai a vedere in cucina. Niente medicinali in cucina.

Di colpo c'era Judit dietro di me.

Che fai qui?

Mi portò qualcosa che forse teneva nel suo bagno personale. Andava sciolto in acqua. Così agisce più in fretta. Non le avevo detto cos'era che mi faceva male, immaginò che fosse la testa. Mi fece accomodare su una sedia e mi massaggiò le spalle. Era così piacevole che mi vennero le lacrime agli occhi.

Judit disse qualcosa a proposito dei dolori e delle emozioni, che i dolori sono emozioni, ma non capii, ero sul punto di addormentarmi di nuovo. Cos'era la roba che mi aveva dato? Non ricordo com'è che tornai nel mio letto.

Non scrissi più messaggi a nessuno, presi l'aereo per Vienna.

A Vienna le vacanze erano già iniziate, e Ingrid faceva "una chemio al volo" per la sua leucemia. Visto che doveva farla per forza, allora meglio nel periodo in cui non ci sono lezioni, quando l'amante va comunque in vacanza con la sua famiglia. Grazie al cielo non era completamente sola, sua madre Elisabeth andava a trovarla una volta ogni due giorni. Era un'appassionata di archeologia urbana.

Pendevo dalle sue labbra, a ogni sua singola parola. Quant'era intelligente, e ancora così bella alla sua età! Fronte e occhi luminosi. Mi fece un sacco di domande, e quando si rese conto che non avevo visto nulla degli scavi e delle mostre del museo archeologico di Vienna cominciò a proporre cose. Dovresti fare questo, dovresti vedere quest'altro. Gli essiccatoi della fornace romana disseppelliti nella Steinergaße. La navata neolitica in Rasumofskystraße. Al momento i comuni mortali possono vederle solo con una guida del museo archeologico. La mostra sui metodi di sepoltura nei cimiteri comunali e militari tra il Diciottesimo e il Diciannovesimo secolo e quella sull'arte ornamentale nella ceramica le puoi andare a vedere da sola. Per quanto, è ovvio, sarebbe infinitamente più istruttivo avere a fianco qualcuno che se ne intende. Ma lei non aveva un tempo infinito a sua disposizione, perché nonostante i suoi settantacinque anni era ancora coinvolta in diversi progetti, in pubblicazioni, ad esempio in quella sui metodi di sepoltura nell'età del bronzo da cui emerge che circa il tre per cento delle donne è stato seppellito col rituale maschile, mentre non succedeva il contrario.

Non è interessantissimo?

Eccome se lo è.

Dopo qualche giorno fu chiaro che quella donna non poteva far altro che continuare a spandere conoscenza. Com'è stato crescere così, Ingrid?

Molto istruttivo, disse Ingrid, e ci mettemmo a ridere.

Tua madre conosce NC?

Certo.

E che dice di lui?

Ormai non molto.

Risate.

Elisabeth aveva tre figli da due diversi matrimoni, ma da quando NC e sua moglie aspettavano il quarto non sapeva più bene cosa dire. Ma vedrai che è una cosa passeggera.

Altre risate.

Ma, aspetta, il quarto, hai detto? Non è appena nato il terzo?

Eh, cose che capitano.

Ma sono pazzi!

Ingrid alzò le spalle. Divertita. Col lavoro come va?

Con quale?

Con tutti.

Viaggiare è snervante. Sono qua spessissimo, ma stavolta appena ho messo piede in casa mi è sembrata così brutta che sono rimasta quasi disgustata. Sporca, ovviamente, perché quando sono qui non ho tempo di fare le pulizie. Le ho fatte adesso. Ma non so se servirà davvero a qualcosa. Tutta la zona mi sembra così squallida. Penso di non poterne più di quella casa. Ma ormai anche una stanza in un appartamento costa più di quello che pago adesso. A proposito, ora ho trovato un lavoretto anche a Berlino. In una casa editrice. Pagano ancora meno, ma è interessante.

Spero che non pianterai in asso Alexandra e Susanne.

Perché dovrei farlo? (Non che sia difficile rimpiazzarmi...)

La casa è brutta, l'uomo a Berlino...

L'uomo a Berlino! Risi un po'.

~~A volte gli vedo negli occhi un tale disprezzo, Ingrid, come se si trattenesse a stento, che mi vengono le palpitazioni anche ora che ci penso. Come se tutti, e soprattutto io, non facessimo altro che infrangere di continuo regole che non conosco neanche. Ma non posso nemmeno chiedergli una serie di regole. Mi prenderebbe per pazza~~.

Alla fine dissi che, in effetti, quell'uomo a Berlino era molto importante per me, e che le cose andavano anche bene. Quando siamo tra noi vanno bene, quando ci sono altri a volte arriva al punto in cui non gli reggono i nervi a stare in mezzo a così tanta gente, e allora ~~è colpa mia~~ mi sento in colpa perché io invece sono a mio agio.

Non dovete andare insieme dappertutto, disse Ingrid.

Ma non è normale avere una vita sociale condivisa, quando si sta insieme?

Non ci sono regole.

(Come fa NC a non ritrovarsi negli stessi ambienti con sua moglie e con Ingrid? Gli viene naturale? O lo programma meticolosamente? O non gliene importa niente?) Voi come fate? Come decidete dove andare insieme e dove no?

Possiamo andare dappertutto. In pubblico ci diamo del lei e non ci sfioriamo.

Anche a Magnus non piace che gli stia addosso.

(E smettila di bisbigliarmi sempre nelle orecchie! Quanti anni hai, tre?)

Allora non farlo, disse Ingrid.

È questo il segreto? (Sputai un pochino nel dirlo.) Quello che l'uomo vuole vuole, e quello che non vuole non lo vuoi neanche tu?

Quando io e NC ci siamo conosciuti, lui era già sposato e con un figlio. Non avrei mai potuto avere tutto ciò che volevo, disse Ingrid.

E ora ne ha altri tre!

Sì, così è. Il fatto che abbiamo ancora una relazione ti fa capire che tutto accade con la nostra piena consapevolezza e su base volontaria da entrambe le parti.

Con piena consapevolezza e su base volontaria. Se me lo avessero chiesto, avrei potuto dire lo stesso di noi. Ma Ingrid, nel dirlo, sembrava descrivere una cosa stabile, mentre se lo pensavo io mi sembrava fragile. Come andare alla deriva insieme su una lastra di ghiaccio.

Mio Dio!, mi sfuggì. È tutto così…

…complicato, dissi alla fine. (Facciamo che non ne parliamo più.)

Ingrid sorrise stanca. Aveva gli occhi infossati, i capelli opachi. Sono veramente scema. Oggi con una leucemia mieloide cronica si vive più a lungo di quanto sia mai stato possibile, soprattutto se non si manifesta prima dei settantacinque anni, ma per Ingrid non si era manifestata a settantacinque anni. Quando si erano conosciuti, NC e sua moglie avevano un figlio, e lei una diagnosi. Ma è troppo corretta per dirlo. E io, tanto per cambiare, sono dura di comprendonio.

Scusami, dissi.

E per cosa?

Per essere così concentrata su me stessa.

Ah, lo sono tutti!

(E quando lui mi prende, ogni volta fa più male. Questo di certo non lo posso più dire ormai. Non lo voglio, il dolore, ma voglio *lui.* Ma che fare, Ingrid, se non è possibile averlo senza questo dolore? – Non sono domande che si possono fare.)

Evitai di andare a Berlino il mercoledì, il sabato e anche il mercoledì successivo. A Vienna mi inflissi giornate in archivio a dir poco estenuanti. Facevo fatica a concentrarmi, trascuravo sicuramente decine di cose importanti. Una volta, mentre lavoravo, mi addormentai perfino. Dissi ad Alexandra che la settimana dopo non sarei andata, avevo altri impegni.

Ormai ero stremata dalla lontananza, ma mi sembrava che avrei dovuto stare via ancora per un sabato almeno. Non andai a Brema da mia madre (viaggio lungo, e poi perché), bensì da Gabica, che adesso abitava a Debrecen. Sei ore e mezza di treno, si poteva fare.

Super!, disse Gabica al telefono. Così conosci la mia, di madre! Rideva a crepapelle. Almeno cucina bene!

Lui telefonò mentre aspettavo la coincidenza a Budapest.

Dove sei? (Sembrava stanco, o triste.)
A Budapest.
A far che?
Sto andando a trovare un'amica.

Su uno degli altri binari stava arrivando un treno con gran fragore. Magnus disse che gli dispiaceva per come si era comportato. (Assordante stridore di freni.) Era per questo che non poteva vivere con nessuno. (Mica aumenterà ancora? Non c'era più verso di capire cosa stesse dicendo.) Dopo che lui… aveva sopportato… ogni volta…

Forse in futuro basterebbe evitare ritrovi con troppa gente, dissi, anche se non avevo sentito bene cosa aveva detto prima. (Finalmente quel cacchio di treno si è fermato.)

Disse che aveva la possibilità di andare in Francia per un mese. Alla foce della Loira. Purtroppo il semestre iniziava tra sole tre settimane, ma… non importa, non era questo che voleva dire. Quello che voleva dire era che aveva un quadrilocale. E dunque aveva pensato a me.

Non solo venne a prendermi all'aeroporto, aveva persino un mazzo di fiori. I primi fiori che ricevevo da lui. Gli saltai al collo. Aveva le labbra calde. Sapevano di vino rosso, ma solo un po'.

14.
Sentimenti condivisi

L'appartamento a Saint-Nazaire era completamente diverso da come me l'ero immaginato: all'ultimo piano di un palazzone di dieci piani. Il primo tritarifiuti della mia vita. Il primo cantiere navale della mia vita. Tutte le finestre dell'appartamento davano sulla foce del fiume e sul cantiere. Due volte al giorno si sentiva suonare la sirena, e il ponte su cui passavano le auto si apriva per permettere alle navi più grandi di andare dalla Loira al mare. All'inizio le stavo a guardare, col tempo mi limitai a osservare i riflessi luminosi che proiettavano sul soffitto.

L'appartamento avrebbe potuto ospitare anche una famiglia più numerosa. C'erano una stanza con un letto matrimoniale e un armadio, una stanza con due letti singoli e un armadio, una stanza con una scrivania e un'altra stanza con una scrivania e un divano.

Prima di cominciare a scrivere, mettevo sul fuoco una zuppa di verdure. Magnus scriveva dalle otto alle tredici a una delle scrivanie, io dalle nove alle dodici all'altra, poi mi sdraiavo sul divano e leggevo. Quando aveva finito pranzavamo insieme, poi lui faceva un lungo giro con la bici che gli avevano messo a disposizione insieme alla borsa di studio, e io andavo a passeggiare in prossimità dell'acqua, che in parte era già mare e in parte ancora fiume. Mi spingevo più avanti possibile, poi tornavo indietro. Facevo la spesa e preparavo qualcosa di semplice per cena. Mangiavamo insieme e dormivamo nello stesso letto. Per ventuno giorni non ci fu il minimo conflitto.

Magnus, dissi, io credo di aver trovato la soluzione. Dobbiamo vivere sempre così. In un tranquillo isolamento come questo. La mattina scrivere, il pomeriggio andare in bici, la sera guardare il sole che tramonta dietro il cantiere.

Sì, disse, ha un senso.

Anche a Nantes c'è un'università!

Lì purtroppo l'unico posto di rilievo era ricoperto da un germanista austriaco (un certo Wolfgang), che Magnus conosceva dai tempi di Parigi e che, non a caso, gli aveva procurato quel soggiorno.

Oppure potresti semplicemente scrivere. Io potrei dare lezioni di tedesco e di inglese. L'inglese vogliono impararlo ovunque. Non mancano certo le scuole di lingua a Nantes!

Mi guardò. Mi parve: colpito. Lo faresti?

Eccome! Sono capace di lavorare! Posso lavorare un sacco, se voglio!

Secondo i miei calcoli avremmo potuto persino permetterci la maggior parte dei bilocali in affitto. Persino un trilocale a Porcé, "*proche plage*"!

Per qualche giorno sembrò possibilista, poi disse, se mare dev'essere, allora non questo qua.

E quale allora?

Stare vicino al mare non è così importante. Per uno che ama andare in bici, a dire il vero, le montagne sarebbero più interessanti.

Va bene, dissi. Quali montagne?

Sorrise.
Non devi organizzare tutto all'istante.
Ma non sarebbe bello?
Sarebbe bello, come no.
La penultima sera ci incontrammo con questo Wolfgang di Nantes. Venne da noi a mangiare le lumache di mare, perché a Saint-Nazaire bisogna mangiare le lumache di mare. Vennero anche Patrick e Anne-Lise, che avevano il compito di occuparsi del nostro appartamento e di chi vi abitava. Parlarono per tutto il tempo in francese, io capii poco. Solo Wolfgang, di tanto in tanto, mi si avvicinava e traduceva sinteticamente. Mi guardava con gli occhi che brillavano e alla fine, dopo qualche bicchiere di vino, disse che ero una donna bellissima.
Grazie, dissi. E tu sei un uomo molto affascinante.
Brindammo.
Sai dove trovarmi, disse rovesciandosi in bocca quel che era rimasto nel bicchiere.
Che pagliaccio!, disse Magnus mentre i tre risalivano in macchina.
L'ultimo giorno non lavorammo. Lui non andò neanche in bici. Rimase seduto sul balcone a fumare, guardando il cantiere.
Il giorno dopo, quando lasciammo l'appartamento, tirò un sospiro di sollievo.
Dopo quelle tre settimane, e dopo aver trovato, come credevo, la soluzione ideale per noi, mi fu difficile tornare alla vecchia routine. Ovviamente continuai a fare tutto quello che era nelle mie possibilità. Ogni settimana mi facevo duemila chilometri in autobus per collaborare al progetto di Alexandra e Susanne. Non solo per i soldi, il progetto mi piaceva anche, mi trascrivevo cose commoventi tipo:

"Voglio sposarmi:
1. per andare a teatro
2. per essere libera di disporre di me stessa
3. per essere libera e basta
4. per organizzare la mia vita
5. per vivere come si deve
6. perché tutto sia diverso
Per una volta, voglio non dover condividere la camera da letto. Primo per decoro, e secondo per poter fare anche lì quello che mi va, andare a dormire e alzarmi quando voglio, leggere a letto, tutto..."

Questo è oro puro, magari un giorno ci tirerò fuori qualcos'altro, per il momento però dovevo chiudere i conti con "le muse" – così chiamavo le scrittrici nella tesi di dottorato – e la cosa si faceva sempre più estenuante. Non mi ispiravano come avevo auspicato. Non come questa povera Emmy o come si chiamava, che vedeva nel matrimonio la più grande libertà immaginabile. Se solo avessi continuato con *L'erotismo nelle opere femminili della Sezession viennese*! "Strillano le femmine / selvaggi, roventi si aggrovigliano / in danze lussuriose i corpi lussuriosi" e via così. Covavo un malcelato rancore nei confronti di Ingrid e di NC che praticamente avevano scelto il tema al posto mio, convincendomi che fosse una buona idea occuparsi di Wanda von Sacher-Masoch, Alma Mahler-Werfel e Frida Strindberg. È che sono troppo note, c'era troppo materiale che continuavo a scartabellare, e dopo quattro ore al massimo ero già talmente stanca da non riuscire a fare più niente, e a volte poi non avevo neanche qualcosa di nuovo da scrivere. Rinunciai alla collaborazione con la casa editrice di Almut prima ancora di iniziare sul serio. Non avevo tempo. Grazie al cielo avevo intanto ottenuto una borsa di studio, dopo essermi fatta sfuggire la prima scadenza ed essere rimasta quasi un anno senza reddito.

Quando vieni da una famiglia povera, Ingrid, va tutto un po' più a rilento, ma ora non è neanche tanto una questione di soldi, e non è neanche, come credi tu, che questa relazione mi rubi troppo tempo ed energie, al contrario, le dedico meno tempo che a tutto il resto, è proprio che non so che fare con il materiale, e ora vuoi che butti altri tre giorni in un convegno a Zurigo quando già mi sono organizzata con NC per vederci e parlare della bozza che gli ho appena spedito. Per di più c'è anche Magnus a quel convegno, e non sei stata tu a consigliarmi di stare alla larga dagli impegni dell'altro? Lui fa un intervento, io andrei lì solo ad assistere.

Ingrid disse di non dubitare che lavorassi con dedizione a tutti i miei progetti, come avevo sempre fatto. Ma, disse, sapeva anche che avevo la tendenza a strafare e a essere dispersiva, dovevo davvero stare attenta a non strafare e a non essere dispersiva. Concludere le cose è difficile ma necessario. Concluderle è più importante che farle alla perfezione. Certe cose devi solo scriverle, per poter andare avanti. Le donne tendono più degli uomini a essere dispersive, disse Ingrid, per questo le donne mollano il dottorato più spesso degli uomini, e questo la disturba per una mera questione di principio.

Non mollerò, dissi. Quando mai ho mollato? Come ti viene in mente che potrei mollare?

(Deve aver parlato del lavoro con NC. Del fatto che non va avanti. Ingrid non lo dice, ma glielo leggo in faccia. Forse lui le ha dato persino il testo da leggere. Comincio ad arrabbiarmi. Devono rubare ogni secondo del tempo che passano insieme, possibile che non abbiano niente di meglio da fare che parlare di me?)

Ingrid disse che mi credeva, anzi di più, disse che credeva in me, certo che sarei arrivata in fondo, non era questione di quei tre giorni. Ma dovevo cogliere l'occasione per cominciare a farmi vedere negli ambienti accademici.

Non puoi sempre metterti da parte solo perché c'è anche lui.

(Era più forte di me, ero sempre più arrabbiata. Ora si immischia anche nella mia relazione!)

Infatti non lo sto facendo, Ingrid! Non lo sto facendo, per niente! Prometto solennemente che al prossimo convegno verrò, non importa dove sarà, quando sarà, quanto noioso sarà!

Ingrid disse pacata che invece importava, ma che a quanto pareva ora ero troppo agitata. Parliamo di qualche altra cosa!

Hai letto il mio lavoro, è così?

Sì, disse, pacata e tranquilla come prima.

E?! (Non starò a tuonare su come NC si sia permesso. Chiedo solo: e?!)

Lo sai cosa dico sempre, disse Ingrid. Come si fa a mangiare un elefante da soli? A piccole porzioni. Piccole porzioni. Dacci dentro e basta.

Devi lavorare di più, disse NC. Così, in questa forma, è troppo poco. C'è troppo poco materiale, ma soprattutto troppa poca riflessione. E quando c'è, è come se tu ti scusassi di aver detto qualcosa. Affermazioni caute, relativizzazioni, ritrattazioni quasi, e poi a un certo punto la frase finisce. Sempre che tu la finisca. Perché alcune sono addirittura lasciate a metà. Prima tiri in ballo il matrimonio, la separazione, la vedovanza come aspetti significativi per le varie attitudini alla scrittura, poi sembri metterlo di nuovo in dubbio, anzi no, semplicemente lasci cadere il tema prima di aver sostenuto pro e contro con argomenti sufficienti. Butti lì il "giornalismo di moda" e un momento dopo non ne parli più. *L'amica degli uomini importanti* è il testo da cui sembra tu riesca a tirar fuori di più, ma primo, Musil non è il tuo tema, e secondo, in quel passaggio non fai che ripetere quello che è stato detto da altri, cosa con cui sembri molto più a tuo agio che non quando devi affermare e dimostrare qualcosa tu, il che da una parte è comprensibile, dall'altra io non riesco a capirlo, perché non è così che ti ho conosciuta. Ripeto: devi lavorare di più. Non solo a questo testo, ma in generale. Non dovresti fare solo questo, già da tempo avresti dovuto interessarti ad altri ambiti. Dovresti scrivere saggi, essere presente. Devi arricchire il tuo curriculum. Questo progettino non ti traghetterà fino alla pensione. Tanto più che non è neanche un progetto tuo.

Non c'è bisogno di piangere, disse NC. Fai le cose per bene e basta.

Ma io non riuscivo a non piangere. (Mentre Ingrid, dalla quale lui sapeva tutto quello che facevo – non è vero che non faccio niente! – proprio in quel momento partecipava, insieme a Magnus, a una visita guidata di Zurigo, una città che ha così tanto da dire sul tema del convegno, *L'esilio nella letteratura di lingua tedesca*! Immaginavo di stare un po' con lei e un po' con lui, e contemporaneamente sempre in un punto da cui potevo vederli entrambi. A volte erano vicini, a volte distanti.)

Nulla è perduto per ora, disse NC. Devi solo rimetterti in sesto, concentrarti, stare dietro alle frasi che scrivi. Ecco, questa è una buona immagine! È come se tu non stessi dietro alle frasi che scrivi. Capisci cosa intendo?

Annuii. (Dopo la passeggiata pranzano tutti insieme, e poi c'è il primo panel.)

NC, a me, mi aveva notata proprio perché scrivevo frasi dietro cui sembrava ci fosse qualcuno. Non pienamente, del resto ero ancora una studentessa, ero giovane, ma già si intuiva che ero pronta a espormi e a dire la mia.

(La sera c'è una tavola rotonda a cui partecipano entrambi, lei è seduta da un lato e lui a quello opposto, così riescono a vedersi meglio.)

Ogni percorso ha dei momenti di stallo, sono cose che capitano, continuava NC, e allora l'unica cosa che serve è essere onesti con se stessi e impegnarsi di più. Di fronte a una tesi di dottorato non ci si può porre come di fronte a una tesina del terzo anno.

(Ingrid ha le guance rosee, le splendono gli occhi, è brillante e cordiale con tutti, e io so che lui la sta guardando, anche se si comporta sempre come se non lo stesse facendo. La guarda anche quando sembra che le stia dando le spalle.)

Arriva in fondo a questa cacchio di tesi, disse NC.

Posso almeno lasciare la struttura com'è?

Il problema non è la struttura. Se completi le frasi lasciate a metà e correggi gli errori linguistici va bene per un "*rite*".

Cos'è un *rite*?

Sufficiente.

(Rabbia e vergogna, le cose stanno ancora peggio di quanto avessi dedotto dal suo discorso di prima.) Nessuno ottiene meno di un "*cum laude*" per la tesi di dottorato!

Al contrario. C'è anche chi viene bocciato. Ma ovviamente puoi arrivare anche a uno "*statis bene*" e persino a un "*cum laude*". So che ce la puoi fare. Smetti di piagnucolare e ce la farai.

...(Ho già smesso di piagnucolare. Col pensiero sono già alla ricerca del prossimo volo per Zurigo.)

Sei libera stasera? Vuoi venire a teatro? Ho un biglietto in più.

(Io e lui a teatro? Io e lui da soli sarebbe la prima volta.)

No, grazie.

Disse che avrei dovuto andare. Per distrarmi.

Una pièce di Bernhard. No, sul serio, rinunciai. Pur essendomi chiesta per un attimo se dopo il teatro sarei riuscita a portarmelo a letto. E a vendicarmi di quel "*rite*". E di Ingrid, che non fa altro che opprimermi.

Il treno notturno costava solo la metà dell'aereo. Visto che a Zurigo non avevo neanche una stanza, presi il treno.

Arrivai giusto in tempo, stavano facendo colazione insieme. Solo loro due e un germanista polacco con la moglie, insegnante. Leszek e Edita. Tanto piacere. Aggiunsero al tavolo da quattro una quinta sedia che bloccava il passaggio e costringeva tutti a fare il giro, ma nessuno si lamentò. Ingrid mi portò un succo d'arancia, del caffè e qualcosa da mangiare. Magnus stava seduto con lo sguardo chino. (Mi dispiace, non sono riuscita a trattenermi e ora sono qui. E ormai non posso neanche più andarmene.)

Nell'albergo, per via del convegno, era rimasta libera solo una suite di lusso. Per me va bene, dissi a mo' di battuta, e tutti si misero a ridere perché naturalmente nessuno di noi se la poteva permettere. Ingrid mi avrebbe ospitato ma chiesi a Magnus, e non poteva dire di no, visto che ormai ero lì e che Ingrid aveva detto ai polacchi che io ero non solo una sua ex collaboratrice ma anche la compagna di Magnus.

Sul letto c'erano solo un cuscino e una coperta. All'inizio la cosa mi rassicurò, poi mi venne in mente che poteva non significare nulla. Quando uscii dalla doccia, qualcuno aveva già portato un secondo cuscino e una coperta.

Grazie per l'ospitalità, dissi.

Com'è andata a Vienna?

Preferisco non parlarne adesso. Com'è andata qui?

È andata.

Mi guardò. Ero nuda e bellissima, sorrisi, lui anche, ma poi disse che ora purtroppo era più nervoso di quanto avrebbe voluto. Sarebbe andato a sentire le prime due relazioni – *Acculturazione, eurocentrismo e ibridazione* e *Il Sudamerica in Anna Seghers ed Erich Arendt* –, ma poi avrebbe dovuto prepararsi per il suo intervento. Io potevo farmi un giro in città o ascoltare le relazioni degli altri, come volevo. Lui però non poteva badare a me.

Dissi che non c'era bisogno di badare a me, ero già grande.

Ingrid disse che dovevo assolutamente rimanere per la quarta relazione. Dopo quella della capa di Magnus, Anne, *Sentimenti condivisi nella letteratura transculturale*, toccava a un gentile signore di Londra, un certo professor Werner, sul tema *Rassegnazione*. Che bell'argomento! Non dovevo perdermelo.

Partì dalla dis-illusione in Schiller: "Ti pagherò in un'altra vita, dammi la tua giovinezza!",

proseguì con il concetto di rinuncia in Goethe: "Rinunciare all'inizio parzialmente e poi completamente alla nostra personalità"

e concluse con il disgusto e il "Ne ho abbastanza di morire" scritto da Tucholsky prima di suicidarsi.

In sostanza non disse nulla che non sapessimo già, ma lo disse in una lingua così bella e declamando così bene che tutti ci sentimmo rinfrancati e intrattenuti con garbo, e questo vuol dire molto, vuol dire davvero molto a un convegno di germanisti.

Caso volle che al momento della pausa pranzo io e lui ci ritrovassimo seduti uno di fronte all'altra a un lungo tavolo.

Mi pare che non ci conosciamo ancora, disse il professor Werner, alzandosi in piedi e presentandosi.

Oh, dissi io, presa alla sprovvista da tanta gentilezza. Dissi chi ero e che il suo intervento mi era piaciuto moltissimo.

Disse che ci si era divertito anche lui, e chiese a cosa stessi lavorando.

Disse che anche lui aveva lavorato su testi di memorie, sul *Diary of the Second War* scritto in inglese da Stefan Zweig, per la precisione, e con particolare attenzione agli aspetti linguistici. Ci si era divertito molto.

Fui presentata alle donne che sedevano alla sua destra e alla sua sinistra: Marisa, di Barcellona, che teneva una relazione su Jean Améry intitolata *Individuo e storia*, e Cécile, di Parigi, che già il primo giorno aveva parlato di "etica della memoria".

Era tutto così piacevole, conversavamo così bene che mi ricordai della relazione di Magnus quando ormai era troppo tardi. Mi alzai di scatto facendo tintinnare piatto e posate, lasciai tutto lì e corsi alla sala del convegno, ma la porta era già chiusa. Lo sentivo parlare là dietro. Cos'era peggio: disturbarlo o non farmi vedere per niente?

Che succede?, chiese Edita alle mie spalle, mi passò accanto, aprì la porta ed entrammo insieme.

Durante la sua relazione la porta si aprì e si chiuse ancora varie volte, anche Werner e gli altri arrivarono dopo.

Mi accorsi che a Magnus dava fastidio, ma ero anche contenta di non essere stata l'unica ad aprirla.

Magnus parlava delle riviste tedesche nel contesto dell'esilio parigino. "Das Pariser Tageblatt". "Der Deutsche Schriftsteller". "Freie Kunst und Literatur". "Neuer Vorwärts". "Sozialistische Warte". "Zeitschrift für freie deutsche Forschung". Aveva anche delle immagini, e tuttavia il tema non infiammava gli animi, né lui sembrava esserne particolarmente entusiasta. In diversi passaggi si limitava a snocciolare una frase dietro l'altra, oppure non faceva alcun riferimento all'immagine proiettata. Appena pronunciata l'ultima frase scese dal podio e uscì dalla sala. Evidentemente non si ricordava che era previsto anche un giro di domande.

Esitai un po' troppo a lungo prima di raggiungerlo. Quando finalmente uscii, non si vedeva più da nessuna parte. Mi spinsi fino in strada a vedere se magari era davanti all'albergo a fumare. No. Salii in camera nostra. Bussai. Nessuna risposta. Usai la tessera. Non c'era. Aveva lasciato il telefono sul letto. Quando scesi di nuovo nell'atrio ero sul punto di scoppiare in lacrime.

E allora?, disse Ingrid. Sarà andato a farsi un giro dopo il suo intervento. Non c'è motivo di impanicarsi! Hai un calo di zuccheri? Vogliamo bere una cosa insieme?

Ci si avvicinarono – per l'esattezza si avvicinarono a Ingrid – due uomini che la conoscevano. Feci la conoscenza di Arne e Aleš, anche loro volevano bere qualcosa. Al bar dell'albergo o in città? Venivano dove andavamo noi.

Io dissi che purtroppo ora non potevo accompagnarli da nessuna parte. Se non andavo io non andava neanche Ingrid, e questo dispiacque a tutti molto, soprattutto a me. Non volevo essere un peso.

Non dire continuamente queste cose. Non sei un peso.

Io credo che sia depresso, Ingrid. E non solo un po'.

Su questo lei non poteva pronunciarsi. Non lo conosceva abbastanza.

Ma avete passato insieme una giornata intera!

Non avevano passato la giornata insieme, non da soli per lo meno, e quello che le era parso di capire superficialmente di lui non le dava motivo di preoccuparsi.

Ha lasciato qui il telefono.

È una cosa insolita?

(Come fa a sapere che non è una cosa insolita?)

Arrivarono Cécile e Marisa, con loro c'era un'italiana, Daria, volevano andare in città, assolutamente non al bar dell'albergo che ieri sera era stato teatro, pare, di una "bevuta selvaggia", uno dei presenti oggi non si era neanche visto al convegno, un professore di Bayreuth. Lo sanno tutti che problema ha. Preferisce non spostarsi da quando a un'altra conferenza, dopo aver fatto un giro per la città, non è più stato in grado di ritrovare il suo albergo. Da sobrio è un "*ojo del culo*" ancora più grosso (Marisa), anche qui è entrato facendo confusione durante l'intervento di Daria su Döblin, è stato un'ora a cercare il posto migliore e dopo averlo trovato si è messo a chiacchierare con tutti quelli che gli erano seduti accanto. Daria è ancora giovane, questa era la sua prima presentazione a un convegno internazionale, da quel momento Cécile e Marisa la accompagnano per farle mettere un po' in prospettiva le cose.

Chiacchierarono talmente tanto che Ingrid cominciò a sentirsi stanca. Andrà a sdraiarsi un po', ma io devo andare con loro, certo. Erano incantevoli e io non sapevo proprio cos'altro fare, tanto che alla fine andai. Daria era bellissima e minuscola, indossava tacchi alti che la rendevano un po' impacciata. Trovarono un bar o un caffè e ordinammo tutte e quattro un chinotto, la cosa ci fece ridere. L'altra "donna di rilievo" del convegno – Anne, la capa di Magnus – era insieme agli uomini, ma ora Cécile e Marisa non avevano proprio voglia di gare di celolunghismo accademico, volevano piuttosto un po' di relax sotto forma di interazione sociale su temi banali, ovvero: spettegolare. Mi chiesero di Ingrid e del mio lavoro con lei, eravamo tutte concordi sul fatto che era fantastica. Le due donne più grandi conoscevano anche NC, peccato che non ci sia. È così meravigliosamente autoironico, davvero uno dei colleghi più sopportabili. Dissi che venivo proprio da un colloquio con lui. Vuole darmi solo un "*rite*" per la tesi, ma anche per questo devo rimetterci ancora molto le mani. Daria sgranò i suoi occhi da cerbiatta. Marisa disse che era incinta all'ottavo mese quando le avevano respinto l'intero lavoro dicendo che doveva rifarlo daccapo, e nel giro di tre mesi. Lei allora era andata da un altro professore e aveva avuto un *magna cum laude*.

Un gruppo di convegnisti passò davanti al locale. Anne ci vide, entrò, si infilò tra noi sedendosi nel vano della finestra. Tutte ordinarono un Campari in suo onore, e fu sottoposta a un interrogatorio incrociato su quello che aveva sentito nel suo gruppo. Chi sta con chi e chi contro chi, che novità circolavano tra gli insider? Chi ha un nipote adottivo? Chi ha perso trenta chili e ora ha un aspetto preoccupante, è stata una malattia o una scelta? Chi ha un compagno/a che ha lavorato in una scuola d'élite ora coinvolta in uno scandalo di abusi? Anne disse che avevano passato la maggior parte del tempo ad analizzare i film di *Matrix* con gli strumenti della critica letteraria. Questo piacque a tutte, è una cosa per cui vanno pazze,

Daria soprattutto, che ha studiato anche comunicazione di massa. Il suo primo lavoro era sulle scene alla toilette in *New York New York* (chissà cos'è).

La comparsa di Anne mi mise di nuovo in ansia. Ero in difficoltà a chiederle di Magnus, e non potevo neanche dirle che era sparito da ore. Dissi che non volevo essere scortese, ma adesso dovevo proprio andare. Tutte furono dispiaciutissime e non vedevano l'ora di riavermi con loro l'indomani.

Tornai in albergo con l'intenzione di bussare alla porta di Ingrid (E se dorme? Pace), ma appena misi piede nell'atrio sentii un Ciao! che veniva dal bar, e dunque mi diressi là.

E lui era lì. Di buonumore, in apparenza. Stava ad ascoltare un uomo nel quale riconobbi l'ubriacone maleducato di cui le donne avevano sparlato. Con loro erano seduti altri due uomini di una certa età.

Sei qui allora!

Chi è qui?, chiese il professore sbronzo.

Il barista si avvicinò e mi chiese cosa volevo da bere.

Per me un altro gin tonic!, esclamò il professore sbronzo. Voi che prendete?

Gli altri presero un altro gin tonic, anche Magnus annuì.

Il barista si allontanò di nuovo.

Avrà sentito anche la mia ordinazione?

Cameriere! Un cherry cooler!, gli gridò dietro il professore sbronzo. I due si misero a ridere, Magnus no.

Questa del cherry cooler non la capii, dissi: Nel posto da cui vengo, si beve ginger ale.

Mi fissarono, nessuno rise, non conoscevano la citazione.

Da *Ho affittato un killer* di Kaurismäki.

Magnus teneva gli occhi bassi. Il professore sbronzo mi guardò, fece una smorfia e rivolgendosi agli uomini disse: Come dicevo...

Mi stavo preoccupando, bisbigliai rivolta a Magnus.

Ah sì?, mormorò.

(Ero arrivata in ritardo alla sua relazione. Se non fossi andata al convegno, come avevamo deciso, non sarebbe successo.) Mi dispiace essere arrivata in ritardo, sussurrai.

Alzò le spalle. Non mi guardava.

Gli altri tre, a quanto pareva, parlavano di tipi di gin. Non riuscivo proprio a seguirli. Di colpo erano in Italia. Ah, ecco, per via del Negroni! Anche in quel caso potevo solo stare lì come un'idiota. A proposito di vino rosso anche Magnus poté dire qualcosa, e visto che eravamo passati alla Francia prima o poi il discorso sarebbe caduto anche sull'assenzio... avevo proprio fatto male a fermarmi.

Vado di sopra, sussurrai a Magnus.

Annuì senza guardarmi.

Mentre andavo all'ascensore incontrai di nuovo le donne.

Cos'è un cherry cooler?, chiesi.

Cherry è un termine gergale per indicare l'organo sessuale femminile e *cooler* qualcosa per raffreddare, disse Anne.

(Ma certo!)

Non sarai mica andata al bar?, chiese Cécile.

Daria sgranò gli occhi.

Io dovevo essere rossa come un peperone.

Non te la prendere, disse Marisa. Non ne vale la pena.

Salimmo in silenzio con l'ascensore.

Arrivai al mio piano, uscii, chiamai l'altro ascensore, ci entrai, tornai di nuovo di sotto, andai al bar. Ordinai un'acqua tonica.

È tornata la capa!

Sorrisi con labbra rosso sangue. Mi appoggiai a Magnus, presi un sorso dal mio bicchiere e dissi:

Lei dunque è il professor Kubach. Ho già sentito parlare di lei.

Mi guardò. Io lo guardai, sorridendo. Sentivo che Magnus tratteneva il respiro accanto a me. Scostò brusco la spalla, in modo che non ci fosse più alcun contatto fisico tra noi. Io tesi la mano:

Mi chiamo Muna Appelius. Faccio ricerca all'università di Vienna su autobiografia e autorappresentazione femminile.

Bene, bene, disse Kubach.

Non mi strinse la mano. La ritrassi.

Anche mia madre è alcolizzata, dissi. E anche lei diventa volgare quando beve. Sessista no, però.

Lei è una di quelle, dunque, mormorò Kubach dandomi le spalle.

(Non starò certo qui a chiedergli "Di quelle come?". Di colpo sembra così afflitto. La vita è dura, oh sì, e l'inferno sono gli altri, lo so.) Svuotai il mio bicchiere, sorrisi ancora una volta alla compagnia, accennai un lieve inchino: Signori! E me ne andai.

In ascensore mi venne in mente che sarebbe stato ancora meglio se avessi anche pagato il mio drink. Troppo tardi.

Magnus salì non molto più tardi. Ero in piedi seminuda al centro della stanza. Non di proposito, mi stavo semplicemente svestendo. Si fermò sulla porta, mi guardò. Come se non avesse idea di cosa ci fosse in mezzo alla sua camera.

Tu lo sapevi che significa cherry cooler?, chiesi.

Camminò verso il centro della stanza, verso di me, poi mi passò accanto e si diresse verso il bagno.

Sul serio? Mi stai ignorando, stronzo?

Si voltò e mi diede uno schiaffo sulla bocca. Così veloce che sentii il formicolio alle labbra prima ancora di percepire il movimento.

Non parlare in questo modo con me!

Lo schiaffo non era stato forte, ma lui aveva quello sguardo folle che avevo visto l'ultima volta negli occhi di Arnold. E prima, per un breve istante, prima che si sciogliesse in rassegnazione, nel professore sbronzo.

E che lui lo sapeva! Fin dal momento che ero piombata a colazione! Non avevamo forse detto che non sarei venuta, che non gli sarei stata addosso e che non lo avrei distratto e che non lo avrei messo in situazioni imbarazzanti? E cosa avevo fatto invece? Proprio questo, naturalmente! Ora tutti sapevano che stava con una cialtrona qualsiasi, una che se la fa con chiunque o attacca briga con chiunque, ma per il resto non sa mai dare un contributo minimamente rilevante! Ne ha abbastanza di questo circo! Che veda di levarmi dai coglioni, non vuole più vedermi qui!

Fin dal momento *in cui* ero piombata a colazione.

Il fatto che non osassi dirlo ad alta voce mi rese furiosa. Sentivo il sudore che cominciava a colarmi sotto le ascelle e sotto il seno, freddandosi immediatamente. Magnus iniziò a raccogliere le mie cose in giro. Infilava nel mio zaino tutto quello che trovava. Io non riuscivo a muovermi, tremavo in tutto il corpo, mi tremava anche la voce:

Buttami fuori e tutti si accorgeranno che mi hai picchiata! Invece di difendermi e di proteggermi!

Gettò a terra lo zaino con un gesto secco e venne verso di me.

Ma perché, cazzo?

Indietreggiai di qualche passo, andai a sbattere contro il letto, dovetti sedermi. Si fermò di fronte a me, le gambe schiacciate contro le mie. Fui costretta a piegare il collo all'indietro per guardarlo in viso. Sentii il dolore che mi saliva in mezzo alle scapole.

Perché devi essere una cazzo di piaga?

Bisbigliava e urlava al tempo stesso.

Dovetti appoggiarmi tutta all'indietro, puntellandomi per non cadere.

A quanto pare non mi bastava essere sempre un peso e un motivo di imbarazzo, è chiaro che ero al mondo per fare quanto più danno possibile!

(E a chi avrei fatto danno? Non ho danneggiato nessuno! Un peso e un motivo di imbarazzo può essere, ma non ho... ho minacciato, questo sì.)

Azzardati solo a toccarmi un'altra volta!, riuscii ad articolare prima di cadere sui gomiti sopra il letto morbido, uno scarafaggio sulla schiena. Approfittò di quell'istante per staccare le ginocchia dalle mie, la pressione acuta, dolorosa, diminuì, ma così mi ritrovavo in una posizione ancora più instabile. Mi ritirai su a fatica. Ma lui si era già voltato dall'altra parte.

E va bene. Allora se ne sarebbe andato lui. Avevo vinto. Brava, avevo rovinato tutto. Ma una cosa me la voleva dire, se solo osavo rovinargli la reputazione raccontando in giro qualche stronzata...

La frase non finiva più. Cominciò a scaraventare le sue cose dentro un trolley. Seduta sul bordo del letto, mi chiedevo cosa fare. Quando entrò in bagno per prendere le sue cose, corsi alla porta della stanza e mi ci piantai davanti.

Mi afferrò per il braccio senza dire una parola e mi riscaraventò in camera. Come poteva avere tutta quella forza? Volai come una bambola, e caddi battendo la testa sullo spigolo del letto. Un letto basso, rivestito di stoffa, non mi tagliai, faceva solo male.

Quello per lui sarebbe stato il momento di andarsene, ma la caduta contro il letto lo bloccò. In preda alla frustrazione lasciò cadere la valigia, tornò indietro, mi tirò su. La mia testa seguì in ritardo, dolorante. La prese tra le mani, la girò di qua e di là. Non si vedeva niente. Mi guardò negli occhi. Spremetti via le lacrime per vederlo bene.

Maledizione, disse.

Ssh, disse. Non una parola!

Ssh!, continuò a ripetere mentre si sdraiava con tutto il suo peso sopra di me. Poi mi mise entrambe le mani intorno al collo. I pollici finirono nella fossa giugulare. Se mi muovevo la pressione aumentava, così rimasi ferma. Ero zuppa di sudore e di lacrime. Mi tenne stretta in quel modo per tutta la notte. Era tutto salato. Restammo così fino al mattino dopo.

Facemmo colazione in camera. Al mattino c'era un altro evento a cui tutti i relatori del convegno dovevano partecipare. Disse che doveva almeno farsi vedere, ma che io sarei rimasta in camera.

A Ingrid, al telefono, dissi che avevo mal di gola e che non volevo contagiare tutti. In effetti avevo la voce un po' rauca. Di lì alla partenza non ci vedemmo più.

Magnus spostò i nostri voli, in modo che non dovessimo andare in aeroporto con gli altri. Mi comprò un foulard di seta che ebbi il permesso di togliere solo una volta arrivati a casa sua. Era un foulard rosso con un motivo stilizzato a fiori bianchi. Si intonava perfettamente alle mie labbra.

Per tre giorni non mettemmo piede fuori. Lui lavorava da casa, andava a fare la spesa, cucinava. Le notti le passavamo abbracciati stretti. Il quarto giorno vidi che non c'erano più segni su di me, e tornai alla villa.

15.
La faccenda del secrétaire

Tu hai qualcosa!, disse Katja. Proprio lei dovevo trovarmi fra i piedi in cucina. Corsi in bagno ma non c'era un bel niente, al massimo un piccolo arrossamento sulla clavicola, ma sembrava solo che mi fossi grattata. Per sicurezza, prima di presentarmi a cena con gli altri, coprii il punto con un po' di fondotinta. Judit e Albert mi tempestarono di domande, come se ci fosse urgenza di sapere dov'ero stata, cosa avevo fatto. Come sempre, in realtà. Forse mi fissavano un po' più del solito. Risposi con un tono che ostentava sincerità senza riserve. Vienna, il professore, la tesi, le ricerche, la frustrazione. Temo che non diventerò mai una ricercatrice, se potessi lascerei perdere tutto, mi diverte molto di più lavorare con Almut, credo che in futuro mi concentrerò su questo, su una carriera nell'editoria cioè, ma devo trovare qualcosa dove paghino un po' meglio. Parlai delle ansie per la mia carriera finché il loro interesse per me sembrò finalmente essersi placato. A loro piaceva quando la gente raccontava le sue preoccupazioni. Se videro il graffio, se Katja disse qualcosa oppure no, non venne fuori mai. Tra l'altro, mentre parlavo di autobus, di archivi e del mio vecchio laptop sovraccarico e lento, mi era anche venuta in mente la migliore delle spiegazioni, peraltro abbastanza vicina alla verità: è successo facendo sesso. Non me ne vergogno ma non voglio neanche finire sotto esame per questo, sono affari miei. Così andava bene, era la cosa migliore da dire, ma alla fine non ce ne fu bisogno perché finalmente entrò in scena la bimba in affido di Katja – un'imbronciata treenne di nome Audrey – e tutti gli altri finirono nel dimenticatoio.

Katja, Judit e Albert gravitavano per tutto il tempo intorno alla bimba, e anche a cena era naturalmente al centro dell'attenzione. Joana si rivelò "una maestra d'asilo nata", una professione che in effetti avrebbe svolto volentieri, peccato non avere la formazione adatta. Con mia sorpresa, a differenza di quanto era accaduto con Alfie e May, non nacque in me un affetto spontaneo nei confronti di Audrey. La guardavo e non mi piaceva. Il suo viso. Non avrei immaginato che il viso di una bimba potesse non piacermi. Aveva labbra così sottili, pensavo mentre faticavo a addormentarmi. Poi mi vergognavo di averlo pensato. La treenne ha labbra troppo sottili. E poi capii: la madre biologica aveva solo quindici anni più di lei. Aveva dovuto aspettare di diventare maggiorenne per potersene liberare senza il permesso della sua, di madre. La piccola ha semplicemente ricevuto troppo poco amore. Allora versavo qualche lacrima per la povera piccola Audrey, e mi sentivo un po' meglio. Non le ronzavo intorno, gli altri lo facevano già abbastanza, ma quando di tanto in tanto mi gettava uno sguardo circospetto le sorridevo, perché vedesse che non ero sua nemica.

Alla fine le mie lamentele della prima sera si rivelarono doppiamente efficaci, perché non solo distrassero dalle mie faccende personali, ma mi telefonò anche Almut, e dal modo in cui si espresse capii chiaramente che Judit le aveva parlato. Non è un lavoro nell'editoria, disse, ma aveva sentito che c'era la possibilità di candidarsi come collaboratrice per un centro studi appena fondato, Gender and Culture. La direttrice era una sua ex studentessa. Le aveva già parlato di me. Si chiama Bianca. È una persona intelligente e corretta, sicuramente mi tratterà bene, anche se è il suo primo incarico da direttrice.

Magnus, festeggiamo! Ho un lavoro per praticamente tre anni! All'università! Al centro! Studi! Gender! and Culture! Sei contento per me? Ora andrà tutto bene, andrà tutto bene trallallà!

Ho lasciato la ricerca e l'appartamento a Vienna! Ho detto a NC che voglio mettere in pausa la tesi per un po'! Per vederla un po' a distanza e in prospettiva, e perché adesso, con un lavoro a tempo pieno, potrò starci dietro ancora meno! (Ingrid non è contenta, ma ovviamente non può essere lei a decidere dove e come fare qualcosa della mia vita!)

Bianca è una storica dell'arte e ha già un bambino, lo aveva con sé, si è addormentato sul tavolino del bar, qualcuno gli ha scattato una foto e Bianca ha detto, non fotografi mio figlio per favore, e in un modo così gentile, però deciso, che di certo ho ancora molto da imparare da lei, con tutto che è poco più grande di me.

Siamo quattro tutor, e lavoreremo nella nuova palazzina di uffici in due stanze contigue, accanto al bologna.lab e al centro studi sull'Est Europa!

L'obiettivo di garantire che persone appartenenti a tutti i generi abbiano pari accesso a posti apicali in ambito accademico e nella gestione delle politiche culturali non si realizzerà senza cambiamenti strutturali e culturali nella ricerca e nelle università! Per questo rafforzeremo la ricerca di genere nei vari ambiti accademici e ne promuoveremo il networking internazionale!

Internazionalizzeremo la ricerca e la didattica nel campo della ricerca interdisciplinare di genere e aumenteremo le possibilità di successo per i progetti in corso con l'inserimento di ricercatori e ricercatrici internazionale in progetti coordinati!

Sì, è questo che faremo! È questo che faremo! Cominceremo organizzando un convegno e aprendo una pagina web. Dal momento che dobbiamo comunicare a livello internazionale, dovremo essere in ufficio a volte la mattina, a volte la sera e qualche volta dalla mattina alla sera, come veri professionisti!

Io mi occuperò soprattutto della realizzazione del magazine online e della newsletter! Che ne pensi di un nome come "GenZine"?

Magnus disse che era contento che avessi trovato una cosa che mi piaceva.

Anche alla villa le cose tornarono a essere piacevoli. Alla fine delle cinque settimane di ambientamento Katja preferì trasferirsi con Audrey in una casa tutta sua, Joana conobbe un tipo nuovo e lasciò a sua volta la villa. Christian, il pittore, era sparito già prima, ma io me ne accorsi solo quando trovai una cinese che si preparava da mangiare in cucina. Si chiamava Yini, era pittrice anche lei. Nella stanza di Katja venne ad abitare una mezzosoprano francese di nome Carole, che aveva due ingaggi in teatri dell'opera berlinesi. Le permettemmo di esercitarsi in mansarda nella stanza con la cyclette, perché era quella più isolata. Allenamento, letture e canto si intralciavano solo nei fine settimana, in cambio Carole ci procurava i biglietti per i teatri in cui si esibiva – non gratis, ma a prezzo ridotto – e io potei prendere lezioni di canto da lei. Provammo ad abbassare la mia voce da mezzosoprano di quelle due note che mancavano per arrivare al contralto, perché nei cori i contralti sono più richiesti dei mezzosoprano. La mia non è una voce da solista, ma a un coro amatoriale di livello buono o molto buono ci posso arrivare. Durante le cene comuni continuavamo a parlare in tedesco, ma chi riusciva ad avere Carole per una conversazione a due (Judit o io) cercava intanto anche di migliorare il francese.

Il lavoro per il centro studi era facile e consisteva principalmente nel gestire molta corrispondenza. Il primo numero di "GenZine" era dedicato alla comunicazione in rete da un punto di vista di genere. Il mio compito era trovare persone che scrivessero un contributo, fare in modo che lo consegnassero, correggere i testi e ricorreggerli una seconda volta dopo l'intervento del webdesigner. (Io capisco che le formattazioni spariscano, ma qualcuno può spiegarmi come fanno errori di battitura successivi ad arrivare nei pdf?) "GenZine" usciva solo due volte l'anno, il tempo a disposizione poteva sembrare tantissimo, ma veniva continuamente fuori che non lo era. Era compito mio far capire ai collaboratori che le deadline non si potevano sforare all'infinito, altrimenti usciamo il semestre prossimo e non è questo che abbiamo promesso ai nostri lettori, ai nostri finanziatori e ai nostri supervisori. Con la newsletter mensile che segnalava concorsi, bandi e iniziative, e di cui mi occupavo sempre io, succedeva lo stesso, con la differenza che se nessuno mi forniva i contenuti potevo trovarli io stessa. Al centro studi eravamo tutte donne, quella che mi piaceva di più era Réka, che aveva studiato da documentarista e che però, dopo essere arrivata allo stremo facendo da assistente a un regista di grido, ora preferiva lavorare come assistente di Bianca, il cui compito consisteva nel far conoscere il centro studi all'esterno e nel consolidarlo all'interno ("In qualità di ministra degli Interni...", "In qualità di ministra degli Esteri..."), intanto lavorava anche a un documentario sul tema della memoria. Sia Réka sia io la informavamo con piacere quando ci imbattevamo in qualcosa che poteva essere rilevante. Ogni tanto andavamo anche insieme alla cineteca.

Venne a trovarmi Ingrid, così ebbi la possibilità di mostrarle che stavo benissimo e non solo di dirglielo per telefono. La portai all'opera e mi sedetti tra lei e Magnus ad ascoltare Carole che interpretava Mallika in una versione anticolonialista del *Duetto dei fiori*. La portai a mangiare con Bianca e Réka, in modo che si conoscessero. Ingrid parlò molto di Sonja, e tutte le cose che fa Sonja, di Elisabeth, e quello che fa Elisabeth, e quello che fa Walter. *Nuove scrittrici*, la nostra collana con la Eumeniden, era arrivata a due volumi. Ora Walter stava dietro a una nuova collana sulle serie tv. Quella è già al quarto volume. E NC? Al momento è a Bolzano per un semestre.

Lo vai a trovare?

Sì. La famiglia è rimasta a Vienna.

Secondo me Cornelia lo sa.

Ingrid alzò le spalle.

Non ne parlate?

Non ne parliamo.

Quanto a lei, si era candidata per un posto a Salisburgo.

Accetteresti anche un posto, diciamo, in Australia? Dove non potreste vedervi così spesso?

Ingrid non va pazza per l'Australia.

Ma non rimarrei a Vienna per lui, se è questo che intendi.

Rinunceresti a lui per la carriera?

Sì, rinuncerei anche a lui, disse Ingrid, e sorrise.

Dopo neanche sei mesi Magnus vinse un posto a Basilea. E adesso?

E adesso cosa?

Decidemmo che avrei lasciato la villa e mi sarei stabilita nel suo appartamento, così non doveva disdirlo, caso mai a Basilea non gli avessero prolungato il contratto. Lui era disposto a continuare a pagare metà dell'affitto. L'appartamento di Basilea era arredato, potevamo fare avanti e indietro con una borsa e basta, un fine settimana ciascuno se il lavoro lo permetteva. Ci sono persone che detestano la routine, ma a me e Magnus piaceva sapere con cosa dovevamo fare i conti. In generale era lui a venire a Berlino perché gli serviva una cosa o un'altra, ma tra le varie visite avevo tempo a sufficienza per accarezzare ogni suo singolo capo di abbigliamento e per sfogliare ogni singola pagina dei suoi libri. Due anni e mezzo sono niente, non solo avrei resistito fino alla fine del mio lavoro, ma direi quasi che il periodo trascorso come guardiana del suo appartamento sia stato fra i più belli della mia vita. Poi però doveva mettercisi di traverso quella faccenda del secrétaire.

Uno spilungone con la riga da una parte mi fermò all'università. Ciao, disse. Sono Konstantin, sai no?, del centro studi sull'Est Europa.

Non lo sapevo, ma mi sembrò di averlo visto a margine di qualche evento o nei corridoi.

Senza dilungarsi troppo mi spiegò perché mi aveva fermata: perché aveva sentito dire che a casa mia c'era una stanza in più.

(Da chi, come?) (E: potrebbe mai essere? Una stanza in più?) Dissi che non era vero, è solo che il mio compagno (arrossii un po') era spesso in viaggio.

La affittereste a giornate, quando non ci siete?

Dissi che non credevo che al mio compagno sarebbe stato bene. E non stava bene neanche a me. E perché, poi?

Konstantin non mi mollava, mi seguì dentro la caffetteria senza smettere di chiacchierare. E quanti amici aveva in giro per il mondo (tanti!), artisti e ricercatori, lui coltivava con coscienza questi rapporti ed era contento di poter essere d'aiuto quando i suoi contatti erano in città. Nessuno di loro navigava nell'oro, bisognava mostrarsi solidali. In parole povere la questione era che *noi* dovevamo dare alloggio a tutta questa gente in modo che *lui*, quando andava a trovarli, avesse a sua volta un posto dove stare.

Capito, dissi. Solidarietà internazionale, fare rete eccetera eccetera, sono cose con cui ho a che fare ogni giorno.

Per un attimo ci fu silenzio, lo vidi parlare con Réka che a quanto sapevo abitava in un monolocale, ma alla fine, dopo che Konstantin ebbe convinto anche Bianca a ospitare a casa sua un'ucraina e una bielorussa che partecipavano a una tavola rotonda organizzata da lui, mi dissi anch'io disponibile a lasciare l'appartamento ai suoi ospiti durante un fine settimana in cui avrei raggiunto Magnus a Basilea.

I due, a detta sua degli artisti georgiani, arrivarono troppo tardi. Non avevo il loro numero di telefono, così telefonai a Konstantin. Disse che se proprio dovevo correre in aeroporto bastava che lasciassi le chiavi da qualche parte. Così feci. Sapevo solo i nomi, Elena e Goga, e li scrissi sulla busta. La lasciai al chiosco dei kebab due palazzi più avanti, perché era l'unico che rimaneva aperto abbastanza a lungo.

Avevo sistemato l'appartamento, messo nel letto lenzuola pulite e lasciato sul tavolo di cucina un biglietto con due righe in cui dicevo di prendere pure dal frigo quello che volevano.

Quando tornai, le mie chiavi non erano al chiosco. Il kebabbaro non era lo stesso a cui le avevo lasciate. Parlava male tedesco, ma a un certo punto riuscimmo a capire qual era il collega che cercavo. Discussero di qualcosa al telefono e poi il mio kebabbaro mi riferì che sì, le chiavi erano venuti a prenderle, però non le avevano riportate.

Konstantin disse che non ne sapeva nulla. No, non li aveva incontrati durante il fine settimana, non erano direttamente suoi ospiti, aveva solo fatto un favore a un'altra persona. Al conoscente di un conoscente, una buona conoscenza, non nel senso che lo conosceva bene ma nel senso che era docente all'università tal dei tali.

Fai un favore a qualcuno usando il *mio* appartamento?

E Konstantin, daccapo, che dovevamo darci una mano a vicenda eccetera.

Okay, dissi, allora dai una mano a me, visto che sono praticamente in mezzo alla strada.

Disse che potevo dormire da lui senza problemi, però aveva una sola stanza e un solo letto.

Mille grazie, dissi, e chiamai un fabbro.

Nell'appartamento di Charlottenburg un ingresso c'era solo in teoria, in realtà non era che un piccolo restringimento tra la parete del bagno da un lato e la parete della camera da letto dall'altro, non appena facevi un passo dentro vedevi subito tutto il soggiorno in diagonale, fino al punto in cui si trovava una pianta di banano nano, tra il secrétaire e la porta del balcone anteriore. Una foglia della pianta di banano era spezzata.

Non andai subito fin là, prima gettai uno sguardo in camera da letto. Il letto non era stato toccato, le ante dell'armadio a muro erano chiuse.

Lanciai un'occhiata in bagno. Difficile dire se fosse stato utilizzato.

Il biglietto che avevo lasciato in cucina era un po' storto sul tavolo. Aprii il frigo. Non mancava nulla.

Ora però devi deciderti a girarti e a guardare di nuovo la pianta di banano, la foglia spezzata. Magari si era spezzata da sola, sotto il proprio peso. Ma era più probabile che fosse stato per il peso di qualcun altro. La stessa persona che aveva anche scassinato il secrétaire. La ribaltina era accostata, ma già dalla porta d'ingresso si vedeva che non era più chiusa a chiave. La scalfittura chiara nel legno, nel punto in cui il pannello era stato forzato, sembrava quasi brillare.

Le gambe mi tremavano, mi tremavano le dita quando aprii la ribaltina. Temevo che sarebbe caduta per terra, invece tenne, pendeva solo un po' dalle cerniere, dopotutto era piuttosto vecchia. Dietro c'erano due cassettini e degli scomparti aperti in cui qualcuno aveva rovistato. Non avendo idea di cosa contenessero di solito, ovviamente non potevo sapere se i ladri avessero trovato qualcosa di loro gradimento. Ora c'erano solo foto sparpagliate. Nei tre cassetti sotto la ribalta: foto e rullini, fogli, album di negativi.

L'unica cosa di cui potei stabilire l'assenza in modo

inequivocabile era il lettore dvd. La televisione e il grosso computer, evidentemente, gli erano sembrati troppo pesanti. Mi sembrò che avessero tirato fuori anche alcuni dei libri che io rimettevo sempre a posto con tanta cura, per verificare a campione se ci fosse qualcosa tra le pagine. Avevano guardato anche dentro alcuni dei contenitori in cucina, i tappi non erano più esattamente come prima. Ma i soldi per le spese di casa non li tenevamo nel barattolo del caffè. E neanche sotto il materasso. E neanche in mezzo alla biancheria.

Con le dita sudate telefonai a Konstantin.

Konstantin disse che potevo dire quello che volevo.

Come, scusa?

Come faccio a sapere che non era così già prima?

Che il secrétaire era scassinato?

Come faccio a saperlo, ripeté Konstantin. Solo perché sono dell'Est Europa, non vuol dire che sono in automatico dei ladri.

Ma questi *sono* ladri! Se sono dell'Est Europa non lo so, ma che sono ladri lo vedo.

La conversazione, in sostanza, si riduceva al fatto che era tutta colpa mia. Se lascio le mie chiavi chissà dove per degli sconosciuti, lo faccio a mio rischio e pericolo.

Riuscii a dominarmi quanto bastava per dirgli di telefonare alla sua buona conoscenza, a cui potevamo dire grazie per questa gente.

Disse che non voleva disturbarlo a un'ora così tarda, e magari anche offenderlo, meglio domani, magari nel frattempo mi rendevo conto che le cose erano così già da prima.

Sei scemo?

Io no, e *tu*?

Io sto davvero per uscire di testa! Chiamalo!, tuonai,

oppure lo chiamo io, riuscirò a scoprire chi è e manderò la polizia a cercarti, ci siamo capiti?

E riattaccai. Aspettai, a lungo. All'una di notte lo richiamai. Era già andato a letto.

Come puoi andartene a dormire come se niente fosse?

Come puoi svegliarmi nel cuore della notte?

Ovviamente non aveva fatto nessuna telefonata. Mandò al suo conoscente una mail, gli sembrava più consono. E ora dobbiamo aspettare che risponda. Al conoscente non aveva detto di cosa si trattava, solo che aveva bisogno di contattare direttamente Elena e Goga. Dover fare tutto questo per lui era stato molto spiacevole.

Anche la situazione è molto spiacevole, Konstantin.

Passai la notte a riesaminare l'appartamento, ogni singolo dettaglio, ma non cambiava nulla: il secrétaire scassinato e il lettore dvd sparito parlavano chiaro. E le mie chiavi scomparse.

Aspettai fino alle otto. Mi sembrava il momento più adatto per telefonare a Magnus, non troppo presto, non troppo tardi.

Magnus, dissi, ci sono entrati in casa. Hanno forzato il tuo secrétaire.

Mi tremava la voce.

Hanno rubato qualche cd e il lettore dvd. Forse anche una bottiglia di vino, ma non sono sicura. Hanno cercato i soldi dappertutto, ma ovviamente non hanno trovato niente. Non hanno fatto danni, solo spostato un po' le cose. Nell'insieme abbastanza senza senso, non hanno preso niente di valore, hanno solo danneggiato il mobile.

No, non ho ancora chiamato la polizia. Ho passato tutta la notte a convincermi che forse non era così, ma il lettore dvd e il secrétaire…

Lui prese tutto con molta calma. Mi ordinò soltanto di telefonare alla polizia. Avrei dovuto sentire subito la polizia.

(Per quanto tempo può tremare una persona, prima di svenire?)

Ci vollero due ore prima che la polizia arrivasse. Tempo a sufficienza per farmi venire in mente che sulla porta dell'appartamento non c'erano segni di effrazione. Raccontai ai due agenti che avevo perso la mia chiave. Per mia sfortuna andarono a chiedere al kebabbaro se avesse visto qualcosa, e fui smascherata. Il cuore mi batteva dolorosamente in gola quando tornarono a chiedermi se era vero che avevo lasciato le chiavi al chiosco.

Perché non ha detto subito la verità?

Perché ho fatto una sciocchezza.

Mi informarono del fatto che era un reato diverso se si scassina una porta o se si riceve la chiave per aprirla.

Lo capisco.

E che dando indicazioni false avevo commesso a mia volta un reato. E questo, naturalmente, era rilevante anche per l'assicurazione.

Io neanche lo so se abbiamo un'assicurazione.

Il kebabbaro aveva fornito una descrizione approssimativa dei colpevoli. Un uomo indiano e una donna che sembrava orientale, entrambi sui vent'anni. Le dice qualcosa?

No. Dovetti ammettere che non li conoscevo, era stato un conoscente a fare da intermediario. Gli diedi il nome di Konstantin, alla fine era il minimo.

Magnus mi credette in tutto, perché non avrebbe dovuto, del resto. Portò il secrétaire dal restauratore che glielo aveva venduto. Facemmo cambiare la serratura. Tornerà tutto a posto.

Tutto sarebbe tornato o rimasto a posto se il verbale della polizia fosse arrivato una, due o cinque settimane dopo, in un giorno feriale, ma no, doveva arrivare per forza quattro settimane dopo, di sabato, e così finì in mano a lui.

Con una mano reggeva la lettera, con l'altra mi mollò uno schiaffo. Chiusi gli occhi prima di quello successivo. Al terzo caddi a terra. Non aprii più gli occhi finché non ebbe smesso.

Brutta merda schifosa.

Non so se era la sua voce, o qualcosa dentro la mia testa a dirmi la verità su di me. Poi il ronzio del sangue nelle orecchie diventò così forte che non sentii più nulla, neanche un pensiero. Era la carotide, che lui stringeva schiacciandomi contro la parete.

Di nuovo fu costretto a rimanere diversi giorni in casa per colpa mia. Quando ripresi conoscenza, aveva già messo fuori dalla mia portata il mio cellulare e il mio computer, e smontato la maniglia dalla finestra in camera da letto. Aveva abbassato le veneziane ma senza chiuderle del tutto, in modo che filtrasse ancora un po' di luce. Questo mi fece capire che anche stavolta mi avrebbe perdonata, dovevo solo aspettare. In quel periodo dormì sul divano in soggiorno, dove io non potevo entrare, né potevo andare in cucina, solo in bagno. In bagno potevo anche bere, ma quanto avrei resistito senza mangiare?

Un giorno di sicuro. Poi, mentre lui era in bagno, sgusciai in cucina. Tutte le mie provviste erano state gettate via. Rimasi ferma lì, accadesse quel che voleva.

Lui uscì dal bagno, lanciò un'occhiata nella mia direzione ma il suo sguardo non arrivò fino a me.

Magnus, dissi.

Finalmente mi mise a fuoco.

Disse che aveva disdetto l'appartamento. Purtroppo andava dato un cazzo di preavviso di sei settimane entro la fine del trimestre, che è appena passata, per colpa mia dovrà pagare quell'affitto di merda per altri quattro mesi. Se volevo finalmente decidermi a non essere una parassita totale, potevo metterci io quei soldi.

Naturalmente, dissi.

Mi voltò le spalle e accese la musica. Pergolesi, *Stabat Mater*. Mi brontolava lo stomaco, ma in casa non c'era niente da mangiare. Sullo scaffale era rimasto un pacchetto di biscotti d'avena che mi causavano coliche intestinali se solo ne mettevo in bocca più di uno. Che ce li avesse lasciati apposta? Li presi e li portai di nascosto in camera. Fu facile. Non faceva caso a me.

Non potevo mangiare un solo biscotto. Li mangiai tutti. Mi accasciai sulla tazza del cesso maledicendomi. Sicuramente non sarà contento se occupo il bagno per ore, consumo la carta igienica, e poi l'odore! Ma che potevo fare? Aprii la finestrina, spruzzai un po' di profumo e mi infilai nella doccia.

Entrò che ero ancora gocciolante, mi guardò. Guardò il mio corpo, con attenzione. L'avevo guardato anch'io. Non si vedeva quasi più nulla. Solo qualcosa intorno alla gola. E sotto gli occhi i punti irritati dall'acqua salata, ma il giorno dopo sarebbero spariti anche quelli.

Prese l'asciugamano e me lo passò addosso. Sfregava con energia. Io stavo lì in piedi e lasciavo fare, voltandomi solo quando mi spingeva con delicatezza da una parte o dall'altra. Mi scompigliò i capelli. Solo alla fine mi sfregò con forza in mezzo alle gambe. Mi prese per mano e andammo in soggiorno. Facemmo sesso sul divano. Piangevo di sollievo e di angoscia.

Smetti di piangere, disse.

Cercai di coprirmi il viso, ma non riuscivo a evitare che le lacrime mi colassero dagli occhi. Ma almeno stavo zitta. Ripresi a singhiozzare quando disse:

Tutto andrà meglio quando saremo entrambi a Basilea.

Prendemmo l'aereo. Io ebbi il permesso di portare una valigia.

16.

"…dormire accanto a te e farti la spesa e portarti le borse e dirti quanto mi piace…"

Non lo fare, disse Ingrid al telefono.

L'ho già fatto.

Sei a Basilea?

Sì…

Col centro studi a Berlino avevo firmato un contratto, ma non potevano mica tenermi legata.

Lo so, non va bene, una non può squagliarsela così, ma non c'è altro modo. Avrei anche potuto ammalarmi.

E che nome avresti dato alla tua malattia?, chiese Ingrid.

Lei poteva darsi malata ufficialmente, nel mio caso la formulazione adatta era "per urgenti motivi personali" e "rescissione immediata del contratto".

Bianca non prese molto bene il fatto che non fossi neanche passata in ufficio per licenziarmi di persona. Là c'erano ancora cose mie. Non molto: un cardigan, un paio di orecchini, un rossetto, un quaderno. Non sapevo nemmeno più cosa ci fosse scritto.

Bianca acconsentì a spedirmi tutto, ma dal modo in cui lo disse era chiaro che non lo avrebbe fatto. Riattaccò senza chiedermi un indirizzo.

Anche nell'appartamento di Charlottenburg erano rimaste cose mie, speravo che sarebbero state consegnate a Basilea insieme ai libri di Magnus, ma non accadde. Aveva dato ai traslocatori disposizioni precise su cosa dovevano prendere e cosa no. Il resto andava buttato. Anche questo aveva dei costi. Mi mise il conto davanti senza dire una parola, io lo saldai. Mi fece male, ma ne fui anche sollevata. Chi è disposto a pagare per i propri errori senza lamentarsi merita di essere apprezzato.

Non lo fare, disse Ingrid. E se lo hai già fatto: annulla tutto. Riparti. Prega che ti riprendano al lavoro. O se non vuoi vieni a Vienna, ti troveremo qualcosa.

Cosa?! Mi misi a ridere.

Ingrid disse che aveva sperato di non dovermelo dire mai, che ci sarei arrivata da sola: quell'uomo non è una persona a posto. Uno che prende a schiaffi la sua ragazza in una stanza d'albergo quando il giorno prima ha proposto a un'altra di scappare con lui.

??!!?? Non emisi un fiato, neanche una risata. Che diamine le era preso?

La cosa della stanza d'albergo non la disse, in realtà, non la poteva sapere, quel che disse fu che lui mi aveva presa in ostaggio, mi aveva isolata e strappata alla mia stessa vita...

(In che senso? C'è forse un'altra vita al di là della propria?)

...e che lei aveva rinunciato a condividere lo stesso onore.

Mi dispiace di non avertelo detto subito. Pensavo che magari era stato solo uno scivolone da parte sua.

Ingrid disse che al convegno di Zurigo lui sapeva già della possibilità di andare a Basilea. Non le aveva chiesto di andare con lui "nel caso". Le aveva detto che *avrebbe dovuto* farlo. Tanto la storia con NC non aveva prospettive. Lei non gli aveva chiesto quali sarebbero state invece le prospettive con lui, non voleva neanche entrarci in un discorso del genere, aveva chiesto di me. Quali prospettive vedeva *con me*.

(Sto per soffocare!)

E c'era stata, una risposta? No. Neanche evasiva. Non aveva detto un bel niente. Era rimasto lì seduto con lo sguardo perso finché qualcuno non gli si era seduto accanto, e loro avevano continuato a fare finta di niente.

(Quant'è infame, quanto è subdola! Sa benissimo che ero preoccupata per il primo giorno di convegno, gliel'ho detto, e adesso ne approfitta! Ma che si crede?! Non è poi così bella e intelligente! Anch'io avrei potuto avere NC, se solo avessi voluto! Sono più giovane, più sana, ho di gran lunga più sex appeal...)

Riattaccai e basta.

Sonja chiamò il giorno stesso, e disse che sapevo benissimo che Ingrid diceva la verità. Lei dice sempre la verità.

Riattaccai di nuovo.

NC chiamò il giorno dopo, ancora più subdolo. Fece finta di chiedere soltanto del mio lavoro.

Dissi che se non fossi riuscita a finirlo nei primi sei mesi a Basilea avrei lasciato perdere definitivamente.

Disse che era contento di leggere cose mie, in qualsiasi momento.

Grazie, dissi.

Dopo tutte quelle telefonate con Vienna ero così logorata da non provare più nulla, e da riuscire a credere perfino che quanto avevo detto a NC fosse la verità: e così diventò la verità. Nei successivi quattro-sei mesi, fin quando i miei risparmi fossero bastati, avrei rimesso mano alla tesi di dottorato, sarei tornata a essere una brava scolaretta e così avrei portato NC dalla mia parte. Con quelle due non ci parlerò più, ma vedranno coi loro occhi quanto sono state ingiuste. A Magnus, ovviamente, non dissi una parola su tutto ciò.

L'appartamento di Basilea era arredato, non dovemmo comprare niente di nuovo, non sentivamo l'esigenza di nessuna delle nostre vecchie cose. A essere sincera non riuscivo neanche a ricordarmi quali fossero le cose che avevo perso per strada. Ricordavo di essermi arrabbiata con mia madre quando aveva svuotato l'appartamento di Jüris, ma non avrei saputo dire di quali oggetti, tra quelli andati perduti in quell'occasione, sentissi la mancanza. A volte mi veniva in mente la ridicola natura morta coi fiori, ma quella l'avevo lasciata di proposito sopra l'armadio a Vienna. Tutto sommato era persino un bene poter infilare tutto in una sola valigia. Anche Magnus non possedeva praticamente nulla. Un portatile per scrivere, un computer e due hard disk per le foto, la macchina fotografica, i libri, il minimo indispensabile di vestiti, tutto qui. Il suo secrétaire, a causa mia, dovette cederlo al restauratore per pochi soldi. Ma alla fine forse fu un bene anche questo. Adesso eravamo entrambi quel che davvero eravamo: due viandanti sulla terra. Cos'altro puoi essere, quando non hai un posto in cui tornare? I suoi genitori avevano consegnato lui a una setta politica, i miei me alla malattia e alla morte; ormai erano chissà dove tra le macerie del passato, e ben gli stava. Per noi, invece, tutto era cambiato in meglio. Persino le sciocchezze quotidiane che dovevamo affrontare. Se non altro erano di migliore qualità. Se non è tutto un teatrino di cartapesta. Per questo, e non solo per il fatto che nell'appartamento di Basilea c'era una stanzetta in più, riuscimmo a convivere a lungo per la prima volta. Ognuno lavorava e dormiva per conto suo. Ci incontravamo per i pasti e per fare sesso in soggiorno.

Soggiorno?

Sì.

E allora ci trovavamo lì.

I primi sei mesi volarono. La mattina cercavo di scrivere, a mezzogiorno facevo la spesa, il pomeriggio andavo a vedere quel che c'era da vedere, i musei, i palazzi, i quartieri, il fiume. Mi comprai una bici usata per potermi muovere in un raggio più ampio. Massimo alle sette ero a casa, per non perdermi il momento in cui lui arrivava. Rientrava sempre dopo di me. Non chiedevo mai quando, del resto ci comportavamo come se vivessimo sì in uno stesso appartamento ma due vite diverse, dipendenti e indipendenti allo stesso tempo. Prendevo appunti per capire se c'erano delle abitudini ricorrenti. Il mercoledì all'università doveva esserci una serie di conferenze a cui lui partecipava spesso. Tra il giovedì e la domenica andavamo spesso insieme al cinema o a teatro. Lui lavorava sempre fino all'ultimo minuto, io avevo più tempo per darmi ancora una sistemata. Non ero più un impiastro come quand'ero giovane, ma ben presto fui costretta a notare che mi vestivo in modo troppo banale e casual rispetto alle donne svizzere. Mi comprai un tubino color petrolio, una gonna blu, una camicetta nera e un paio di scarpe rosse per quando dovevamo uscire.

In Svizzera non avevo l'assicurazione sanitaria, mi cercai una ginecologa in Germania, poco oltre il confine. Disse che non c'era nessuna causa organica individuabile che spiegasse perché non rimanevo incinta. Dovevo assicurarmi di condurre una vita sana, ovvero una vita attiva e allo stesso tempo non stressante, mangiare cibo sano, tenere le gambe sollevate dopo il sesso e così via. Sceglievo accuratamente le cose da mangiare, buone, costose e poche. Non troppo poche, per non essere eccessivamente magra in vista di un'eventuale gravidanza, ma nel mio caso non c'era pericolo. Lottavo, come sempre, contro la tendenza a mettere su chili. Tutto quel che compravo lo pagavo coi miei risparmi, anche le cose destinate a entrambi. Lui non chiedeva nulla, ma non disse nemmeno che dovevo contribuire all'affitto. Quando uscivamo insieme pagava tutto senza fiatare. Compravo vitamine e integratori da banco che favorivano la fertilità e che conservavo nel cassetto coi prodotti per l'igiene femminile. Un paio di mestruazioni in ritardo e crampi più dolorosi del solito furono tutto quello che riuscii a ottenere, insieme a sogni in cui, dentro un castello barocco, vagavo all'infinito alla ricerca di un bagno dove alla fine espellevo un feto deforme.

Siccome ci incrociavamo sempre alle iniziative culturali, col tempo conobbi alcune delle persone con cui Magnus aveva a che fare in università. Sia Andreina (generi drammatici e romancio) sia Christa (autrici svizzere e storia della cultura) mi coprirono di lodi per l'abito e per le scarpe, Jasper (letteratura e psicoanalisi, *queer studies*) invece no, era un olandese troppo timido per farlo. Agnes (dottoranda di Christa, *La commedia dei giovani colti*) si limitava a guardare con un sorriso sghembo, che avrebbe anche potuto sembrare beffardo. Entrambe le donne più grandi – Andreina con esuberanza, Christa con aria materna – mi diedero consigli su cosa c'era e cosa valesse la pena fare, dove come quando. Il marito di Andreina era regista di teatro musicale, il tal giorno e il talaltro c'era uno spettacolo a Lucerna che dovevo assolutamente vedere, anche se costava cifre astronomiche e io al momento non guadagnavo nulla, d'altronde questo non potevano saperlo.

Sono carine però!

Più che carine, sono coinvolgenti. Se Andreina fosse in grado di capire che Christa è un perfetto secondo marito (??), insieme arriverebbero a gestire l'università, prima o poi (?). Ma per fortuna questo non è al centro dei loro pensieri.

(Non fare domande. Chiedi qualcos'altro.) E di questa Agnes cosa sai?

Niente.

Niente niente?

Alzata di spalle.

E questo Jasper?

Psicoanalisi e *queer studies*.

Questo lo so.

È tutto quello che c'è da sapere.

Non ti piace?

Né sì né no.

Non avete parlato di costruzione della maschilità?

Tanto quanto del tabù della vulva e dell'impossibilità di liberazione sia degli uomini sia delle donne nella società borghese. Tutte cose di cui parliamo alla mensa dei professori, mentre io mangio uno stinco di maiale e lui tre porzioni di *flottante*.

(*Flottante*?) (Perché sei già così teso prima ancora che arriviamo?)

Non era il nuovo lavoro, non in primo luogo almeno, quanto, evidentemente, il mio continuo fare domande e le seccature della vita insieme, cose prevedibili naturalmente, ma a cui lui faceva comunque fatica ad abituarsi.

Che motivo c'era, per esempio, di preparare le girelle alla cannella? È chiaro che mi ero fatta influenzare dalla pubblicità, a quella non si sfugge.

Ho fatto le girelle alla cannella!

Ah-a. Mi fa piacere che tu non abbia sprecato la giornata. ...Smettila di offrirmele, non le voglio. ...Ma poi si induriscono. ...Non te le ho chieste io. ...Sul serio, è come una lobotomia! Sono queste le cose che fanno uscire di testa!

E non parliamo del casino che creo! Lascio ovunque tazze con dentro qualche rimasuglio. Ovunque, veramente. Sono una sciattona. Sì, purtroppo sì. Mangio e bevo mentre gironzolo per casa, lasciando una scia di devastazione. Ha ragione, questa cosa delle tazze è tremenda. I capelli che perdo ovunque sono tremendi. Non so cucinare né fare i dolci, dovrei davvero lasciar perdere e usare il tempo libero, se proprio ne ho, per rimettere tutto com'era prima che passassi io. Non devo lavare i suoi vestiti, però, perché anche a lavare non sono buona, e neanche a stirare. Non li devo proprio fare i lavori di casa, questa sarebbe la cosa migliore. Giusto quel che basta perché non ci siano tracce di me ovunque.

Aveva ragione. Questo macinare attività secondarie (non potevo certo buttare la teglia, le girelle le mangiai tutte, per fortuna anche se si erano rinsecchite non sapevano di muffa) in realtà non era altro che un modo di sottrarsi a un compito vero, a una vita sensata, lo sapevo da sola, era incomprensibile come ricadessi sempre in quel vicolo cieco del tempo, in verità non ero così, eccome se sapevo andare dritta allo scopo. Ma, ammettiamolo, anche le cosiddette mattine in cui cercavo di scrivere si accorciavano sempre di più. Verso le undici ero già così affamata ed esausta che cominciai a prendermi dei giorni di pausa dalla scrittura. Guarda caso scelsi il mercoledì, quando lui restava fuori più a lungo.

Le conferenze sono gratuite per chi non è dell'università?

Non lo sapeva con esattezza.

Sarebbe un problema se venissi anch'io?

Disse che non era un problema. Di sicuro non mi avrebbe fatto male ampliare i miei orizzonti, e poi all'università mi conoscevano già tutti. Criticando il bordello che lasciavo in casa non voleva denigrarmi, al contrario, aveva sperato di motivarmi, del resto che gusto c'è a condividere spazi e tempo con una donna insignificante, nessuno lo vuole, e questo era anche il motivo per cui lui non desiderava figli, a una tale schiavitù ci si può piegare solo quando si raggiunge una certa maturità, e nessuno di noi due l'ha raggiunta in misura soddisfacente, lui no e io meno che mai.

Le conferenze del mercoledì ebbero come conseguenza che rinunciai definitivamente a scrivere. All'inizio mi costavano solo i giorni di lavoro successivi, e questo sia quando la conferenza era noiosa e/o pretenziosa – *Quo vadis universitas? Una ri-localizzazione* – sia quando era interessante e avvincente – *Incubi ebraici nella letteratura latinoamericana*, *Razza e razzializzazione nella letteratura indiana*, *Eugenetica, disumanizzazione, memoria*. Le prime ebbero l'effetto di farmi provare disgusto per i miei stessi tentativi pretenziosi, le altre mi misero di fronte all'evidenza che in nessun caso avrei raggiunto quel livello e che perciò non meritavo il dottorato.

Il colpo di grazia a una potenziale carriera accademica fu inferto la sera in cui andai a vedere *Febbre* di Sarah Kane, nell'allestimento che Andreina mi aveva caldamente consigliato. Magnus non mi accompagnò, ne avevamo già visto una brutta versione a Berlino in cui il bellissimo e lungo monologo del personaggio chiamato "A." era recitato in maniera così carica che Magnus era stato sul punto di uscire dalla sala, non se n'era andato solo perché si deve conoscere fino in fondo ciò che provoca indignazione prima di avere il pieno diritto di rifiutarlo. Per poter dire: Sì, l'allestimento era pietoso, ma in ultima analisi era il testo in sé a non piacergli, per niente. A me invece era piaciuto moltissimo e così andai anche allo spettacolo di Basilea, che Andreina, conoscendo entrambe le versioni più una terza vista a New York, garantiva essere la più interessante in circolazione al momento (e quella di New York la più noiosa).

E in effetti: A. pronunciò il suo monologo benissimo, con la semplicità che ci vuole con testi di questo tipo.

...e sedermi a fumare sulle scale finché il tuo vicino non torna a casa

e sedermi a fumare sulle scale finché tu *non torni a casa*

e preoccuparmi se fai tardi e meravigliarmi se torni presto...

e mortificarmi quando sbaglio

e essere felice quando mi perdoni...

e aver voglia di te quando sento il tuo odore e darti fastidio quando ti tocco

e lamentarmi quando sono con te e lamentarmi quando non sono con te...

Qui la coppia gay seduta accanto a me cominciò a singhiozzare. Io stringevo i braccioli della poltrona per non scoppiare a piangere a mia volta.

Dopo quello spettacolo ero così piena di energia che telefonai a Magnus e lo pregai di venire a correre con me per la città di notte. Dissi: *A passeggiare*, ma correvo. Salendo a balzi le scale e saltando giù dai muretti gli andavo incontro di corsa, come un bambino, come un cucciolo che un adulto deve portare a passeggio all'aria aperta, perché loro hanno bisogno di giocare e di muoversi più di noi, e che si deve fare. Al diavolo la maledetta tesi di dottorato!, annunciai in piedi dal gradino di una fontana, perché a salire sul bordo non mi azzardavo. Al diavolo tutte le cose inutili, i lavori di casa, le cure di bellezza, sono abbastanza qualificata per trovarmi un lavoro interessante! Ed è quello che farò! Mi troverò un lavoro nell'editoria, a teatro o alla radio, se necessario facendo la pendolare, se necessario oltre confine, è giunto il momento di liberarsi dalle catene di una carriera finta che porta dritta a una vita finta!

Sono fiero di te, disse Magnus. Ma in queste piazzette di pietra c'è un'eco che farà saltare giù dal letto i poveri svizzeri, se continui a concionare così.

Mi gettai ridendo addosso a lui, ringhiando come un leoncino mentre gli sbavavo sul collo.

Il giorno dopo mi fiondai in teatro e chiesi se avevano un lavoro per me.

Dissero che al momento non ne avevano, era scritto sul loro sito. L'unica cosa che potevano offrirmi era un tirocinio non pagato di sei settimane.

Allora faccio questo, dissi.

Sembravo un po' troppo grande per una cosa del genere. Dov'è che studiavo?

Mi misi a raccontare di Jüris, di Brema, di Vienna e persino di Londra, degli allestimenti a cui avevo già ~~assistito~~ contribuito. Alla fine mi dissero, vabbè, che lasciassi pure lì curriculum e referenze.

Non avevo nulla con me. Ora sì che mi guardavano

scettici. Errore mio. Chiaramente ve li porto nel minor tempo possibile!

Mi precipitai a casa, raffazzonai un curriculum orientato sul teatro, scrissi una mail a mia madre perché mi procurasse delle lettere di presentazione, non importa dove, le telefonai anche per ribadire che era urgente, urgentissimo, tirocini nell'ambito della regia e della drammaturgia, Jüris, Brema, Berlino, ovunque avesse contatti.

Per far passare più in fretta il tempo in attesa che me le spedisse, andai a vedere spettacoli a Zurigo e a Berna, e quando potevo mi appostavo nel caffè accanto al teatro sorseggiando un latte macchiato. A ogni giorno che passava senza ricevere nulla i miei pensieri verso mia madre diventavano più carichi d'odio, perché non più in fretta, perché non subito, perché non prima ancora! E se fosse venuto fuori che mia madre era una signora Nessuno che non poteva attendersi un favore da chicchessia?

Trascorse quasi due settimane dal giorno in cui avevo promesso di portare la documentazione "subito, oggi stesso", il regista di *Febbre* comparve finalmente nel caffè accanto al teatro. Un tipo giovane con un vestito stinto e i capelli in disordine, mi piacque subito. È più facile attaccare discorso con una persona così. Era seduto a uno dei tavoli e parlava animatamente con un uomo alto e calvo con un papillon arancione. Rimasi seduta al mio per tutta l'ora e mezza che durò la conversazione, senza perderlo di vista. Andai persino alla toilette in fretta e furia, che non mi sfuggisse proprio in quei pochi minuti. Allo stesso tempo non potevo trascurare di darmi una controllata allo specchio. Meno ero in disordine, e meno ero banale, maggiori erano ovviamente le mie chance. Mi ridipinsi le labbra e coprii la patina lucida sul naso. Poi ci ripensai, un po' di naso lucido andava bene. Quando il regista fece per lasciare il locale gli tagliai la strada. Buongiorno! Sono Muna Appelius! (Pausa. Che pensi un attimo se ha già sentito questo nome.)

Buongiorno, disse. Gentile e bendisposto (o ancora incerto se doveva conoscermi o meno).

Sono del teatro di Jüris e mi sono appena trasferita a Basilea, ho visto di recente il suo allestimento di *Febbre* e le confesso che volevo subito fare un tirocinio con lei, perché non mi capita spesso di essere così entusiasta di qualcosa.

Grazie, disse con gentilezza.

Com'è modesto, e com'è gentile! Qui si gioca tutto. Qui ci vuole la frase giusta per farlo passare definitivamente dall'imbarazzo alla benevolenza. Presi fiato, la frase non ce l'avevo ancora ma qualcosa mi verrà in mente – ricomincia con Jüris e con Brema! Racconta quello che ha fatto tua madre come se lo avessi fatto tu! –, ma prima ancora che potessi spiccicare una sillaba qualcun altro attirò la sua attenzione, una donna più grande di età che evidentemente non mi aveva neanche vista, non diede infatti alcun segno di essersi accorta di me, gli rivolse semplicemente la parola come se fosse stata *lei*, e non io, nel bel mezzo di una conversazione col regista, e anche lui le rispose sorridendo, e siccome in tre bloccavamo l'ingresso e qualcuno lo fece gentilmente notare, lui fece qualche passo di lato con lei e poi qualche altro ancora, e di colpo non li vidi più. Nel frattempo si era fatto pomeriggio inoltrato, mancava solo un'ora e mezza allo spettacolo serale e nel locale la gente si faceva largo a spintoni, *excusé*, io ero tra i piedi, mi scostavo ora di qua, ora di là, ma da nessuna parte c'era posto per me, non c'era neanche più un tavolo libero e a un certo punto non ci furono dubbi: il regista e la donna non erano più nel locale. Mi ha semplicemente piantata qui. Era il caso che andassi allo spettacolo? Forse lui era da qualche parte in teatro? Sarei riuscita anche lì a intrufolarmi dietro le quinte? Nella tavola calda? Cominciai a girare intorno all'edificio, poi però mi fermai. Queste sono le cose che possono venire in mente a una stalker fuori di testa. Fargli la posta in una zona dell'edificio non accessibile al pubblico. Se ci riuscissi senza farmi beccare sarebbe persino peggio. No, piuttosto telefonerò domani e mi riallaccerò alla nostra conversazione interrotta. Così fanno i professionisti.

Magnus non mi chiese nulla, ma io gli raccontai che avevo impiegato ore per riuscire ad avere un colloquio con il regista di *Febbre* e per convincerlo a lavorare con me.

E? Ha funzionato?

Non abbiamo ancora definito la cosa, dissi.

Se non altro era finalmente arrivata una mail di mia madre con due lettere di presentazione, una da Jüris, una da Brema. Scriveva di aspettarne altre due, da Weimar e da Berlino. Conosceva qualcuno alla Komische Oper. Non so perché questo mi fece imbestialire di nuovo. La Komische Oper! Ma che me ne faccio della Komische Oper?!

Stai di nuovo perdendo le staffe, disse Magnus.

Sto cosa?

On/off. O non fai un bel niente, o ti butti a capofitto nelle cose e perseguiti la gente.

E chi avrei perseguitato?

Gli uomini si danno da fare, le donne si buttano a capofitto?

Bien sûr…

Era di nuovo sul punto di piantarmi lì. Già si stava voltando dall'altra parte.

Gli uomini cercano di contrattare, le donne di conquistare?

Andò in camera sua e chiuse la porta. Gli andai dietro, aprii la porta e mi piazzai sulla soglia. Era seduto alla sua scrivania e fissava il portatile.

A cosa stai lavorando?

Alla presentazione tal dei tali.

Posso leggerla?

Quando è finita.

Senza alzare lo sguardo chiese se potevo richiudere la porta. Dall'esterno.

Ammetto che mi misi a gridare come un'ossessa. Se qualcuno avesse fatto una cosa del genere a me, forse anch'io lo avrei buttato fuori con uno spintone sbattendogli la porta in faccia. E se questo qualcuno non avesse avuto sufficiente controllo del suo corpo, fosse caduto a terra e da lì avesse preso a calci la porta, schiumando dalla bocca, anch'io avrei aperto la porta e l'avrei preso a cinghiate, in modo che per la sorpresa la piantasse almeno un attimo con quel putiferio e mi ascoltasse mentre gli sibilo in faccia che se non si dà una regolata lo sbatto fuori, e in mezzo alla strada, per quanto mi riguarda, può fare tutto il circo che vuole, ma qui no! E se intanto lui avesse tentato di strillare qualcosa gliene avrei date ancora, e se si fosse accasciato singhiozzando, coprendosi teatralmente la testa con le braccia, non avrei provato altro che disprezzo per lui. Come si può avere così poco rispetto di se stessi! E se dopo tutto questo, con un gesto incomprensibilmente indegno e nauseante, avesse cercato di afferrarmi la caviglia e di stringerla, gemendo perché era troppo agitato per parlare come un essere umano, finendo per frignare attaccato al mio piede, avrei cercato di scrollarmelo di dosso, il che in ultima analisi avrebbe voluto dire dargli un calcio, e sennò come fai a liberarti la gamba. Questo, ovviamente, mi avrebbe fatto talmente imbestialire che quasi me ne sarei andata via di corsa, ma come avrei potuto correre via e lasciare lì il mio portatile e tutto, senza considerare che quello era il *mio* appartamento, non ho certo intenzione di finire in mezzo alla strada per colpa di questo pazzo! Ma non potevo neanche buttare fuori lui in quello stato pietoso, una cosa del genere avrebbe causato guai ancora più grossi, e dunque lo avrei trascinato via, in camera sua, dove oltretutto – cosa veramente idiota – non c'era chiave nella porta, e dunque non avrei potuto fare molto di più che intimargli di rimanere lì, sì, di non osare muoversi di lì finché non si fosse calmato, e avrei poi sbattuto la porta che per fortuna si apre verso l'esterno, dunque avrei potuto bloccarla con qualcosa ma non ci avrei messo niente, sarei semplicemente tornata in camera mia chiudendomi la porta alle spalle, non a chiave, e non perché la chiave non ci sia ma perché non ho certo intenzione di rinchiudermi io, che idea sarebbe. Avrei messo la musica che metto sempre quando qualcosa mi manda particolarmente in bestia, lo *Stabat Mater* di Pergolesi. Finito il pezzo, avrei sentito che si stava facendo un bagno. Magari se lo fosse fatto subito.

Rimasi a letto due giorni, dovevo riposarmi, era chiaramente stato un esaurimento mentale ed emotivo a farmi perdere la testa. Chiesi un appuntamento alla mia ginecologa – purtroppo il primo era dopo un mese e mezzo – per parlare anche di questo. Se fosse possibile che avessi un disturbo ~~nervoso~~ psichico. "Tu non sei normale!", chiunque se lo è sentito dire almeno una volta, per gli altri siamo sempre noi gli anormali, non è questo che intendo. Quanto, piuttosto, se davvero c'era qualcosa che non andava. Se è solo una brutta abitudine o magari un vero e proprio disturbo della personalità, ad esempio, il fatto che una persona cerchi sempre l'escalation pur continuando a lagnarsi che deve regnare la pace e che bisognerebbe amarsi e parlarsi nella lingua dell'amore e così via, ma sempre solo *dopo* aver seminato discordia.

Il terzo giorno mi svegliai di nuovo con le idee chiare. Era meglio lasciar perdere il teatro, forse mia madre aveva ragione a dire che ero troppo sensibile – altro che altezze sublimi dell'arte, è roba da autentici energumeni, piccola mia –, e candidarmi piuttosto per un lavoro di ricerca negli archivi medici del dipartimento di psicologia, di cui dava notizia il sito dell'università. Di ricerche ne avevo già fatte molte in vita mia, non in campo medico però. E inoltre era necessario essere studenti. Avrei potuto iscrivermi, la cosa più facile era tedesco per stranieri, ma con grande garbo e franchezza mi dissero che era più sensato offrire a studenti di psicologia, medicina o di materie scientifiche affini la possibilità di svolgere un'attività attinente alla disciplina. Niente da dire. A botanica offrivano un lavoro simile, non ci provai neanche.

Alla fine trovai una cosa diversa, che per un po' mi rese felice in modo del tutto inaspettato.

Per andare a informarmi sul lavoro mi ero messa il vestito color petrolio, calze nere e scarpe rosse, una mise chiaramente esagerata. In sella alla bici, mentre dalla collina dell'università scendevo verso il centro, cercavo di tenere le ginocchia più strette che potevo. Non pedalavo, volevo vedere fin dove si poteva arrivare senza fare nulla. Purtroppo non funzionava, perché frenare bisognava frenare se non volevi andare a sbattere da qualche parte (semafori, veicoli, incroci). E così continuai a frenare finché non mi fermai, proprio davanti a una vetrina a margine del centro dove era esposta una camicia con stampe di facce di scimpanzè e una maglietta con un'affascinante

Calavera Catrina incoronata di fiori. Magari mi compravo la maglietta per consolazione. Peccato che Magnus non avrebbe mai indossato la camicia con le facce di scimmia. A quel punto mi accorsi che dietro la vetrina, all'interno del negozio, una donna era in piedi tra i vestiti e mi faceva cenno. Di entrare.

Si chiamava Paloma. Il negozio era suo. Un negozio di pop art. Pensava fossi andata lì per via del suo annuncio, in cui diceva di cercare una collaboratrice, e che adesso fossi indecisa se entrare o no. Ma dovevo, assolutamente! Mi squadrò dalla testa ai piedi, molto soddisfatta. Ero proprio bella. E poi con un nome come Muna! Tutto l'insieme, il mio nome insolito, il mio aspetto attraente, il mio senso dello stile e i miei modi amichevoli, come Paloma mi assicurò, fecero sì che anche quel pomeriggio arrivassi a casa barcollando come un'ubriaca.

Non sono ubriaca. Io non bevo mai. Al massimo mi ubriacano gli estremi. La donna del dipartimento di psicologia, con tutta la sua gentilezza, mi ha trattata come uno scarafaggio, Paloma invece come una gloriosa apparizione nel cui arrivo non osava sperare. Ci sono persone che di fronte a queste fluttuazioni nell'arco di poco tempo restano del tutto indifferenti, ma come ben sai, Magnus, io non sono una di queste.

Fino a quel momento sapevo poco o nulla di pop art e di design, ma memorizzai ogni singolo pezzo presente in negozio nel giro di due ore. Vendiamo Beuys, Hörl e Bayrle, Magnus! Il Beethoven dorato, il nano da giardino color antracite, la banana di Baumgärtel! Libri d'arte, cataloghi, stampe, originali, edizioni in serie, *art in the box*! Portachiavi, cartoline, borse, ventagli, fazzoletti, puzzle, magneti, dadi! E anche una selezione di abiti firmati, vintage e di giovani stilisti!

Il giorno in cui mi assunse Paloma indossava un vestito bianco, una camicia nera e scarpe bianche e nere da dandy, e io due dei tre colori primari. Mi regalò subito delle calze gialle e disse: Sono contenta come una bambina!

Anch'io ero contenta come una bambina.

Mi pagava per un part-time, ma io lavoravo quasi a tempo pieno. In compenso, una volta al mese, potevo prendermi un oggetto a mia scelta tra quelli meno cari che erano in offerta, e che comunque avremmo gettato via. Chi se ne importa se obiettivamente fosse o no un buon affare, dal momento che io e Paloma eravamo contente. Ovviamente, a quelle condizioni, sarebbe passato troppo tempo prima che riuscissi a vestirmi sempre in modo da fare colpo su Paloma. I negozi dell'usato sul lato svizzero erano cari, così ogni volta che avevo un giorno libero andavo ai mercatini oltre confine per comprarmi un'ampia gonna gialla, un gilet verde, un vestito blu elettrico o un paio di pantaloni con un motivo a pied-de-poule rosa. Paloma mi regalò una fascia per capelli rossa che si intonava benissimo con tutto.

Paloma non si sognava neanche di limitare i suoi interessi erotici a un solo sesso e meno che mai a una sola persona, e spesso ammetteva che una certa attrazione per me contribuisse al desiderio di volermi vicino. Io non avevo nulla in contrario. Solo, ti prego, non mi odiare quando verrà fuori che a me *davvero* interessano solo gli uomini. O meglio uno. Un uomo soltanto.

Per l'amor del cielo, disse Paloma. Chi mai potrebbe odiarti?

Il negozio stava aperto quaranta ore la settimana e non un'ora di più. C'erano altre due dipendenti: Lydia, assunta per via dei suoi occhi azzurri, e Samuela, assunta per via del suo nome (cosa di cui nel frattempo Paloma si era pentita, perché la ragazza era un po' viziata), ma ad Art Basel Paloma portava solo me. Con una mini Cooper verde andavamo da un posto all'altro e mi presentava la gente che conosceva come se fosse fiera di me, come se mi stesse portando in tournée:

Gente, lei è Muna!

Ciao Muna, diceva la gente.

È un dannato genio, Magnus. Ha superato l'esame di ammissione sia per medicina sia per arte, ha scelto arte, dopo due anni ha smesso ed è passata a storia e storia dell'arte, non si è laureata neanche lì, del resto perché?, ha imparato a fare l'orafa ma non ha mai aperto una gioielleria, bensì, guidata da un'intuizione improvvisa, questo negozio di pop art, facendo felice lei e me.

Mi fa piacere, disse Magnus.

Chi è quest'uomo, chiese Paloma. Posso vederlo una volta? Avevo il sentore che Magnus e Paloma non sarebbero andati d'accordo, ma mai mi sarei immaginata che lei potesse comportarsi come poi fece.

Organizzò di proposito un incontro a una mostra di "oscene foto naturalistiche" di una fotografa che al momento andava per la maggiore. Per tutto il tempo fissò Magnus con aria provocatoria, per vedere come avrebbe reagito a un'arte così "vaginale". Lui non batté ciglio. Lei disse almeno una decina di volte "vulva" e "vulve", ma a rendere la cosa spiacevole non fu questo, quanto il fatto che io dissi che anche Magnus era fotografo, e che a essere sinceri le sue foto erano molto meglio.

Ah sì? In cosa sono meglio? (Piccata, come se l'artista fosse lei, e contenta che ci fosse qualcosa di cui piccarsi.)

Non osai rispondere. Anche senza guardarlo, sentivo che si stava di nuovo rabbuiando. Dissi che non si poteva parlare in maniera sensata di arti visive senza averle viste.

Esponi anche tu?, gli chiese lei.

No, disse Magnus. Non espongo mai.

Allora sei un amatore.

Sì, disse Magnus. Sono un amatore.

Con mio grande sollievo la cupezza si era dissolta, ma non abbastanza da riuscire anche a bere qualcosa tutti insieme. Lui inforcò la bicicletta, e un attimo dopo era sparito.

Uno così ti butta proprio a terra, disse Paloma, dopo avermi costretta a sederci un po' nel giardino del museo.

Perché dici così? Non ha fatto niente!

Ti ha mollata qui.

Doveva ancora andare in bici.

Doveva andare in bici?

Sì. Nel fine settimana fa cento chilometri al giorno, negli altri giorni cinquanta. Se non ci riesce per più giorni a settimana, non sta bene.

Mmh, disse Paloma.

Quando arrivai a casa era davanti al frigorifero e gettava i cibi scaduti dentro un secchio dell'immondizia ai suoi piedi. Negli ultimi tempi ero stata così spesso in giro con Paloma che avevo trascurato la spesa.

Fai andare tutto a male.

In effetti dovetti dargli ragione. Mangiavo solo la metà di quello che compravo, nell'eventualità che anche lui ne volesse un po' e per non ingrassare troppo. Ma lui non aveva bisogno dei miei avanzi, mangiava spesso fuori casa, a casa solo caffè, vino e muesli su cui versava l'acqua.

Di sicuro le sottilette erano ancora buone (Ma chi le mangia, le sottilette!), la salsiccia (Ma chi la mangia… ecc.) aveva già qualche traccia di muffa. Faceva davvero schifo, dovetti ammetterlo.

Gettò via tutto quello che c'era in frigo, anche il latte ancora buono che mettevo al mattino nel caffè. Preferii non dire nulla. Pulì a fondo il frigo vuoto.

Disse che era arrivato il momento di gettare via anche il vestito rosso che indossavo.

Perché?

Ci sono dei fili che penzolano in basso. E da quando sei ingrassata, ti sta corto quando ti siedi, ti pieghi o vai in bici.

Aveva ragione. Guardai come mi stava nello specchio del guardaroba. Avrei dovuto specchiarmici più spesso prima di uscire di casa. Nei collant giallo canarino le cosce sembravano gigantesche. Perché Paloma non aveva detto nulla?

Mi dispiace, dissi, che con Paloma non ci sia stata chimica.

Sbatté lo sportello del frigo, quello si riaprì, lui lo spinse di nuovo.

Si fotta, quella troia, disse freddamente. Quanto a te…

Il cuore cominciò a battermi più forte.

Fammi la cortesia di non incensarmi davanti a questo genere di snob e di idioti.

Non pensavo fosse un segreto, il fatto che fai foto.

Qualunque idiota fa foto.

Ma tu lo fai bene.

E allora?

Che devo fare se muori?

Se cosa?

Se muori prima di me. Cosa devo fare con le tue foto?

Mi si avvicinò. Il cuore mi batteva all'impazzata.

Se solo tu riuscissi a tenere la bocca chiusa, disse.

Strinsi le labbra finché il rosso non si vide più, anche se era rischioso. Il sottile crinale tra sfacciato-per-scherzo e sfacciato e basta. Non disse nulla, si limitò a premere pollice e indice di una mano sulle mie guance, così che le labbra spuntarono di nuovo fuori. Lo facemmo in piedi nell'ingresso.

Da quel momento Paloma smise di portarmi con sé ovunque.

Non te la prendere, dissero Lydia e Samuela. L'incanto non dura mai in eterno.

Mi licenzierà?

Su questo non si pronunciarono.

Gli occhi mi si riempirono di lacrime. D'impulso comprai un mazzo di fiori e lo diedi a Paloma, con poche parole:

Tieni. Non ho potuto fare a meno di pensare a te.

Ne fu così felice che quasi mi dispiacque per lei.

Nessuno mi regala fiori, disse. Ricevo sempre accessori e aggeggi. Scatoline di alabastro.

Di che?

Alabastro, disse.

Ci mettemmo a ridere.

Insomma, alla fine tornò tutto a posto. Nei mesi successivi mi dedicai a rimettermi un po' in forma. Non potendo permettermi una palestra, provai a fare jogging lungo il fiume. Io detesto fare jogging e non ne sono neanche capace, mi feci subito male e dopo riuscivo solo a camminare zoppicando. Per un po' feci la spola tra negozio, ortopedico e casa, e ingrassai di nuovo. I vestiti di seconda mano, che non mi erano mai andati a pennello, ora non mi entravano proprio. La tisana dimagrante, di cui Paloma ammise di bere sei tazze al giorno, a me provocò una colica. In farmacia comprai degli integratori che gonfiavano lo stomaco simulando una sensazione di sazietà, ma anche quelli mi davano nausea e ingrassai ancora di più, sebbene ormai mi nutrissi solo di tè, gallette di riso e carote. L'avanzare della stagione più buia, non ultimo sette settimane di pioggia letteralmente ininterrotta, ebbero come risultato che abbandonai anche questi tentativi. Anche le persone che mi circondavano sembravano sprofondare sempre più nel torpore. Come se fossimo tutti immersi in una specie di vischiosa melassa. Nessuna escalation in negativo, ma ogni cosa, ogni parola, ogni singolo movimento richiedevano sforzo. Che diamine stava succedendo? Non peggioravamo, ma non riuscivamo neanche a uscire da quella situazione di stallo. La fase luna di miele con Paloma era durata forse quattro mesi in tutto, ora ci scambiavamo quasi esclusivamente informazioni di natura pratica. Anche con Magnus ci dicevamo al massimo una manciata di parole al giorno, e non uscivamo più tutti i fine settimana. La sera preferiva lavorare alla traduzione degli appunti delle lezioni di Derrida. Io non ci capivo nulla.

E come avrei potuto.

Una volta, dopo molte ore di assoluto silenzio in casa, cominciai a sudare come presa dal panico. Lui aveva vissuto così anche con i suoi genitori. A un certo punto aveva smesso di parlare con loro. Non completamente, ma diceva qualcosa solo se gli facevano una domanda, dava informazioni con in viso un'espressione vuota.

Perché ero vuoto anch'io.

(No, non era mai stato vuoto. Pieno di rabbia e disprezzo magari, e impotente. Suo padre lo prendeva a ceffoni per uno sguardo irrispettoso. Me lo ha raccontato davvero o me lo sono inventata io? Non importa, non dire niente. Se solo tu riuscissi a tenere la bocca chiusa...)

Non sei mai stato vuoto, dissi.

Mi guardò. Non avrei saputo dire come. Se un attimo dopo sarebbe stato triste, sprezzante, riconoscente o arrabbiato. Non importa. Sono pronta a tutto. Dopo è meglio, ogni volta.

Grazie, disse. *I guess.*

E continuò a lavorare.

Un mercoledì sera rientrò mentre facevo ginnastica in soggiorno. Era tornato prima del solito, la conferenza del mercoledì doveva essere ancora a metà, ma fuori era già buio pesto e sembrava avesse ricominciato a pioviggginare. Si fermò sulla soglia e mi guardò dritto in mezzo alle gambe, nel punto in cui si vedevano le grandi labbra che premevano contro la stoffa dei fuseaux.

Qua c'è una puzza che sembra una stalla!

Mi passò accanto a passo di marcia, diretto alla finestra.

Mi spiace, dissi.

Donne coi fuseaux! Gente che si mette i fuseaux!

Tremava. Io non mi muovevo. Le braccia penzoloni. Non osavo toccare il tessuto all'inguine per stirarlo un po'. Mi guardava come una stranissima statua.

Io davvero non capisco.

È un esercizio gambe-addominali-glu...

Dio santo! Chi se ne frega! Non capisco tutto questo... stupido... Devo uscire!

Aveva sempre con sé tutto il necessario, poteva semplicemente voltarsi e andarsene. Io ero mezza nuda, scalza, sudata. Gridargli dietro per le scale in quelle condizioni, così che tutto il palazzo avrebbe sentito? No, nel corso degli anni avevo imparato che era una cosa indecorosa e che così facendo ottenevo il contrario di quello che volevo, e cioè che le cose tornassero a posto, perché le cose, a quel punto, a posto non ci tornavano.

Quindi: datti una calmata. Non ti strappare di dosso i vestiti appiccicosi, togliteli con calma. Lavati con sapone e acqua tiepida, e prima di uscire mettiti qualcosa di decente, truccati in modo decente e fatti una pettinatura decente.

Non stupirti del trambusto che c'è fuori. La giornata non è mica finita. È proprio il momento in cui chi è in ritardo si spiccia per arrivare a casa e altri non vedono l'ora di uscire. Odore denso di erba ovunque ci siano gruppetti di ragazzi. Non è ancora abbastanza tardi perché sia andato a bere qualcosa. E anche se fosse. Quali donne vanno a stanare i loro uomini nei locali? Per farlo dev'essere più tardi, molto, molto più tardi. Per farlo lui dovrebbe già essere in uno stato tale da non riuscire più a trovare la strada di casa da solo. Ma non arriva mai a tanto. Non è uno di quelli che, finito di lavorare, si sbronzano fino a non reggersi in piedi. E siccome non lo è, non ci sono più spazi per lui. Niente spazi per uomini come lui. Niente circoli ufficiali, commerciali o accademici. Gli uomini si sono rintanati nelle loro abitazioni, dalle loro mogli e dai loro figli. A uno cosa resta, se non attardarsi in ufficio o dedicarsi a un hobby? Sarà andato a fare un giro in bici. La lunga serie di piogge ha ridotto anche i suoi, di percorsi. Nelle ultime settimane è caduto più volte, per fortuna senza farsi male sul serio. Una volta si è persino graffiato la guancia. La gente avrebbe potuto pensare chissà cosa. Travolto dalle foglie d'autunno. E ora, per colpa mia, era costretto ad andare in bici su strade scivolose, con un vestito troppo pesante, al buio. Una notte o l'altra finirà nel Reno. E allora che farò?

Ferma sul ponte, guardavo il fiume. Alle mie spalle continuava a passare sempre più gente. Ma dove vanno, tutti quanti? Potrei rimanere qui finché non se ne sono andati tutti? Lo vedrei tornare, allora? Aspettai molto, molto a lungo, ma il ponte non si svuotava mai e a un certo punto era così freddo che preferii tornare a casa. Forse era già rientrato.

No.

Mi spogliai, mi infilai nella vasca da bagno. Magari torna mentre sono nuda nella vasca e vedendo il mio corpo gli si risolleva il morale. O almeno si riaccende la voglia. Cercai di fare schiuma, in modo da coprire la pancia e lasciare scoperto il seno.

Dopo un po' cominciai ad avere freddo anche così.

Quando tornò ero in salotto a piedi nudi, con indosso solo il kimono.

Venne verso di me, slacciò il kimono con un dito. I miei seni bianchi spuntarono fuori. Abbassai lo sguardo sul mio corpo.

Devo radermi i peli del tutto?

È uguale, disse.

Tutto di nuovo a posto?

Se tutto potesse andare a posto...

Più tardi, durante la notte, disse: Non ha sempre tutto a che fare con te.

Semplicemente non ne poteva più di Basilea. Lì non avrebbe fatto passi avanti. Al concorso per la stabilizzazione era arrivato solo terzo.

Mi dispiace.

Perché terzo, non riusciva a spiegarselo. Il posto lo aveva avuto una donna, fin qui poteva pensare, vabbè, oggi assumono spesso le donne. Ma l'altro tizio che si era piazzato davanti a lui è veramente un cretino. Ci sono sempre nuovi bandi, certo, ma lui non voleva andare per forza *ovunque*. Candidarsi in piccole università non ha senso...

Sai a cosa ho pensato spesso negli ultimi tempi?, dissi. ...A Saint-Nazaire. Ti ricordi di Saint-Nazaire?

Dissi che ero ancora disposta a lavorare perché lui potesse scrivere. Perché facesse solo le cose di cui gli importava. Saremmo stati poveri, naturalmente, ma per quanto mi riguardava la cosa non mi faceva paura.

Non diceva nulla, respirava soltanto, ma quando accennai a tornare in camera mia mi strinse forte. Restammo sdraiati tutta la notte nello stesso letto, in silenzio uno accanto all'altra. Pensavo che avrei dovuto migliorare il mio francese una buona volta. Assurdo che non lo avessi ancora fatto.

17.
Le nuvole? Sul serio?

L'idea che io avrei lavorato e lui anche, ma appunto in modo da andare incontro alla sua natura, non in un'istituzione e nemmeno tra la gente, bensì a casa e da solo, fece sì che nel periodo seguente la nostra vita tornasse serena com'era stata ai tempi del palazzo sul cantiere. Non ne parlavamo, ero abbastanza intelligente da non pressarlo, mi tenevo pronta e basta. Per un attimo pensai, peccato che non mi sono iscritta a tedesco per stranieri, ma d'altronde chi diamine voleva farlo, chi è che vuole stare a mettere la muffa in scuole e università e chi mai vuole imparare il tedesco. Lo proporrò, naturalmente, ma presumo che a garantirci la sopravvivenza saranno le lezioni private d'inglese. Anche lezioni di recitazione, potrei dare. Questa sarebbe una mezza impostura, ma tanto chi verrebbe a denunciarmi? Mia madre si occupava di pedagogia teatrale e teneva un corso di improvvisazione senza particolari qualifiche. Nulla che non avrei potuto fare anch'io, in caso di necessità.

Se in quel periodo di quiete lui abbia provato a mettere in moto qualcosa, se abbia cercato un luogo in cui poter concretizzare tutto questo, io non lo so. Fatto sta che un giorno arrivò con la notizia che gli era stato accordato un mese di ricerca a Toronto. *Fluid Exile. The Canadian Mosaik in the Age of Transnationalism.*

Non avevo mai pensato di andare oltreoceano, ma naturalmente fui contentissima.

Ok, Canada!

Disse che sarebbe andato là per *lavorare*. Che conosceva gli alloggi del campus universitario, erano stanze: *una* stanza.

Certo. Capisco.

Nei momenti liberi e a fine soggiorno sarebbe andato a fare foto.

Per i tour fotografici alla fine di qualcosa, ci sono sempre.

Non poteva certo impedirmelo, disse.

Mi misi a cantare battendo le mani: No, non puoi! No, non puoi!

Sorrise un po' vedendo che mi comportavo come una bambina, che ero così felice. Oh, quant'è bello il Canadaaa!!!

E dove vogliamo andare?

Ci avrebbe pensato lui.

Oh, Saskatchewan! Oh, Alberta! (E se chiamassimo nostra figlia Alberta?)

Partì subito dopo la fine delle lezioni. Paloma andava in vacanza in Grecia come tutti gli anni, peccato non potesse portarmi con sé, ma qualcuno doveva pur occuparsi del negozio. Lydia e Samuela erano studentesse e andavano a loro volta in ferie, io restavo da sola a gestire il negozio per tre settimane. Paloma disse che potevamo anche chiudere, e nel caso l'avrei raggiunta. Solo io e lei e un paio di amici a Creta. Ma io ero contenta di rimanere.

Andavo al lavoro in bici, tornavo in bici, il sole tramontava e cominciavano i concerti al fiume e sul fiume. Mi sedevo sulla riva e osservavo. Una barca di passaggio su cui suonavano musica jazz. Una barca di passaggio su cui si ballava la techno. La grigliata senza fine sulla riva davanti a Sankt Alban accompagnata da musica balcanica. Gli invitati sedevano su sedie pieghevoli con scritto "Teatro di Basilea".

Siete del teatro?

Come no. Io sono scenografo, e lui è cantante. Su, fai sentire qualcosa alla signora!

Preferii proseguire. Una ragazza era appoggiata alla ringhiera che separava il lungofiume dall'acqua. Ridacchiò: Di sicuro le hanno rubate a qualche festival all'aperto.

Si chiamava Jacqueline. Disse di essere una scrittrice. Era appena tornata da un soggiorno di scrittura di un mese a Berlino. Anche là dalla finestra guardava passare le barche. Le feci i miei complimenti. Era insieme a tre ragazzi, che stavano appoggiati alla ringhiera vicino a noi e parlavano solo tra loro. A un certo punto uno disse qualcosa a Jacqueline in tedesco svizzero, io non capii. Anche se il tedesco di Basilea in genere lo capisco.

Jacqueline si mise a ridere. Lo fanno apposta. Primo, il nostro Ruedi, qui, è sempre un cafone. E secondo, mi sa che gli piaci così tanto che non riesce neanche a mettere insieme due parole, meno che mai in una lingua straniera.

Gli ordinò di tirare fuori una bottiglia dal suo zaino e di darmela. Un mix di birra e altro.

Grazie, dissi, e ne presi persino un sorso.

Tu non bevi, osservò Jacqueline.

No, dissi. Mia madre è un'alcolista. (Se diventassi un'alcolista anch'io il mio ragazzo mi ammazzerebbe. – Non immaginavo di pensare una cosa del genere. Ora lo so.)

Da quel momento feci un po' di cose insieme a Jacqueline e ai suoi amici. Nel senso: loro facevano cose, Jacqueline mi invitava. Giocare a ping-pong a Sankt Johann.

Ma io non ho la racchetta.

Non fa niente.

E devo lavorare.

Anche gli altri. Ci vediamo dopo il lavoro.

Avevano la mia età, ma sembravano molto più giovani.

E che aspetto bisogna avere a ventinove anni?

Domanda legittima. Io comunque di anni ne avevo già trentadue.

Jacqueline aveva sempre vissuto a Basilea. Lei e i ragazzi si conoscevano dai tempi della scuola. A legarli era stato il fatto di essere poveri, e di aver trascorso perciò in città molte settimane estive come quella. Il primo piccolo successo che era riuscita a conquistare con il primo testo letterario finito e pubblicato, però, le aveva instillato il desiderio di lasciare la città almeno per un breve periodo. Solo che ora, com'era stato nel resto della sua vita, era di nuovo senza soldi, perché fino a quel momento si era imposta, con successo, di non lasciarsi ingabbiare da un lavoro in cui guadagnasse più di quello che spendeva subito dopo.

In sostanza non sono ancora riuscita ad abituarmi al fatto che gli adulti non stanno in vacanza tutta l'estate, disse. Magari alla fine si sarebbe abituata, ma quell'estate l'avrebbe passata come tutte le altre.

Col fatto che c'ero anch'io a giocare a ping-pong i conti non tornavano, nei doppi c'era sempre uno che doveva stare fermo, ma i ragazzi non si lamentarono.

Con me ancora non ci parlano.

E allora?

Capisco che è il tuo giro e non il mio, però è buffo.

E chi non lo è? Prima tu avevi gli occhiali da sole anche se stava piovendo.

Come?

Sulle lenti degli occhiali c'erano gocce di pioggia.

Sapevo bene che non era vero, non sono mica matta a portare gli occhiali da sole sotto la pioggia. Lentamente si fece strada in me il sospetto che non fossi io quella strana. Mi sa che lascerò che questa frequentazione si sfilacci da sé. Poi però Jacqueline mi chiese se quella domenica volevo andare con loro a nuotare nel Reno e io pensai, vabbè dai, quest'ultima cosa la posso fare.

Caro Magnus (ho conosciuto dei tizi buffi, tu non ci perderesti tempo ma...), andrò a nuotare nel Reno!

Mi mandò una foto del Don a Toronto. Piccolo che è.

In vita mia non avevo mai fatto il bagno nel fiume, il ruscello che attraversava Jüris era troppo poco profondo e i fiumi più grandi che avevo visto fin lì erano troppo sporchi e troppo pericolosi. Con tutte quelle barche e rimorchiatori e chiazze di benzina. E io non sono una gran nuotatrice. Avevo un solo costume da bagno, dai colori fluorescenti e comprato al mercato delle pulci per pochi soldi, che indossavo al posto del top. La pancia mi si era gonfiata in un modo che non mi rendeva giustizia. Grazie al cielo, almeno, mi ero depilata abbastanza bene. Le gambe di Jacqueline erano muscolose e atletiche come quelle dei maschi, indossava anche i loro stessi pantaloncini da surf sopra il costume da bagno.

Sotto il ponte del Museo Tinguely l'acqua vorticava ed era ghiacciata. I piedi cominciarono subito a farmi male. Riuscivo a malapena a tenermi in equilibrio su quei sassi rotondi che erano tutti della grandezza sbagliata, non abbastanza piccoli né abbastanza grandi, solo dolore.

Aspettai di abituarmi, che le fitte dovute al freddo passassero, ma non passavano, e io non mi abituavo.

Devi buttarti in acqua!, esclamò Jacqueline, e seguì i ragazzi che già si lasciavano trascinare via dalla corrente. Forse li vedevo per l'ultima volta.

Non ce la faccio. Troppi sassi, acqua troppo rapida, troppo freddo. Torno alla bicicletta e mi dileguo, e il gruppo di Jacqueline, che sopravvivano o no, per un motivo o per un altro non lo vedrò più.

Ma siccome tentare di girarmi era più doloroso di tutto quello che avevo fatto fino a quel punto, convenni con me stessa che tanto valeva provare ad avanzare di altri dieci passi. Passetti minimi, dolorosi, e se cado mi butto nella direzione della corrente, non ci provo neanche a tornare indietro. Caro Magnus, sto morendo di paura. È possibile resistere alla corrente, o c'è un passo fatidico dopo il quale ti travolge in ogni caso? Non lo seppi mai, perché l'acqua era talmente fredda che fui costretta a lasciarmi cadere prima che mi arrivasse alla pancia, altrimenti avrei davvero dovuto abbandonare l'impresa. Cercavo di tenere sotto di me la sacca impermeabile con i vestiti di ricambio ma non ci riuscivo, continuava a spostarsi di lato e a rimanere indietro. Ormai ero quasi arrivata al ponte successivo. Sopra c'erano delle persone che guardavano in basso e ci scattavano foto. Mi girai sulla schiena, a faccia in su, e poi mi rimisi come prima. Bisognava tenere d'occhio il ponte, i piloni, i vortici. Mi lasciai alle spalle la brutta arcata del ponte e ora c'era di nuovo il cielo, le nuvole nel crepuscolo, e finalmente la paura passò. Guardare le nuvole cambiare forma, rimodellandosi milioni di volte – eppure: per un attimo nient'altro che felicità.

"Le nuvole? Sul serio?" Solo questo. Detto con la sua

voce, ma era solo nella mia testa: "Le nuvole? Sul serio?". Sì, dissi. Sono bellissime. E poi anche quello passò. Smisi di muovere gambe e braccia in maniera confusa, in quel modo riuscivo giusto a tenermi a galla, e feci qualche bracciata vera e propria per uscire dalla corrente. Mi limitai a seguire gli altri, non il gruppo di Jacqueline, persone qualsiasi accanto alle quali il fiume mi aveva trascinato, verso le scale che risalivano l'argine. Un uomo con un minuscolo barbecue stava in piedi proprio davanti ai gradini, non si riusciva quasi a passare ma nessuno si lamentava.

Buongiorno, disse l'uomo al barbecue – per l'esattezza: *Guttän Tag?* Il fumo mi salì agli occhi, e comunque diedi per scontato che volesse solo attaccare discorso. Tentai di squagliarmela in fretta, ma le persone che avevo davanti erano ferme sui gradini. Potevo solo rimanere lì gocciolante a farmi affumicare.

Ma non sei Muna?, chiese l'uomo al barbecue.

Scusa, dissi sbattendo le palpebre, non mi ricordo il tuo nome.

Jasper. Dell'università. C'è anche Andreina. La indicò con le pinze da griglia. Guarda!

Andreina, in costume da bagno e pareo, ballava qualche scalino più in alto su una musica che non riuscivo a distinguere in tutto quel chiasso. O che forse non c'era affatto. Magari stava ballando e basta.

E loro sono Mechthild, Simona e Arno. Amici di Jasper.

Mi invitarono a festeggiare la nostra nuotata. Andreina non smise di ballare per tutto il tempo in cui rimasi seduta con loro. Intanto parlava ininterrottamente con un uomo. Il marito, mi spiegò Jasper. Ballava anche lui.

Io e Jasper non ballavamo, ma chiacchierammo un po'. Gli dispiaceva che gli svizzeri non lo avessero davvero integrato.

Ma siamo qui con una collega e suo marito, con una ex fidanzata (Dunque non sei gay?) e i suoi amici, se ho capito bene.

Sì, sì, disse Jasper, proprio così.

Pensai a Paloma, all'estero chissà dove, a Jacqueline e ai ragazzi, finiti chissà dove. Era meglio non farsi trascinare dal fiume oltre quel punto, ma c'è chi lo fa comunque. Chissà, magari ormai erano già arrivati a Klybeck e, si sperava, risaliti a riva da qualche parte. Me li vidi ancora di fronte per un lungo istante: mentre nel sole che tramontava andavano alla deriva lungo il fiume. Mi mancava Ingrid. E un po' Walter. Judit e Albert. Loro non mi mancavano, ma se non altro l'idea di rivederli non mi dispiaceva. E Gabica, quando e come ci eravamo perse? Con mia madre ormai non parlavo più da mesi. Da quando aveva tentato a tutti i costi di venirci a trovare, imporci la sua presenza, stare da noi, fare cose con noi, e io le avevo detto che non sarebbe accaduto nulla di tutto ciò. Ormai sei grande, cercati un alloggio, e non c'è nessun "noi", l'uomo col quale vivo l'ha detto chiaro e tondo, e aveva tutto il diritto di farlo, che così come non gli interessano nuovi oggetti d'arredamento né bambini appena nati, non si presenterà a quasi-suocere né andrà a prendere nessuno all'aeroporto né prenoterà un ristorante. Mi dispiace che un'altra delle cose alternative e magari anche esoteriche a cui hai partecipato sia andata storta per conflitti cosiddetti interni e che tu abbia il cuore spezzato, ma dov'è che sono le *tue* amiche?

Mi tolsi le cose bagnate e indossai quelle asciutte, ma continuavo a gelare. Jasper affidò agli altri il barbecue per riaccompagnarmi fino al museo, dove avevo lasciato la bici.

Molto galante da parte tua, grazie mille... ma perché proprio psicologia e *queer studies*?

Di fatto ci si era ritrovato, in tutte e due le cose. Entrambi i genitori sono psicanalisti.

Oh. E uno dei due è gay non dichiarato?

Mi misi a ridere. Mi sembrava una bella battuta. Lui però non la capì. Mi guardò come se tra noi ci fosse una barriera linguistica.

In che senso?

Era solo una battuta.

Ah, disse.

Con una serietà così innocente, profonda, che stavo di nuovo per scoppiare a ridere.

Ma mi passò la voglia, perché la bicicletta non c'era più.

Era qui, alla ringhiera.

Purtroppo non proprio alla ringhiera, perché non c'era più posto, ce l'avevo solo appoggiata legando al telaio la ruota posteriore. E adesso era sparita. Ma chi ruba una bici da donna mentre la proprietaria è a nuotare nel Reno? A quanto pare c'è gente così.

Stranieri, disse Jasper.

Che?, chiesi io, come se fra noi ci fosse una barriera linguistica. Siamo stranieri anche noi, dissi infine.

Ma non siamo stati noi, disse Jasper. Hai un'assicurazione?

Ovviamente no.

Ovviamente la bici non era registrata, ovviamente non conoscevo il numero di telaio né altri numeri che si potevano dare. No, non voglio fare la denuncia, perché mai? Dovrò registrare il furto. Sono stata superficiale, ben mi sta. Ma domani con che ci vado al lavoro? Col tram. Oppure mi faccio i trenta minuti a piedi. Mancavano comunque solo cinque giorni alla mia partenza per il Canada.

Jasper non mi accompagnò oltre il ponte, tornò dagli altri e al barbecue. I piedi ricominciarono a farmi male.

Mi sarò tagliata sui sassi, o sul cemento grezzo della riva? Camminando verso casa mi sfilai le scarpe, poi le rimisi. Non c'era differenza.

Ero stanca, ma non riuscivo a dormire per via della bici. Come se rimanendo sveglia avessi potuto riaverla indietro. Alla fine, alle due di notte, chiamai Magnus. Da lui era ancora sera. Non gli avrei detto niente della bici. Magari solo che avevo incontrato Jasper e Andreina.

Ero in mutande, lui vestito di tutto punto.

Bene che telefonavo, disse, stava proprio per scrivermi.

Volevi scrivermi? (Mi fece piacere.)

Il motivo non ti piacerà, temo. (No?)

In breve, il tour fotografico in Canada preferiva farlo da solo.

Il dolore ai piedi mi trapassò come una pugnalata. Nello stesso istante iniziò a girarmi la testa. Si può annegare nell'acqua fredda anche a distanza di tempo? Il mio corpo capì subito quello che era stato detto, ma le parole continuavano a non venirmi fuori:

Cosa?... Cosa?... Perché?... Ma ho già il biglietto!

Lui non balbettò, disse con tutta calma che naturalmente non mi impediva di andare in Canada, anzi me lo consigliava, è bellissimo il Canada, a Toronto però non lo avrei trovato.

Come si chiama? Quella che hai conosciuto e che porti in viaggio al posto mio?!

Prima tacque, distolse per un attimo lo sguardo dalla telecamera e fece una smorfia, poi disse che non si trattava di questo.

E di cosa allora?

Devo riflettere.

Ma tu devi sempre riflettere! (Sembrava fossi ubriaca. Che diamine era?)

Sì, è proprio così.

E io cosa dovrei fare?

Quello che vuoi.

Io voglio stare con te! Voglio risalire il Niagara con te!

Io non risalirò il Niagara, disse in fretta.

Bugiardo!

La luce da lui cambiò, da arancione a blu. Probabilmente il sole era tramontato. Il suo viso ora sembrava molto pallido e distante. Disse che gli dispiaceva, ma adesso doveva andare.

No, urlai. No!

Parliamo quando ti sei calmata, disse.

Urlai contro lo schermo dietro cui non c'era più nessuno, poi mi gettai sulla tastiera: qual era il sito dell'istituto che gli aveva dato la borsa di studio? Martellavo sui tasti, e anche dentro di me sentivo pestare come se fossi finita dentro un concerto d'improvvisazione jazz, come se mi trovassi proprio nel punto in cui i suoni cozzavano l'uno contro l'altro. Ovviamente! Ovviamente non ci sono che donne nell'istituto! Solo donne! Nessuna sembrava da prendere in considerazione, tutte più anziane. Della tirocinante però non c'erano foto. Ma che nome è Ghislaine? È un nome da donna poi? In genere sì. È questa Ghislaine! Di sicuro è questa Ghislaine! Oppure una che ha conosciuto in un bar, a un concerto, mentre faceva foto del Don a Toronto, su un ponte, sono andati in un caffè e poi a teatro e non si sono più separati, lui ha detto: Parto tra cinque giorni, e lei non aveva comunque altro da fare, o magari sì ma ha lasciato perdere tutto ed è andata con lui. E io qui.

Comprare un nuovo biglietto, subito, non lasciargli

neanche cinque giorni di vantaggio! Come se non fosse sufficiente un giorno! Dodici ore. Le due che erano già passate da quando avevamo parlato. Il sole cominciava a sorgere. Giù da lui, su da me, c'è qualcosa che non va qui, qualcosa è andato sottosopra, la luce entra di taglio, non è che sono già in aereo? Ma allora perché continua a squillarmi il telefono? Non è lui ma Paloma, dov'è Paloma, come fa a sapere dove sono? Mi sa che sto perdendo la testa, che devo fare, che devo fare? Guaisco come un cane. Una cagna. Riesco ad arrivare al sito web della compagnia aerea, poi diventa tutto nero.

18.

Cosa le è successo?

Paloma, dissi al telefono. Stamattina sono svenuta, devo farmi vedere da un dottore. Non ce la faccio ad aprire il negozio.

Disse di non preoccuparmi, tanto ormai era tornata lei.

Naturalmente non andai da nessun dottore. Rimasi a casa. Continuai a telefonargli. Lui non rispondeva. Di sicuro in quel momento erano lì a rigirarsi nel letto. O facevano colazione insieme. O già pedalavano lungo il Don. Urlai. Mi sentiranno. Chiameranno la polizia.

Suonavano già alla porta.

Ignorali e basta.

Bussarono forte.

Fanculo!, urlai verso la porta. Sto telefonando!

Continuarono a suonare e a bussare, dissero: È la polizia!

Che avrei dovuto fare? Non potevo lasciare che il computer chiamasse Magnus da solo, né potevo interrompere il collegamento.

Urlai: Che volete?

Che aprissi la porta, dissero con tono smorzato.

Avevo indosso solo le mutande. Neanche belle. E zuppe di sudore.

Un momento!

Mi buttai addosso il kimono. Davanti non si chiudeva più bene. Sembravo una cocotte ormai sfatta in un vecchio film. Aprii la porta così.

Che succede, stavo telefonando!

Volevano solo accertarsi che fosse tutto a posto.

Sì, certo! Ho solo… è una faccenda personale.

C'è qualcun altro in casa?

No. Come ho detto, stavo solo telefonando. Una videochiamata. Pessima connessione. Volete vedere? Spalancai la porta nella speranza che dicessero, no, va bene così, invece entrarono davvero. Lenti, circospetti, un uomo e una donna. La donna guardò in bagno, l'uomo in soggiorno. Solo allora mi accorsi che la pianta di banano era quasi andata. Eppure me n'ero presa cura secondo le indicazioni.

Perché ha gridato?

Ho ricevuto una brutta notizia.

Ha bevuto? Ha assunto droghe?

No, ero solo agitata! Per via della notizia. (Che devo dire, un lutto? O che un viaggio che avevo pianificato, nel quale avevo investito, non ci sarà più perché l'uomo con cui lo avevo pianificato, nel quale avevo investito, l'uomo che desidero, che adoro, a cui ho dedicato la mia vita…) Un lutto.

Condoglianze, dissero, e se ne andarono. Ma dovevo avere rispetto per i vicini e non alzare la voce in quel modo.

Riuscii a dire che mi dispiaceva, non me ne ero accorta.

I vicini dicono che non è la prima volta.

Questo, dissi, non è vero. Non so a chi si riferiscano. Qui, fino alla notizia di questo lutto, è stato sempre tutto a posto.

Devo vestirmi. Pettinarmi, lavarmi il viso, pettinarmi di nuovo. Anche truccarmi. Non troppo, a lui non piace. Solo le labbra e le ciglia.

Telefonai altre tre volte, non rispose. Ricominciai a gridare:

Ti odio, ti odio, ti odio!

Non devo azzardarmi a parlare così. O mi arriva un ceffone. Ma lui non c'è. Non me lo può dare, un ceffone. Vicini di merda. Non ci si può neanche infuriare dopo una notizia del genere?! Pensano che tu sia pazza, ma è quello che succede che è pazzesco!

Non so quanto tempo passò ma nessuno venne più a disturbarmi, forse dunque fui abbastanza silenziosa, e a un certo punto arrivò finalmente un messaggio da lui:

Non ce la faccio più. Lascio Basilea. Trovati anche tu qualcosa di nuovo.

E che adesso avrebbe spento quel cellulare.

Stronzo, vigliacco pezzo di merda, urlai fra i denti. Vigliacco pezzo di merda! Torna indietro stronzo, vigliacco pezzo di merda!

Gridai finché non fui così esausta da non poter più dire né fare nulla.

Non ce la faccio ad andare in Canada da sola. Col biglietto vecchio o con uno nuovo, non cambia. Non posso riuscirci. Non nello stato in cui sono. Se lui non è là ad aspettarmi, non sono neanche capace di arrivare alla navetta dell'aeroporto. Non la troverei. Né potrei rimanere dentro l'aeroporto fino al momento in cui lui dovrà inevitabilmente comparire.

Perché inevitabilmente? Chi ha detto che ha intenzione di tornare?

Ha ancora delle cose qui. Il computer con le foto. A

meno che non abbia già rimosso tutto quello che c'era di importante. Aveva degli hard disk esterni, due addirittura, dov'è che li tiene?

Ne trovai solo uno. Dov'era l'altro? Ma che ce ne fosse almeno uno lo presi per un buon segno. Tornerà. A meno che su questo non ci sia nulla d'importante.

Al lavoro mi diedi malata per tre settimane.

Così grave?

Sì… Preferirei non parlarne più adesso.

Dove sei ricoverata?

Non capisco.

In quale ospedale?

Non sono in ospedale.

Ma che ti sta succedendo? Mi preoccupi.

Paloma voleva venire, prendersi cura di me, aiutarmi, farmi la spesa, ma dissi: Grazie, Paloma, è molto carino da parte tua, Paloma, ma non serve. Ho già un aiuto.

Ed era anche vero. Se fosse stato necessario un aiuto ce l'avevo. Non riuscivo a dormire eppure sognavo che mia madre veniva a occuparsi di me, come se fossi stata gravemente malata. Portava del brodo di pollo preso dal cinese. Dentro ci sguazzavano germogli di soia. Una volta ho vomitato per un involtino primavera surgelato, da allora non mangio più germogli di soia. Cazzo!, urlo, e lei scompare. Il brodo è ancora lì, i germogli di soia sono spariti. Ecco, ora ci siamo. Prendo il brodo e vado con cautela in camera, dove Magnus e la nuova donna stanno seduti a letto. Vi ho portato la zuppa delle feste, dico. Una vecchia ricetta di famiglia della zia Helfer. Nel frattempo, per fortuna, il liquido dentro la scodella si è davvero trasformato in una zuppa. Sono molto sollevata. La trasformazione ha funzionato, è la prova che sono sulla buona strada. Resterò qui e mi occuperò dei lavori di casa, gli dico. So di averlo letto una volta in un racconto di Dacia Maraini. Non mi vergogno ad ammetterlo, nel caso lui dovesse chiedermelo. Non voglio dire di essere la prima ad aver avuto questa idea. Ma non molti la porterebbero fino in fondo. Nel sogno cerco di mantenere una postura che gli faccia capire che io, invece, sono pronta a portarla fino in fondo.

Al risveglio trovai un suo messaggio. Anzi no, era solo quello vecchio. *Lascio Basilea. Trovati anche tu qualcosa di nuovo. Adesso spengo il telefono.*

Rovistai dappertutto ancora una volta, ma di nuovo senza riuscire a trovare il secondo hard disk esterno. E come si fa a collegare quello che ho, per capire cosa c'è dentro?

Non sono così stupida, e per fortuna il mio compagno era un minimalista, non possedeva nulla che non avesse una sua utilità, e dunque uno dei due cavetti nel cassetto della scrivania doveva essere quello giusto. Infatti lo era.

Era tutto protetto da password.

Riuscii a collegare la memoria al computer, ma non a vedere cosa c'era dentro. Non potevo vedere neanche cosa c'era sul computer, anche per quello ci voleva la password. Facendo una ricerca di centri che offrivano un servizio di recupero dati a Basilea ottenni una manciata di risultati nel giro di pochi secondi. Telefonai a uno della lista. Mio padre era morto lasciando questo hard disk esterno che io non riuscivo ad aprire. Furono gentilissimi. Per circa mille franchi potevano dargli un'occhiata.

Decisi di avvolgerlo in una delle mie magliette e di infilarlo in una borsa, con l'idea di metterlo in una cassetta di sicurezza alla prima occasione.

Per il momento mi sembrava più urgente controllare i

numeri di telefono che avevo trovato nella scrivania. Non c'era stato bisogno di forzare il cassetto, c'era la chiave infilata perché in quella fase si fidava di me. O se l'era dimenticata. Poteva capitare anche a lui.

La proprietaria dell'appartamento, o intestataria dell'affitto, faceva di cognome Wilson, questo lo sapevo, era scritto sulla targhetta del nostro campanello. Ma il nome qual era? E dove abitava al momento? In Svizzera o all'estero? E perché doveva avere un cognome così comune?

Si chiamava Ruth. Il nome completo e il suo numero di telefono londinese erano nel contratto di subaffitto. Che era valido per altre sei settimane.

Qui persi la testa per la seconda volta nel giro di poche ore.

Come se un mostro infuocato mi fosse saltato sulla schiena, facendomi bollire gli occhi e scoppiare le orecchie. Quando tornai in me, lunghi fili di moccio erano appiccicati fra naso e mento.

Mi lavai il viso accuratamente con acqua tiepida. Molto accuratamente. Un po' più fresca. Gli occhi erano rossi e bruciavano, ma a parte questo ero a posto. Anche il sudore aveva un odore normale. Mi lavai tutta prima di telefonare all'università.

Che mi ingannasse già da tempo? Forse il suo contratto sarebbe scaduto comunque dopo tre anni?

Era ancora il periodo di pausa dalle lezioni e in segreteria non rispondeva nessuno. Digitai uno dopo l'altro tutti i numeri che stavano sulla pagina del dipartimento. Ogni volta lasciavo squillare fino a che la linea non cadeva automaticamente. Era talmente soporifero che quando finalmente qualcuno alzò la cornetta non ricordavo più qual era l'ultimo numero che avevo digitato.

Era Andreina.

Ti ricordi di me?

Ma certo. La ragazza di Jasper.

La ragazza di Magnus.

Ah.

A quel punto non potevo più chiedere se per caso Magnus le aveva detto che non sarebbe tornato. Mi impappinai, poi riuscii a balbettare che in realtà stavo cercando di mettermi in contatto con Marianne, la professoressa.

Andreina non sapeva dov'era, quando sarebbe tornata. Si sentivano sempre per e-mail.

Sempre così allegra, quell'Andreina. Non ci si poteva proprio parlare.

Riattaccai e scrissi una mail alla direttrice del dipartimento, chiedendole se potevo telefonarle. La compagna di Magnus Otto.

Mi rispose il giorno dopo dicendo che lei era in Ticino, ma certo che potevo.

Avrei voluto essere più brava come bugiarda. D'altro canto, in quel caso, le opzioni realistiche non erano molte. Dissi la cosa più ovvia. Che da un po' di tempo il mio compagno non si era più fatto vivo dal Canada e che ero preoccupata. In realtà avrebbe dovuto già essere di ritorno. Non è che magari con lei…?

No, non si era fatto vivo neanche con lei. Avevo già provato a chiamare l'università in Canada?

(No.) Sì. La settimana scorsa era ancora là.

Sì, ecco, disse Marianne. Come diceva, l'ultimo contatto con lui risaliva a prima della sua partenza. Del resto non è tenuto a presentarmi settimanalmente un resoconto, non le pare?

(Lo disse con gentilezza. Non per darmi una lezione. Non era *realmente* tenuto a presentare resoconti settimanali.) E allora perché avevo una lingua gigantesca, talmente aggrovigliata che non riuscivo neanche a chiedere: Che lei sappia ~~mio marito~~ il mio compagno ha ancora un contratto con l'università di Basilea? Era previsto che tornasse per il semestre invernale?

Posso fare qualcos'altro per lei?, chiese Marianne in lontananza.

No, dissi, e riattaccai rendendomi conto di quant'ero stupida. Avrei dovuto guardare da tempo il programma dei corsi e vedere se c'erano sue lezioni nel semestre successivo.

Sul sito c'era: "L'estetismo. Poetica, critica culturale e provocatorietà di una controversa figura di pensiero tra il XIX e il XXI secolo", tutti i martedì dalle 16.15 alle 18.

Certo che aveva mentito. Aveva un modo di dire le cose per cui sembravano scolpite nella pietra. È tutto vero. Uno che non ha bisogno di mentire. Invece sì. Non ha avuto il coraggio di dirmi in faccia che voleva lasciarmi. E così ha tirato fuori che voleva lasciare Basilea. Però non si è licenziato.

È bello il Canada?, avevo chiesto.

È perfetta, aveva detto.

Perfett*a*!

Continuai a chiamare in segreteria finché non risposero. Parlando con una voce acuta da ragazzina (Perché? Non riuscii a evitarlo), chiesi se il seminario sull'estetismo era confermato. Anche la donna al telefono dovette prima controllare, sentii battere su una tastiera. Se guarda la stessa pagina che ho già guardato io… poi disse, sì, sembra che sia confermato.

Ci sono già molti iscritti?

Di nuovo la tastiera, e poi disse: Undici. Undici studenti.

Dunque non aveva guardato la mia stessa pagina, perché io gli iscritti non li vedevo.

Vuole..., cominciò, ma non avevo tempo di continuare la sceneggiata, dissi brusca: Grazie!, e riattaccai.

Un solo seminario? E dov'è che sei per tutto il resto del tempo? Non fare domande. Ormai è lo stesso. Le lezioni ricominciano tra dieci giorni. Dieci giorni ce la faccio a resistere, anche su una gamba sola! Dieci giorni basteranno anche a cancellare il caos che ho creato in casa (Come può una persona lasciarsi andare in questo modo? Seriamente?!).

Di colpo avevo una tale energia che mi avventai sull'appartamento come se avessi dovuto finire di pulirlo in due ore anziché in dieci giorni. Tolsi dal letto le lenzuola, le lavai e le stirai. Lavai e stirai letteralmente ogni singolo pezzo di stoffa che c'era in casa. Prima la biancheria, poi i suoi vestiti, poi i miei. Lavai, ricucii gli orli e fissai i bottoni. Era vero, ero sempre stata un po' sciatta. Era tempo che ripiegassi tutto alla perfezione e spolverassi *con uno straccio nuovo!* Che raccogliessi i miei lunghi capelli ribelli che si attaccavano ovunque. Fino all'ultimo. Alla fine non so quanto impiegai a tirare a lucido l'appartamento. Persi la nozione del tempo. Ora era giorno, ora era notte. Ricordo che ogni tanto mi veniva sete e bevevo dal rubinetto, che mi preparavo la minestra col brodo di dado facendo ogni volta un bordello allucinante, ma non mi persi d'animo, ogni volta grattavo via la pasta che rimaneva appiccicata alla pentola, al fornello, al lavandino, pulivo e pulivo. Non uscii più di casa, ormai c'era solo la casa per me. Le cime dei ghiacciai che avevamo visitato insieme erano niente in confronto al piano di un tavolo in legno. Con sopra l'impronta di una pentola troppo calda.

Non l'ho fatta io, era già lì quando siamo entrati in casa. Ero contenta di quella ferita visibile. I piccoli errori. La strofinai con dell'olio apposito. Intanto ascoltavo musica. Giravo con attenzione le stazioni radio fino a trovare il pop. Verso la fine dell'estate ricominciò a fare sorprendentemente caldo, ma io tenevo le finestre chiuse, ché i vicini non avessero da ridire anche sui miei gusti musicali. La pianta di banano, ormai, era irrecuperabile. Uscii per la prima volta dopo tutto quel tempo per andare a comprarne un'altra. Feci in fretta, non volevo che lui arrivasse proprio in quella mezz'ora o che Paloma mi vedesse per strada. Avevo dimenticato di informarla che non sarebbero state tre le settimane di assenza dal negozio, ma quattro. Perché non era ancora sicuro. Magari alla fine erano solo due. Grondavo di sudore, la nuova pianta di banano per poco non mi scivolò di mano, anche se era molto più piccola della vecchia. Forse lui l'avrebbe accettata. La buona volontà che mostravo.

Non lascerà le sue cose qui come se niente fosse, non mollerà il lavoro senza una parola, tornerà e io mi comporterò da adulta, e chissà, forse potremo chiarire tutto.

Lo capisco. Un uomo deve avere i suoi spazi. Sono pronta a garantirti i tuoi spazi. Lo capisco.

Nessuno è perfetto. Neanche "lei". E neanche lui. Ma io, è chiaro, meno di tutti. Nei due giorni che mi restavano non potevo diventare più snella, più intelligente o più brillante, ma del viso, dei capelli e dell'abbigliamento potevo prendermi cura.

(Perché ti lasci sempre andare, non appena stiamo insieme per un po'?)

Anche troppo non va bene. Eleganza. L'eleganza mi manca, è vero. Perché, mamma, non mi hai dato l'aspetto della donna ideale? O non mi hai insegnato come lo si diventa? Perché non lo sei stata neanche tu? Adesso finalmente capii perché lui voleva lasciarsi alle spalle in modo così categorico la provincia e l'Est. Puzza come merda di cane. Ti do ragione. E anche dove non ti do ragione, capisco cosa intendi.

Feci il possibile per rimpiazzare a casa parrucchiere, estetista, manicure e pedicure. Per fortuna avevo anche un paio di orecchini che lui non aveva ancora visto. Simili a perle nere, solo di plastica, ma alla prima occhiata non si vede. Con quelle ho davvero un'aria elegante.

A partire dal momento in cui l'aereo originariamente prenotato insieme doveva decollare, seguii il volo via internet. Decollò, attraversò l'oceano, atterrò. Facciamo conto che dopo l'atterraggio vada storto tutto quello che può andare storto: nel giro di cinque ore sarebbe stato comunque a casa. O sei. Ma già dopo due ore cominciai ad aspettare come in preda alla febbre. Sudavo, mi annusavo, mi dovevo lavare. Mi lavavo più in fretta che potevo, mettevo il deodorante, ma nessun profumo forte. I profumi forti sono poco fini! Avevo fame e anche sete, cominciava a girarmi la testa, avevo già l'alito cattivo. Anche l'acqua del rubinetto aveva uno strano sapore. La sputai nel lavandino. A un certo punto mi appisolai sul divano in soggiorno e, naturalmente, in quel momento arrivò. Mi svegliai, e lui era in piedi nel soggiorno.

Che ore sono?, chiesi.

Non rispose. Si lasciò scivolare il pesante zaino dalla spalla. Sembrava stanco. Era un viaggio faticoso, lo capisco.

Che ore sono?, chiesi di nuovo.

Di nuovo non rispose. Uscì, andò in cucina. Lo sentii prendere un bicchiere, aprire il rubinetto, bere, posare il bicchiere.

Ascolta, disse sedendosi accanto a me sul divano, la coscia premuta contro la mia, un braccio intorno alle mie spalle. Mi guardò negli occhi con dolcezza e disse, semplicemente, che non poteva più funzionare.

Cosa?, balbettai.

Tutto questo.

Fece un gesto indicandosi intorno. Stava già camminando nervoso avanti e indietro di fronte a me. Io ero ancora seduta sul divano. I capelli raccolti in una treccia che al momento, lo sentivo, mi stava tutta storta sulla testa. Avrei dovuto scioglierla. Ma non mi muovevo. Lo guardavo camminare nervoso su e giù. Un po' mi faceva piacere. Ha tutte le ragioni di essere nervoso. Ora sa che io so che ha solo provato a prendermi in giro, che non aveva mai avuto intenzione di andarsene.

Tutt'altro, disse. L'ho già fatto.

Si sedette di nuovo accanto a me e mi mostrò pazientemente che nel frattempo "L'estetismo. Poetica, critica culturale e provocatorietà di una controversa figura di pensiero tra il XIX e il XXI secolo" era stato cancellato dall'elenco dei corsi. Annullato. Esattamente come le altre due attività che avrebbe dovuto gestire e che avrei trovato se avessi guardato anche negli altri settori del dipartimento e non solo sotto *Cultural Studies*. Ma tu sei fatta così, disse. Vivi nel tuo mondo.

Proprio tu mi dici una cosa del genere!

Alzò le spalle, quasi allegro.

Poi ricominciò a camminare nervoso su e giù. Disse che avrebbe desiderato che io fossi in grado di capire di cosa parlava, ma sapeva che era una speranza vana.

Capisco ogni parola, dissi.

Liquidò la mia risposta con un cenno.

Dimmi semplicemente come si chiama, dissi, sentendo che il mio cuore animale ricominciava a battere come impazzito. In verità ero io la selvaggia fa noi due. Mentre lui: sempre pacato e stanco. Faceva fatica a rimettersi lo zaino in spalla.

Gli dispiaceva che non fossi pronta ad affrontare la situazione in maniera ragionevole. Non voleva insistere su questo, ma ufficialmente non dovevo neanche essere lì. Naturalmente stava a me la scelta, se rimanere o meno a Basilea, anche questo non poteva impormelo. Era disposto a pagarmi una stanza per una settimana o due intanto che...

Ficcatela in culo la stanza, stronzo!

Sospirò. Come se se lo fosse aspettato.

Mi strappai finalmente il laccetto dai capelli per togliermi quel ridicolo palmizio dalla testa, ma ormai era inutile anche questo. La proletaria scalza si mette un abito rosso per nulla se poi lo sgualcisce a furia di rigirarsi sul divano, e se il suo viso ora ha lo stesso colore dell'abito, mentre urla che non si può trattare una persona in questo modo!

Non gridare, per favore, disse. Parlava piano, come uno che sì, mi vuole bene, ma proprio non è fatto per passare la vita con me. Il pensiero che potesse essere vero, e la consapevolezza che non lo era, mi fecero scoppiare in lacrime.

Disse di nuovo che gli dispiaceva. Che fosse così stanco giocava a mio favore. Neanche la sua forza è infinita. Ormai sta tremando.

Ho il tuo hard disk esterno!, gli urlai addosso.

Era ancora avvolto nella maglietta, con quella lo feci penzolare fuori dalla finestra.

Ma lui rimase fermo lì e basta, sempre più spento, sempre più pallido.

So cosa vuoi, disse. Non lo avrai.

Se non viene lui da me ci vado io, mi ci butto addosso, non sono così forte ma almeno, grazie al cielo, sono pesante. Probabilmente ora abbiamo quasi lo stesso peso. Qualche livido almeno ci sarà. Cadiamo a terra, sento il duro del pavimento contro le scapole, contro la nuca, anche abbastanza forte, sono caduta sulla nuca, niente di grave, fa solo male, e da sopra sento le sue ossa del bacino che mi perforano l'inguine. La cosa mi eccita, anche se siamo talmente stretti l'uno all'altra che sarebbe impossibile fare sesso. Non vorrei più fare sesso con te comunque, dice. Mi metto a piangere. Voglio muovermi ma mi tiene bloccata per i polsi, anche questo fa male. Do strattoni per liberarmi, ma lui è troppo forte. Potrei tirargli un calcio? No, non ce la faccio, sono come dentro una morsa, come se non fossi più semplicemente sdraiata su assi di legno ma tra due blocchi di cemento che stanno per schiacciarmi. Possibile che non si limiti a buttarmi in mezzo alla strada ma che mi schiacci dentro il palazzo? Non avevo mai pensato a quella eventualità. Mi prese il panico. Non voglio! Non voglio essere schiacciata sotto il pavimento, nel controsoffitto, è disumano! È disumano!, urlo. Perché sei un essere così disumano? Ormai la pressione e il caldo sono talmente intensi che non ce la faccio più, perdo anche l'ultimo briciolo di forza che mi restava, sono pronta ad arrendermi. Lascio che le lacrime mi salgano agli occhi, non sono più lacrime di dispetto e rabbia, ma quelle che ho trattenuto finora, le lacrime della perdita, dell'ammissione di una sconfitta. Mi arrendo, singhiozzo, mi arrendo, lasciami!

Dopo, quello che so è che mi ha sollevata prendendomi per le braccia perché non riuscivo più a rimettermi in piedi. Le sue dita mi perforavano le ascelle, faceva male.

Quando fui di nuovo sdraiata su qualcosa di morbido, vidi per un attimo con la coda dell'occhio la pianta di banano. Era tutta marrone.

Può aprire gli occhi, così posso valutare le sue condizioni?

Questo è successo già in ambulanza. Prima, mentre mi trasportavano di sotto, un refolo d'aria nella tromba delle scale mi aveva fatto riprendere conoscenza per un attimo. Avevo sentito qualcuno chiedere: Cosa le è successo?

Mi aveva trovato Paloma, venuta a cercarmi dopo una serie infinita di chiamate e messaggi senza risposta. Era stata così intelligente da riuscire a entrare nel cortile del palazzo, da dove avrebbe potuto sentire meglio se il mio telefono squillava. Ma io avevo chiuso tutte le finestre. Quando aveva visto che i vetri cominciavano ad appannarsi aveva dato il tormento all'amministrazione di condominio finché non avevano telefonato a Ruth, e lei aveva dato il permesso di aprire l'appartamento.

Mio Dio, disse Paloma, come si fa a essere così irragionevoli!

Ma non avevo nulla, a parte il fatto che ero quasi disidratata.

Mi fecero delle flebo. Una sacca era dorata. Quando riuscii di nuovo a parlare, mi mandarono una cosiddetta esperta di disturbi psicosomatici. Le dissi ciò che fino a quel momento avevo taciuto a chiunque altro. Che il mio compagno mi trattava brutalmente. Mi maltratta fisicamente e psicologicamente da anni, per questo sono crollata.

Pensavo, ora chiamerà la polizia o qualche altro funzionario, ma non lo fece.

Dov'è il suo compagno adesso?

Ero in trappola. Sia che avessi detto non lo so, sia che avessi detto che era in Canada.

Alle infermiere la storia arrivò così, che avevo avuto un esaurimento nervoso per una faccenda amorosa.

Nessun uomo vale tanto, disse una delle infermiere.

L'esperta di psicosomatica mi diede l'indirizzo del pronto soccorso psichiatrico, nel caso le cose fossero peggiorate. Anche Paloma promise di tenermi d'occhio. Voleva portarmi subito da lei, ma io insistetti per passare prima a casa nostra. Non avevo con me nulla a parte il vestito rosso sgualcito con cui mi avevano trovata.

Quando entrammo nell'appartamento, trovammo un'anziana signora. Era Ruth Wilson. Era molto contenta di vedermi, si stava già – pur senza conoscermi – preoccupando molto. Bene che ero arrivata. Tutte le cose personali dovevano sparire prima che entrasse il nuovo inquilino.

Da quando, chiesi. Da quando sapeva che ce ne saremmo andati.

Fin dall'inizio.

Sorrise imperturbabile. Sebbene si vedesse chiaramente che nulla era pronto, che cioè qualcuno non sapeva che lui, vale a dire lei, doveva andarsene di lì.

Poi, di nuovo, non ricordo molto. L'iniezione che mi somministrarono in ospedale fece effetto ancora per una settimana. Era così forte che non avevo abbastanza energia per capire cosa portavamo con noi e cosa no. Paloma e Ruth scambiarono qualche parola, e poco dopo ero a casa di Paloma con qualche borsa e qualche cartone.

Mi sistemò in una stanza con un letto a baldacchino e tanti graziosi oggetti molto femminili. E quando me l'aveva preparata? Non l'aveva preparata affatto, era la vecchia stanza di sua figlia.

Hai una figlia?

Sì, aveva una figlia di vent'anni di nome Anna, ma studiava a Milano e dunque potevo restare tutto il tempo che volevo. Prima di diventare madre, e per un po' anche dopo, Paloma aveva vissuto in molti appartamenti in condivisione, era abituata ad avere coinquilini. Aveva un gatto che chiamava Pablo. Accarezzai il gatto e aspettai che Paloma uscisse, in modo da poter uscire anch'io. Le mie cose erano ancora sistemate con cura tutte insieme. Se mi sbrigavo forse riuscivo a rientrare nell'appartamento e a prendere anche quelle di Magnus. Ma Paloma continuava a non andarsene, in pratica non usciva mai da quel dannato appartamento, e io ero talmente esausta per l'iniezione che continuavo ad addormentarmi, e quando mi svegliavo Paloma era ancora o di nuovo lì. Disse che stava aspettando una persona, e poi venne fuori che questa persona era mia madre. Chi era stato a informarla? Paloma, naturalmente, a cui alla fine avevo raccontato tutto e che dunque mi aveva tradita.

Erano state le stampe delle foto a rovinarmi. Il fatto che, mentre raccoglievo le cose nell'appartamento di Ruth Wilson, avevo aperto il cassetto della sua scrivania e le avevo viste lì. Una parte di me sapeva che la soluzione era infilarle tranquillamente in borsa come se fossero mie, ma erano troppe, non riuscivo a tenerle in mano tutte insieme, avevano cominciato a cadermi per terra sparpagliandosi dappertutto, sotto il letto, in angoli inspiegabilmente lontani, e io mi ero messa a urlare, non riuscivo a smettere. Ruth Wilson mi aveva guardato con tanto d'occhi. Paloma mi aveva accarezzato i capelli per consolarmi, e allora io le avevo raccontato quello che ero in grado di raccontare. A frammenti.

Che ci vado a fare alla polizia, Paloma, cosa potrei dimostrare, e tu cosa vuoi testimoniare che non c'eri, non ci sono tracce e l'ho già detto in ospedale, nessuna reazione, cosa vuoi che denunci, ufficialmente non dovrei neanche essere qui ma di fatto ora potrei anche rimanerci, mi hanno dimessa come guarita...

Non come guarita, ma come fuori pericolo, aveva detto Paloma, e che di lasciarmi da sola chissà dove non se ne parlava neanche, che mi guardassi un po', ero un relitto, l'ombra della donna che aveva conosciuto. Ora dovevo fare la brava e andare da lei, e prima che potessi accorgermene qualcuno aveva raccolto da terra le foto di Magnus, Ruth o uno dei suoi aiutanti. Quella donna era davvero molto anziana, per svuotare l'appartamento si era portata due ragazzi giovani.

Paloma mi aveva detto che dovevo calmarmi, innanzitutto calmarmi finché gli aiutanti di Ruth non avevano finito di pulire, di più non chiedeva, poi avrei sicuramente riavuto le cose che mancavano, Ruth lo aveva promesso. E così restai seduta sul divano di Paloma con il gatto sulle ginocchia finché mia madre non comparve sulla porta. Avrei preferito cospargere d'acido quelle due subdole intriganti, ma quando mia madre cominciò ad accarezzarmi le guance e a baciarmi all'attaccatura dei capelli, tutte le forze mi abbandonarono un'altra volta.

Partimmo insieme con il treno. Non mi ricordo quasi nulla. Mia madre comprò dei panini e qualcosa da bere, e in treno telefonò alla sua dottoressa. Una signora anziana protestò che quella era la carrozza del silenzio. Mia madre le comunicò con gelida cortesia che purtroppo in caso di emergenza non è possibile tenerne conto, e grazie per la sua comprensione.

Dalla stazione andammo direttamente dalla dottoressa. La sentii dire che mi avrebbe fatto ricoverare in una clinica, ma alla fine mia madre mi portò a casa sua. Mi furono nuovamente prescritte delle pillole. Mia madre controllava che il dosaggio fosse quello giusto. Come da Paloma, stavo semplicemente seduta in casa di mia madre dove tutto mi appariva altrettanto estraneo, solo molto meno elegante. Com'è possibile che l'appartamento di mia madre abbia un odore così diverso da quello che conosco? Chi è questa donna che appende al muro quadri di limoni? Cosa sono queste tende color albicocca, che sta succedendo? E questo appendiabiti a forma di essere umano? Non facevo altro che pensare a queste cose. La parte del mio cervello in cui c'era Magnus, o anche solo Basilea, era sigillata. Come faceva quella simpatica vecchia dottoressa ad avere delle pillole che sigillavano una parte di cervello?

Mia madre conosceva non solo quella dottoressa, conosceva anche una donna, ex attrice come lei, che faceva le costellazioni familiari. Anche lei, mia madre, stava imparando, e poi le avrebbe fatte insieme a Nana. Questo era il nome della sua ex e attuale collega. Dovevo andarci anch'io, almeno a vedere. Oppure assumere un ruolo nella rappresentazione familiare, se non volevo che facessero la costellazione loro.

No, grazie.

Mia madre disse che nel mondo del teatro erano in tanti a seguire quel metodo.

Lo so. No, grazie.

Non ci sono grandi costellazioni da fare con me. Ho perso Ingrid e con lei Sonja. NC, Walter, Elisabeth. Loro ce li ho solo se ho Ingrid. Ingrid è la chiave. Devo telefonare a Ingrid. Pregarla di perdonarmi. Il rimpianto mi travolse con una violenza tale che temetti mi sarebbero caduti gli occhi, la gola, la lingua a forza di piangere. So che la lingua è un organo enorme, non ce la si può semplicemente strappare via dalla gola, ma quando mi guardo vedo una donna con al posto della bocca una cavità nera e vuota, una gola nera e vuota. Riuscii a malapena a riprendermi prima che mia madre tornasse a casa, ma dovevo farlo per forza, altrimenti non avrei potuto impedirle di prodigarsi ancora di più. Chissà poi dove mi porta, chi fa venire. Queste pillole sono uno schifo. Ho bisogno di qualcosa di più forte. Perché non c'è una sola pasticca in tutta la casa? Perché le alcolizzate astinenti non assumono neanche medicinali? Ma lei continua a bere, l'ho visto! Alla fine mi venne in mente dov'erano le pillole per il mal di viaggio che fanno venire sonno, e chissà che succede se le si prende tutte. Ma me ne erano rimaste solo due. Le ultime due.

Mi svegliai di nuovo quando mia madre disse che Sonja aveva telefonato.

Sonja? Davvero? (E io che pensavo di non piacerle!)

Sì, disse mia madre. Non è una bella notizia purtroppo. Dice che Ingrid se n'è andata.

19.
L'essere fecondo

La seppellirono in una bara. Quant'era piccola.

Sonja tenne un discorso, un discorso rabbioso che parlava della forza. Pensai che quello era senza dubbio l'ultimo dei suoi spettacoli a cui avrei assistito. NC era completamente a pezzi.

Tornai alla villa da Judit e Albert. Gli raccontai come stavano le cose. Che ero quasi senza soldi. Probabilmente di lì a tre mesi non avrei avuto più nulla, ma o finivo adesso quel lavoro o non lo avrei finito mai più. Li pregai di farmi credito per quel periodo, e loro lo fecero. Ogni sera ricevevo un piatto di stufato e il giorno dopo gli avanzi, e latte macchiato con fiocchi d'avena per colazione. Con un rasoio mi tagliai di nuovo i capelli corti, in modo da non dover sprecare tempo e soldi neanche con quelli. Scrissi della "silenziosa e segreta sicurezza di sé" delle donne borghesi del XIX e della prima metà del XX secolo, e della non più così silenziosa sicurezza di sé delle "sventate figlie della modernità", e quando rischiavo di perdere interesse per le "condizioni di vita e le difficoltà delle donne nella società borghese", pensavo a Ingrid e riuscivo ad andare avanti. Quando mi venivano in mente NC, mia madre, mio padre o Magnus, soffocavo il pensiero concentrandomi su Sonja. Non distrarsi e non lasciarsi scoraggiare da fasi di scarsa creatività e fragilità emotiva. Concluderò il dottorato, fosse l'ultima cosa che faccio, e poi basta! Non diventerò una ricercatrice, è un dato di fatto. Questo soltanto, e poi sarò libera.

Mia madre disse che sarebbe venuta alla discussione della tesi, io dissi: No, ti prego. Mi ritrasformo in una bambina quando ci sei tu. Lo capì.

NC era ancora in lutto profondo. Gli altri due esaminatori, in compenso, erano energici e sicuri di sé come bisogna essere in campo professionale, e come può essere solo chi non sa nulla degli abissi infernali dell'amore e del dolore, nulla di ciò che sapevamo io, NC e anche mia madre. Se lo avessero saputo anche loro, non sarebbero stati così energici e sicuri di sé. Oppure, al contrario, sapevano cose che noi non sapevamo. Poteva anche darsi.

Nelle sedie riservate al pubblico c'erano poche persone sparse qua e là, non mi sembrava di conoscerne nessuna. Magari erano lì solo per osservare in pace gli affreschi sul soffitto: *La nascita*, *L'essere fecondo*, *Il trapasso*. Solo gli esaminatori facevano domande, io risposi (cercando di mostrarmi in sintonia con il mio argomento), discussi quello che c'era da discutere, il mio essere quello che ero, appunto, più feconda possibile. Intanto guardavo NC e lui guardava me. Forse tutto sommato potevamo ancora metterci insieme, io e lui. Con la defunta Ingrid come nostro comune amore. Ma naturalmente: no.

Alla fine ottenni un *cum laude*. Spiegarono perché. Irrilevante. Il dottorato, insieme alla lettera di presentazione di Walter, mi aiutò a ottenere una sostituzione di maternità nell'ufficio stampa di una casa editrice berlinese. In pratica fu quello il momento in cui si decise che, tutto sommato, potevo continuare a vivere ancora un po'. Rimasi da Judit e Albert, e fu un grande sollievo. (Avrei potuto occuparmi di loro quando fossero diventati vecchi. E loro in cambio potevano lasciarmi la villa. – Ma queste sono cose che nella realtà non succedono.) Ogni mese gli restituivo un po' del mio debito. Con quel ritmo lo avrei ripagato in un anno esatto. E un anno durava il mio contratto. Su un anno è facile avere uno sguardo d'insieme.

La casa editrice, una di quelle cosiddette piccole e indipendenti, operava in cinque stanze al pianoterra di un palazzo d'inizio secolo che si trovava in una strada laterale. In realtà gli spazi erano ormai troppo angusti, ma l'appartamento era troppo bello, e ci si era abituati alla zona. Ad assumermi fu il capo ufficio stampa (capo e unico dipendente del cosiddetto settore), un uomo severo e pieno di stile che si chiamava Karsten e che si presentò come mio diretto superiore, ma aiutavo anche Linh del settore diritti, con la quale condividevamo l'ufficio. *"El País" has read the Spanish translation of* Day in Day out *and* loved *it!* I responsabili del commerciale e degli eventi si dividevano un'altra stanza, le lettrici venivano solo alle riunioni. A parte Karsten, l'editore era l'unico uomo dell'ufficio. Me lo presentarono solo dopo che Karsten mi aveva scelta e Linh aveva dato la sua approvazione. Di primo acchito sembrava così giovane che all'inizio pensai avessero voluto farmi uno scherzo. Presentarmi uno stagista per vedere se me ne accorgevo. Portava occhiali di corno e la riga da una parte, e dovette quasi emergere dalla gigantesca sedia dietro la scrivania per stringermi la mano e dire con modestia il suo nome. Guardandolo da vicino si capiva che eravamo più o meno della stessa età e all'incirca anche della stessa altezza. Pensai che mi avrebbe detto o chiesto qualcosa, ma non disse né chiese nulla. Karsten mi indicò la strada verso l'uscita.

È riservato, però.

Sì, è il suo bello. Lo puoi chiamare Ben.

La segreteria, cosa piuttosto scomoda, si trovava proprio in fondo, nella stanza più piccola, e dava sull'ombreggiato cortile interno. Se suonava il campanello la nostra segretaria Ildi doveva accorrere nella grande stanza all'ingresso, tuttavia c'era sempre qualcuno che all'ampio tavolo ovale al centro leggeva, scriveva o faceva telefonate, in genere proprio io, perché da Karsten e Linh non c'era abbastanza spazio. Così ero io a ricevere per prima la posta. I manoscritti non richiesti li accettavamo ormai solo se spediti via mail e con allegati inferiori ai 5 Gb. Tutto ciò che eccedeva queste dimensioni o non conteneva una sinossi veniva cestinato. Qualsiasi invio cartaceo veniva gettato via senza essere letto. Non conserviamo nulla, non rispediamo nulla neanche se già affrancato, se dopo sei mesi non avete nostre notizie consideratelo un no, era scritto sul nostro sito, e lo stesso dovevo dire io nel caso qualcuno mi mettesse in imbarazzo telefonando o addirittura passando di persona. Nel cortile ombreggiato avevamo un nostro bidone richiudibile per la carta.

Potrei anche dare un'occhiata ai manoscritti, prima che li gettiamo via.

Leggi prima quello che già abbiamo e che cerchiamo di vendere, disse Karsten.

Quelli li ho già letti, come si evince dai miei comunicati stampa.

Scrivevo ottimi comunicati stampa.

In questo sei davvero brava, disse Karsten. Vorrei vedere se non lo fossi. Col telefono invece hai margini di miglioramento.

?

A volte parli come una bambina, a volte come se volessi sedurre qualcuno, altre come se volessi dargli una lezione. Non vogliamo niente di tutto questo.

Neanche la seduzione?

Lo dissi sorridendo civettuola. (Il mio primo sorriso civettuolo dai tempi di Basilea. Sentii che tornava a far parte di me. Dovevo prenderlo per un buon segno.)

Karsten non era del tutto privo di senso dell'umorismo, mi concesse a sua volta un mezzo sorriso.

Non sarebbe male se tu avessi anche una quarta opzione, un tono cordiale e professionalmente solerte, aggiunse.

Ci proverò.

Ma poi finì lì.

Il martedì ci riunivamo tutti per discutere nella stanza grande, il mercoledì le lettrici, Ben e Karsten, il giovedì mattina Karsten, Linh e io, il giovedì pomeriggio Karsten, Linh, qualcuno della nostra agenzia pubblicitaria e io. La stanza grande diventava un porto di mare, si stava lì anche a bere caffè, a mangiare e a chiacchierare. Quando Ben non c'era, per telefonare potevamo usare anche il suo ufficio. Io non solo mi sedevo nella sua enorme, comoda poltrona, standomene stravaccata lì per un po' a guardare tutto quello che aveva – non molto: una grande libreria, un tavolino rotondo con tre poltroncine, una piantana, una grande foto in bianco e nero di una pittoresca città semidistrutta –, mettevo anche i piedi sul tavolo.

Be', disse Karsten.

Scusa, dissi. Era solo per un selfie. (Falso.)

Non saranno mica una cosa abituale, i selfie?

Come se mi avesse gettato addosso la proverbiale secchiata d'acqua fredda... Per non perdere del tutto il controllo, gli diedi ragione.

Hai ragione. In verità non era per fare un selfie. È stata solo una sciocchezza.

La tua gonna è troppo corta, disse Karsten. Anche se di solito non ti si vede in pose del genere: comunque rappresenti la casa editrice.

Ammisi che anche su questo aveva ragione.

Mi fa piacere che tu sia così ragionevole, disse Karsten, e tutto fu di nuovo a posto.

Non era un lavoro a tempo pieno, dunque i soldi non erano molti, ma non ne servivano molti. Una parte non trascurabile del mio stipendio finiva in abiti, scarpe e make-up adeguati, per l'ufficio e più ancora per le serate, quelle organizzate da noi e alcune che ci interessavano e che non mi perdevo mai. (Vai in mezzo alla gente. Fallo e basta. Inginocchiati e crederai.) Vestivo in modo talmente eccessivo da attirare una certa attenzione. Karsten poteva essere soddisfatto di me, e Ben, all'occasione, non poteva evitare di presentarmi alle persone con cui parlavano. Muna, la nostra collaboratrice.

Porgevo con grazia la mia mano bianca come la neve con le unghie laccate di rosso, e dicevo il mio nome per intero: Muna Appelius. Mi trova allo stesso numero di telefono di Karsten.

Più facevo la parte della giovane donna colta, tanto istruita e impegnata quanto allegra, e più quasi lo diventavo. Per perfezionare il quadro, con quel che mi restava dello stipendio ricominciai a prendere lezioni di canto.

Carole nel frattempo era andata via da Berlino, la mia nuova insegnante si chiamava Annkathrin. Era soprano, e diceva che era sulle note alte che dovevo esercitarmi. Studiai la parte del contralto nell'*Ave Maria* di Verdi, *Buß und Reu* dalla *Passione secondo Matteo* e qualche brano che avrebbero potuto chiedermi del *Messiah*, e feci domanda per entrare in un coro che occasionalmente si esibiva persino con la filarmonica. Non ero proprio il miglior contralto disponibile, ma mi presero lo stesso. Prove due sere alla settimana (lunedì le donne, martedì gli uomini, venerdì insieme), più gli spettacoli.

La prima cosa grossa a cui partecipai fu, alla filarmonica, un'opera per bambini sul labirinto del minotauro, insieme ad altri due cori di adulti e due cori di bambini. Portai in ufficio a Ben un invito per la prima.

I suoi bambini erano ancora troppo piccoli purtroppo.

Sì, in effetti a due e quattro anni sono troppo piccoli.

Ci sorridemmo.

E una cosa che le volevo chiedere: mi farebbe piacere leggere i manoscritti.

(Perché subito quella faccia guardinga?)

Gratis, dissi.

Non gli fu di grande aiuto.

Le nostre lettrici sono Regina e Martina.

Sì, certo.

Gli raccontai che la mia carriera era cominciata così. A diciott'anni facevo la lettrice per una rivista letteraria e poi per la Eumeniden di Vienna. (~~Anzi di più, ero co-editrice, anche se non mi chiamavano così.~~ Questo non lo dire. Se poi pensa che tendi a sentirti poco apprezzata blocca tutto.) E qui ho fatto da lettrice per la

Joconde. (Per esseri precisi lo avevo quasi fatto prima di trasferirmi a Basilea. Ma non c'è bisogno che sappia neanche questo.)

Alla fine Ben disse che mi avrebbe spedito due cose, dovevo scrivergli cosa ne pensavo.

Due giorni dopo gli spedii due pareri di una pagina e mezza con queste conclusioni: la riscrittura dello *Straniero* di Camus fatta da un autore ungherese ancora poco conosciuto è interessante, i *Nuovi appunti femministi* di una nota giornalista tv no.

Lasciò passare una settimana prima di convocarmi.

Il fatto è che della giornalista venderemmo qualche copia, dell'autore sconosciuto probabilmente quasi nulla.

Di giornaliste tv che si ritengono femministe, e quel che è peggio anche scrittrici, ce ne sono a bizzeffe, dissi. Se non possiamo o vogliamo correre rischi con uno sconosciuto, allora non dovremmo fare nessuno dei due. Sarebbe meglio fare soldi vendendo calendari.

Calendari.

Gatti, rose, antiche qualità di mele. Cose così. Guide letterarie. O qualcosa sulle api.

Mi fissò, non saprei dire come: meravigliato? Poi sorrise. Ricambiai il sorriso.

Da lì in poi cominciai a ricevere di tanto in tanto manoscritti vari da Martina. A stretto giro le rimandavo indietro una prima sintesi: vale la pena/non vale la pena leggere oltre. Come concordato, non mi diedero un centesimo.

Nel coro c'erano due uomini non sposati più o meno della mia età, un commercialista e un neurologo, entrambi tenori. Il commercialista frequentava anche una scuola di danza ("con un'amante platonica"), il neurologo aveva un abbonamento a teatro. Purtroppo non avevo tempo di fare loro compagnia.

Devo leggere.

Devi cosa?

Leggere.

Ma puoi leggere anche un'altra sera.

Purtroppo no, è urgente.

Una lettura urgente?

Esatto.

Nel senso che ti metti a letto e leggi?

Proprio così.

O nella vasca da bagno?

Non ce l'ho la vasca. (Il che non ti impedisce di immaginarmi nuda, è chiaro.)

Se non leggevo, andavo di preferenza a quelle serate dove sapevo che anche Ben sarebbe stato presente. Potevo vedere la sua agenda digitale in casa editrice. C'erano persino i suoi appuntamenti privati. Quando aveva la pulizia dei denti e quando doveva occuparsi dei bambini e che giorno doveva essere alle 20 all'Institut français. A volte tramite la casa editrice riuscivo a farmi inserire nella lista degli ospiti, a volte dovevo pagare l'ingresso. All'inaugurazione delle giornate letterarie israelo-tedesche l'ingresso era libero, però ci voleva un invito per il ricevimento a seguire. Ben notò la mia presenza con una certa irritazione.

Ha ricevuto anche lei un invito? (In casa editrice eravamo gli unici a darci ancora del lei.)

Dissi la verità: me ne ero autospedito uno.

Inarcò le sopracciglia, si appuntò meglio gli occhiali sul naso e poi si rivolse di nuovo al gruppo con cui era in piedi intorno a un tavolino alto. Io presi posto alla lunga tavola lì accanto, dove stavano per lo più i dipendenti del teatro che aveva ospitato l'inaugurazione. E poi di colpo c'è un tizio, un drammaturgo di nome Stefan, che conosce il teatro di Jüris, e anche mia madre, e ci mettiamo a parlare. Dei bei tempi andati subito dopo la caduta del Muro quando lui era ancora giovane, il suo primo lavoro finiti gli studi, che anni meravigliosi erano stati! E mia madre era fantastica! Una donna stupenda e gentile con tutti, vive ancora a Jüris? Recita ancora? Risposi con cordialità e in modo veritiero, mentre con la coda dell'occhio guardavo Ben. Stefan fu contento di sapere che mia madre aveva avuto un ingaggio a Brema. Ora interpretava le donne anziane in Shakespeare, in Čechov, in Molière, dissi, guardando Ben con la coda dell'occhio. E la parte della madre in *Feuergesicht*. Quella era il suo cavallo di battaglia. Stefan era contento di sentirlo. Vedevo che anche Ben mi guardava con la coda dell'occhio.

Quando se ne andò, me ne andai anch'io. Lo raggiunsi fuori dalla porta, dove stava aspettando un taxi. Fu gentile, mi chiese se poteva darmi un passaggio. Io come al solito ero arrivata in bici, ma pensai che potevo lasciarla lì e andare in taxi con lui. Prima però volevo dire di no, e acconsentire solo dopo. Purtroppo mi andò male, perché non feci in tempo a dire:

Ma no, grazie, non è necessario,

che arrivò il taxi, Ben annuì amichevolmente:

Bene, allora!

e il taxi partì con lui, prima che potessi fare altro.

Se mi sentivo respinta e anche un po' umiliata era tutta colpa mia (Che ti aspettavi? È stata una strategia idiota!), e tuttavia per il resto della settimana preferii non partecipare agli eventi in cui ci sarebbe stato anche lui. Bisogna anche farsi desiderare.

Andai alla cineteca e mi vidi quello che davano in

quel momento. Una serie di film di Antonioni. Quel giorno c'era *L'avventura*. Alla scena in cui Monica Vitti è per strada e aspetta, e gli uomini in camicia bianca le si raccolgono intorno e la fissano – stanno in gruppo e la guardano, si appoggiano alle balaustre e la guardano – cominciai a piangere e non smisi fino a quando, verso la fine del film, il personaggio da lei interpretato scoppiava in lacrime; ma solo per un istante, perché ricominciai un attimo dopo quando lei poggiò la mano sulla testa dell'uomo che piangeva a sua volta. Spingendo a mano la bici attraversai la città, una città che non era né buia né vuota né silenziosa né in bianco e nero. Alla villa, in camera mia, indossai un tubino e mi cotonai persino un po' i capelli (pur rendendomi conto di quanto fosse ridicolo, per cui li cotonavo e poi li stiravo di nuovo, li cotonavo e li stiravo di nuovo), e poi uscii a passeggiare per le strade di notte, nel nostro silenzioso, decoroso quartiere. Mi identificavo a tal punto col personaggio del film da considerare plausibile che a un certo punto Ben, o chissà, magari persino Magnus, potesse sbucare da una di quelle strade e trovarmi. Andò avanti così per ore: Ben, Magnus, no meglio Ben, non so se potrei sopportare di incontrare Magnus, se non morirei sul posto, ma se arrivasse Ben, credo, per lui sarei all'altezza. Ma ovviamente non arrivò nessuno, neanche qualcuno che non conoscevo ancora. A un certo punto fui abbastanza stanca da poter tornare a casa.

Questo succedeva di venerdì. Trascorsi tutto il fine settimana a vedere i film di Antonioni che proiettavano alla cineteca. Alla fine dell'*Eclissi*, quando nessuno degli innamorati si presenta sul luogo d'incontro e c'è solo il vento nelle strade deserte in bianco e nero, mi sentii un po' presa in giro, ma se non altro ero ormai in grado di capire che si trattava di una scossa di assestamento. Un piccolo collasso dopo quello grande, che mi aveva costretto a lasciare Basilea. Compresi che da allora mi limitavo ad andare in giro come un giocattolo caricato a molla. Che il mio desiderio di conquistare l'attenzione di Ben non era che un tentativo di sottrarmi a questo. Di non essere temporanea, di non essere una tappabuchi. Lasciare un'impressione durevole. Essere qualcuno che non si può semplicemente rimpiazzare e dimenticare. Dopotutto, come mostrava chiaramente lo specchio, ero nel fiore degli anni. Più bella anche della Vitti negli anni sessanta. E potevo redigere il mio curriculum in modo che ne emergesse una linearità. Come se avessi saputo fin da giovanissima quello che volevo, e di conseguenza avessi fatto cose rilevanti e ben mirate allo scopo. Assistente universitaria, collaboratrice editoriale, consulente per un negozio di arte, dottorato, esperienze come ufficio stampa, marketing, diritti editoriali, organizzazione eventi, valutazione manoscritti, redazione, canto in un coro della filarmonica. ~~Single, sola e al verde~~. Ero merce di valore, stava scritto, si vedeva, e tutti gli uomini ai quali non mi interessavo (i tenori), anche loro lo vedevano. Pensavo a Walter quando mi sedetti al computer, a cosa fare, a quando andare a Vienna, e poi scrissi "Magnus Otto" nel campo di ricerca.

Il resto della notte tra domenica e lunedì lo passai in rete alla ricerca di un uomo che faceva regolarmente di tutto per lasciare di sé meno tracce possibili. Usava la rete per fare ricerche e per le lezioni, ma non aveva profili sui social media, non aveva messo online neanche una delle sue foto, non le aveva neanche salvate in un cloud. Le teneva su dischi rigidi, su negativi, su carta, nei cassetti.

Neanche alla parete del suo appartamento. Diceva che appenderle voleva dire limitarle. Che esporle alla vista non gli dava il minimo piacere. Provava piacere nel farle, e poi quando le guardava per sé sullo schermo, in ordine sparso come gli si presentavano. Quello era l'unico ambito in cui aveva la sensazione di non essere controllato.

Questo lo capivo. Vista così avevo fatto bene a scusarmi per averlo elogiato davanti a Paloma. Per aver ritenuto così importante farle sapere che anche lui era qualcuno. Fu soddisfatto che avessi finalmente capito, e io lo considerai un altro passo avanti. E poi invece.

C'erano un gastroenterologo col suo nome e un giurista ebreo ormai morto, ma in rete il vero Magnus Otto compariva solo dove non poteva fare nulla per evitarlo: in contesti accademici. Nessuno dei riferimenti che trovavo era successivo al nostro ultimo incontro. Sul sito dell'università di Basilea compariva ormai solo tra gli ex ricercatori. Io sapevo ancora a memoria il numero del suo interno.

Mentre il telefono squillava il cuore mi batteva sempre più forte – e se rispondeva?

Ma non rispose nessuno. La notte tra domenica e lunedì. E che ti aspettavi.

Una conferma, che altro?

La mattina, quando in cucina incontrai Judit e Albert e loro mi salutarono, per un attimo reagii con irritazione. Da quando in qua c'erano mondi in cui uno ti poteva rivolgere la parola così. Chiesero come avevo dormito. Dissi che avevo passato notti migliori. (È tutto così strano. Come se fossimo in un sogno.) Dissero che negli ultimi giorni avevo anche mangiato pochissimo. Non bastò ancora a convincermi di essere sveglia. Mmh, dissi. Sul serio? (Che mi osservino così tanto…)

Ben era in viaggio, il che rese più facile la giornata in casa editrice. Al momento di uscire, la sensazione di muovermi in un sogno o su un palcoscenico si era attenuata.

Il lunedì riuscii a resistere, ma il martedì chiamai di nuovo Basilea. Stando all'elenco, ora il suo numero apparteneva a una certa Annette, dunque telefonai a Jasper.

Rispose subito, e si ricordava anche chi ero. Certo.

Adesso lavoro per una casa editrice a Berlino. (Karsten attraversò la stanza. Gli sorrisi.)

Congratulazioni, disse Jasper.

Disse che a quanto gli risultava Magnus si era trasferito all'università della Provenza. Di più non sapeva.

Dimenticai di chiedergli come stava lui, prima di riattaccare. Sperai di averlo almeno ringraziato.

L'università della Provenza ha varie sedi. Passai praticamente l'intero mercoledì a consultare in maniera compulsiva tutte le pagine web e link annessi. Non c'era traccia di nessun Magnus Otto. L'università della Provenza o *una università in Provenza*? O in *provincia*? Passai ancora metà della notte a cercare. Questo Jasper è veramente un buono a nulla.

Il giovedì avevamo una presentazione nella stanza grande. Una giovane autrice e un giovane autore che avremmo pubblicato di lì a poco. Non ero stata io a scoprirli, bensì lo stesso Ben. Erano bravi, di questo potevo essere contenta. Ben era ancora in viaggio, sarebbe arrivato giusto in tempo per tenere il discorso introduttivo. Se non lo faceva lui, allora Martina. Se non lo faceva Martina, allora io, ero la terza a sapere quello che riguardava gli autori e i testi, ma era improbabile che saremmo arrivati a questo. Infatti non successe.

Ben si illuminò quando mi vide. Lasciai che quella luce si irradiasse fino al mio viso e sorrisi di rimando, in un modo che, nelle mie intenzioni, all'inizio doveva essere solo educato (un po' distante cioè), ma che poi trasformai in un sorriso amichevole, perché, in realtà, quello era proprio il lavoro più bello e l'ambiente più bello che avessi mai conosciuto. Mentre quell'altro mi aveva quasi scaraventata in strada a calci. In un momento di follia. La disperazione, il disgusto. Nessuno ne è al riparo. Ti ho perdonato da tempo. Anzi di più, non ce l'ho avuta con te nemmeno per un attimo. Ero solo altrettanto disperata e altrettanto disgustata. Ma fino a quando sarai lontano da me devo vivere anch'io in qualche modo. Perché non così?

Così ricominciai ad andare agli eventi serali e continuai a scrivere ottimi comunicati stampa e schede di lettura, e quando parlavo con qualcuno lo guardavo negli occhi e dicevo qual era la mia opinione, ma senza flirtare (e vedevo che la cosa un po' gli mancava; bene), e quando era una persona che non conoscevo mi presentavo non come Ben, con timida modestia, ma come se avessero già dovuto sentire il mio nome: Sono Muna Appelius della Keller&Bell. Alcuni, poi, mi trattavano effettivamente con più rispetto di quanto avessero previsto. Non avevo un biglietto da visita della casa editrice, ma ne avevamo qualcuno in bianco su cui vergai accuratamente il mio nome con una calligrafia elegante, senza scarabocchiarlo con la biro e via. Sembrava quasi stampato. Non c'era nessuna ragione per cui non avrebbero dovuto tenermi in casa editrice. Tutto quello a cui contribuivo era un successo.

A volte mi veniva in mente un termine da inserire nella barra di ricerca, ma in rete non trovavo niente che avesse a che fare con Magnus e con quello che era successo dopo la nostra separazione. Nessuna attività universitaria, nessuna pubblicazione. Per qualche giorno mi chiesi: e se fosse già morto? Mi ha mandato via per poter morire. Mi venne in mente mentre attraversavo un ponte in bici. Dovetti scendere per non perdere l'equilibrio. Proprio nel punto in cui turisti, risciò, bus, taxi, auto e bici bloccavano il traffico mi venne da piangere così forte che temetti che qualcuno mi avrebbe fermato. Mi voltai verso il fiume, dando le spalle alla strada. Così solo quelli che passavano in barca sotto il ponte potevano vedermi in viso. Piansi finché non ebbi consumato un intero pacchetto di fazzolettini. Poi smisi e proseguii verso la villa.

Passai diverse notti a leggere in rete articoli canadesi dedicati a persone scomparse. Quanta gente che sparisce. Ottantamila persone all'anno. Molte ricompaiono nel giro di una settimana. Altre mai più. C'è un sito dove si possono guardare i volti ricostruiti a partire da teschi ritrovati. Nessuno degli "uomini 25-49" corrispondeva.

Telefonai a Basilea, a Christa stavolta, del resto era sempre stata la più ragionevole di tutti.

Christa disse che Magnus aveva lasciato Basilea dopo che la sua fidanzata si era tolta la vita.

Ora sì che ero confusa. (Io non mi sono tolta la vita!)

Cosa?! Chi lo dice?

Eh sì, una tragedia. Ha preso delle pillole ed è annegata.

Persi la testa (Quale fidanzata?! Ma che follia è questa?!), ma riuscii ancora a chiedere, Oh, e dov'è successo?

Christa non lo sapeva esattamente. Qui, presumeva, nel Reno.

(Non sono annegata nel Reno! Sono sopravvissuta alla nuotata!)

E il perché si sa?

Tutti questi dettagli Christa non li sapeva.

(E come si chiama? Chi era? Se dice "Mona" mi metto a urlare!) Non osai fare ulteriori domande, o meglio, pensai di prenderla in modo più sottile, e le chiesi intanto come stava lei.

Christa aveva appena assistito la madre nei suoi ultimi giorni di vita. Tre settimane ci sono volute. È stato un bene poterle trascorrere con lei.

Sì, dissi, era stato un bene. Le feci le mie condoglianze e poi non sapevo più come ritornare sulla misteriosa fidanzata, e così riattaccammo e io diedi una testata sul piano del tavolo. Niente di grave, riuscivo ancora a controllarmi. Rialzai la testa e passai le ore successive a cercare notizie di una donna in Svizzera che fosse finita in acqua o semplicemente annegata. Una sessantatreenne in piscina, vari nuotatori nel Reno, ma tutti uomini, c'era solo una donna anziana. Di certo non era lei. Una trentunenne nel lago di Thun. Il lago di Thun non è il Reno. Krisztina R. aveva una famiglia che la piangeva. Che ci teneva a dire che era la più intelligente, la più brillante e la più gentile. Bella dentro e fuori. Nessun accenno a eventuali fidanzati. La ricerca per immagini dava solo foto del lago di Thun e di un parapetto sulla riva. La cosa mi tranquillizzò un po'. Stanno solo raccontando scemenze che hanno sentito chissà dove. Chiesi per favore a Judit se potevo usare la sua vasca da bagno. Dormii mezz'ora nell'acqua tiepida.

Va meglio ora?, chiese Judit.

Sì, dissi. Il giorno dopo riuscii ad andare normalmente al lavoro.

Quando cominciò il mio ultimo mese in casa editrice, e nessuno mi diceva niente, chiesi a Karsten se pensava che una volta finita la sostituzione ci sarebbe stato ancora posto per me.

Elsa tornerà, disse.

Lo so. Non al posto di Elsa, naturalmente. A me piacerebbe comunque di più lavorare come lettrice.

Su questo non posso dirti nulla.

Bussai da Ben.

Cosa posso fare per lei?

Dissi che amavo quel lavoro e che pensavo di cavarmela anche bene. Perciò, in virtù della qualità dei miei risultati e del mio impegno, speravo che avrebbe potuto esserci un ulteriore impiego per me.

Ben sorrise dolcemente e disse che in effetti avevo fatto un buon lavoro e mi ero impegnata, ma sia la legge sia la correttezza esigevano che Elsa, che avevo sostituito nel corso di quell'anno, rientrasse dopo la maternità.

Ma certo. Questo è ovvio.

Per un altro posto, purtroppo, c'era il problema del quadro finanziario. E anche dello spazio.

Potevo lavorare da casa. Come le lettrici.

Si limitava a guardarmi. Mentre continuava a fare qualcosa con le dita. Le metteva così e poi cosà. Fa i mudra sotto il tavolo? Non riuscivo a far a meno di fissare le sue mani, quegli strani movimenti delle dita che davano un certo disgusto, in attesa che magari aggiungesse qualcos'altro, ma non disse più niente, e alla fine mi fece talmente arrabbiare che mi alzai.

Se dovesse venir fuori qualcosa, sa dove trovarmi.

Gli porsi la mano da sopra la scrivania. Era sprofondato nella sua poltrona, allungai ancora un po' la mano verso il basso in modo che potesse raggiungerla comodamente.

La raggiunse e la strinse con forza. Disse che ci avrebbe riflettuto. In ogni caso mi avrebbe scritto una bella lettera di referenze.

Grazie, dissi.

Mi lasciò la mano e disse che la lettera la dovevo scrivere io.

Va bene, dissi.

La scrissi. Non mi venne particolarmente pregnante. Le lacrime mi offuscarono più volte la vista dello schermo. Karsten fece finta di non accorgersi di nulla.

Avresti dovuto lodarti di più, disse leggendo il risultato definitivo.

(*Tu* avresti dovuto lodarmi di più.)

Ben firmò, Ildi mise la lettera in una busta e me la consegnò.

Io vado, dissi passando dall'ufficio vendite ed eventi.

Stai bene!, dissero.

Quel venerdì sera cantavamo di nuovo *Nel labirinto* con il coro. I nostri costumi erano dei pezzi sbrindellati di stoffa grigio chiaro in cui era stato ritagliato un buco per la testa. "Salvaci! Salvaci!", cantavamo. Cantavo meglio che potevo nel frastuono che mi circondava. Ero talmente arrabbiata per tutto che mi scesero di nuovo le lacrime. Perché la mia vita era così assolutamente priva di senso? Ma che dovevo fare, dov'era il punto in cui tutto aveva cominciato ad andare storto, dove dovevo andare, dov'era la via d'uscita, una cosiddetta prospettiva che arrivasse fino alla fine di quella messinscena? Forse dovevo tornarmene a Vienna. E gettarmi tra le braccia di Walter. Almeno su Sonja potevo avere la meglio!

Per fortuna non successe, anzi dimenticai tutto nel giro di un attimo, perché all'ingresso del palco c'era Katja che, con una cordialità che non le avevo mai visto fino a quel momento (e apparentemente persino con un certo orgoglio per il fatto di conoscermi) mi presentava la figlia in affido. Audrey, ti ricordi di Muna? Lei è Muna!

Ovviamente Audrey non aveva la minima idea di chi fossi. Katja mi aveva riconosciuta mentre guardava uno a uno i volti dei coristi durante lo spettacolo.

(Mi hai vista piangere? Era solo per via dell'opera. Povero minotauro.)

Ti è piaciuta l'opera, Audrey…?! Che bello rivederti, Muna!

20.
“Parlò poi del suo levriero, che più belli non ce n’è”

E così alla fine mi ritrovai davvero a lavorare come free lance per la Joconde. Ora era Katja a dirigere la casa editrice, dopo che Almut si era trasferita definitivamente negli Stati Uniti. Non potevano ancora permettersi vere e proprie assunzioni, neanche per Katja, che continuava a guadagnarsi da vivere soprattutto come insegnante e come scrittrice. Se non altro ricevevo un contributo simbolico per le correzioni e quando davo una mano alle serate e alle fiere. Al nostro stand non ero io la più bianca, bensì Caroline, la compagna di Katja, che era identica a me solo più grande di età. Una scrittrice texana che collaborava a titolo del tutto gratuito, a quanto avevo capito. Forse Katja non mi aveva affatto odiata fin dall’inizio. E comunque ora mi sembrava che mi guardasse con grande affetto. E che anche Caroline mi guardasse con grande affetto. Avevamo anche una tirocinante, Julia (“Sciulia”), di Marsiglia. Lei, invece, doveva assomigliare a Katja da giovane. Non c’è anche a Marsiglia un’università della Provenza?

Scrissi a una professoressa a caso del dipartimento di germanistica di Toronto, dicendo che ero alla ricerca dell’attuale indirizzo mail di Magnus Otto. Ricevetti una risposta molto cordiale, aveva chiesto in giro ma purtroppo non sapeva aiutarmi. Non avevano più avuto sue notizie. In compenso ritrovai quella Ghislaine. Un'olandese, ormai tornata a casa per concludere gli studi. Postava foto in posa davanti a vari monumenti, coi suoi lunghi capelli biondo fragola. Rispose che purtroppo non sapeva nulla di Magnus, non si erano più sentiti dopo il suo soggiorno a Toronto. Tra i contenuti delle sue pagine social nulla lasciava presumere che avesse mentito.

Martina si fece viva con delle cose da leggere per la Keller&Bell; ma quello che guadagnavo non sarebbe comunque bastato per il vitto e l'alloggio alla villa se Katja non mi avesse presentato una certa Kornélia, che in estate si occupava di organizzare un festival musicale. Mi arruolarono per i tre mesi della cosiddetta fase calda.

Mi comprai una bici nuova per poter fare meglio la spola tra la villa, la Joconde, l'ufficio del festival e i luoghi degli eventi. Di brutto c'era solo che, quando andavo in bici, mi tornava in mente Basilea. Mentre pedalavo lungo il fiume c'erano momenti in cui dimenticavo che era la Sprea e non il Reno, come se ogni fiume potesse essere contemporaneamente un altro, e se era così, se c'era un portale tra le acque che scorrevano, allora poteva anche darsi che da un momento all'altro lo avrei visto venirmi incontro, anche se pedalava non lungo la Sprea né lungo il Reno ma a Toronto lungo il Don. Ma avrebbe funzionato anche con l'oceano in mezzo? Non riuscivo a smettere di crederci, almeno un po'.

Poi per un pezzo non ci pensai più. I miei tre lavori part-time mi prendevano talmente tanto tempo che riuscivo a malapena ad andare alle prove del coro e ai concerti.

Sembri distrutta, disse il tenore-neurologo.

Grazie, dissi.

A me le donne con le occhiaie piacciono, disse il tenore-commercialista.

Dei vari lavori mi piacevano solo quelli che avevano davvero a che fare con la lettura e la scrittura. Meno di tutti mi piaceva il lavoro al festival, soprattutto per via dello stile dispotico di Kornélia e delle sue pretese sfacciate. Andare all'ufficio postale fuori dall'orario di lavoro, portarle a spasso il cane, ritirare fuori dall'orario di lavoro documenti che poi si rivelavano essere per i suoi genitori, eccetera.

Kornélia, dissi, io non sono la tua schiava.

Sei la persona più suscettibile che abbia mai conosciuto, disse lei.

Continuammo comunque a lavorare insieme e continuai comunque a portarle a spasso il cane, dopotutto era un essere vivente e qualcuno doveva prendersene cura.

Per non ingrassare a causa della mancanza di sonno e dello stress emotivo, cercavo di mangiare solo quando ero alla villa. Una volta a cena con noi c'era un'amica di Judit, una dottoressa, e mi suggerì di assumere certi amminoacidi e macrodosi di questa e quell'altra vitamina, e Judit disse che normalmente allo studio della sua amica un consulto del genere si pagava ottanta euro. Ringraziai educatamente e non assunsi un bel niente. E nel bel mezzo del rush finale, prima dell'inaugurazione del festival e dell'arrivo degli ospiti, mi accorsi che non riuscivo più a respirare.

Si vede che ne ha proprio le palle piene, disse allegramente la dottoressa della mutua da cui andai. Mi prescrisse antibiotici e una settimana di riposo a letto, ma io potevo riposarmi solo tre settimane dopo, perché va bene che non ero la schiava di Kornélia, ma quale persona minimamente responsabile si sarebbe ammalata in un momento del genere?

Facevo davvero tutto ciò che permettevano le mie forze, ma anche Katja e Caroline erano "decisamente un po' deluse" che negli ultimi tempi avessi trascurato i loro eventi.

Sono andata ad accogliere gli ospiti all'aeroporto scatarrando pus, dissi.

Mi lasciarono in pace e cominciarono a parlare di una coppia lesbica del loro giro, che stava facendo una specie di casting per il padre del loro bambino. Adesso passavano ogni domenica sul divano a intervistare il candidato di turno, perché volevano che il padre avesse anche in seguito un ruolo nella vita del piccolo. Caroline non aveva dubbi sul fatto che comprarsi lo sperma fosse l'opzione migliore.

Magnus non vuole bambini, pensai.

La notte sognai di nuovo Monica Vitti, e un uomo che era ora Alain Delon, ora Marcello Mastroianni e ora uno di cui non conoscevo il nome.

L'estate e i lavori post-festival stavano per finire, era un bene. Il coro si esibì qualche volta in città e persino fuori città, senza di me perché, dopo la bronchite che avevo trascurato, la voce non mi era ancora tornata del tutto normale. Mi sdraiavo sull'erba nel giardino della villa e mi addormentavo. I teatri erano chiusi, così andai un paio di volte al cinema da sola. Gli uomini che mi avvicinavano erano chiaramente più anziani rispetto a prima. Uomini con di fronte o alle spalle il loro primo divorzio. Acconsentivo a bere qualcosa nei paraggi del cinema. Mi piaceva più di tutti un uomo pelato con la barba, anche se non mi piacciono né le pelate né le barbe. Era sposato e non aveva nemmeno intenzione di separarsi. La cosa mi piacque. Non ci fu nulla di più, perché io e il marito dell'altra non avevamo un posto dove fare sesso. Quasi fossimo due adolescenti. Ci mettemmo a ridere, e poi andammo ognuno a casa sua, lui col suo scooter e io con la mia bici.

Con una banca del seme si può specificare quali tratti somatici il donatore deve o non deve avere, pensai. Occhi azzurri, capelli castani.

Telefonai ancora una volta a Ruth, la nostra padrona di casa di Basilea.

Non lo starà ancora cercando, vero? No, purtroppo neanche lei aveva più avuto sue notizie.

A un'importante manifestazione letteraria di fine estate rividi infine il gruppo della Keller&Bell. Io e Ben chiacchierammo a lungo di un autore norvegese che aveva convinto molto entrambi, e a cui Ben "dava la caccia da dieci anni come il diavolo a un'anima dannata". Purtroppo anche quella volta si presentò solo il suo traduttore.

Forse dovremmo andare a trovarlo in Norvegia, dissi.

Braccare uno che evitava così i viaggi e il pubblico non era nello stile di Ben, ma avermi rivista gli aveva fatto piacere.

Qualche giorno dopo Karsten telefonò per informarmi di un'altra sostituzione per maternità. Non da loro, ma in una casa editrice scientifica che si chiamava Primus.

Grazie, Karsten. Sono davvero commossa.

Brindai con Judit e Albert al mio nuovo lavoro. Tutti erano contenti per me, Judit e Albert persino orgogliosi. Me la stavo proprio cavando bene. Poi si complimentarono anche con l'ospite di quella sera, figlio di vecchi conoscenti, che si era appena stabilito a Potsdam dove lavorava come architetto. Si chiamava Aria. Indossava un gilet di cashmere lilla sopra una camicia rosa. Mi invitò ad accompagnarlo a fare un giro in battello tra Berlino e Potsdam, con annesso concerto di coro. Sia il giro in battello sia il concerto erano cari, ma, si capisce, ero sua ospite. "Quando invito qualcuno non lo faccio pagare. Neanche se è un uomo, figuriamoci una donna."

Prima ancora che me ne rendessi conto, io e Aria uscivamo insieme regolarmente. Non in posti qualsiasi, ma in locali che offrivano cucina molecolare e uno sgabello per la mia borsetta. Il dessert si chiamava "foresta". Di cosa fosse fatto il muschio non lo so, la pietra era una mousse al torrone. Aria indossava un blazer di cashmere blu sopra la camicia bianca alla greca.

Eravamo proprio una bella coppia.

Il nuovo lavoro alla Primus consisteva nel sostituire la segretaria, ma a me andava bene. Non sarei stata comunque in grado di fare da lettrice per testi scientifici. Mi davano del lei: Buongiorno, signora Appelius.

Aria e io andammo a teatro ("A chi non piace il teatro?"), poi facemmo sesso per la prima volta. Sentivo che sarebbe successo fin dall'inizio della serata, il teatro era quello di Potsdam, sapevo che dopo saremmo andati da lui. Continuavo ad alzare le spalle per essere sicura di poter ancora muovere le braccia. Erano attaccate di lato alle spalle, sotto c'erano gli avambracci, poi le mani, ma quando lui provò a darmi un cocktail rosso fuoco che aveva preparato per noi non riuscii a piegare i gomiti per prenderlo. Perciò me lo accostò direttamente alle labbra inclinando il bicchiere, e io fui costretta a berne un sorso se non volevo che mi colasse sul mento e sul collo fin dentro la scollatura.

Non dire che non è buono, disse Aria, e poi facemmo

sesso, e le sensazioni fisiche furono così inaspettatamente piacevoli che mi sentii ancora più confusa.

Cosa c'era nel drink?

Lui rise.

Tremavo tutta mentre, sussurrando, descriveva la bellezza del mio nome, del mio corpo, della nostra futura vita insieme. Giurò sulla vita di sua madre che l'alcol era l'unica droga che aveva messo nel bicchiere, e io gli credetti.

Erano le sue abilità erotiche a spingermi a fare tutto con lui, tutte quelle cose di classe. E lui era un uomo molto bello, insieme avremmo avuto dei bambini splendidi. La seconda cosa non la dissi io. Lui desiderava un maschio e una femmina.

E tu?

Tutti vorrebbero un maschio e una femmina, dissi.

Una volta andammo insieme a una serata della Joconde, che lui trovò "veramente molto femminista" e "molto focalizzata sulla propria alterità". Hai ragione, dissi. È proprio quello che vogliono essere. Quando a margine della serata Caroline in pratica mi lodò perché uscivo con un uomo non bianco, decisi che loro, ormai, mi avrebbero voluto bene per sempre.

Alla Primus mi pregarono di stare seduta dritta sulla sedia. Anche se avevo mal di testa non dovevo lasciarmi scivolare in avanti, schiacciando la nuca contro il bordo dello schienale in cerca di un po' di sollievo. Inoltre avevo piegato male una lettera, tanto che l'indirizzo postale era risultato illeggibile e la spedizione ci era tornata indietro. Mi dispiace, dissi, non succederà più. Passai il resto della giornata a chiedermi se non avrei fatto meglio a licenziarmi prima di morire di noia. Finora uscire con Aria non mi era costato neanche un centesimo, avrei potuto permettermi persino un breve periodo di disoccupazione.

Quella sera, mentre cenavamo in un ristorante senza stelle ma comunque buonissimo, Aria mi porse un regalo.

Per cosa?

Per ringraziarti della tua compagnia.

Che eleganza!

Era un'edizione integrale delle *Mille e una notte*. Visto che lui era persiano, si era detto, e io un'amante dei libri…

Lo sai, vero, che qui dentro le donne vengono frustate e trasformate in cagne con una certa frequenza?

Ah sì?

Be', è difficile non notarlo.

Nella versione per bambini non succedeva. Questa qui lui non l'aveva. A quel punto di fatto era già finita – mi licenzierò dal lavoro e chiuderò anche questa storia senza senso –, ma poi andò avanti ancora un po'.

Quando cucinava Aria, c'erano sempre un aperitivo e un antipasto. Capesante in salsa di rosmarino. Il suo appartamento era arredato con una tale cura, era così ben studiato e ordinato che qualsiasi cosa mia lasciata lì avrebbe rovinato l'effetto d'insieme. Per cui stavo attenta che niente di mio rimanesse da lui, né nulla di suo migrò in camera mia alla villa. Dopo ogni cena insieme facevamo sesso. Quando io avevo il ciclo, non uscivamo. Dopo il lavoro preferivo andare subito in camera mia e, sollevata, mi stendevo sul letto. Mi svegliavo quando telefonava per sapere come stavo.

Dobbiamo fissare una data, disse Aria.

Per fare che?

Per andare a vivere insieme, disse.

E subito dopo una data in cui ci fidanziamo. E dopo una in cui ci sposiamo.

Cos'è, una proposta di matrimonio al telefono?
Non oserebbe mai fare una cosa del genere!
Ridemmo.
Disse che prima dovevo rimettermi.
Era il 14 di settembre.

A ottobre un controllo di routine rivelò l'esistenza di un tumore di 7 mm nella mia mammella destra. Solo 7 mm, si può operare con chirurgia conservativa in modo da ottenere un risultato simmetrico, esteticamente gradevole. Con sei settimane di radioterapia a seguito dell'operazione, e una terapia antiormonale di cinque anni, il tasso di sopravvivenza sfiora l'ottanta per cento.

Che cos'è una terapia antiormonale?

La terapia antiormonale serve a bloccare gli ormoni femminili che favoriscono la crescita del tumore.

...si può rimanere incinta dopo?

No. È probabile che provochi piuttosto una menopausa precoce...

Ci sarebbe sennò l'opzione della mastectomia completa, in quel caso la terapia antiormonale non serve.

Piansi cinque giorni di seguito. Aria mi portò fiori e dolcetti, e chiese cos'altro poteva fare. Proprio niente, dissi.

Pregai Judit che gli dicesse di non venire più.

Lei capiva che ero scossa, ma primo, era una decisione avventata, e secondo, non si possono trattare le persone così.

Dovetti telefonargli io. Lo ringraziai per i fiori e i dolcetti e per tutte le belle esperienze che avevo fatto con lui. Per la sua generosità, la sua attenzione e la sua schiettezza, ma mi ero resa conto che, a differenza sua, non volevo creare una famiglia, diventare madre e avere una vita borghese, non volevo neanche una relazione a due. Sì, al momento ero sottosopra, ma questo non voleva dire che non fossi in grado di pensare lucidamente, anzi.

Disse che era triste perché ero una donna meravigliosa, ma ovviamente rispettava le mie scelte, mi augurava solo il meglio e sperava che saremmo rimasti amici.

Naturalmente avrei preferito sbarazzarmi di lui senza dover offrire quel sacrificio. So che è un'idiozia, ma non riuscivo a liberarmi del tutto dall'idea che la malattia fosse una punizione per la mia falsità, e allo stesso tempo la mia salvezza. Sdraiata a petto nudo in un letto d'ospedale, tenevo sopra la spalla sinistra la piccola sacca del drenaggio che aspirava dal seno il sangue e le secrezioni della ferita; un gruppo di dottoresse e il primario, in piedi di fronte a me, mi osservavano e confermavano che il risultato estetico era molto bello, e sarebbe stato ancora meglio una volta che il seno fosse "sceso". Già dopo poche ore tolsero il drenaggio, 40 ml di secrezioni erano abbastanza, mi misero un busto che avrei dovuto portare giorno e notte per le settimane seguenti e fui libera di andarmene. Non avevo neanche dolori degni di nota.

Mia madre venne ad assistermi col consueto ritardo.

Non c'è bisogno di assistenza.

E allora a darmi una mano.

L'aiuto di Judit e Albert era più che sufficiente, ma potevano anche smettere, visto che adesso c'era lei. Fosse anche solo per farmi compagnia.

Al che non potei dire più nulla.

Chiese immediatamente se alla villa c'era una stanza disponibile e ne ebbe una, una grande addirittura, che fino a quel momento non era stata affittata perché Judit vi conservava le sue collezioni. Bellissime collezioni di porcellane e di biancheria antica. Mia madre si lasciò mostrare e descrivere tutto con gioia, naturalmente non avrebbe arrecato il minimo danno, a lei tutto si poteva dire ma non certo che era un elefante in un negozio di porcellane.

Ma come aveva fatto a liberarsi degli impegni a teatro?

Così, perché non recitava più. Adesso aveva un lavoro alla reception di uno studio di fisioterapia.

Cosa?? Dove??

Non può essere, pensai, mi sta mentendo, pedagogia teatrale e costellazioni familiari lo posso anche capire, ma rispondere al telefono, accogliere i pazienti? Come faceva una donna come lei a sopportare una monotonia del genere?

Ma non era monotono! Non per lei, che considerava quel lavoro, come del resto qualunque altro, alla stregua di un'esibizione.

Giocava a fare la parte della dama alla reception, mentre il suo pubblico era chiunque entrasse, fossero i fisioterapisti, i pazienti, il corriere, avvolgeva tutti nel suo incantesimo. L'anima buona del centro.

Solo tu sembri incapace di perdonarmi, disse. Era seduta sul mio letto, io sulla sedia alla scrivania. Altri posti per sedersi non c'erano, in camera mia.

Non è vero, dissi, ma non riuscivo a guardarla in faccia. Mi girai un po' con la sedia.

Io ti ho perdonata, disse lei.

(No, ti prego! Muoio!)

Perché se ne esce con questa cosa adesso? Sentii di colpo una fitta all'altezza del seno destro, sotto il busto, e non passava più. Perché adesso? Ho rifiutato la terapia antiormonale per poter diventare madre, perché è questo che voglio, uno, meglio ancora due bei bambini, ma non col primo che passa. Dove sei?

A quel punto avevo trentasette anni, mia madre era rimasta di nuovo incinta a quaranta. All'epoca io di anni ne avevo sedici, e le avevo urlato addosso: Almeno sai di chi è? Si era ubriacata, sì, ma non al punto di non saperlo, lo sapeva, uno del teatro, ma non aveva importanza. Azzardati a portare questo moccioso in casa di mio padre e io...! Lei piangeva come una vite tagliata. E poi hai quarant'anni! Come pensi di crescerlo? Io sono otto anni che mi cresco da sola! Se non andassi alla mensa, non mangerei un piatto caldo in tutta la settimana!

Accettò di abortire. Dopo era distrutta. Pasticche contro il dolore e per dormire, e alcol, naturalmente, come prima e più di prima.

Ma mi ha perdonata.

Non riesco a guardarla in faccia. La sua voce è amorevole. È amorevole verso di me, mi vuole bene, non ne dubito, non è questo il punto. Un maschio e una femmina. Peccato che non posso chiamarli Alfie e May. Sono nomi così belli. Kai e Lou Appelius. Se già li avessi, quando ti ritroverò, che potresti fare?

Intanto mia madre si era già messa a raccontare di essere finita, ultimamente, da una psicoterapeuta che considerava troppo severa la regola del neanche-un-goccio. Era troppo pretendere da una persona una cosa del genere. Il punto è averlo sotto controllo, e lei ce l'ha sotto controllo, ogni sera beve con molta, molta lentezza un bicchiere di vino rosso, a volte anche due, raramente tre, che diamine, l'importante è che quando inizia a sentirsi triste smette. Questo è il criterio base. Per questo non arriva mai al quarto bicchiere, perché sa che la renderebbe triste. Ecco il suo limite interiore: quattro bicchieri.

Insomma l'alcolismo è una malattia cronica, e tale era sempre stata. Ma non è vero che non riesco a perdonarglielo. Oddio, forse è vero. Comunque dissi il contrario. Che mi dispiaceva. Di essere stata così dura con lei. Le lacrime mi rigavano il viso. Non poteva sapere che non era per causa sua. Ma per colpa della mia punizione. E perché non riuscivo a trovare Magnus.

Mi abbracciò e disse che avevo avuto ragione. In effetti aveva già quarant'anni. E non dovevo crucciarmi perché ora non avrei più potuto avere figli. I figli richiedono tanta di quell'energia.

Le dissi che adesso poteva andare. Me la sarei cavata da sola. Sì, sono sicura.

Mi baciò su entrambe le guance e sulla fronte, e partì.

Aspettai che fosse fuori dalla porta e aprii il computer. Se acquisto il seme di un donatore all'estero, poco importa che con la mia diagnosi io non sia considerata abbastanza in salute per altri cinque anni, cosa che invece conta nel caso di un affido o di un'adozione. Tuttavia l'inseminazione ha un tasso di successo di appena il ventitré per cento, anche con donne più giovani e più sane. Ma ormai era l'unica opzione che mi restava. Avere figli da qualcuno che non avrei mai dovuto conoscere, e poi ritrovare Magnus. Ti ritroverò. A costo di farti cercare dalla Croce Rossa.

Piano piano infatti ci sono arrivata, a rendermi conto che non avevo capito niente. Ho sempre solo cercato di imporre la mia volontà. Sedurti, prenderti alla sprovvista, ingannarti. Sì, sono stata una manipolatrice. In quasi tutto quello che ho fatto. Ma che altra scelta avevo? Io non sono intelligente come te. O come Ingrid. O che diavolo ne so. I miei unici punti di forza ~~sono~~ erano la bellezza fisica e l'influenza emotiva legata a complicità, dedizione, attenzione, alla realizzazione dei tuoi bisogni, ma anche alla sorpresa e alla provocazione. La provocazione non ha funzionato praticamente mai. Quanto alla complicità e alla dedizione, in questo pensavo di essere sempre stata brava. Ma evidentemente non sono bastate. Neanche con Ben sono bastate. Alla fine anche altre persone lavorano con complicità e dedizione. Avrei dovuto mettere in campo il mio corpo con più determinazione. E per ottenere cosa? Chi è Ben? Non ha importanza. Non ha funzionato, e ormai non mi interessa più. Invece un bambino dall'Inghilterra. Quello voglio ancora averlo. Magari meglio uno solo, tutto sommato. Alla mia età, e poi forse due sarebbero troppi per Magnus.

21.

“Lasciami morire, fra gli strali celesti dei tuoi occhi”

Fare un test dell’ovulazione.

Constatare che non c’è ovulazione.

Litigare con la ginecologa che non vuole stimolare l’ovulazione nello stato in cui sono.

Non andare più da nessun medico. Prendere in mano la faccenda con metodi naturali. Foglie di lampone, alchemilla, agnocasto, acido folico.

Fare un test dell’ovulazione.

Scegliere un donatore.

Pagare 3.600 euro per due confezioni doppie.

Fare un test dell’ovulazione.

In preda al panico informare la clinica.

A volte capita anche che le cose funzionino. La spedizione espressa arriva.

Aprire il contenitore refrigerato. Estrarre il primo campione, richiudere il coperchio sull’altro.

Mettere il campione in acqua non più fredda di 25 gradi e non più calda di 37 gradi.

Tirare su con una siringa lo sperma scongelato.

Svuotarla in un colpo solo il più vicino possibile al collo dell’utero.

Ripetere l’intera procedura a ventiquattr’ore di distanza.

Ripetere il tutto altre quattro volte. Ormai sono passati quasi due anni. 5 × 23 fa 115, ma non sono rimasta incinta. Non ci provai una sesta volta.

Fui capace di rinunciare perché, in un modo o in un altro, la felicità l'avevo trovata. La casa editrice Primus era davvero da compatire, prima gli era rimasta incinta la segretaria e poi la sua sostituta aveva avuto un cancro e poteva lavorare solo di mattina perché il pomeriggio aveva la radioterapia, ma tenni duro fino alla fine del mio contratto, anzitutto perché mi servivano i soldi e poi perché la cosa buona del cancro, se sopravvivi, è che non ti frega più niente di chi si comporta da stronzo antisociale. Non appena diventai indifferente ai loro atteggiamenti quanto loro lo erano ai miei, nel secondo periodo che trascorsi con loro il signor Schmidt e il signor Ignobel (!) manifestarono nei miei confronti qualcosa che si poteva persino definire rispetto. Al momento del mio congedo ci augurammo vicendevolmente ogni bene per il futuro.

Avevo già preparato la mia candidatura come redattrice di narrativa specializzata in letteratura femminile, quando conobbi Elsa, che avevo sostituito alla Keller&Bell – o meglio, quando a una serata lei riconobbe me, sebbene prima non ci fossimo mai incontrate.

Tu devi essere Muna!

Elsa era lì in compagnia di una donna bella come una pin-up, e disse: Lei è Daniela, cerca una *partenaire* per aprire una libreria.

Una che?

Una *partenaire*. Una socia.

Sempre qualcosa da imparare.

La meravigliosa Daniela aveva una formazione da libraia e sapeva tutto quello che c'era da sapere, aveva trovato un locale adatto – 35 metri quadri appena ma in una buona posizione, in una strada né troppo grande né troppo piccola del centro tra un negozio di casalinghi e un ristorante paleo – e anche il nome ce l'aveva già: L'amore ai tempi. Da scrivere sopra la porta in ribbon lettering con nastro di neon bianco. Le mancava soltanto qualcuno che condividesse con lei, ogni settimana, quarantadue ore di apertura del negozio e otto ore circa di scartoffie e pulizie.

Anche lì non c'era da guadagnare molto, ma Daniela era così affascinante che le dissi di sì all'istante.

Di nuovo, come nel negozio di Paloma a Basilea, dimostrai che ero tagliata per gestire i clienti e promuovere prodotti artistici con stile. Siccome lo spazio era poco ci concentrammo su editori indipendenti, letteratura delle minoranze e anche delle maggioranze (donne). Vendevamo anche i testi della Eumeniden, che nel frattempo si era interamente riconvertita alla filosofia, ma c'erano anche altre case editrici con collane letterarie dedicate alla riscoperta di autrici donne. Di quelle leggevo tutto. Il più delle cose erano solo passabili. Pensa che stavo per mandare a ramengo il mio dottorato per questo, Daniela.

Se una cosa creata dall'uomo risulta passabile c'è di che essere contenti, disse Daniela. Funziona così anche per la maggior parte delle cose non create dall'uomo.

Vero, disse il compagno di Daniela nonché padre dei suoi bambini. E non dimentichiamoci la psoriasi.

Ci mettemmo a ridere.

Daniela faceva la fotografa per hobby e ogni settimana postava nuove foto di noi due che leggevamo libri in posti diversi, con vestiti diversi. Le belle libraie. Una bionda, una mora. *Le folle accorrevano*.

Tenevamo aperto dal lunedì al sabato dalle 11 alle 18,

più la contabilità, le pulizie e tutto il resto, dividendo il carico di lavoro a metà. Inoltre avevamo due cicli di eventi. Il primo si chiamava “Non c’è prosa senza spine”, il secondo “Tenera è la notte”, ma solo una volta ogni due mesi. Quando non c’erano eventi, il venerdì e il sabato Daniela non lavorava per stare con i due bambini, io in cambio avevo liberi il lunedì e il martedì. Una volta però dovemmo scambiare il turno, perché il funerale di Noah cadeva di venerdì. Non aveva neanche sessant’anni, come poteva morire così presto?

Si può avere il cancro *e* l’influenza, disse Pfaffenhaupt.

Cosa?

Aveva un cancro al pancreas, a quanto pare, a causarne la morte però era stata un’influenza.

Fissai Pfaffenhaupt. Ma è assurdo!

Lo so, disse Pfaffenhaupt. Ma è la pura verità. E a te come va?

Già solo il fatto che si ricordasse chi ero.

Dissi le cose come stavano, che facevo la libraia.

Ottimo, disse Pfaffenhaupt. Mi invitate a fare una presentazione?

(Quanti anni avrà Pfaffenhaupt? Dall’aspetto sui sessanta. Ma con gli alcolisti non si può mai dire.)

Mi presentò al “ragazzo” con cui Noah aveva convissuto negli ultimi sette anni e che avrebbe continuato a gestire il negozio. Si chiamava Nguyen. Non aveva mai sentito parlare di me. Né d’altra parte io avevo sentito parlare di lui.

Anche Adlerhof mi riconobbe. Barbara invece era morta. Cancro al seno. Bernd non era venuto, Magnus neanche. Mi venne in mente solo allora. Finché non ero arrivata lì e non avevo visto gli altri avevo davvero pensato soltanto a Noah, mai a lui. Vedi, alla fine sto diventando adulta. Naturalmente c'era anche mia madre. Era stata lei a essere stata informata della morte di Noah da qualche vecchia conoscenza. Mi salivano continuamente le lacrime agli occhi (Quando avevo parlato con Noah l'ultima volta? Dieci anni prima? Quindici?), e dovevo correre in bagno ogni dieci minuti. Già temevo che mi sarei disidratata del tutto e polverizzata. È lecito diventare polvere in un cimitero ebraico senza essere ebrei, mamma?

Mi prese a braccetto e ci incamminammo verso il cimitero grande, quello cristiano, anche se mio padre cristiano non era. Una lapide sul muro che non andavamo a visitare mai. Lì le lacrime si arrestarono, ma ripresero a scorrere quando, avviandoci verso il centro, passammo sul ponte dove mi ero fermata per cercare di vedere Magnus.

Ci si può disidratare definitivamente a forza di piangere, mamma?

Non credo, disse.

Perché non riesco a smettere?

È così, quando si torna nella città della propria infanzia.

Viene da piangere anche a te quando torni al vostro paese?

Non era il nostro paese, ci abitavamo e basta, e io non ci sono tornata mai più. Non ho pianto neanche quando me ne sono andata, mi sono solo ubriacata nel bar della stazione al momento di partire. E ormai non ci si fermano neanche più i treni.

Cos'è che ti hanno fatto esattamente?

Le solite cose. Mi picchiavano e poi mi prendevano in braccio e mi facevano bere dal loro bicchiere e mi chiamavano zoccola, e questo prima ancora che decidessi di fare l'attrice. Non ce l'ho con loro. Non provo assolutamente nulla nei loro confronti. E poi ormai sono morti.

Come sta zia Angela?

A quanto posso capire dalle telefonate che ci facciamo due volte all'anno: come sempre. Continua a odiarmi come la peste.

Non potemmo far a meno di ridere un po'.

La convinsi a salire fino al club universitario. Non pensavo che avrebbe fatto fatica. Mi fermavo ogni cento metri per permetterle di riprendere fiato. Stavo lì e aspettavo la donna che mi aveva messo al mondo, rendendomi conto di non provare poi tanta compassione per lei. La punizione arrivò all'istante, perché una volta davanti al club chiuso mi venne in mente Magnus e dovetti ricominciare a piangere. Ci sedemmo su una panchina davanti al club, in modo che mia madre potesse riposarsi e io riprendermi. Se non altro lassù c'era una bella aria. Non riuscii a dirle che ero ancora in lutto per l'uomo a causa del quale, anni prima, era dovuta venirmi a prendere in Svizzera, lo so come va a finire, poi litighiamo e magari non ci rivediamo mai più. Al club universitario lei aveva conosciuto mio padre, però non piangeva, rimase seduta sulla panchina e guardò giù verso la città finché si sentì abbastanza riposata. Poi tornammo ognuna a casa sua.

Dalla stazione andai direttamente alla mia scrivania e in una sola tornata scrissi tutto quello che sapevo di quanto accaduto a un uomo che aveva al collo un foulard di seta e il rossetto sulle labbra, e una sera d'inverno attraversava in tram una piccola città. Due sconosciuti gli conficcavano un coltello nella schiena. Volevano colpirlo ai reni, ma siccome era inverno lui indossava un cappotto e un maglione, e sotto un corsetto. Ovviamente non potevano averne idea. La punta del coltello scivolava sulle stecche del corsetto. L'uomo restava in ospedale solo un paio d'ore, poi tornava alla sua casa e al suo negozio.

Pensavo che mi sarei rimessa a piangere, e invece non piansi, ma cominciai il racconto di una donna che viene accudita dalla madre alcolizzata dopo che le è stato asportato l'utero. Non riuscii a finire la storia prima di tornare al lavoro, e neanche per tutta la settimana successiva, ma la domenica dopo mi costrinsi a continuarla, perché se non lo avessi fatto forse non avrei scritto mai più. Tranne la cosa dell'utero non inventai niente.

Non abitavo più alla villa, avevo un piccolo appartamento non troppo lontano dal negozio, al primo piano sopra un portone d'ingresso, con un balcone su ciascuno dei due lati: sull'ingresso del garage sotterraneo e sul cortile interno. Utilizzavo solo il secondo. Ero seduta lì quando provai a scrivere la storia di una donna che si fidanza con un uomo che non ama, col quale però ha dei progetti in comune (figli). Era ambientato in un ristorante di cucina molecolare, e finiva subito dopo che lui le regalava un'edizione integrale delle *Mille e una notte*.

Poi dovetti smettere di usare il balcone perché faceva troppo freddo. Mi sedetti dentro, al tavolo di cucina, e scrissi la storia di un uomo che consegnava carbone e si innamorava di una barista, no, al contrario, la storia di una barista di cui si innamorava uno che consegnava carbone, poi però finivano a litigare poco prima di partire insieme per un viaggio in bicicletta. E poi quel pover'uomo viene ammazzato da una banda di malviventi. Questo fu il racconto a cui dovetti lavorare di più, e quello di fronte al quale cominciai a capire che quello che facevo era davvero scrivere. Questo è scrivere.

Il pensiero mi fece sobbalzare. Che dunque ero una

scrittrice con quattro racconti. Per dissipare il panico, mi misi a cercare la storia della ninfa sulla spiaggia. Vediamo com'era. Se non era buona, cosa avrebbe detto questo di quei nuovi quattro racconti? La ritrovai, ne fui contenta, ma se fosse stata buona o no non riuscivo a valutarlo perché, come scoprii, la sapevo a memoria. Avrei potuto riscriverla anche se non l'avessi ritrovata. La storia della ninfa era molto breve, né avrebbe avuto senso allungarla. Non c'era semplicemente nulla da aggiungere. Chi l'ha detto che tutti i racconti di un volume devono avere più o meno la stessa lunghezza? La inserii dopo quella sul ragazzo del carbone.

Poi scrissi la storia di una giovane baby-sitter che si trova a osservare come il padre dei bambini sfrutti la madre e tratti male anche lei. E tuttavia non desidera altro che essere notata da lui e diventare la sua nuova compagna.

La storia della donna che per poco non si accorda con un dentista ubriaco per fargli da madre surrogata ci mise un bel po' a funzionare. Non sopportavo l'idea di rinunciarci, e ci lavorai finché non contenne praticamente più nulla di quanto era accaduto nella realtà. Così non era male.

Invece il racconto della cameriera che viene invitata da tre bancari a un grosso *closing party*, per poi scoprire che è stata messa in palio come premio per una partita di biliardo, era eccessivo. Quello del dentista mi sembrò meglio, i bancari li lasciai perdere.

Anche la storia della moglie che, quando muore l'amante del marito, deve decidere se accompagnarlo o no al funerale non era per niente facile. La costruii continuando a vestire e svestire il personaggio.

Scrissi poi il racconto di una che viene a sapere del suicidio della donna per la quale il suo grande amore l'ha lasciata. In questo integrai la vecchia storia dello spirito della casa che esce dalla finestra per andare in cerca di un nuovo padrone.

Tutto questo mi costò trentasei fine settimana e qualche mezza nottata, dunque poco più di otto mesi del mio tempo libero. Appena ebbi finito, in effetti, scoppiai di nuovo in lacrime. Volevo chiedere un parere a Daniela, sicuramente avrebbe detto qualcosa di buono e di vero, ma era notte fonda e non volevo svegliarla. Ma non potevo neanche aspettare, così inserii una pagina bianca davanti alla prima pagina del file e ci scrissi sopra il titolo: *L'amore ai tempi*. Aprii il catalogo di una casa editrice e scelsi il primo cognome e il secondo nome che comparivano, e scrissi "Camille Baumann" sopra il titolo. Inviai il file, inferiore a 1 Mb, all'indirizzo personale di Ben alla Keller&Bell. Ora non si poteva più tornare indietro.

Ho immaginato subito che fossi tu, disse Ben.

Eravamo seduti al sole al tavolino di un bistrot davanti alla nostra libreria.

Da cosa?

Scrivi come parli.

Vuol dire che non lo pubblicate?

Ma sì, ma sì. Lo pubblichiamo. Tranne la ninfa. Quella deve stare in un volume di racconti fantastici.

Secondo me deve stare qui.

L'autrice sei tu, disse Ben.

Tutto qui? La posso tenere?

Il titolo va cambiato.

Sì, me ne rendo conto.

L'uomo vestito da donna sul tram, peraltro, non è una storia d'amore. È tra le migliori, però.

Che ne dici di Camille Baumann?

Come nome non è male, disse Ben. Ma puoi anche pubblicare col tuo. Anche qui la scelta sta a te.

Grazie Ben, dissi.

Sono io che ti ringrazio, disse Ben.

Ci sorridemmo come vecchi amici.

Chiesi che fosse Ben stesso a occuparsi dell'editing, perché io non conoscevo le nuove collaboratrici. Quando il manoscritto tornò indietro conteneva solo pochi pallidi segni di matita.

Che significa, Daniela? Perché corregge così poco?

Daniela lesse il manoscritto e disse: Perché non c'è altro da correggere.

Non ci sono abituata, Daniela! Non ci sono abituata!

Daniela rise.

Sta a vedere che riesco a rimettere in carreggiata la mia vita prima dei quarant'anni.

Prima ci fu la grande festa estiva per il secondo anno della libreria e per il matrimonio di Daniela con il padre dei suoi bambini. La festa era sul marciapiede davanti al negozio. Un conoscente degli sposi che aveva la chitarra cantò, poi ci fu il karaoke per tutti. Daniela cantò *Killing Me Softly*, lo sposo *Highway to Hell*. Tutti a ridere. Poi Daniela riprese il microfono e disse che io, Muna Appelius, una delle proprietarie del negozio, avrei pubblicato una raccolta di racconti scritti da me e ora avrei anche cantato. Gli invitati applaudirono fra grida di entusiasmo. Cantai *Quand on n'a que l'amour*. Avrei dovuto scegliere qualcosa di più facile, ma a quel punto era indifferente. Non cantai perfettamente, ma col cuore. Fui di nuovo applaudita con gentilezza.

Ero rossa di felicità e di imbarazzo. Fui contenta di

potermi dedicare di nuovo ai compiti per la festa. Distribuii bicchieri di spumante e raccolsi le scommesse sul numero di chicchi di caffè contenuti nel barattolo di vetro accanto alla cassa. C'erano dei premi in palio. I clienti volevano parlare con me e anche invitati al matrimonio che non conoscevo, per farmi domande o per complimentarsi. Io rispondevo che ero contenta e ringraziavo. Tra gli invitati c'era anche Ben. Non parlammo, facemmo solo un brindisi a distanza. Vidi uno degli ospiti, un cliente abituale della libreria, infilarsi una cartolina illustrata nella tasca della giacca. Dopo ogni evento mancava qualcosa, pazienza.

Mentre mi sforzavo di non fissare senza volerlo il cliente della cartolina, avevo la sensazione che qualcun altro stesse fissando me. All'inizio pensai fosse Ben, ma continuai a sentirmi quello sguardo addosso anche quando lui se ne fu andato. Mi giravo di qua e di là, cogliendo sempre qualcosa con la coda dell'occhio. Presi il coraggio a quattro mani e guardai dritto in faccia il cliente che aveva rubato. Gli sorrisi. Aveva un'espressione indecifrabile. Non era lui. Squadrai uno dopo l'altro gli invitati che riuscivo a vedere di là dalla vetrina, sulla strada dove lo sposo e la sposa stavano ballando. C'era una donna con una capigliatura biondo argento che luccicava al sole, come se indossasse un elmetto metallico. Era molto alta, alta come un uomo, alta come l'uomo che le stava accanto, di cui riuscivo a vedere solo una spalla. Dal modo in cui quella spalla era posizionata rispetto a quella di lei si capiva che i due non si trovavano vicini per caso, ma che erano alla festa insieme. In quell'istante, per la prima volta in tutta la serata, pensai che non dovevo preoccuparmi se il libro usciva o no e se riceveva attenzione o no, perché probabilmente sarei morta prima che quel giorno o quella notte giungessero alla fine. La spalla si voltò, lui si stava già allontanando dalla donna con l'elmetto d'argento, le è vicino ma la lascerà, ormai la cosa è inarrestabile. Riuscii giusto a intrufolarmi in fretta dietro il bancone per farmi sostituire da Romy, l'amica di Daniela che lavava i bicchieri nella nostra minuscola cucina sul retro. Mi rintanai in fondo al locale, ma qualunque cosa facessi sentivo che c'erano sempre meno persone tra noi. Il cuore mi batteva già così forte che riuscivo a malapena a sentire altro. Stesi avanti i palmi delle mani sudate, Pardon, pardon. Non avevo ancora sfiorato la porta della cucina che lui chiese, la bocca quasi attaccata alla mia nuca:

Vogliamo ballare?

Avrei potuto far finta di non aver sentito. Proseguire e basta, in cucina e oltre la cucina, ma oltre non c'era più niente, solo la parete che confinava col cortile interno, avrei forse potuto oltrepassarla? Mi voltai.

Era lui. Non solo uno che gli assomigliava. Anche se diceva di chiamarsi Benjamin. Alla francese: bɛ̃ ʒamɛ̃. Nome completo Benjamin Amaré. Uno scrittore svizzero. Aveva già i capelli completamente grigi.

Non abbiamo mai ballato insieme.

Appunto, facciamolo stavolta.

Davanti alla libreria, insieme agli sposi, ballavano altre quattro coppie e un gruppo di bambini, ma la maggior parte degli altri invitati stava ferma lì intorno. La donna coi capelli biondo argento non c'era più. L'ha mandata via lui, se n'è andata da sola? Probabilmente ormai sono ore che balliamo. È già buio da tempo. Da tempo non c'è più musica. Hanno quasi finito di rimettere a posto. Solo alcuni parlano sottovoce, seduti sulle sedie davanti all'entrata. Dovrei dare una mano, mettere in ordine, pulire, chiudere il locale. Sono una delle organizzatrici. Ma

Daniela fa ordine al posto mio. Arriva Romy e mi dice che dovrei dare una mano. So che dovrei, e vorrei anche, ma lui mi tiene stretta. Balliamo e balliamo, lenti, senza musica, senza una parola.

Vieni, dice alla fine. E io lo seguo.

Ci baciammo sotto un salice che sporgeva sul canale, cominciava già a fare freddo. Il salice aveva perso le foglie, ma i rami che arrivavano fino a terra erano fitti abbastanza da nasconderci alla vista. Mi infilò le mani sotto il vestito e mi strinse il seno. Poi le tolse di nuovo e me le appoggiò sulle spalle. Non tentai di restare in piedi, mi piegai obbediente sulle ginocchia. Il suolo era più duro del previsto, terra battuta, tappi di birra, pietruzze, questo mi svegliò, feci dei gesti per rialzarmi, ma poi mi accorsi che anche lui si era inginocchiato. Mi sentii inondare da un sollievo profondo, gioia, riconoscenza. Ci baciammo inginocchiati sulla terra dura, pensavo che sdraiandoci ci saremmo rotti tutte le ossa ma poi fu di nuovo come fluttuare nell'universo, senza un sopra e senza un sotto, avrei voluto passare tutta la vita così, nella pienezza di quell'eternità, pazienza che sia dura, rumorosa, fredda e che mi stringa alla gola. A un certo punto capii che era lui a provocare quella stretta, che quel rombo così forte era il sangue nelle mie orecchie, perché lui mi stava stringendo la gola. Avrei voluto dirgli, prendimi a schiaffi piuttosto, andiamo a casa e prendimi a schiaffi, pulirò coi capelli dove cammini, solo, ti prego, andiamo a casa! Dopotutto il tempo che abbiamo passato insieme negli ultimi due o forse ormai tre anni, da quando ci siamo ritrovati, è stato bello! Lui scriveva e si occupava della casa, io lavoravo e pagavo le bollette come avevo promesso. Per la maggior parte del tempo eravamo solo noi due, perché lui continuava a non tollerare le grandi compagnie. Non cercavo più di scantonare né di provocare, non chiedevo spiegazioni e non ne cercavo, prendevo quello che veniva, non più di quattro volte all'anno, altri litigano molto più spesso, chi si sottomette decide, chi si sottomette decide, inginocchiati e crederai, se solo avessi abbastanza aria per parlare, se non fosse così buio, se solo potessi vederti, se l'acqua nera non mi salisse agli occhi così in fretta, ora in realtà ho paura, non riesco a piantare nella terra i tacchi delle scarpe, è così dura e scivolosa, perdo la presa, la corteccia dell'albero che mi penetra sotto le unghie non potrà reggermi a lungo. In un ultimo istante, credo, ho cercato di tendere le mani verso di lui.

Non fu lui, né fui io, a mettere fine a tutto ciò. Lui non si fermava, e io non riuscivo a fermarlo. Furono dei ragazzi, che inciamparono su di noi perché anche loro conoscevano quel posto. Per quale motivo non corsero via subito è un mistero. Come riuscirono a vedere qualcosa in tutto quel buio. Due ragazzi che, insieme, avevano l'età di lui.

All'inizio ci diedero per morti, come si confà al finale di una grande tragedia. Poi non la finivano più di farmi domande, sempre le stesse. Che è successo? Chi è quell'uomo? E lei chi è? Prima non riuscivo bene a parlare, poi risposi a quello a cui potevo, e a quello a cui non potevo non risposi. I ragazzi avevano solo cercato di salvarmi. Era buio, nessuno ha visto dove lui ha sbattuto la testa. Neanch'io sono in grado di spiegare come siamo arrivati a questo. Sì, ci conoscevamo. No, non era mai successo niente di simile prima.

Durante i tre mesi successivi cercarono tre volte di svegliarlo, e tre volte di lasciarlo morire, ma finché respira da solo devono per forza alimentarlo. Su questo non posso dire nulla di definitivo, perché non ho niente da dire. Dal punto di vista legale io non sono nulla per lui, e a parte me non ha nessuno. Un giorno qualche funzionario prenderà la decisione. Sono faccende lunghe.

Ma lei, mi dicono, lei ha ancora tutta la vita davanti.

La metà, penso. In termini statistici.

Daniela dice che non devo parlare di nulla di cui non voglia parlare, devo solo continuare ad andare al lavoro, questa è la cosa migliore per tutti. Ha ragione. Che altro potrei fare? A chi potrei spiegare questo lutto? L'uomo che amo non vive più e io ho ancora la metà della vita davanti a me. In termini statistici.

Nota di traduzione

Nel romanzo sono citate opere letterarie e canzoni di cui non sempre esiste una versione italiana. Dove è stato possibile si è fatto riferimento alle traduzioni esistenti, adattandole al contesto quando necessario: nel capitolo 2 (pp. 42-44) Muna cita alcune battute tratte da *Lo stakanovista* di Heiner Müller (*Lo stakanovista e altri testi*, tr. di Roberto Menin, Ubulibri, Milano 1998, pp. 13, 14, 16, 42); nel capitolo 9 (pp. 166-167) stralci di *Risveglio di primavera* di Frank Wedekind (a cura di Luisa Gazzerro Righi, UTET, Torino 1981, p. 14) e a p. 168 di *Jules et Jim* di Henri-Pierre Roché (a cura di Ena Marchi, Adelphi, Milano 1987, p. 13). Le citazioni di Schiller e Goethe riportate al capitolo 14 (p. 257) sono tratte rispettivamente dalla poesia *Rassegnazione* (in Viktor Hell, *Schiller*, tr. di Livia Zannini, Edizioni Accademia, Milano 1973, p. 94) e da *Dalla mia vita. Poesia e verità* (tr. di Enrico Ganni, Einaudi, Torino 2018, p. 534). Il titolo del capitolo 16 e la lunga citazione a p. 294 provengono infine da *Febbre* di Sarah Kane (tr. it. di Barbara Nativi, in Sarah Kane, *Tutto il teatro*, a cura di Luca Scarlini, Einaudi, Torino 2000, p. 156).

Non esistono invece traduzioni italiane dei *Lieder einer Verlorenen*, "Canti di una donna perduta", della scrittrice austriaca Ada Christen (1839-1901); le versioni qui incluse sono dunque opera della traduttrice del romanzo. Si tratta delle strofe conclusive della poesia *Abschied*, "Addio" (capitolo 9, p. 166), di alcuni versi di *Verloren*, "Perduta" (capitolo 14, p. 251) e dei titoli dei capitoli 9, 20 e 21, tratti rispettivamente da *In der Irre*, "Nella follia", *Wiedersehen*, "Rivedersi" e *Wiedervereinigung*, "Ricongiungimento". Nel romanzo si fa infine riferimento ad alcune canzoni molto note nel contesto tedesco ma non altrettanto riconoscibili per il lettore italiano, come *Das Mädchen mit dem Perlenhaar*, "La ragazza con le perle tra i capelli", originariamente eseguita con il titolo *Gyöngyhajú lány* dalla band ungherese Omega e menzionata al capitolo 5 (p. 88) e *Lesbische, schwarze Behinderte*, "Lesbica nera disabile", del gruppo punk Die Toten Hosen, citata dal personaggio di Albert al capitolo 13 (p. 236).

Indice

Gramma
Ultimi volumi pubblicati

Eraldo Affinati, *Le città del mondo*
Eshkol Nevo, *Legami*
Sandra Petrignani, *Autobiografia dei miei cani*
Mathieu Belezi, *Attaccare la terra e il sole*
Nila, *Nelle strade di Teheran*
Beatrice Benicchi, *Non per cattiveria*
Elena Fischer, *Paradise Garden*
Marzio G. Mian, *Volga Blues*
Linda Ferri, *Il nostro regno*
Ursula Parrott, *Ex wife*